山 | 河 | 辽 | 阔

SHANHELIAOKUO

山河辽阔

王默然 著

中国文史出版社

图书在版编目（CIP）数据

山河辽阔 / 王默然著． -- 北京 ：中国文史出版社，
2024. 10. -- ISBN 978-7-5205-4818-2

Ⅰ．Ⅰ247.5

中国国家版本馆 CIP 数据核字第 2024AF0052 号

责任编辑：薛嫒嫒

出版发行：**中国文史出版社**

社　　址：北京市海淀区西八里庄路 69 号院　　邮编：100142

电　　话：010-81136606　81136602　81136603（发行部）

传　　真：010-81136655

印　　装：武汉市卓源印务有限公司

经　　销：全国新华书店

开　　本：720×1020　1/32

印　　张：15.75　　字数：322 千字　　图幅数：56

版　　次：2024 年 10 月第 1 版

印　　次：2024 年 10 月第 1 次印刷

定　　价：98.00 元

序言

每一个时代都有燎原之火

王默然

时代大潮浩浩荡荡，奔流不息。每一个时代都有亲历者、记录者、奋斗者，都有一个一个的凡人榜样。

爷爷是孤儿，奶奶是童养媳，父亲是一名中医学徒工，母亲是一名乡村医生，这是在中国辽阔大地上的一个极为平凡的家庭，是中国千万个普通家庭的一个缩影。历经五十多年的时代变迁，这个普通的家庭像一叶扁舟，在人生的大海中乘风破浪，乌云、闪电、暗礁、恶浪，无论命运的小舟怎样颠沛流离，一家人坚定地摇橹驶向远方的信心从未动摇。远方，就是希望，就是日子的奔头，就是幸福的彼岸！善良与悲悯，正直与上进，成了这个家庭的主基调。很多年后，这家人的大儿子陈出新教授下海，成了国内知名企业家；二儿子陈攻学而优则仕，成了外交官；小女儿殷燕子，傲迎生活的风雨，成了美国康奈尔大学的博士后。常棣之华，皓如日月，灿若星河。

本书主人公殷良秀，是中国早期的一名基层的乡镇医生，她一生精研医术，治病救人，是一名"林巧稚式"的妇产科医生。她有五十二年的行医生涯，一生接生过上万个孩子，无一例医疗事故，有"万婴之母"和"送子观音"之称。促使殷良秀走上妇产科医生之路的，是她亲眼见证了当时中国农村因医疗条件落后，无数孕产妇因难产而丧命，成片的"月母子坟"光秃秃的，寸草不生……在那一刻，她就坚定了专业思想，立志成为中国最好的妇产科大夫，当孕产妇生命健康的"守护神"。

1949 年初，我国孕产妇死亡率高达十万分之一千五百，婴儿死亡率高达千分之二百。而到了 2023 年，我国孕产妇死亡率已下降为十万分之十五点七，下降幅度达 98.95%；婴儿死亡率为千分之四点九，下降幅度达 97.55%。这是中国几代妇产医生共同努力的结果，为了人民的健康，他们前赴后继，奉献着青春和汗水。

永隆水奔流不息，过往船只日夜穿梭。在殷良秀和丈夫陈中轩响应国家号召当了四年"赤脚医生"期间，他们像故乡庄稼地里的两株迎风挺立的高粱，饮着永隆河的水，吹着永隆河的风，春华秋实，在平凡的岗位上，默默奉献，辛勤耕耘，任劳任怨。殷良秀怀着一颗赤子之心为乡亲们治病疗伤，守护健康。不论黑天白夜，不论刮风下雨，只要有乡亲们的召唤，有群众的需要，她总是随叫随到，背着药箱，风里来雨里去，不计寒暑，送医到田埂，到河滩，到山坡，到工地……殷良秀守护着永隆河，守护着百姓，守护着家乡，忠诚践行着医术和医德，用她的小医大爱护佑着一方百姓的健康平安，担负起一名乡村医生的责任与担当，与这片静谧的大地血肉相融。

永隆河两岸村庄里灯火斑斓，世间的风雪难掩星光绚烂。其实，殷良秀医生只是当年千千万万个乡村"赤脚医生"的缩影，他们在那个时代，用单薄的身躯，竭力地实现人们对美好生活的微末渴求，以无我的情怀投身广袤的大地，温暖着江河与原野，一年又一年。正如殷良秀所说："是人民成就了我，我终生要用医术来回报人民！"

在滚滚历史洪流中，一个乡村女医生成为一代名医。家是最小国，国是最大家。关于家庭，书中浓墨重彩，笔尖流香，让人对一个中国传统家庭温润绵长的良好家风肃然起敬。母亲殷良秀敬业精进，对病患充满悲悯，一生坚持用"小处方"治大病，一步一个脚印，一直做到省会城市三甲大医院的主任医生，也从不改初衷。退休后，她又坚持多年当"候鸟医生"，奔波在城市和乡村之间，回乡为村民义诊，为乡村振兴发挥余热。一直到年过七旬，实在干不动了，她又投身学术，整理医案，研发药方，为人民健康保驾护航。

父亲陈中轩，从一个朴实厚道的中医小学徒，成为一代中医大家。面对时代的风云变幻，他一个连饭都吃不饱的小学徒，始终不改初心，虽然收入微薄，但对落难的名医师父始终肝胆以待，送医送粮，养老送终。父慈母敬，家风温泽，三个子女，老大陈出新聪明专注，老二陈攻懂事和善，老三殷燕子漂亮努力，三兄妹最终都从贫瘠而温暖的家庭的港湾，踩着时代的浪花，充满力量地出发，去奋斗，去拼搏，去成长，去收获不同人生的果实。

其实，一代人有一代人的青春，一代人有一代人的追求，每一个时代都有燎原之火。青年人之志，应如长江东奔大海，当万里山河尚在冬眠，一定是青年举星火唤春天，用赤诚点燃信念。青年人志存高远，就能激发奋进潜力，青春岁月就不会像无舵之舟漂泊不定，但只有把小我融入祖国的大我、人民的大我之中，与时代同步伐、与人民共命运，才能更好地实现人生价值、升华人生境界。书中爷爷陈守慧、奶奶胡金枝的青春是这样走过的，父亲陈中轩、母亲殷良秀的青春也是这样走过的，陈出新三兄妹的青春更是这样走过的！他们都有自己的理想，为了美好的生活而拼搏不止，为了国家和人民而不断付出，由此创造了一个普通农村家庭，通过集体努力，改变命运，谱写了一曲家族命运与家国情怀同频共振的生命之歌，记载了一部关注中国卫生事业发展和农业农村农民生活的启示录，更著成了一个"中国式家庭"如何厚积薄发的教育读本。

伟大事业从来都是征途漫漫，任重道远。理想和奋斗一定是一个民族无坚不摧的前进动力。唯有志存高远，砥砺奋斗，方能不负时代，不负人民，不负历史，不负辽阔山河。

人情美，人性美，人世间的脉脉温情，在冷峻写实的笔尖下，像故乡永隆河的水，恣意奔突，流淌不尽。作品在芸芸众生中寻找凡人榜样，用朴实无华的笔触，讴歌这个火热的时代。书中贯穿了中国诸多重要的历史场景，如知识青年上山下乡、赤脚医生、重启高考、改革开放等，见证了中国医疗行业日新月异的发展，见证了人民对美好生活的向往逐步实现的过程。同时，对当下中国医疗体制改革和"三农"发展现状，提供了一些有益的思考。

山河辽阔，人间烟火。是为序。

目录
CONTENTS

楔子

　　长江在眼前缓缓铺开，冬日正午的暖阳打在江面上，银缎一样闪闪发光。一阵江风拂过，滩涂上的芦苇摇起千层浪，白鸥结群而过，无数孩童和年轻的妈妈在江滩游玩嬉戏，大江辽阔，滚滚东流，面对此情此景，"逝者如斯夫，不舍昼夜"的感叹不由得涌上心头。

　　时间回到 2023 年 11 月 18 日。在武汉市汉阳区的高端江景房小区越秀星汇云锦的十九楼，一位清瘦、皮肤白皙的老太太，靠在阳台边，遥望着眼前的江景。她神态庄重严肃，身上散发着一种浓浓的书卷气，虽然已经年过七旬，但她身形轻巧，目光清澈。这一瞬，遥远的记忆，似这铺在面前的江水一样滚滚而来……

　　老人叫殷良秀，此时的她已退休多年，住在武汉的江边小区，和其他普通的老太太一样，每天沿着长江绿道散散步，买买菜，做做饭，照顾老伴儿，颐养天年，日子恬淡而幸福。可谁会知道，眼前看似平常的她，竟是一位"林巧稚式"的一代名医，在民间有着"万婴之母"和"送子观音"之称。她的五十多年的行医生涯，有和风细雨，有青萍微澜，有静水深流，更有惊涛骇浪，可谓是一部诉不尽的厚重大书。

　　轻轻掸掉这部大书封皮上的灰尘，我们翻回到 20 世纪 60 年代的中国，看一看那片辽阔大地上发生的故事——

第一章
沉默的大地

静静的永隆河

1968 年初春的清晨，冬天料峭的风还没有吹完，刮过乡村时，白杨树拼命地摇摆枝头，发出哨子般的啸鸣，呜呜的声音听起来有些悲怆，沉静的大地此时还没有完全解冻，走在麦田里，大地发出"咯吱咯吱"的声音，嫩绿的麦苗拼命地钻出泥土，江汉平原的春天马上就要来了！

二十五岁的青年陈中轩，站在村后永隆河畔的田埂上，看着河水定定地发呆，心中起伏万千。此时的他，穿着一件朴素的黑色棉衣，脚下是母亲纳的平底鞋。空旷原野上的风，呼啸着从背后刮过，他的脖颈一阵寒冷，整个人不由自主地打了个寒战。

陈中轩是永隆镇上有名的俊后生，浓眉大眼，五官端正，皮肤白皙，五指修长，农民出身的他却长着一双像艺术家的手。陈中轩喜欢音乐，会识谱，会拉二胡，一身才艺。此时的他是永隆镇杨丰街卫生院的一名中医大夫，虽然年轻，却有着一手精湛的中医医术，治好病人无数，深受百姓爱戴。

陈中轩平时沉默寡言，但是受耕读传家的家风影响，自小酷爱读书，除读父亲书架上破烂陈旧的藏书外，只要是村里镇上能找到、能借到的书，不管是医学古籍，还是经典名著，他都会不辞辛苦地借来，如饥似渴地阅读，手不释卷，沉醉其中，怡然自乐，是乡亲们眼里有名的书呆子。

青年人的志向，犹如滔滔江河，波澜壮阔，经久不衰。就像此时的永隆河，虽然河面上薄冰未融，但是静水深流，陈中轩的希望之梦已在心底汹涌不止，压都压不住。

他脚下的这块大地，实在是苦难深重。当时的中国大地，百废待兴，尤其是卫生事业才刚刚起步。由于中华人民共和国成立前饱受战争创伤，社会的各个方面发展缓慢，尤其医疗水平极度落后，医药严重不足，医疗设备的落后以及专业医护人员的匮乏等都成为亟须解决的社会难题。当时，仅一场大面积泛滥的血吸虫病，就导致全国大概 1160 万人患病，毛主席著名诗篇《送瘟神》，描写的就是与血吸虫病抗争的这段悲壮历史。

胸怀大志的陈中轩，凭着从师父向云亭先生身上学到的扎实的中医知识，在给十里八乡的乡亲们看病时，看出了大名声。后来他留在了杨丰卫生院，当了一名中医大夫，但是卫生院没有几名科班出身的医生，缺药少械，病人又多，给这位青年中医造成了很大的心理压力。心情烦闷时，陈中轩总爱步行几里地回到老家，站在永隆河边或坐在河坡的草滩上，吹吹风，净净心。

青年陈中轩眼前的这条蜿蜒曲折的永隆河，此刻正静静地、缓缓地流淌着，像母亲的乳汁，世世代代滋养着小镇的人民。

说起永隆河，可谓人文底蕴丰厚。发源地大洪山位于湖北省中北部，居湖北盆地与南阳盆地之间。西临襄（阳）钟（祥）江汉谷地，东接涢水河谷丘陵，南连江汉水网平原，东北与桐柏山遥相呼应。横跨湖北随州、荆门两地三市区（随县、钟祥、京山）方圆 350 平方公里。主峰宝珠峰坐落于随县境内，海拔 1055 米。大洪山是佛教南禅宗曹洞宗的发祥地，因世代广受佛教开化，周边百姓普遍勤劳朴实善良，与现在人们对湖北人如"九头鸟"般精明的评价完全挨不上边。

　　永隆河从杨家烽以北的大洪山南麓发源，沿途纳小溪，容涓流，向东经过天门县城，汇入汈汊湖，全长约 100 公里。永隆河蜿蜒曲折，最宽处约数百米，一般宽 50 米左右。丰水期水深 6 米左右，枯水期水深也有 2 至 3 米。到了夏季，每当暴雨，河水猛涨，汹涌上岸。中华人民共和国成立前，水路是这里的交通要道。

　　永隆河下游的汈汊湖，得益于肥美的水草和丰美的生态环境，大量淡水鱼类在湖中快速生长繁殖。这些鱼类经常从汈汊湖成群上溯至永隆河及以上的地方，给永隆河带来了丰富的渔业资源。当时，捕鱼的小船每天在河面上往来穿梭，渔民捕鱼收获颇丰。鱼类成群上溯被当地人称为"走俏"。每当"走俏"时，河里捕鱼的人更多。沿岸河里撒网的，鸬鹚捉鱼的，比比皆是。一网下去，十斤八斤的渔获，不足为怪。

　　就是这条永隆河，给它流经的土地带来了无限繁荣和勃勃生机。这种傍水而生的码头商贾文化，催生了一个位于京山市西南边陲的自然集镇——永隆镇。小镇刚好位于汉江冲积扇和江汉平原的交界处，地势高耸，又恰处三县交界，气成龙虎，不惧洪水，沃野千里。说起"永隆"这个名字，也有典故传世。相传，当地老百姓因为世世代代享受河流的恩泽，期盼河流能给子子孙孙带来永远兴隆的物华天宝，故名"永隆"。据说，乾隆皇帝曾经到永隆河，为避"隆"讳，当地官府曾将"隆"改为"浲"；乾隆皇帝死后，当地百姓为了书写简便，恢复原河名"永隆"。

任由历史风云变幻，世事沧桑，几度秋凉，永隆河的河水静静流淌，不疾不徐，像一首舒缓的散文诗。情阙满盈，陌上之花，悄然绽放。岁月风云，激起了河面上那层层涟漪，在老去的时光里，一代又一代人喝着永隆河的水，茁壮成长起来，迎着风雨走出故乡，走向更远的远方……

中华人民共和国成立前，永隆镇设有国民党团防局，负责当地的治安保卫工作，也有国民党正规部队在这里驻扎。在老百姓的记忆中，小镇晚上更夫的敲梆子是最经典的一景。那时，大多数老百姓家中没有钟表，宁静夜晚有规律的打更声，便是最好的闹钟。那时的更夫要求很高，不是一般人都能干的，不但要胆大心细，耳聪目明，而且晚上还要警觉性高，遇见歹人，第一时间敲锣示警。更夫往往需一手拿锣，一手拿梆，边走边敲边喊："天干物燥，小心火烛！""关好门窗，小心被盗！""寒潮来临，关灯关门！"一夜要敲五次，每隔一个时辰敲一次，等敲第五次时，俗称"五更天"了，这时鸡也叫了，天也快亮了。

更夫的梆子声，给永隆镇上的百姓带来了安全感和满足感，也成了很多老一辈人心中难忘的美好记忆。

永隆河里，每天过往的大小帆船不计其数，有运粮食棉花的，有运楠竹杉木的，有运布匹百货的，有运当地土特产的……在河面上一字排开，井然有序，远远观之真是帆樯林立，商贾如云。永隆河沿岸有上、中、下三个码头，每个码头都有清一色的青石板石阶，直通岸边集镇。因为发达水运带来的繁荣商业，永隆镇也素有"小汉口"之称。

"中码头"上的小街是最热闹的。为了兼顾农业生产，永隆镇和当时中国大多数集镇一样，赶集分"逢背集"。阴历每月的单日为"逢集"，双日为"背集"，"逢集"开街，"背集"休街。上下码头都有渡船。每逢"逢集"的早晨，河西赶集的人天不亮就起床，带着自己的农产品和土特产成群结队赶往永隆镇来摆摊售卖。那个时候，每个摊贩的摊位大约固定，加上这些摊贩大都是乡里乡亲，有些还沾亲带故，赶早来的摊贩往往不会抢占后来摊贩的位置，关系好的，还会帮忙提前占个摊位，经商氛围相当融洽。

在渡口渡船过河时，由于上下船的踏板往往是由几块宽大的木板搭成的，一头搭在船舷上，一头插在沙滩里，人多的时候，船体会发生摇晃，如果再一出现拥挤，就不免有人落水。好在生在永隆河边的人都懂水性，这么多年过去了，在老人的记忆里，没有发生过在码头掉进河里淹死人的事。在永隆河码头，帆船上装卸货物的声音、撒网捕鱼的声音、争抢渡船过河的声音、妇女在河里用棒槌捶衣服的声音，还有人们的谈笑声、吆喝声，各种声音混合形成了小镇一种特有的喧闹声，仿若一曲唱尽生活百态、人间烟火的赞歌。

　　在 20 世纪二三十年代，永隆镇只有两条主要街道。紧靠天门那边的街叫河街，也叫正街，东边一条是背街。两条街都呈南北向排列，都是青石板铺地。由于年代久远和集市兴旺，青石板路都被小镇人民千万双脚经年累月踩得光滑透亮。镇上古色古香的店铺的木制门窗和铺面上，都涂上了像北京紫禁城城墙的高贵暗红色。在铺面林立、寸土寸金的正街上，来往赶集的人熙熙攘攘，摩肩接踵，而背街店铺明显稀疏了些，显得有些萧条冷落。在这里，靠河边的每户人家和每个店铺都会把自己的房屋和店铺，向后延伸到河坡上，并在河坡扎上吊脚楼，借以增大房子的使用面积，由此形成了永隆镇一道独特的吊脚楼风景。

　　在童年的记忆中，永隆镇是陈中轩以及后来他的孩子们心中的"白月光"。他是乡下的孩子，虽然他出生的下陈桥村与永隆镇只一河之隔，但与镇上土生土长的孩子比，仿佛隔着一个世界，能到镇上去生活，几乎成了他们那一代人最大的梦想。

神医"云亭先生"

　　无论历史的风云怎样变幻,总有一些人物让人仰望,让人怀念,他们像天空的流星闪过,虽然不知道最终坠落何方,但那闪耀的刹那光华,却足以照亮历史的时空。

　　1943 年 8 月 18 日,陈中轩生在永隆镇杨丰街下陈桥村一个普通的农民家庭,下陈桥村在 20 世纪 50 年代改名为红林村。

　　陈中轩的父亲叫陈守慧,母亲叫胡金枝,父母一共生了 13 个孩子,因旧社会生灵涂炭,百姓苦难深重,加之完全没有医疗条件,穷人家的孩子生下来能不能活下来,全靠天收和个人福分。陈家儿女活下来成人的只有三男二女五个孩子:老大陈中松、老二陈中柏、老三陈中轩、老四陈中菊、老五陈腊姣。通过孩子们的名字,就可以看出,陈守慧虽然是个农民,但诗书满腹,给每个孩子起的名字都与众不同,充满寓意,名字背后寄托着他对孩子们成才的殷切期望。

　　陈守慧是当地有名的"迂腐先生",读私塾就读了近十年,从晚清读到民国,直至老大出生,已经二十七八岁了他还在读书,邻里乡亲都开玩笑说他读书把脑瓜子读傻了。他一辈子都浸泡在书中，直到现在他的孙子、重孙辈的家里，还保留着他留存的不少古书，有些甚至还是孤本。老三陈中轩耳濡目染，深受父亲的熏陶，从小也很爱读书，把父亲留存下来的书读得滚瓜烂熟，其中很多文章他都能倒背如流。

陈守慧虽然酷爱读书，但由于家里穷，根本没有能力让他一个成年劳动力不下地干农活儿而去专心读书。为了学一技之长，更好地讨生活，在父亲的安排下，陈守慧到了湖北钟祥的石牌镇去学做豆腐。

石牌镇，位于湖北省钟祥市西南边的小镇，当地村民世代凭着磨豆腐的祖传手艺创造出了"豆腐奇迹"，是闻名遐迩的"中国豆腐之乡"，制作豆腐的手艺已传承近两千年。石牌豆腐以细、嫩、白、味道醇厚、健康美味闻名。相传三国时期，蜀国大将关羽驻军石牌，发现当地老百姓患有眼疾，无处医治。于是，关羽向当地郎中请教，将滋补清火的豆腐制作手艺带到石牌。后来，豆腐就在石牌传开，并一代代地传承下来。

石牌的豆腐好吃，当地人家家户户做豆腐，是远近有名的富庶小镇。豆腐好吃，与地理位置有很大关系。石牌三面环山，长江最大的支流——汉江依镇而过，冲积平原所沉淀出的油沙土地，非常适宜大豆生长。而汉江水滋养出的高蛋白大豆，则是制作豆腐最优质的原材料。得天独厚的自然优势，加之石牌豆腐匠人的努力，石牌豆腐制作工序精益求精，代代相传，因此造就了"石牌豆腐"的千年美誉。

"世上三般苦，撑船打铁磨豆腐"，说的是做豆腐过程十分辛苦，时常要三更睡、五更起，既是一个技术活儿，又是一个重体力活儿，每天都会累得腰酸腿疼。陈守慧在石牌镇"黄家豆腐坊"当学徒，他每天凌晨两点起床，七点钟把做好的豆腐送到市场上。经常晨曦未露之时，就开始了一天的劳作，在这里，他跟着师父一干就是三年，由于他正直善良、纯朴勤劳，师父特别欣赏他，毫无保留地教他。他在这里学会了做豆腐的全部精髓，直到能够独当一面了才出师。后来，陈守慧又把这门手艺教给了大儿子陈中松。

为什么经常有人说小时候的豆腐比现在好吃？这并不是人怀旧，其实，旧社会的手工艺人，讲究的是古法传承，不像今天吃的喝的很多都是"科技与狠活儿"。当时没有农药化肥，所有的食材都是天然有机的，食品本身的口感就要比现在好。当时，要制作出味道鲜美的豆腐，工艺流程十分复杂，需要经过选料、磨浆、烧浆、摇浆和压制等几个步骤，缺一不可。陈守慧跟着师父学摇浆、过滤、点浆以及成形，每一步的手法和火候都要求丝丝入扣，毫厘不差。

磨浆做豆腐，烧浆温度是关键，豆浆要煮到100℃。摇浆就是过滤，用的是粗白棉纱布过滤，摇浆时不能摇得过快，要摇得又慢又稳，让流出的豆汁成线状且不能断。摇浆的过程中，豆腐细渣会沾到棉布上，摇一段时间后，还要用竹片把那些沾在棉布上的豆腐细渣刮下来，每三十斤黄豆的豆浆，要摇浆三四十分钟，边摇浆边冷却。当浆温降到75℃时，要加入石膏点浆，如果时机把握不当，就直接影响豆腐口感，让豆腐发柴或发酸。点好浆，豆腐已渐凝结成块，之后根据需要，用木制模型压制成豆腐、豆皮子和豆干等。成品豆腐莹然如玉，口感绵滑，如千年古镇石板上经久弥漫的豆香，不会随着岁月流逝而淡去。

石牌香干，天下闻名。而做豆腐香干子最关键的一道工序叫"炒精浆"。精浆是给豆干上色用的，石牌的精浆用红糖加数十种香料炒制而成，火候掌握要非常精准。老话说"教会徒弟，饿死师父"，以前教徒弟，关键手艺，师父都不会外传，只传给自己家人。陈守慧当学徒的前两年，师父在这个环节，往往不教，每次都是师父把他支开后，再亲自动手炒精浆，里面配料秘方更是从不外传。一直到第三年，陈守慧的忠诚实在，最后打动了师父，师父才把炒精浆的做法传给了他。炒完精浆，加上卤汁，卤汁中要放几十种香料，像八角、花椒、桂皮和小茴香等，用精浆着色的香干，味道醇厚微甜，吃后口齿留香。这种香干在常温下可存放三个月，成了当地人家宴请客人时的必备佳肴。

岁月流转，时光变迁，"石牌豆腐"竟与关云长的义薄云天连在了一起。每吃下一口爽滑鲜嫩的豆腐，扶危济困、急公好义的美德就一并融入石牌人的骨血。义气，就这样在石牌镇这片丰饶的土地上长出繁茂枝丫来……

"要想富，做豆腐。"陈守慧学会做豆腐的全部精髓后，把豆腐铺开到了老家永隆镇。因为手艺正宗，他做的豆腐特别好吃，一经推出，即风靡永隆河两岸百姓。豆腐铺生意兴隆，陈家的条件慢慢改善很多。当时匪患严重，富家大户经常被流窜的土匪洗劫。为了不被土匪盯上，陈守慧虽然手上有了点儿钱，但对外仍然一副家境贫寒的样子。豆腐铺里磨豆腐的设备也十分简单，最值钱的就是一头瞎眼的驴，每天转圈推磨，把豆子磨成浆。后来，这头瞎驴竟也被小偷盯上，把后院的墙挖了一个大洞给偷走了。没有办法，为了营生，陈守慧每天安排大儿子陈中松和二儿子陈中柏代替驴推磨。耕读传家的陈守慧，信奉"万般皆下品，唯有读书高"的古训，坚持送老三陈中轩去读书"考状元"。陈中轩每天早上起来上学的时候，就看见大哥和二哥在推磨做豆腐，心中有愧的他知道自己读书的机会来之不易，因此特别珍惜，学习成绩一直很好。

世代务农，家境贫寒，如何让孩子成人成材，母亲胡金枝想尽了办法。她经常挂在嘴边的一句话就是"一个枝上的三个胡椒，盼着一个能辣"。她和陈守慧作为父母，根据孩子的自身条件和天赋爱好，给三个孩子安排了截然不同的人生之路。她想总有一个儿子会出人头地吧。就是这份朴素的安排，让一个平凡的家族改写命运的戏剧大幕，在时代风云中正式徐徐拉开……

老大陈中松从小就跟父亲学做豆腐，一辈子也就以做豆腐谋生，后来他的子女们成年后也跟着他学经商，每个人的生意都做得很大；老二陈中柏过继给了有钱的亲戚家，平安幸福地度过了一生；老三陈中轩上学读书，初中毕业后师从当地"神医"向云亭学医，后来人生像是开挂了一般，发生了一系列改变命运的传奇故事……

陈中轩后来进入杨丰卫生院上班，从此与师父向云亭结下了惊世的中医之缘。他毕生游弋在博大精深的中医海洋中，最终成为一代中医大家。

向云亭，号云亭先生，出生在永隆一带有名的乡绅大户和中医世家。说起向云亭，在老一辈京山县人心中，那可是神一样的传奇人物。他1901年出生，其祖上是清朝慈禧的御医，医术出神入化，深受清廷恩宠。清朝灭亡后，家族到永隆镇避难，在此地繁衍子嗣，扎地生根，以行医为业，悬壶济世。受家族中医文化熏陶，向云亭自幼家学严格，饱读诗书，既精于儒学，又旁通岐黄。受祖上世代行医的影响，他立下了学医报国之志。他儒学功底深厚，学起中医来事半功倍。开始行医后，有着解决人生疾苦的宏愿，也契合他"不为良相，当为良医"的理想。

向家是当地的名门望族，向云亭的父亲是当地的名医，也是个大地主。向家有弟兄三人：向孔亭、向梅亭、向云亭。向云亭的两个哥哥都曾留学日本，学富五车。1938年，他的两个哥哥曾给日本人当翻译和维持会长。

向云亭是老幺，为人正直，十四岁时父亲把他送到位于武汉阅马场的一所律师事务学校读书。第一次国内革命战争爆发后，向云亭不愿看到中国人自相残杀，东渡留学日本，归国后回乡靠行医布施百姓。

向云亭仪表堂堂，儒雅俊秀，虽身为一名伟男子，却有一副菩萨心肠。他行医最显著的特点就是视病患如亲人，治病从来都是设身处地为病人着想，诊治慎重，下药又准又快又好，而开方时也会在确保疗效的前提下不用贵药，尽量选用普通的药物，来减轻患者的负担。他处处为民、为病人着想，治好了当地无数的生病百姓，深受百姓爱戴，被誉为"布衣神医"，声名远播。

抗日战争中，青年向云亭投军报国，成了国民党的一名高级军医，后来一直当到了上校军医官。他利用自己高超的医术，救活了无数抗战中负伤的国军将士。

由于声望日隆，向云亭在中华人民共和国成立前受聘为永隆镇的保长，专门帮地方维持治安、收税征税等。当时国民党政府为了能够掌握基层百姓的命运，推行早已没落的"保甲制度"，通过选拔保长等人来管理基层百姓。此外，"保甲制度"还实施了严酷的家族"连坐"制度，一旦有人犯错，就会波及家族所有人，从而让人们不敢轻易犯错，尤其是不敢帮助共产党人。

民国的保甲制度中，采用十户为一甲、十甲为一保的基本规定。保内设有保办公处，负责涉及警卫、民生和经济等多个方面的工作，其中包括正副保长。保长类似于乡镇长，具备管理当地政治、军事和文化发展的权力。能够被选为保长的人大多是地主、乡绅和地方上有名望或影响力的人士。尽管国民政府对保长的选拔十分重视，但对保长的要求十分简单，只需要保长能够有效地掌控当地群众，这样便等同于国民政府对人民有了掌控。这些保长在真正处理保内事务时，缺乏有效监督，大多以自己的利益为重，因此，民国历史上很多保长都成了地方恶霸的代名词。

向云亭这个保长却是难得一见的清流，他利用保长身份保家安民，教化民众，同时还利用自己精湛的医术，救死扶伤，广结善缘。最令当地人津津乐道的是他"匪窝孤身救美"的侠义故事。

　　当时匪患盛行，民众苦不堪言。在川鄂湘边界，武陵山脉腹地，自然环境复杂，地势险要，历史上交通闭塞，少数民族众多，多省管理，又无法做到协调统一，因而这些地区在历史上便是著名的匪患泛滥的地区，大股土匪在此盘踞，彼此联络，横行周边三省数县，政府很难清剿，姜文主演的电影《让子弹飞》就是讲述这个时期的故事。据史料记载，武陵山地区匪患历史有近六百年之久，社会动荡，匪势愈演愈烈，在中华人民共和国成立前期，当地匪患竟高达十万之众。

　　武陵山脉的土家族人作为巴人的后裔，世代崇尚勇力，剽悍好斗。土司时期，由于土家族士兵英勇善战，屡屡被中央王朝征调，土家族绝大部分土司都有被朝廷征调的记载。秦良玉作为历史上唯一拜将封侯的土司女将军，其麾下战斗力强悍的"白杆兵"，便是土家人所组建的军队。《湖北省第七区年鉴》记载土家人风俗："好仇杀，遇有仇家，常以杀其一门老幼以为快，赶场行路，经常携带刀子，防仇人暗杀。"

　　那个时期，川鄂湘边界武陵山区的匪患蔓延到湖北京山一带。悍匪彭方子，原本是放牛娃出身，因受不了地主欺负，愤而杀了地主，抢了看家护院保镖的一杆长枪，钻进深山当起了土匪。他心狠手辣，杀人如麻，很快扯起一支队伍，干起了打家劫舍、杀人越货的勾当，有时连当地民防团他们也敢抢，一时间闹得永隆镇人心惶惶。

　　一日，向云亭正在家中坐诊，突见一个农妇一脸是血地跑进来，进屋后就扑通一声跪倒在地，磕头如捣蒜，哭着说："保长，快救救俺家姑娘，她今天早上出嫁，半路上却被一伙土匪劫走了。土匪一枪打死了新郎，把俺家姑娘掳进山了，俺家姑娘才十八岁，这可叫俺怎么活呀……"

侠肝义胆的向云亭一听这话，立马放下了手中的活儿，拉开桌子底下的抽屉，抓起一把驳壳枪，压满子弹，又带上两个弹匣，叫上两个保丁，就匆忙沿着农妇指的方向，骑马一路追了过去。经过一天一夜的追赶，向云亭凭着自己在国民党军队学到的过硬本领，很快就摸到了这帮土匪的老巢，并摸清了他们的活动规律。就在这个土匪抢了新娘做压寨夫人结婚的当晚，他安排两个保丁在山下埋伏好接应，自己趁着夜色，在土匪们都喝醉的时候，翻墙摸进匪首彭方子的住处，用枪顶着他的头，几拳把他打晕，绑了个严严实实，又用毛巾将他的嘴堵住，连夜把新娘救下了山。一个多小时后，苏醒后的匪首彭方子满地打滚，蹭掉了塞在自己嘴里的毛巾，连忙高声呼救，土匪们这才发觉新娘逃走了。随后，彭方子带人吼叫着飞速追下山来。由于带着个女人，行走不快，听到土匪的追赶声，向云亭把新娘交给两个接应的保丁，只身埋伏在一块大石头后面断后，他朝冲在前面的两个土匪开枪，"砰砰"两枪放倒两个，后面赶来的土匪吓得一哄而散。向云亭边快速回撤，边朝天放枪，最终安全返回永隆镇。

新娘被救回后，新娘的家人千恩万谢。英雄救美，加之是一对才子佳人，云亭先生与被救的新娘竟因此喜结良缘，在当地成就了一段传奇佳话。这是后话。

抗战胜利后，国民政府对中医推行消灭政策，看着中华国粹被当局糟蹋，向云亭深恶痛绝，他奋起抗争，开了一个私塾，一边普及中医文化知识，一边广收学徒，传道行医。他将传统的一对一带徒传业模式变为集体授课，制定授课内容，倾力传授《伤寒论》《金匮要略》《黄帝内经》《千金方》《妇人方》《本草纲目》《温热论》等医书，同时对中药的选材、碾制、配药、熬制的全过程毫无保留地教授给徒弟。除此之外，他还带领学生临床实习，让学生能够将理论与实践相结合，为中医的传承培养了很多后继力量。

中华人民共和国成立初期，农村青年普遍文化程度不高，很多人都不识字。向云亭为了让学生更好地学习中医，理解中医，每晚不是在编写讲义，就是在修订讲稿，通宵达旦。他对学徒难以领会的地方，总是耐心讲解，循循善诱，务必让学生能够理解并吃透。向云亭见中医学生文化基础课少，基本功不扎实，怕今后难以担当中医重任，不禁心急如焚，强调提高教学质量，加强中医基础理论研究，只有先继承，而后才能提高。

1956 年，国家着手消灭血吸虫病。中国农村有很多人因患血吸虫病，引起"大肚子"，丧失了劳动能力。全体中医积极响应国家号召，在各自的行医区域大显身手。

向云亭就在这样的时代背景下被国家选中，参加攻关治疗这种"大肚子病"。令人闻之色变的"大肚子病"，在他手上却是治一个好一个，相当神奇。后来，湖北省荆州地区成立了"消灭血吸虫病治疗队"，全地区巡回诊治，到 1959 年，血吸虫病得到了有效控制。此时的向云亭被安排到荆州地区人民医院当医生，那时候医院西医很少，主要以中医为主。向云亭的妻子，当时只有三十多岁，比他小二十七岁。这个小师娘就是土匪彭方子抢的那个新娘，当时为了报答向云亭，她非他不嫁，甚至不顾脸面住进他家里赖着不走。向云亭被这个少女的执着与痴情感动，最终娶了她。

1950 年，两人结婚第二年就生了儿子，取名向民生，向民生后来在荆州地区人民医院上班，爱人也进了妇产科当护士，三口之家非常幸福。这是后话。

说回到当时，国家为了奖励这批对人民身体健康做出贡献的功勋中医，给向云亭定的工资级别是 83.5 元，这在当时那个年代是非常了不起的。要知道当时的地委书记工资只有 60 多元钱，毛主席的工资也只有 400 多元。60 多元钱以上的都算是高干了。

向云亭故土情结浓厚，一心想要回到永隆镇，在他的一再申请下，荆州地区人民医院终于同意放人。当时，永隆镇正在组建人民卫生院，急缺好医生，名医向云亭回归，永隆卫生院非常重视，任命他为业务院长，是永隆卫生院名副其实的顶梁柱。由于向云亭名气太大，找上门来的病人络绎不绝。他一天要看两三百号病人，经常满屋子都是他的病人，屋子里挤不下，病人就在院子里排回字形队，排得是里三层外三层。白天他除了吃饭就是看病，劳动强度非常大，每天都身心俱疲。

1962 年春节，京山县卫生协会会长易甫泽，亲自把向云亭和他的几个徒弟召集起来，开了个小型座谈会。京山县卫生协会是卫生局的下属社团，专门管理医生。座谈会的大致内容是传达学习中央的文件指示精神：继承祖国医学遗产，抢救老中医。易甫泽会长和向云亭签订了一个合同，教徒弟只能学习中医，不能学西医，也不能搞其他项目。合同条款中对向云亭有要求，一个月要给徒弟 6 元生活费，那个时候一碗面一分钱，徒弟们至少学四年才能出师。

这一年，国家出台政策允许部分医生个体开业，联合诊所的医务人员可以退出卫生院重新自行开业或合办联合诊所。当时院长希望向云亭留下来，但是向云亭坚持要自己回老家杨丰乡开诊所。

1963 年春节后，向云亭就和另一个擅长配药的医生合作，在杨丰乡开了一个"杨丰群康诊所"，几个徒弟都跟着师父去了这个诊所。陈中轩白天帮着抓药、打扫卫生，挑担子去永隆买药，晚上还在诊所帮忙扫地、挑水，深夜还要挑灯夜读，唯一幸福和充实的是：师娘心地善良，经常做一些好吃的饭菜给他们这些学徒改善生活。

随着学徒规模的壮大，向云亭后来扩大诊所，创办了杨丰卫生院。

1966 年 2 月，二十三岁的陈中轩四年中医学徒期满，通过京山卫校进行短期培训，又参加笔试和论文答辩，考试成绩是整个京山县的第六名。当时只有陈中轩是初中学历，其他同学都是高中学历，还有两个大学肄业生。就这样，陈中轩过关斩将通过重重考核，被重新分到杨丰卫生院工作，从 1966 年 2 月开始，他拿的试用期工资是 29.5 元。

陈中轩是向云亭最小的徒弟，后来还被推荐到湖北中医学院学习，可惜这个大学陈中轩没能上成。这事要从 1965 年毛主席的"6·26 讲话"说起。

1965 年 6 月 26 日，毛主席经过深入调查研究，发表了"关于农村医疗卫生工作"的谈话。一生爱民的老人家，要求"把医疗卫生工作的重点放到农村去"。

根据毛主席这个著名的"6·26 讲话"，1966 年陈中轩参加了湖北省组织的巡回医疗队，送医送药，上山下乡。到 1966 年的 9 月初，巡回医疗队任务结束。爱才的易甫泽会长就请包括陈中轩在内的向云亭的三个徒弟，到他家吃了顿饭，还填了个表，推荐他们到湖北中医学院报到学习，但在那个运动不断的特殊时期，所有的学校都停课了，他们几个虽然被推荐上大学，但没有办法去大学读书。大学梦化为了泡影。

受牵连的还有他的师父向云亭。杨丰卫生院没开两年，"四清"运动和"破四旧"运动接踵而至。中医国粹被列入"四旧"，精诚大医云亭先生首当其冲受到波及。杨丰卫生院被收归国有，云亭先生被批斗，很多祖上流传下来的医书古籍和字画都被付之一炬……

目睹心爱之书物被焚，向云亭伤心欲绝，不胜悲愤，生活也随之陷入困顿，但这一切没有让他动摇信念，困境中的他经常给爱徒陈中轩殷殷叮嘱，鼓励他耐心地"守护其所学"，尽最大可能珍视、保存好中医古籍。他有一次眼含热泪地说："老祖宗给我们留下来的中医瑰宝，不能任其毁在我们这一代人手中，你一定要尽自己所能，能保护多少就保护多少！"

　　祸不单行，由于被人举报在中华人民共和国成立前当过保长，为国民政府卖过命，向云亭很快被抓进监狱里，政府要判他死刑，直接枪毙。就在这个时候，发生了一件能救他命的事——

　　京山县人民政府一位主要领导，妻子生孩子难产，命在旦夕，正当众人束手无策的时候，有相熟的人说起关在监狱里的向云亭是当地著名的"神医"，他可能会有办法。领导于是赶快派人把他从牢房里给请了出来，让他给难产妇看病。向云亭在工作人员的监护下，回家里取来自己的医药箱，从里面取出一套针灸套装，用银针刺产妇合谷、三阴交、至阴、肩井等穴位。合谷直刺，补法；三阴交直刺，泻法；至阴斜刺，虚补实泻；肩井直刺，泻法。采用间歇动留针法，直至产妇宫缩规律而有力为止……半个小时后，一声洪亮的婴儿哭声传来，一个健康的男婴生了下来。

　　向云亭用针灸调理气血、行滞催产之法，救活了一对母子。领导见他的医术如此高超，认为他是一个不可多得的医学人才，可以为当时积贫积弱的老百姓看病，同时基于一个报恩的想法，决定想方设法保住他的命。于是，领导就派人下去认真调查了他的履历，结果并没有发现他当保长期间有过鱼肉乡里的经历，反而干的一直是悬壶济世、保家安民之事。

　　差点儿冤杀了好人！惊出一身冷汗的领导经层层上报后，把向云亭放了出来。就这样，向云亭凭着一手出神入化的医术，为自己捡回了一条命，重出江湖，接着用医术守护乡民。

　　后来，另外一名领导干部也遇到类似的事：他的母亲发高烧，昏死了过去。这名干部心急如焚，慕名找到了向云亭求助。向云亭一看，当场认定这是"白虎汤症"，这个病的特点是四大：身大热，口大渴，汗大出，脉宏大。他当即把单子一开，四五样药，病人上午吃，下午病情就好转了，第二天就痊愈了。向云亭神乎其技的医术，让他赢得了当时许多领导干部的尊重，不少人开始用各种办法偷偷地保护他，为他行医提供方便。总之，他的处境较之以前好了很多。

在此期间，个别狂热而愚昧的徒弟参与了对师父向云亭的批斗。小徒弟陈中轩在迷茫和混沌中，凭着做人的本能，守住了内心的纯良，他把师父当成了父亲对待。师父与师娘对弟子很好，教医术，管生活，让他们度过了一段充实快乐的时光，最主要的是师父教的医术让他治好了很多病人，他也收获了乡亲们的敬重。陈中轩坚守良心，力所能及地帮助师父一家人，不离不弃，用他稚嫩的肩膀，坚定地扛起了扑面而来的疾风骤雨。

向云亭被打成了"现行反革命分子"，陈中轩几个师兄弟的"出师证"上，不允许填向云亭的名字，他们几个师兄弟就没有了"出师证"，学徒四年，却拿不到证书，大家悲愤莫名，却也无能为力。陈中轩只好在杨丰卫生院继续当医生，一边行医，一边静待改变命运的时机。

陈中轩跟云亭先生学习中医的各种理论知识，背药性，钻研医书，其中像《伤寒论》《黄帝内经》《本草纲目》等都是他经常翻看的书。云亭先生用药灵活，不像有的中医，照着一个药方生搬硬套。病理不一样，药方就不一样，各种病理药性方云亭先生都信手拈来。

　　向云亭虽然明面上被禁止行医,但是很多群众都想找他看病,人命关天,民意难违,于是上级睁一只眼、闭一只眼,允许他接诊,规定看一个病人只能收 5 分钱。向云亭口碑好,患者多,有时一天看两三百名病人,所以一个月下来,他也有三四百块钱的收入。当地镇上的领导最高才只有几十块钱工资,他收入那么高怎么行呢?于是他再次被迫停诊。

　　后来,向云亭一家三口被下放到农村。家里人都跟着受苦,没有工资,还要参加农业劳动。师娘从来没有参加过劳动,他们的儿子也没有吃过苦。一身本事却无处施展,向云亭内心深感落寞悲凉。当运动结束,他回到家里,看着凝聚他一生宝贵心血的重要资料被毁于一旦,他就像被抽掉了脊梁,瘫软在地,他的高度眼镜片,也被抄家的人打碎了。这时的他已经近八十岁高龄,身体经不起这无休止的折腾,终于一病不起,但是他在病榻旁还一心惦念着自己一生钟爱的中医事业……

　　师父的家被抄了。在师父落难期间,几个徒弟一哄而散。作为最小的徒弟,善良厚道的陈中轩却始终不离不弃,明里暗里帮助师父,见师父缺吃少穿,他就偷偷把家里的口粮给师父送过去。

　　师父下放期间,杨丰卫生院也陷入停摆状态。青年陈中轩在当地医术高超,口碑较好,最后,只剩他一人留在医院继续上班坐诊,在江汉平原这个普通的小镇上开启了他不一样的人生之路。

乡卫生院来了名女医生

　　1968 年 9 月的一个清晨，秋雨细细地打在永隆河的水面上，一堆堆深灰色的迷云低低地压着大地。此时已经入秋，河边的林木都已光秃秃的，一排排老白杨树阴郁地站着。大地仿佛穿上了一件金黄色的毛衣，枯黄的杨树叶和鲜艳的枫叶飘落在地上，铺满了整条乡村的土路，从农家院子里探出头的柿子树上的叶子全落了，红彤彤的柿子还挂在枝头，像一个个小灯笼。

　　永隆河的早上薄雾弥漫，码头上人来人往，渡船在河上穿梭。此时，在早班的渡船上，一位扎着马尾辫、皮肤白皙的清秀女生，在人群中特别醒目。

　　她叫殷良秀，此时二十二岁的她，刚刚从湖北省沙市卫校毕业，被分配到京山县永隆镇杨丰卫生院工作。殷良秀于 1945 年 12 月 22 日出生，1963 年从天门市渔薪镇初中毕业考入湖北省沙市卫校医士班（四年制），后赶上运动，中间休学一年，1968 年分配到杨丰乡卫生院工作。当时的中国教育水平普遍低下，特别是在贫穷的农村，遍地文盲，且农村又特别重男轻女，一个农村女娃能够考上卫校，这在当时绝对是凤毛麟角。

往往在看普通人成功的时候，人们喜欢好奇地去探究一个家族的成功基因，结果总会惊奇地发现，这一类家庭有出奇一致的地方：善良，酷爱读书，好学上进的家风。

殷良秀之所以能成为当时难得一见的中专生，可以说是被父亲用棍棒打出来的"金凤凰"。

殷良秀的母亲叫张德英，是湖北天门石河段场人，十几岁就出嫁，在天门城关镇落户，自己做裁缝，丈夫开餐馆。殷良秀的父母接二连三生了十二个孩子，夭折了六个，活下六个。四个儿子两个女儿，殷良秀排行第五，上面有四个哥哥，下面有一个妹妹。母亲张德英是一个非常善良又天性开朗乐观的女人。在殷良秀的眼里，母亲是世上少有的贤妻良母，不管面对生活中再大的困难，她总是任劳任怨，笑呵呵地面对，从不抱怨。殷良秀记忆中的母亲，似乎永远都在为一大家子人忙个不停，每天洗衣做饭，为孩子们做衣服和鞋袜，每天做针线活儿都是到深更半夜……

"千古兴亡多少事？悠悠。不尽长江滚滚流。"命运的大船在历史的迷雾中漂来荡去，平民老百姓的家庭就像大船上的一片叶子，在惊涛骇浪中随波逐流……

1956 年 10 月，知青"上山下乡"开始。看着城里的年轻人都往乡下涌来，各地建设了无数知青农场、林场，殷良秀的母亲敏锐地感觉到自己一家人可能在城里也待不下去了，于是就带着一家老小迁徙到天门渔薪灰市一个农村安家落户。

在灰市农村的那些年，父母农忙时就干农活儿，农闲时就利用裁缝手艺帮人做衣服，清贫的日子过得捉襟见肘，但殷良秀兄妹被亲情包围，生活过得也算温馨。

殷良秀的母亲张德英，勤劳能干心灵手巧，衣服做得非常好，是当地知名的巧手裁缝。因为之前一家人在天门开过餐馆，所以她还做得一手好菜。天门，是中国著名的"蒸菜之乡"，盛行蒸菜，有"万物皆可蒸"一说，"沔阳三蒸"更堪称天下名菜。她记得母亲无数次把哥哥们从河里捉来的鱼虾、鳝鱼，或者是从山上田里剜来的野菜、竹笋，抑或是树上的槐花、香椿等，拌上面糊糊、米糊糊、稻谷渣渣，然后把花椒叶子往下面一铺，混在一起盖上蒸笼蒸，灶膛里的柴火噼里啪啦烧得旺旺的，出锅时饭菜弥漫出香气，她和哥哥妹妹们雀跃……家有巧娘，万事不慌。殷良秀记忆中童年没有挨过饿，这是她童年最为幸福的一件事，这一切都是源于母亲的持家和能干。

那时候农村干农活儿全靠人力，割麦子、打谷子、扬灰场、晒麦子等农活儿，都是靠人工，出米时，直径一人多的大磨盘全得靠人推。母亲张德英什么苦都吃得下，什么农活儿都会干。父母就像是伸开翅膀的公鸡、母鸡，把子女们牢牢地守护在自己的翼展之下。父母对生活永远保持着一种冲锋和战斗的姿态，拼尽全力，为的就是让孩子们能够吃饱穿暖，存活下去。殷良秀和哥哥妹妹从小也特别懂事，分工合作帮着家里干家务和农活儿。殷良秀手脚灵巧，特别有耐心，她小时候最爱干的事儿就是跟着妈妈学裁缝。

麦子成熟的季节，她只要看到麦穗弯腰，颜色变得有些发黄，心里就开始发慌，特别害怕，因为每到这个季节，一家人都要赶到农田里去割麦子，麦芒和麦穗碰到她身上的时候，她全身上下都会起密密麻麻的疹子，奇痒无比，痒得受不了时，她就会伸手去抓，皮肤被抓破的地方就会流脓水，瘙痒难耐。那种钻心的记忆，至今仍不堪回首。

殷良秀跟着妈妈学做裁缝，打下手，钉扣眼，缝裤边儿，用白色的石膏在布料上画线，等等，虽然忙忙碌碌像一只采蜜的小蜜蜂，但是那成了九岁殷良秀最喜欢干的事情。裁缝太能锻炼一个人的心灵手巧，到最后，只要看到一块布，殷良秀就能浮现出衣服穿在人身上的样子。

作家刘震云曾说，他的人生有一个非常重要的导师，那就是他的舅舅，人称刘麻子。刘麻子是一个好木匠，打的箱子柜子比别人的都好，别人打一个箱子花三天时间，他花六天时间；别人只花六天时间还不是一个好的木匠，他是打心眼里喜欢做木匠，他特别喜欢闻做木匠活儿刨出来的刨子花的味道；只喜欢做木匠活儿，也当不好木匠，他看到一棵树，如果它是松木、柏木或楠木，他想这要是给哪家姑娘出嫁时打个箱子该多好，如果它是一棵杨树，他想杨树是最不成材的，只能打个小板凳。

木匠与裁缝异曲同工，最高明的匠人都是大师，可以达到人物合一的境界。学做裁缝的这段经历，为殷良秀日后干妇产科手术的活儿，打下了坚实的基础。

殷良秀的父亲有经商头脑，一直做一些小生意，他又高又帅，还不抽烟不赌博，能干又极富正气，在当地有极高的威望，当地人都服他。在天门街上时，一些民众吵架打架搞不定时，都是请他出面协调处理，甚至比警察还管用。父亲较之母亲，威严而少语。对殷良秀几兄妹要求十分严格，小时候殷良秀他们见父亲从外回来，哪怕几兄妹正在欢声笑语地打闹，也立马噤若寒蝉，不敢再多说一句话。

父亲要求几兄妹一定要读书，殷良秀的小哥不愿读书，父亲二话不说，当场把小哥的饭碗扔了，不给他饭吃，逼他去挑粪干活儿。殷良秀不想读书，父亲更是狠心，把她用绳子捆起来吊在树上，用绳子抽打，殷良秀被打得当场求饶，哭着喊："大大，把我放下来，我再也不敢了，我去读书……"（当地人把父亲叫"大大"）大大把她放下后，摸着她身上的伤痕，心疼地说："不要怪大大心狠，这个世道，本身对女孩子就不公平，你作为一个女孩再不去读书，是没有出路的！"倔强的殷良秀那个时候在心里记恨父亲，她想自己是一个女孩，父亲竟然下这么狠的手，把自己吊起来用绳子抽，父亲说这个话的时候，她根本听不进去，脑海里弥漫的都是对父亲的恨，希望自己快一点儿长大，逃离父亲的魔爪。不过唯一让她心动的是，她透过眼睛的余光，看到父亲抚摩她伤痕的时候，鼻翼有一点儿抽动，眼角有一点儿湿润。

殷良秀后来在回忆时，动情地说："我这一生，其实最感谢的人应该就是我的父亲，是他在我人生最关键的岔路口，一顿棍棒把我打上了正道，如果没有父亲的棍棒，就没有今天的殷医生！可以说，在我们这个家，是母亲呵护了我、滋养了我，是父亲打醒了我、指引了我，他们真正诠释了什么是严父慈母。后来我常回想，在那个年代，多少老百姓连吃饱穿暖都是一种奢望，那么多人都目不识丁，不也都平凡地过完了一生，为什么我的父亲会有那么坚定的意志，非得逼我读书上学呢？他用尽自己一生的力气，才把我托举到一定的人生高度。父亲这种对子女正向的教育和鞭策，也成功地遗传给了我，我后来教育自己子女的态度和做法，其实也来源于父亲。"

穷人的孩子读书，说起来容易，做起来实在太难。殷良秀上学的时候，村里小学的条件十分差，因为急缺老师，一年级到三年级的孩子都混在一个教室里上学，并且教室里没有桌椅板凳，需要自带。殷良秀的父亲做了一套桌椅板凳，给女儿送到学校，这才解决了女儿在学校站着上课和没有课桌做作业的问题。当时殷良秀的老师叫吴道昌，是一位戴着眼镜的中年人，他一个人同时教一年级到三年级学生的课，他教完一年级，让一年级写作业，然后去教二年级，之后教三年级，如此循环。因为是几个年级混在一个班上课，所以悟性很高的殷良秀学习上进步特别快，原本三年的课程，她一年跟着学完了。

村里小学的教室是土坯屋，一下雨就四处漏雨，摇摇欲坠，当时班上没有体育课，只有一位音乐老师，从附近的灰埠头村一周过来一次教他们音乐。小学三年级好不容易读完以后，殷良秀和小哥一起考上了天门市佛子山镇灰埠头的高小上学，由于两地相距5公里路程，她每天上学和放学要走5公里路。灰埠头是当地较大的一个行政村，那里的学校环境好多了，有正式的教室，窗明几净。由于学校不管午餐，每天中午父亲都会风雨无阻准时送饭给她和小哥吃，当时吃的大多是稀饭、馒头和咸菜，父亲在咸菜上淋上小磨香油调味，殷良秀和小哥吃得特别香。

1959 年，殷良秀和小哥一起考上了渔薪中学。殷良秀在渔薪中学学习期间，恰巧赶上了"大饥荒"，学生的一餐就是一钵红薯，或者一钵豌豆。在这里学习一年后，由于学生实在没有饭吃了，学校也没有办法坚持办下去，就被迫放了假，殷良秀也由此回到了家。

这段经历，殷良秀曾在回忆录中这样记述：

那一年，我的几个哥哥都当兵去了，只有我和我妹妹留在家里。能干的妈妈也忍不住经常在嘴里念叨，"可惜我们家没有男孩在家，没有了顶梁柱"。我说："我和妹妹比男孩还管用。"那一年，大旱灾，村里一个百年未干的大湖都干涸了，湖里的淤泥没到腰那里深。为了活命，我跟妹妹到湖里去挖藕、摸鱼。有一次，我好不容易摸到一条鱼，一把抱在怀里，结果鱼尾巴拼命甩动，把我的脸打得生疼生疼的，甩起来的泥巴，把我的眼睛和头发都糊住了。大家一窝蜂地都去抢鱼，我闭着眼睛要跟人打架，哭喊道："鱼是我的，你们休想抢走！"乡亲们其实都很好，笑着逗我说："是你的，是你的！"然后，乡亲们帮我把鱼弄上来，冲洗干净给我，让我抱回了家。

当时国家给每人每天发四两米，我们家每天都是一桶稀饭，我和妹妹两个人说着笑着，就把一小桶稀饭都吃光了，也不知道父母有没有吃的。那一年，我和妹妹像男孩子们一样，为家里找食物，摸鱼偷菜，什么都干……

休学一年后，国家形势好转，我接着上学，两年以后，我参加了中考。中考结束后，就每天在家里干农活儿。放榜那天，我不敢去看分数，磨磨蹭蹭地往分数榜那边走，路上碰到了我的老师，他大声冲我叫着说："殷良秀，你考上沙市卫校啦！"

我考上了沙市卫校四年制医师班。将近毕业的时候赶上了运动，就又多读了一年，五年才毕业。毕业分配的时候赶上"上山下乡"，号召我们去支援贫困山区，我就选择了离家近的京山县，被分配到了杨丰卫生院。我的医学生涯，就是在杨丰卫生院扬帆起航的。而在这一年的 9 月 26 日，我的母亲因患血吸虫病造成肝硬化不幸去世，当时她才六十二岁，我永远失去了妈妈。今后山高路远，面对苦难深重的生活，只有我一个人孤军奋战了……

历经千辛万苦，殷良秀终于从卫校毕业，她可以参加工作，挣钱养家，回报家庭了。可是这个时候又赶上了知识青年"上山下乡"。像她这种情况，不可能分配到大城市工作，因为大城市各大医院的名医此时都背着行囊下乡去了。于是，她就选择了一所离家较近的永隆镇杨丰卫生院上班。从此这个二十多岁的小姑娘和永隆镇结下了一生不解之缘，永隆镇也成了她梦开始的地方，更成了她一生魂牵梦萦的地方。

从无人问津到排队问诊

　　1968年9月，殷良秀从学校分配到杨丰卫生院。当时卫生院安排的是青年中医陈中轩到车站去接人。陈中轩看到殷良秀的第一眼，就不禁呆了一下：这个穿着红格子的确良上衣、扎着马尾辫的漂亮小姑娘，他好像在哪里见过一样。殷良秀对陈中轩的第一印象也比较好：陈中轩皮肤较白，眉目清秀，卡蓝色的中山装虽然洗得发白了，但是干干净净，整个人显得清清爽爽。从永隆镇车站到杨丰卫生院，有十几里的路，当时公共汽车少，陈中轩把殷良秀的行李，用担子挑着，两个年轻人一见如故，边走边聊，一路上有说不完的话。

　　当时杨丰卫生院那破败的情形远远超出了殷良秀的想象。她没想到基层的卫生院会破败成那个样子，缺医少药不说，一个卫生院全部面积不超过1000平方米，卫生院的房子不少玻璃都被砸碎了，四面漏风，医生诊室看病连一张像样的桌椅都没有。卫生院分门诊部和住院部。陈中轩和殷良秀都在门诊部，门诊部有二十来个医生，分几个科室，每个科室四五个人，殷良秀被分在诊断室。

当时整个杨丰卫生院只有三十来个人，殷良秀是唯一的女医生，当时女娃子当医生是一件很稀奇的事儿，她到医院报到的第一天就引起了轰动。不光是同事们围过来看热闹，连卫生院周边居住的乡亲们，听说来了一名年轻漂亮的女医生，也纷纷跑过来围着看热闹。在那个年代，大家看惯了留着山羊胡子的老中医，很少看到一个黄毛丫头坐诊。

殷良秀的到来让不少青年医生兴奋不已，亲自去车站接她来上班的陈中轩更是有一些莫名的激动，但是接回卫生院后，内向的他就再也没有跟殷良秀说过一句话了。当时的卫生院就像一个濒临干涸的鱼塘，突然扔进来一条色泽鲜艳的大锦鲤，必定会引起年轻人的一阵翻腾。

陈中轩没有想到的是，人间良缘会幸运地落到自己头上，这个美丽的女医生后来竟然会成为他终身的伴侣，并且与自己展开了一段中西结合治病救人的佳话。

其实，陈中轩由于沉稳帅气，年轻时交往过两个女青年。

余宝珠是一名来自武汉的下乡知青，插队时就在红林大队，有一年春节，这些活泼大方的知青组织了一个文艺宣传队，唱歌、跳舞，自娱自乐，演出了一台节目，方圆几里的乡亲们都涌过来看，从来没有见过世面的村民，大开眼界，叫好不断。当时陈中轩正在家里看书，甜美的歌声飘过来，他忍不住拿着书走出去看。正在台上演唱的余宝珠看到了他，可能她没有想到穷乡僻壤还有这么斯文的后生，她在台上边唱边盯着陈中轩看了好久。第二天，余宝珠就找上门去主动与陈中轩交往，当看到他破旧的屋子里的四面书墙时，从小在城市里长大的余宝珠不禁惊讶地睁大了眼睛。整个春节期间两人都聚在一起谈天论地，话题越聊越多，有时候秉烛夜谈。每次分别时，两人都是你送我，我送你，来来回回，难舍难分。

1965 年，陈中轩被公派去京山县卫校学习，此时，余宝珠却要回城了，因为她是那一批下乡知青的队长，大队把唯一的知青回城的指标给了她。余宝珠放心不下陈中轩，两个人感情很好，但是一直没有挑明恋爱关系，这样回去，两个人肯定散了，她不甘心，临走前勇敢地找到了陈中轩的父亲陈守慧，让他给儿子带句话，问一下陈中轩对两人关系的态度。

父亲去京山县卫校找到陈中轩，说："中轩，余宝珠要回城了，人家姑娘放心不下你，问你是怎么打算的。我看人家姑娘不错，要是喜欢别人，就给别人一个承诺，你作为一个男子汉给句准话，别纠纠结结，不能耽误人家姑娘的好前程。"陈中轩说："我现在学习很紧，没立业，有啥资格给人家城里姑娘提要求，她要回城就回呀，我又没有拖着她的腿！"陈守慧见儿子和年轻时的自己一样迂腐，气得直拍大腿，回去后把儿子的话带给了余宝珠，看着余宝珠哭哭啼啼地走了，陈守慧气得直骂儿子读书把脑子读傻了，不通人性。

回武汉后，余宝珠给陈中轩写来了一封很长的表白信，还给他寄了语录和像章，她在信里说，她准备舍弃武汉的工作和户口，重新回到红林村去跟陈中轩结婚。善良的陈中轩生怕耽误了人家姑娘的好前程，一直没有给一个明确的表态，一直推托说自己配不上她，余宝珠"剃头挑子一头热"，时间久了，两人的关系也就慢慢断了。

1966年，永隆镇巡回医疗队实习结束后，陈中轩的同学给他介绍了一个女朋友，叫汪卫荣，是镇上的一名年轻的裁缝师傅，二十二岁，刚学成出师，裁缝手艺特别好，两人谈了一年。可能是没有太多的共同语言，或许是陈中轩还没有从阴影中走出来，这段感情最后也是没有结果。

此后，这名年轻人，把自己的心扉封闭起来，沉浸在古籍医书中，以书为伴，遍试中草药，一心扑到提升医术、治病救人上了。

陈中轩没有想到，一份挡不住的缘分很快又会到来……

在喧嚣的都市间，人们多少年都很难听到鸡犬相闻，而在乡镇，把人们叫醒的永远是叽叽喳喳的鸟声和大公鸡的打鸣声。殷良秀去杨丰卫生院报完到后，院长把她领到后面一个很简陋的小房间，说这就是她的宿舍，看到屋里空荡荡的，连一张床都没有，殷良秀有些发愣，院长这才一拍大腿说："我们这里好多年都没有分来过医生，小殷医生，你来得太突然，院里都没有做好准备，不过你放心，我马上安排好！"院长紧急叫人通知安排杨丰街上的木匠，当天就给她打了一张简单的木架子床，又让人从病房里给她抱了一床干净被褥，简单一铺设，这才算安顿下来了……

杨丰卫生院当时没有分什么科室，只有门诊部、药房和住院部。殷良秀学的是内科，但当时杨丰卫生院根本没有内外科。上班第一天，她找来了一个废纸箱，用剪刀剪下一块方方正正的纸皮，用钢笔写下"内科"两个字,然后用钢笔把两个字反复描粗,最后把它插在自己办公桌上宽大的缝隙里,科室这就算对外营业了。

让殷良秀没有想到的是,她上班头几天,竟然没有一个病人找她看病,这并不是说医院没有病人,当时医院每天还是人来人往熙熙攘攘,但是所有的病人都在其他医生的门口排队问诊,而她这里无人问津。经常有病人推开门,一抬头看到是个女医生,并且是一个年轻的女娃娃,扭头就走了,医生毕竟不是卖菜的小摊贩,她也不能喊病人留下来看病,所以殷良秀只有眼睁睁地看着这些病人从自己面前一个个飘走。这让年轻的她尴尬不已,整个人感觉脸上臊得慌。

那个时候,杨丰街上只有一条宽大的石子路,人们赶集赶着牛车,背着背篓,方圆百里的人们没有什么医疗知识,对疾病的理解停留在"怪力乱神"的阶段,作为卫生院唯一的女医生,老百姓当然不会对她抱有太高的期待。

下班的时候,几个同事开玩笑地"三连问":"殷医生,今天看了几个病人啊?今天开张了没有啊?有没有什么疑难杂症需要交流一下啊?"面对这些询问,年轻的殷医生不知道怎么回答,她恨不得找个地缝钻进去,第一次对自己的能力产生了严重的怀疑。

晚上,躺在宿舍的床上,殷良秀盯着天花板认真地思考白天的所见所闻,她感觉自己还没有开始看病,就被病人放弃,这并不代表着自己的医术不行,而是农民们对年轻女医生根深蒂固的不相信的观念导致的。自己必须坚定信心,努力为这些病人看好病,通过医术来赢取他们的信任。饭要一口一口吃,路要一步一步走,所有的路都要靠自己走出来。

这样一想，她坚定了信心，那一天晚上她蒙头睡了上班以来最香的一个觉，在梦中她梦见了母亲。母亲笑着鼓励她，说："秀，放心大胆地去干吧，万事开头难，妈妈永远相信你！"梦里的妈妈，把她拥在怀里，紧紧地抱了抱。她醒来的时候，发现自己的枕头湿了一大片，也许是太想妈妈了。此时的她就像一个振翅欲飞的雏鹰脱离了妈妈的怀抱，要在这苍茫的人世间迎接风雨。此刻的她多么需要亲人的鼓励和一份支持她干下去的勇气啊！

杨丰卫生院的医生，都属于"走读型"的，也就是上班时间来医院，下班后回到自己街上或村里的家。大多数医生的家就在医院周边的村落里，步行回家，十分方便。只有殷良秀离家远，一个人住在医院宿舍里。

上班第二周的一天深夜，殷良秀已经入睡了。突然，她被一阵剧烈的敲门声惊醒了。门房师傅站在门口，急切地连声叫着："殷医生，殷医生，快起来，快起来，这个孩子快不行了，你帮忙看一看咋回事，看还能不能救呀？"

殷良秀连忙开灯，披衣起床，一分钟都没有耽误，赶快冲出来看病人是什么情况。当时，夜色黑漆漆的，门口乌压压地站着一大群农民，中间两个人抬着一个担架，虽然此时院子里寒风呼啸，但是抬担架的人头上热气腾腾，一看就是赶路赶得急，跑出了一身汗。担架上躺着一个奄奄一息的孩子，掀开孩子身上的被子，殷良秀发现孩子脸色乌青，浑身在不停地抽搐，口角还有残留的白沫。孩子的爸爸语气急促地说："孩子在吃晚饭时，突然感觉不对劲儿，一个劲儿地喊冷，浑身颤抖，在椅子上坐着坐着就倒在了地上，我喊上乡亲们，抬上娃立马就跑过来了。医生，你快看看，娃这是得了啥子怪病啊？"孩子的妈妈，看到殷良秀，一下子就跪在地上，抱着她的腿说："医生，快救救我的娃，我们家就这一个儿子，他的学习成绩可好哩，你一定要救活他呀……"

第一次经历这种场面的殷良秀，此时紧张不已，虽然室外温度低，但如临大敌的她，也是急得满头是汗。不过五年的学医生涯和平时练就的麻利动作，让她临危不乱、处变不惊，她很快镇定了下来。此时只能靠自己了，她在心里一再告诫自己："我是医生，一定要先稳住阵脚，乡亲们可都在指望着我呢，我一定不要慌，镇定再镇定，不能慌，不能乱……"

她首先问门房师傅，医院现在还有没有医生在这里住。师傅说："医生们都回家住了，现在整个医院就你一名医生。"殷良秀接着问："那药房的钥匙你有没有？"门房师傅回答，医院所有房门的钥匙都在他手上。他用手晃了晃自己挂满钥匙的大铁环，发出稀里哗啦的碰撞音，在这个漆黑的夜晚，声音特别响。

殷良秀说，快把孩子送进医务室，让孩子平躺下来。接着，她用手指把孩子口中的污秽掏出来。当时疟疾盛行，她初步判断，眼前的孩子得的就是疟疾，必须赶快对症下药，不然孩子有生命危险。师傅提着马灯把她带到药房里。

因为平时医生负责开药房，配药抓药另有人负责，所以不同的药放在什么位置，殷良秀根本不知道。她让门房师傅把马灯提得高高的，一个柜子格一个柜子格地找药，最后在一个隐蔽的小格子里找到了一个白色的小瓶子，里面果然有几颗她想要的小药丸。她如获珍宝，赶快跑回宿舍，提了半瓶温开水，掰开孩子的嘴，用自己的玻璃水杯，让孩子慢慢把药服下去，过了十几分钟，孩子停止了抽搐，脸色慢慢变得红润起来，最主要的是他刚刚散开的瞳孔又收缩了，恢复了元气！殷医生长舒了一口气，为了安全起见，她让孩子和家长留在医院进一步观察，她则衣不解带地在医院守了一晚上。

那一晚，夜真的好长啊，殷良秀眼睛都不敢眨一下，她一会儿测孩子的体温，一会儿给孩子盖被子，一会儿给孩子喂水。凌晨四五点的时候，孩子的体温降下来了，孩子醒来后看了她一眼，轻声地说："谢谢医生！"当时殷良秀的眼泪立马流了下来，她第一次真切感受到什么叫救死扶伤，感受到白衣天使的责任。天蒙蒙亮的时候，孩子沉沉地睡了过去。她坐在孩子身边，听到孩子匀称的呼吸声，悬着的心才放了下来。

第二天早上，同事们来上班的时候才发现这个状况，此时的孩子已经恢复得差不多了，殷医生赶忙跟院长说明了情况，院长惊讶得张大了嘴巴，他不可思议地看了一眼殷良秀，又看看病床上的孩子，赶紧亲自测孩子的体温，翻孩子的眼皮，问吃了什么药，听了殷良秀的一一回答，院长忍不住回头给殷良秀伸了一个大拇指，说："小殷医生，你太牛了，看病准，下药对，哎呀，这娃福好命大，你算是救了这个娃呀！"接着，他根据孩子的症状，亲自开了几天的药，让他们带回去接着服用，孩子的父母千恩万谢地走了……

　　新出道的黄毛丫头,年轻的殷医生,只身一人深夜救活重病孩子的事,一下子在乡亲们中间传开了。这下可不得了了,乡亲们顿时对她敬佩得不得了,都想看看这个女医生到底长得什么样,咋有这么大的本事!

　　乡亲们的宣传,让殷良秀一下子火了起来。那段日子,有病的、没病的,看病的、看热闹的,都挤在殷良秀的诊室里,里三层外三层,有的是特地来找她看病,有的就是为了看她一眼。殷良秀看病时,不管身边围了多少人,都能心无旁骛,专心问诊。那个年代,病人打吊瓶的很少,最多是打"屁股针"。小毛病都是包几天的药,各种药丸的功效,她都熟背于心。虽然初入此行,她下药却十分果断,因此,每天找她看病的人不下百人。

　　当初无人问津时,殷良秀原以为自己会像个无水的井一样荒废,没想到经此一役,却成了善良的百姓翘首盼望的泉眼。尽管环境艰苦,生活寒酸,但她觉得自己无比幸福,她的心里满是从未有过的喜悦。每天上完一天班,她虽然累得筋疲力尽,但内心充实,乡亲们每一个病愈后的笑容,每一个感激的眼神,都是对她最好的回馈。

那个心比天高的书呆子是同事

杨丰卫生院来了个女医生，黄毛丫头能治病。这在当年的永隆镇，成了头号的大新闻。

比起殷良秀的干练，青年陈中轩可就有一些憨厚了，他除医术精湛外，和他父亲陈守慧一样，也是远近闻名的书呆子。从小受师父向云亭的影响，他看病之余，都是一头扎进古医书里求索，另外就是他背着外人，偷偷照顾落难的师父。当时的向云亭，几乎要以乞讨为生。他胡子拉碴，白发一尺多长，整个人苍老不堪，手指甲也长得有一两厘米长，指甲里沾满了黑黑的泥土。

有一天晚上，陈中轩提着一袋大米和一壶油，在街上又割了一块猪肉，买了十几个鸡蛋，趁着夜色去探望师父。推开师父家虚掩的门，看到窗户的玻璃都破了，院子里乱七八糟，一看就是刚刚被打砸过。走进内屋，一股尿臊味儿扑鼻而来，屋里没有灯，里面黑黢黢的，陈中轩小声地叫了几声："师父，师父在家吗？"过了好久，一个虚弱幽冷的声音才从黑暗的角落里传出来："是中轩来啦。"

"师父眼睛不好，看不清外面的世界，腿脚也不好，动不了了，能去哪里呢？"向云亭说。

陈中轩赶紧走近察看，这个时候他的眼睛适应了室内的黑暗，这才看清楚，师父蜷缩在一个墙角的床上，他手接触到师父身上被子的时候，发现被子冰冷潮湿，就像是被水刚泼过，又冰又沉，像一块铁皮。师父偎在被子里，没有戴眼镜，花白的头发感觉已经有一尺多长了，脸颊消瘦，背靠在冰冷的墙壁上，整个人显得有些有气无力。陈中轩急切地问师父："您是不是生病了？我赶快去给您抓点儿药吃。"

向云亭说："中轩，我知道我的病是咋回事儿，再说所有的药也被他们抢走了，我只能等死。其实，我也是在等你来。我这么多年存下来的医书，都被他们烧了，我这里还有几个笔记本，是我的祖上传下来的一些中医秘方和我多年行医的心得，现在送给你，你好生珍藏，这些都是咱们老祖宗的瑰宝，用好了可以救助太多穷苦大众。师父以前也有过私心，没有把这些祖上传下来的秘方倾囊相授给你，现在看来，这些年我没有看错你，到了这种地步，我最担心的是这些医术传不下去，那我死不瞑目啊……"

陈中轩拿着师父递过来的一摞厚厚的、皱巴巴的笔记本，泪流满面。他哭着说："师父，您这个地方实在没法住了，我去街上租个小房子，您搬过去住，先把身体调养好，我相信一切总会过去的，日子总会苦尽甘来的。"

向云亭欣慰地看着眼前的这位小徒弟，轻声说："我就守着这个家，哪儿也不去，我现在只要出去就会拖累你。你记着把我的那些秘方整理出来保存好，千万不要泄露给外人，要在你的心里记一辈子，以后传给你的后人，让中医为咱们中国老百姓守好健康关，一定不能让老祖宗的中医瑰宝毁在咱们手上啊。"老先生说到这里，已是老泪长流。陈中轩流着眼泪连连点头，见师父坚持不跟他出来住，没有办法，当天晚上就又赶回了卫生院，按照师父的症状，抓了几剂药煎好，快到凌晨的时候，又给师父送了过来，扶着师父看着他饮下。陈中轩同时带来了一床干净厚被子，给师父铺好，把师父那一床冰冷的被子搭在院子里晒好。细心的他，还带了一把剪刀，给师父剪了头发和胡子，他一边修剪一边心酸地流泪，记忆中的师父是多么高大帅气、多么英气逼人啊，现如今这副模样……

受师父委托，陈中轩在工作之余认真整理师父笔记本中记载的一些秘方。他越看越惊喜，其中有些方子他立马在看病中活学活用，没想到疗效竟是出奇的好。他行医的口碑更是越来越好，找他看病的老百姓也越来越多。

与殷良秀胆大心细的行医方式完全不同的是，陈中轩行医讲究文火慢炖，常与病患之间深入交流，在外人看来就是无比拖沓啰唆。其实，懂行的人都知道，中医博大精深，在行医时，问诊在中医的地位，实属重中之重。《难经·六十一难》中说："问而知之谓之工。"没有精准的病理判断，治疗也就无从谈起。陈中轩经常就是在漫不经心地与病人的交流中，建立一种自由、真诚、平等、融洽的就医氛围，让病人放松心态，使其无保留、无顾忌地客观叙述病情，这样一来收集的病史更加翔实。

陈中轩厚道心细，每次行诊前，他不仅体察、理解患者的疾苦，还耐心听取患者描述自己的身体症状和内心的痛苦，使患者感到十分亲切自然，愿意主动细致地陈述自己的病情。有一次，一个农妇来到他的门诊看病，捂着胸口说："陈医生，我的胸口疼得很，看吃点儿啥药能治？"陈中轩详细地问了半天，才知道当天中午吃饭时，干活儿回来的丈夫嫌她的米饭熬稀了，气得当场把碗摔碎了，她当时心绞痛就犯了……陈中轩说："你这病不用吃药，把心眼放宽些，不要和你家丈夫一般见识，或者你回娘家住几天，休息一下，气消了就好了，没有多大的事。"女病人不可思议地看了他一眼，将信将疑地走了。过了一阵子，这名女病人来街上赶集时拐进医院来看陈中轩，当时陈中轩正在给病人看病。农妇满脸堆笑地说："陈医生，你真神了，我听了你话，回娘家住了一阵子，孩子他爹主动去娘家求我回来，这不，这一阵子，我的心口再也没有痛过了……"陈中轩眯着眼一笑，也不作答，依旧不紧不慢地给病人看病。

其实，陈中轩在师父留下的医书《灵枢》中就看到过："病之始生也，皆生于风雨寒暑，阴阳喜怒……"喜怒不受节制是导致百病所生的一个重要因素。药王孙思邈也曾说："未诊先问，最为有准。"

杨丰卫生院就这么大个地方，每天接待病人最多的就是殷良秀和陈中轩的两个诊室，并且陈中轩因为性格内向木讷，在殷良秀上班几个月来，他没有像其他青年医生一样，一有时间就往她那边跑，甚至没有主动跟她说过一句话。时间一长，殷良秀不禁对身边这位书呆子同事产生了好奇。陈中轩也是对殷良秀打心底里充满了佩服：她一个刚出道的小姑娘，竟然只身夜救病危男孩，这除了胆大心细，也离不开她扎实的医学功底。

有一次，殷良秀从药房拿药时路过陈中轩的门诊，她瞟到陈中轩的诊室里围满了人，最主要的是他的桌子上放着几大本厚厚的古籍医书，不由得眼睛一亮，就不由自主地走了进去，陈中轩当时只顾给病人看病，也没有看见她进来。殷良秀听他跟病人攀谈，甚感好奇，原来中医是这样看病的。

过了好半天，陈中轩抬头一下子看见了她，有点儿不好意思地说："殷医生，有啥事吗？"

殷良秀脸一红，说："没啥事，看你桌上有几本医书，能借给我看看吗？"

"可以啊，你拿去吧。"

殷良秀拿了书，扭头就走了。

"金风玉露一相逢，便胜却人间无数。"在那个年代，一中一西两个青年医生，通过借书和还书，开始了他们之间真诚而纯粹的交往。他们的性格，一明一暗，一动一静；但是，相似的家庭背景，相同的职业生涯，对百姓共同的悲悯之心，让两个年轻人产生了强烈的心灵共鸣。

当时，杨丰街上有很多年轻人都喜欢殷良秀，都想追她。

其中有一个年轻人，还是陈中轩的同学，也是永隆镇人，是一名援藏青年干部。他在荆州高中读书的时候，认识了当时沙市卫校读书的殷良秀。在援藏期间，他有一次回老家永隆镇，在镇上遇到了殷良秀，他认为这是一种很奇妙的缘分，就开始拼命追求殷良秀，跟她约会，殷良秀则推说自己刚参加工作，没有做出成绩，不想谈恋爱。这名青年还是不断写信给殷良秀，希望她到西藏去工作，并且说那边工作都帮她安排好了，殷良秀又推说怕冷没有去。那名青年，前前后后写来了几十封信，甚至到殷良秀结婚后，身在远方不明就里的他还一直来信求爱。一直到后来，听说殷良秀已经结婚了，他才慢慢放下了……

其实，那时殷良秀不回信，不接受那名援藏青年炙热的爱情，是因为她心有所属。因为随着交往的深入，殷良秀越来越欣赏同事陈中轩工作中的专注和热情。她开始观察他是如何耐心询问病因、悉心照顾病人的，发现陈中轩看病时就像是一壶文火慢煮的老白茶，老白茶经过多年的陈化，像是在追求更好的自己，寻觅着欣赏它的人，并为之释放芳华与最后的一份温暖，越煮越香，香气氤氲弥漫。在那么贫穷又狂躁的时代，这个安安静静的青年中医，显得特别与众不同，仿佛从喧嚣尘世中隔离出了一方人生净土，安静从容地生活，不疾不徐地行医，内心纯净而自然，身上留下的是时光沉淀下满满的厚重。

工作中，殷良秀遇到一些疑难杂症，也会请教陈中轩，陈中轩也是不厌其烦地教她。遇到一些自己拿不准的疑难杂症，殷良秀就"推"到陈中轩的诊室来看，这也算是一种行医治病的捷径吧。下班后，两人经常讨论病人的病情，有时也谈到人生和理想，这些平凡的话题，拉近了两个人的距离，随着两人相处时间越来越长，爱情的种子在两个年轻人心中慢慢生芽了。

　　杨丰卫生院的门前是一条大马路，叫"永杨公路"，公路两边种满了很高的梧桐树，每天下班后，两个年轻人趁着月色在这里散步和谈心，畅想未来，畅想人生，心越走越近。就这样，彼此的尊敬和成就，让两个年轻人最终走到了一起。

　　1969年3月8日，"三八妇女节"当天，殷良秀和陈中轩结婚了。两个年轻人在陈中轩家举行了一个简朴又热闹的婚礼。当时，科班出身的殷良秀和中医学徒工出身的陈中轩结合，怎么看都有点儿下嫁的味道，但当时的实际情况是：陈中轩属于贫下中农，成分好（那个时候讲成分，越穷越光荣），根正苗红。殷良秀皮肤白里透红，五官端正清秀，一米六的个子，扎着长辫子，上身穿着白色带红格子的的确良上衣，下身穿着海蓝色的棉布长裤，像大明星一样好看。他们结婚惊动了红林村一大湾子的人。陈中轩的母亲胡金枝对这个媳妇喜欢有加，一开始就极力赞成这门婚事，在两个人谈恋爱时，她就经常去给这个未来的儿媳送午餐，虽然送的也没有什么好吃的，像红薯、玉米、山药、大米在一起蒸的米饭，再提一点儿淋着小磨香油的腌萝卜干，或者几块臭豆腐，有时还有几块腊肉，经常在中午时分送过去。由于每天病人都排着长长的队，殷良秀坐诊时经常顾不上吃饭，甚至没有时间上厕所，她对这个未来婆婆能在晌午的时候给自己送饭，特别感动。胡金枝的温暖之举无异于"神助攻"，加速了两个年轻人走入婚姻殿堂的步伐。结婚当天，胡金枝步行去给亲戚下亲帖，把山里转弯能够得着的远房亲戚都请来了。后来陈出新的二堂姐恩花回忆说："幺叔幺妈结婚的时候，是我们家最热闹的时刻……"

那时结婚没有彩礼一说，双方的父母都尽其所能，为两个年轻人买了红床单、红被套、红色的搪瓷洗脸盆等物件当嫁妆，大哥大嫂和邻居们用糨糊和报纸把偏屋的几面墙糊了一下，再用红纸剪了几个大大的"囍"字，双方父母、亲友和乡邻在一起热热闹闹地吃了一顿饭，再买了一些喜糖，发了一发，两个年轻人就这样开始了幸福的崭新生活，也开始了他们一生联手用医术和爱心，去守护他们所热爱的这片辽阔的大地之旅。

夫妻联手自己接生

　　1969 年 12 月 22 日，殷良秀和陈中轩的第一个孩子陈出新出生。陈出新的出生充满了传奇，惊心动魄又荡气回肠。

　　殷良秀和陈中轩结婚不久，就怀孕了。虽然孕育小生命的喜悦，在她心里像树苗一样发芽，但她丝毫没有影响正常的工作，该给病人看病就看病，该查房就查房，给病人打针、配药，每天排得满满当当。随着肚子一天一天大起来，她的行动越来越艰难，有时候正在给病人看病，强烈的孕吐涌上来，让她忍不住起身，对着洗手池拼命地干呕，看病的乡亲们都很关心她，纷纷把她当成自家女儿看待，每逢这个时候大家争抢着过来，有些大嫂大妈来搀扶她，更为细心的是，有一个大嫂给她做了两块厚厚的棉垫子，放在她诊室的椅子上，一块给她垫屁股，一块用来给她垫腰，这样一来她看病的时候，坐的时间长了，就不会那么难受了……乡亲来看病的时候，有的提着红糖，有的提着鸡蛋，还有一位朴实的老乡，因为感激她救活了自己的老婆，把自己家里正下蛋的两只老母鸡都杀了送过来，放在她的桌子底下，扭头就跑，追都追不上。

多好的乡亲啊！多好的人民！在那个艰苦清贫的岁月里，殷医生经常被乡亲们的这份厚重而深沉的爱感动得热泪盈眶，她也为自己作为一名白衣天使，能尽己所能为守护老百姓健康做一点儿事而无限骄傲。这份纯粹的爱，像火一样炙热，像冰一样洁净，像大海一样深沉！就像殷医生一直挂在嘴上的话："是人民群众成就了我，我这一辈子都要用自己的医术来回报他们。"

1969 年 12 月 22 日早晨，刚来杨丰卫生院上班的殷良秀，正艰难地挺着大肚子给病人看病，突然感觉肚子有点儿疼，持续半个小时后，发现内裤上有少量血迹，而后一阵接一阵宫缩，疼痛逐渐加剧，疼痛感越来越频繁，这让她预感自己马上要生了。

当时全国各地都在响应号召，在农村搞合作医疗社，推动"赤脚医生"下乡工作。殷良秀因为大着肚子，才没有被医院派下乡，而陈中轩因为中医医术高超，也被安排留守医院给病人看病。医院每天都是安排他们夫妻俩在卫生院值守，为排队上门的病人看病。这一天，她发作时，医院里根本没有几个医生，更不要说妇产科医生，只有一个刚刚参加工作不久的助产女护士小刘，还在实习期，业务根本不熟。这可怎么办？

在平时的工作中，殷良秀参与过不少产妇的接生工作，整个生产流程她十分熟悉，这回轮到自己分娩了，可身边没有一个产科接生医生，自己总不能把孩子生在办公室里吧。她从来也没有想到这样的事会发生在自己身上。殷良秀立即让小刘去把陈中轩叫过来，陈中轩见此情形也有点儿慌了，虽说夫妻俩都是医生，但都不是妇科医生，面对自己从没经历过的事情也有点儿手足无措。当时交通落后，想去"五三农场"医院生产，显然是来不及了。想到自己是医生，干脆就回家自己接生算了，生产后可以让婆婆在家里就近照顾。于是，夫妻俩准备好消毒器械和手术剪刀，步行回家。从杨丰卫生院回到家里还有点儿距离，殷医生弯着腰，忍着一阵阵剧痛，一步一步往家里挪。每一步，都冷汗涔涔，艰难无比。

家，很近，抬头可见；家，又是如此远，伸手难及。也不知道走了多久，她才好不容易挪进了家里。殷良秀一屁股坐在椅子上，累得浑身上下没有一点儿力气了。

在家里自己生产，夫妻俩只能靠自己了。自己动手给自己接生！一场史无前例惊心动魄的接生大战拉开帷幕。

殷良秀来不及多想，先让丈夫把自己扶到房间内，坐在床上，又把婆婆亲手做的孩童的小袄子和小包拿到身边来，同时，经验丰富的她怕自己到时没有力气分娩，就让陈中轩事先给自己准备了一大碗红糖水、一大盆子热水和两个开水瓶，以备不时之需。然后，她慢慢地躺在床上，让陈中轩给自己找来两床被子，垫高自己的后背，做好一切待产准备。此时，医生和病人的角色在简陋的家里，实现了史无前例的一次重合。殷良秀即将面临自己一生中最大的一次挑战，她不仅要以产妇的身份去拼命分娩来迎接新生命，更要用一个医生的身份来给自己接生！

这时，随着一阵又一阵的宫缩袭来，从没有过的疼痛体验让她感到一阵恐惧，满头大汗的她不由得想叫，可看到身边紧张得手足无措的丈夫，她紧紧地抓住丈夫的臂膀，用力把自己的叫声压了回去，只发出沉重而闷长的"嗯……嗯……"声。身下疼痛的波涛一阵一阵涌来，每一个痉挛的波峰，都带着新生命即将到来的喜悦和仿佛要冲破黎明前黑暗的刺痛。殷良秀像一叶孤舟，被扔在大海中，随波浮沉。她感觉自己要昏厥了，可为了肚子里的孩子，她一定不能有事，她拼命地睁大眼睛，抬头看向白色天花板，深吸一口气，竭力让自己保持冷静，为了保持体力，她让婆婆把放在身边的红糖水喂自己喝下去，她一口气把一大碗红糖水全部喝光，已经虚脱的身子，好像劲儿又回来了。她用丰富的经验，尽最大可能地疏导自己的身体，此时，她感觉自己的身体就像是划船一样，慢慢找到了频率和节奏，用力拉住床沿，用力往胸前拉，然后脚用力蹬出去。每一次用力的时间要尽可能长，一口气憋至少二十五秒，用力，再加把劲儿！她像平时鼓励别的病人一样鼓励自己，开始用力，趁着宫缩向下用力，宫缩停止了就短暂休息一下，但不是一下子全身放松，是慢慢放松，医生的经验让她知道，如果此时自己的身子一下子完全放松下来，胎儿可能又缩回去，必须循序渐进，不能一下子把力气用完了……

从早上等到中午，又从中午盼到下午，殷良秀的肚子疼得几近昏厥，但迟迟不见胎儿露头。陈中轩虽为中医，但他从未给人接生过，更何况，这次是给自己妻子接生，他感到紧张和慌乱。他担心不已，当机立断，骑车快速到杨丰卫生院，在药房里拿了一支催产素，回来注射到殷良秀体内，并在殷良秀的指导下，参与人工助娩。

下午五点多钟，仿佛经历了一个世纪那么漫长，宝宝头部慢慢露了出来，殷良秀大叫了一声，差点儿昏厥过去。"出来了，出来了，接下来怎么办啊？"听到丈夫惊慌失措的声音，殷良秀强撑着一口气，让丈夫扶自己直起腰，并配合自己托住胎儿的头部、肩部，然后用被汗湿透了的双手，去接住胎儿，把胎儿身体、双腿慢慢娩出……

整个产程，从早上持续到下午5时多，一个六斤八两的大胖小子终于生出来了。看着孩子红润的脸，殷良秀知道自己成功了，她和丈夫一起接生了一个健康的宝宝！初为人母的喜悦，像汪洋恣意的大海，一下子包围了她。她指导丈夫用温水把孩子清洗干净，用事先准备好的小棉袄和包被把孩子包好，这才冷静地指挥陈中轩给手术剪消毒，然后剪断自己的脐带……

多年以后，殷良秀在回忆这一幕时，平静的语速就像是在讲述别人的故事。她说："自己当年这样的做法，虽惊世骇俗，但也是无奈之举，毕竟风险太大。不过，现在在医护条件完备的情况下，有水平有条件的医生可以做这种尝试，这也有一定的好处。自行接生可以晚一些给宝宝剪脐带，要知道晚一点儿剪脐带，就可以让宝宝血液循环功能更好，不少国外产科医院都有相关的实践案例。另外，宝宝来到世界上第一眼看到的就是自己的妈妈，可以让母婴早一点儿接触。如今，我们国家有一些产科医院也在探索新做法，包括不做常规的会阴侧切，出生后到妈妈回病房期间持续进行母婴皮肤接触，晚断脐带等，这些都有利于初生儿的健康。"

殷医生夫妻自己接生孩子的事迹，一下子传遍了十里八乡。这段特殊的行医往事，映射出殷医生内心深处生命至上的价值立场和面对困难勇往直前的强大决心。当医生只有在实践中学，在学中干，在干中拼，方能庇佑苍生。对于今天我们每个想要成为医生，或者正在医卫战线辛勤耕耘的人来说，这样的精神和意志，是需要时刻铭记于心的。

一辈子不分家的陈家人

　　陈家的老大陈中松和老三陈中轩两兄弟，一辈子没有"分家"，这在当时的农村是一件不可思议的事情。

　　陈守慧老先生，共孕育了五个孩子，三儿两女。老大陈中松此时已结婚生子，他的大儿子陈希清 1956 年出生，此时已经十多岁了。老二陈中柏过继给了别人，基本很少回家。老四、老五，两个姑娘此时已经嫁人。老三陈中轩结婚后，留在家里的就只有老大一家人和老三两口子，陪着父母一起生活。

　　老陈家的七间瓦房，和当时中国农村四合院一样，都是典型的 U 字型布局，中间三间主屋，左右两侧各两间偏屋，左侧第一间是厨房，第二间为杂货间。陈守慧老两口住主屋的东屋，老大陈中松一家住西屋，中间为堂屋，老三陈中轩住右侧偏房的第一间，右侧第二间是陈希清和孩子们住，一大家子其乐融融。

　　老父亲曾和两兄弟谈起"分家"的事，当时还引起了家庭风云。

　　说起"分家"，农村长大的孩子都会记忆犹新。我国是一个农业大国，对于一些多子女的家庭而言，自古至今，儿子一旦长大，成家立业，做父母的就要思量着为其分家单过了。作为构成社会最基本的细胞，家庭历来是中国人与生俱来难以割舍的根基和港湾，但这根基与港湾也要随其发展壮大而不断催生出新的细胞。当时，殷良秀生大儿子陈出新时，国家尚没有开始施行计划生育，一般的家庭都有两三个娃，多的还有四五个甚至七八个的。多亏那时候生活成本低，娃娃们多了，父母累死累活也要把他们一个个从小拉扯大，要节衣缩食供其上学。作为儿女来说，父母的恩情比天高、比地厚！慢慢地，孩子们一天天长大成人，娶妻生子，就各自组成了自己的小家，这也就面临着另起炉灶，和生养自己的父母分开过。这就是分家的由来。

那时农村分家一般情况下都要请"中人"，也就是能在父子弟兄中间说话算数的人，有的地方还叫"说客"。有了分家的想法，当家人——父母先要盘算自家的家底，心里有个分家析产的大致想法。临近分家的日子要弄上几碟菜，打上少许烧酒，把"中人"请来犒劳一顿，以示对人家的尊重。父母再顺便把家里的基本情况和自己的想法告诉"中人"，以便掌握分家的分寸。还有的人请不起村里的"中人"，就请孩子他舅来充当"中人"角色，不是有句老话说"娘亲舅大"嘛！这样也好，即使有个红脖子涨脸的事也传不到外人耳朵里，毕竟家丑不可外扬嘛！还有请自家族内比较有威望且说话有分量的人当"中人"的，也是个好办法。

分家这事说起来简单，但一接触具体事就复杂了。一般的"中人"在分家之前，先确定参与分家的人，不论给弟兄几个分家，原则上一家只能参加男主人一个人，婆娘们是不能参与的，但有的婆娘比较厉害、强势，生怕分家时自家男人吃亏，那就由婆娘参加，这样弄的话自家男人肯定没面子，不过这种情况只是个例。

能当"中人"的人都是村子里的能人，也是在乡党士绅中间比较有威望的人，说出来的话既叫分家的父母高兴，又叫子女们满意。一句话，就是能拿得住父子双方的事，说出来的话一口吐沫一颗钉，不说模棱两可的话，不当和事佬。做"中人"还有一个条件，就是得有点儿文化，不仅能说会道，还得会写分书，也就是契约。写分书要注明时间、地点、参与者，内容涉及：债权债务，人欠咱的，咱欠人的，酌情承担；家中房产，如一间或两间房子，厨房的锅碗瓢盆，做庄稼的镢头、锨和锄，日常用的笸篮、簸箕、筛子，还有盆盆罐罐，扫帚、扁担、棒槌，等等，这些都要均衡搭配，做到一碗水端平。分书最后要标明"中人"签字，父子分别签字、摁指印，一式几份、各执一份等等。

俗话说"好儿不争家当"，只是到分家时就往往不一样了，争得脸红脖子粗的大有人在，还有动手动家伙的。有的父母年老多病，丧失劳动能力，分家时推三阻四，谁都不想养，也有的是一个要爹，一个要妈，以致把老两口分开，一人跟一家过，增加了老人的孤独感。"中人"还得叫分开的几个儿子共同承担父母亲的赡养费和口粮等等。

陈氏父子却是一辈子不分家，这种现象在农村极为罕见。开明的陈守慧老先生曾经征求过两个儿子的意见，陈中松和陈中轩都异口同声地拒绝了。听父亲说要分家，当时陈中轩还忍不住掉了眼泪。

父亲在征求陈中轩的意见时，陈中轩很吃惊，他怔怔地盯着父亲看了半天，眼圈一红说："老爸，您这是要赶我出门啊，现在小殷才刚刚生完孩子，老娘正在帮我照看孩子，你说我们两个都在卫生院上班，平时忙得脚不沾地，无论怎么样此时都离不开家里，更离不开你们的支持哩。"陈中轩低头向父亲诉说着自己的窘境和无奈，其实他内心更多的是实在不忍心让这个和谐幸福温暖的大家庭分崩离析。

平日里陈中轩和大哥陈中松的关系处得也特别好。大哥生于1935年12月14日，年轻时靠继承父亲陈守慧做豆腐的手艺，勤劳致富，撑起了一个大家庭。他追求进步，年轻时就光荣入了党，当过大队团支部书记、民兵连长和公社的财经主任等职务。陈中松是家里的顶梁柱，他一生厚道仗义，乐善好施，颇有侠义之风，深受四方乡邻爱戴，也是陈家的台面人物。尤其是在改革开放时期，他将做豆腐的手艺发扬光大，经营起一家豆制品作坊，生意极为红火，并带领乡亲们发财致富，被当地人推为致富能手，多次受邀出席京山县劳动模范表彰大会。

受父母的影响，陈中松作为家中长子，一生勤劳俭朴、诚实守信、造福乡梓、惠及四邻，给兄弟姊妹们带了个好头。陈中松的妻子何欢喜，也就是陈中轩的大嫂，生于1936年7月，自与陈中松结为夫妻以来，上敬公婆，下爱弟妹，贤惠善良，勤持家务，是一个典型的贤妻良母，为家庭兴旺和邻里和睦做出了贡献。

陈中松的大儿子陈希清，比自己小叔陈中轩小十三岁，年龄差距不大，所以陈希清从小对这个小叔的感情很深，每天都像一个跟屁虫跟在陈中轩的背后，农村孩子所有的淘气经历，他俩都干过。俗话说："长兄如父，长嫂如母。"大嫂对陈中轩这个有文化、宽厚、善良的小叔子更是呵护有加，在他还没有成家的时候，陈中轩的一些衣服都是嫂子一手帮他洗的，衣服领子破了、袖口脏了，也都是嫂子帮他缝缝补补、洗洗晒晒。陈中轩婚后，大嫂与殷良秀妯娌之间的关系也处理得特别融洽。由于殷良秀一直忙于卫生院的工作，根本没有时间打理家务，这些事情都落到了嫂子身上。在殷良秀坐月子期间，婆婆和嫂子为不让她受到风寒，天天让她卧床静养，每天把饭菜端到床前，家里的几只下蛋的老母鸡和鸡蛋都让殷良秀一个人吃了，有时儿子陈希清馋得口水流，也总是被大嫂狠狠地教训一通，每每这时，殷良秀都感动不已，她深为自己嫁入这个有爱的大家庭而庆幸不已。

胡金枝是一个善良、热心快肠又干净利索的农村女人，她从旧社会走过来，从小穷苦，待人有一种与生俱来的悲悯，这一点也传承给了整个家族。那时候的人生活都很苦，经常有一些衣衫褴褛的乞丐到家门口乞讨，胡金枝每次都会给他们两个馒头或者一碗饭。有一次家里断粮了，一家人就靠吃红薯、南瓜，啃玉米棒子度日。有一天，一个乞丐来到他们家门口，胡金枝把家里刚蒸出锅的几个红薯递给了他，当时大孙子陈希清正在上学，正是长个子的年纪，放学时他看到奶奶把蒸好的红薯给了乞丐，自己没有吃的，气得哭闹了起来，结果被奶奶狠狠地骂了一顿。胡金枝说："这些人但凡有个出路也不会出来乞讨，咱们家再苦再难，最起码还有一个遮风挡雨的屋子啊，你饿一会儿有什么要紧，这些乞丐如果没有一口吃的，是会饿死的，一口吃的有时就能救一条人命！"

胡金枝经常会把自己家门口的门槛打扫得干干净净。小时候陈出新不理解奶奶为什么这么做，后来他看到每一次乞丐来的时候，都坐在这个干净的门槛上，就瞬间明白了奶奶的心意。胡金枝用善良和悲悯，在小心翼翼地守护着乞丐那最后的一点儿尊严。后来，陈希清、陈出新和陈攻等孩子，不用胡金枝教，就会经常主动给上门的乞丐送吃的，他们每天都会把家门前的门槛擦得干干净净的。

曾子说："人而好善，福虽未至，祸其远矣。"善良的家风，可以让孩子保持初心，找准前行的方向。倪萍在《姥姥的话》里，朴实地记录了她姥姥的故事。她姥姥虽然没有上过学，大半辈子围着锅台转，但一生善良。在姥姥的感染下，善良成为他们家里的家风，深刻地影响着家人的处世言行。"桃李不言，下自成蹊。"善良作为一种家风，教诲子女品行端正，代代沿袭，势必遗福子孙。马伯庸说："一个家族的传承，就像是一件上好的古董。"善良，作为一种宝贵的家风，会渗透到家族每一个后代的骨血中，成为他们的性格乃至命运的一部分。父母不能给子女留下万贯家财，但留下善良悲悯的精神，比任何家产都宝贵。

此时，父亲为"分家"来征求老大陈中松的意见，陈中松当时就斩钉截铁地说："老爸，咱们陈家人以后就别分了！一大家子人，各司其职，有说有笑的不是更好吗？再说咱这个家里有啥可分的。老三两口子都在卫生院上班，出新才刚出生，如果分了家，谁来帮他们带娃，咱家以后就别提分家的事了！"大孙子陈希清也嚷着对爷爷说："我绝对不和幺叔分开，我们要一起生活，就这么一个院子，抬头不见低头见，一家人，就一个院子，还得烧几口锅，这不是浪费柴火和粮食嘛！"

见大侄子都这么懂礼数，陈中轩眼睛一热，忍不住洒下泪来。他本来话就不多，接着大哥和侄子的话，他只好喃喃地说："咱们陈家人永远是一家人，以后永远都不分家！"

虽然陈家人不分家，但生活上仍然存在一定的问题。老大陈中松家有五个孩子，由于陈中松是长子，陈希清又是长孙，陈守慧和胡金枝全部的精力都用在老大陈中松家的五个孩子身上。陈出新出生后，陈中轩和殷良秀是医院的双职工，孩子没有人带，他俩就面临着必须其中一个人要牺牲工作的问题。老三陈中轩对刚出生的儿子陈出新投入了巨大情感，初为人父的他看自己的孩子无人照料，十分可怜，但是又不知怎么向父母开口提要求，内向的他有一次回到家，当着父母的面竟哭了一场，父母问他怎么了，他激动地说出了他铭记一生的话："我相信我的儿子陈出新这辈子一定有大出息，现在我们这个小家遇到了困难，你们要帮我带他！"

就因为他几乎是嘶吼出来的这句话，父母面面相觑。父母都是通情理的人，几个孩子要一碗水端平。最后，母亲胡金枝跟着陈中轩一家来照顾陈出新，父亲陈守慧照顾老大陈中松家的几个孩子。

"分家"的这一幕，多年后还在陈中轩脑海中盘旋。无论生活的齿轮后来怎么样转动，他与大哥陈中松的感情，都始终宛若山高海深，这也延续到后期，两家人的子女深度交融，互相帮衬，互相提携，都走上了改变命运发展的快车道。

陈中松的大儿子陈希清，在杨丰中学当了半辈子的中学物理老师，1999年下海，在武汉从事家装业务，2005年成立武汉今唐装饰设计工程有限公司，经过十八年的发展，如今位列武汉家装"四大家"之一。今唐装饰有自己的办公大楼，年产值高达六七千万元。

当年陈希清的第一单业务，竟然是他的大堂弟陈出新在武汉武昌粮道街怡博园小区的第一套新房，由此引出了一个千万富翁传奇的创业史。

陈希清对堂弟的第一套房子装得特别用心。他是教物理出身的，干任何事情都认真严谨，精益求精，堂弟的这一套房子，他当成了自己家来装，历时大半年，整个装修过程一丝不苟，精雕细琢，他用上自己的毕生所学，又结合市场上最先进的装修方案，多方学习考察，把这套房子装得古色古香，充满了书香气息，并且没有赚堂弟一分钱。那个时候，武汉还没有几家像样的装修公司，他在这个数万人的小区里装这套房的时候，经常有一些邻居过来参观，因为小区里的户型大多一致，邻居们对他的装修风格是越看越喜欢，纷纷找他来装修，结果在怡博园这个小区，他整整装修了两三年时间，一共装了一百多套房子。陈希清通过拿堂弟陈出新的房子练手，像是钓鱼打下了一个好窝子，成功赚到了自己的第一桶金，为他后来开装饰公司打下了牢固的基础。后来，兄弟俩说到这段经历，都忍俊不禁。一大家人互相成就，各美其美，这也许就是人间最大的美好吧。

陈氏父子一辈子没分家，多少年后这在永隆镇杨丰一带还广为流传。陈氏大家族的子女，后来在各个领域里面都崭露头角，发展得风生水起，可能也跟他们这种宽厚、谦和、善良、信奉"吃亏是福"的良好家风密不可分。

其实何为家风？不同家庭，表现各异。著名《钱氏家训》中的一句话，大概最能概括中国式家风的"精髓"："道德传家，十代以上；耕读传家次之；诗书传家又次之；富贵传家，不过三代。"无论岁月如何变迁，这些看不见、摸不着的家风已经深深地渗入了家族后辈的血脉中，潜移默化为他们的行为准则，成为他们性格乃至命运的一部分。老人有德行是家风，父母有担当是家风，手足能和睦是家风，儿女懂孝顺是家风。家风正，再穷也能发家。一家人安居乐业，和和睦睦把家经营好，这样的家，不仅能兴旺发达，子孙后代都有好福气。一个家的老人，一定要引领家风。多积德行善，多做好事，这样积攒了福缘，就能为子女后代积福，这样的家庭，想不兴旺都很难。

广而延伸，一个家的父母，一定要树立家风。要做好表率，对老人尽孝，对工作尽责，对国家尽忠，对外人和善。这样的话子女都看在眼里，也会跟着父母学习。一个家的手足，一定要传承家风。首先手足要齐心团结，维护一个大家庭的和睦。只有兄弟姐妹齐心了，外人才不敢欺负。家的繁荣和衰败，离不开家中的每一个人。一个家的子孙，一定要继承家风。子孙永远是家庭的未来，只有优秀的家风，才能培养出优秀的孩子，这样言传身教，代代相传，必定会变成一个兴旺的家族。古语云："一命二运三家风。"家风，是决定一个家兴衰的关键，是决定一个家命运的基石。家风，不是天生的，而是投射在每个家庭成员身上。只有家里的人都团结，能够和和睦睦地相处，能够齐心努力地奋斗，这样家才会兴旺！

积善之家，必有余庆。岁月悠悠，多年后，陈家子女在各行各业崭露头角，出人头地，这种善良悲悯和守望互助的良好家风，可能是最大的能量源泉吧。

变身"赤脚医生"

关于"赤脚医生"的来源，有些事不容忽视。

中华人民共和国成立后，国家就提出"保护母亲、婴儿和儿童的健康"，发展妇幼保健事业成为新中国妇女运动的重点。

1949年，全国仅有9所妇幼保健所。到1952年底，短短两三年，国家培养了26万个接生婆。全国公立的妇产科医院、妇幼保健院、保健所、接生站等等，已经发展到3.4万多处。

到1956年，我国已培养助产士3.4万人，接生员5.78万人，妇产科医生3700多人。

1965年，当时城市平均每千人所得的医院床位以及专业卫生技术人员数目，分别是农村的7.4倍和3.7倍。而农村人口是城市人口的4.6倍。中国有140多万卫生技术人员，高级医务人员80%在城市，其中70%在大城市，20%在县城，只有10%在农村，医疗经费的使用农村只占25%，城市则占去了75%。

毛主席知道这一实情后，指示卫生部"把医疗卫生工作的重点放到农村去"，要培养一大批"农村也养得起"的医生，由他们来为农民看病服务。

1967 年，中央专门下指示："医疗队必须有妇产科医师。""农村生产大队要有会接生的女赤脚医生。"

普及农村医疗卫生的工作在全国迅速展开，在全国各县成立人民医院，在公社一级成立卫生院，村里设卫生室，构成农村三级医疗体系。同时卫生部着手组织对农村知识青年进行医学培训以充实村卫生室，一个"半农半医"的群体由此迅速崛起。随后，经短暂培训的农村赤脚医生雨后春笋般成长起来，靠"一根银针，一把草药"服务乡民，构成那个年代一幅幅既温馨又生动的画面。

1968 年夏天，上海《文汇报》刊载了一篇《从"赤脚医生"的成长看医学教育革命的方向》文章，实际是一篇关于上海川沙县江镇公社培养赤脚医生的调查报告，介绍了黄钰祥、王桂珍全心全意为农民服务的事迹。同年第三期《红旗》杂志和 9 月 14 日出版的《人民日报》全文转载。就是在这篇文章中，第一次把农村半医半农的卫生员正式称为"赤脚医生"。毛主席在当天的《人民日报》上批示："赤脚医生就是好。"从此，"赤脚医生"成为半农半医的乡村医生的特定称谓，王桂珍则被看作中国"赤脚医生"第一人，她的形象被印在了粮票上。

其实，"赤脚医生"在农民中是自发叫起来的，因为南方的农村都是水田，种水稻的，只能赤脚下水田，所以"赤脚"就是"下田劳动"的意思，"赤脚医生"意思就是"既要劳动也要行医"。

在中央的号召下，最高峰时全国涌出约有 500 万"赤脚医生"，分布在广大农村地区。"赤脚医生"成为农村医疗卫生服务的主力军，大大改善了城乡医疗服务不公平的状况。"赤脚医生"是广大农民名副其实的健康 "守护神"，也是农村合作医疗体系中推荐病人的"看门人"——决定病人是否需要转送县医院进一步治疗。这一政策实行的结果，极大缓解了新中国农村专业医疗人员严重短缺的窘境。

1968 年 12 月 5 日，《人民日报》刊发《深受贫下中农欢迎的合作医疗制度》的报道，介绍了乐园人民公社的合作医疗经验："根据社员历年来的医疗情况、用药水平，确定每人每年交一元钱的合作医疗费，每个生产队按照参加人数，由公益金中再交一角钱。除个别痼疾需要常年吃药的以外，社员每次看病只交五分钱的挂号费，吃药就不要钱了。公社卫生院十二名医务人员，除两人暂时拿固定工资以外，其余十人都和大队主要干部一样记工分。为了照顾医生流动性大、花费比较多的特点，每月按情况不同补助三元到五元。"随后《人民日报》用一年时间，连续组织了二十三期专稿，开展大讨论。在此推动下，从 1969 年起全国出现了大办农村合作医疗的热潮，到 1976 年农村合作医疗生产大队覆盖率超过 90%。

各级政府在全国城乡组织开展了诸多医疗卫生实践活动，如宣传医疗和疾病防治常识，培训乡村接生员、保育员、保健员和"赤脚医生"等医务工作人员，在乡村建立保健站、产院和保育院等基层卫生组织系统，开展合作医疗等，还通过各种传播媒介树立许多模范标兵和农村卫生模范村在全国广为宣传。

效果是立竿见影的。改变是翻天覆地的。

在旧中国那种一穷二白的基础上发展群众医疗体系，可以想象，一定是低水平的。从现代医学的角度去看，必定有很多简单粗陋、不合规范，甚至难以容忍之处。但是，在当时的情况下，这些简单粗陋的改进，实际上作用巨大。仅仅改造旧式接生婆，让她们使用基本的消毒和抗菌技术，就能在短时间内大量避免产妇和婴儿的死亡。而那些哪怕只是接受了几个月、一两年医学培训的"赤脚医生"，使用简单的药物、纱布绷带等等，就能在乡村挽救无数人的生命和健康。如果没有那些"粗笨"的"赤脚医生"，没有他们那些"三脚猫"的医疗技术和药物，当时很多人可能就没有机会活下来。

我们今天讨论"赤脚医生"的时候，不要抱有不切实际的幻想，"赤脚医生"不会帮你治疗癌症、帕金森、渐冻症、艾滋病、白血病、糖尿病、抑郁症和躁狂症这些绝症、重病、罕见病、疑难杂症，这些病医学发展至今也没有特别有效的疗法，何况当时"赤脚医生"手上只有酒精、纱布、棉球、绷带、注射器、输液管、几种化学药剂、抗生素和中草药。

很多"赤脚医生"本身也是农民，或者是有一定知识的乡村劳动者，就住在村落里，骑个自行车去喊一声，他们就过来了，他们亦农亦医，农忙时务农，农闲时行医，或是白天务农，晚上行医送药。他们就是农村基层兼职医疗人员。

当年的农村很广阔，道路遥远，交通不便，去个县城要大半天……比如被毒蛇咬了，比如劳动的时候受伤了，比如被敌特分子伤害了，比如感冒、腹泻、骨折、发烧了，比如生孩子需要接生……

根本不可能立刻把病人送到县城、市里医院去，这时候解决问题的都是"赤脚医生"，有时候不只是治病，还要救人。

当时，为了响应国家号召，整个杨丰卫生院的所有医生，每个人都要下沉去服务一个大队。陈中轩的老家杨丰红林大队也成了农村合作医疗点，陈中轩和殷良秀就下沉到了红林大队，变身为"赤脚医生"。

他们提着行李，回到了陈中轩老家的红林大队。在红林小学内，大队给批了一间平房，他们找当地的木工做了几个药柜、两张桌子，面对面一拼，红林大队合作医疗社的医务室就这样成立了。

陈中轩负责到药材公司采购药品，中西药都是他一个人搞定。有时候用担子挑，有时候用板车去拉。进药一般是在二十里外的永隆镇，有时候一天要跑好几趟。殷良秀负责坐诊，陈中轩还得负责下村巡回问诊。医务室一开就非常红火，后来，镇上还安排了两个"赤脚医生"跟着他俩实习。当年"赤脚医生"的药箱里，日常装备有：玻璃针管一个，针头一打，小砂轮一个，抗生素一瓶，盐水一瓶，酒精一瓶，碘酒一瓶，红药水一瓶，紫药水一瓶，凡士林一份，消炎粉一包，纱布一袋，医用棉花一包，止吐止泻退烧药若干，自制中草药若干，银针一打。这个药箱，像个百宝箱，斩断病魔，扫除病害，守护的是一方百姓的平安。

在红林大队，殷良秀和陈中轩一待就是四年，他们像故乡庄稼地里的两株高粱，饮着永隆河的水，吹着永隆河的风，春华秋实，与这片静谧的大地血肉相融。

沉默的大地

　　初夏的永隆河，在微风的吹拂下，河面上泛着鱼鳞一样的光，水流缓慢，透过清澈的河水可以看到河床上的水草随着河流摇摆。牛在河边吃草，放牛的男孩，用弹弓和石子在打河中的水鸟。此时的田野一片金黄，由于夏季的高温和充足的水分供应，麦子在这个季节里生长迅猛，田野中金黄色的麦穗随风摇曳。农忙时的乡村真是一片热闹景象，农民们全身心地投入农作物收割的工作，他们挥动镰刀，割下金黄的麦穗，然后用绳子绑成捆，进行晾晒，收获的喜悦让人们的欢声笑语在天空中飘荡……

　　红林小学外侧，是一排青砖瓦房，这里除了殷良秀的医务室，还有宿舍和一个食堂。合作医疗点开门营业的第一天，从四面八方六个小队乌泱泱来的病人，一下子把学校的操场都挤满了。红林一队有个农妇，用独轮车一下子推来了家里的三个小孩。当时，她在独轮车上放了一个躺椅，躺椅上睡着三个病恹恹的小孩，殷良秀耐心听他们一个个诉说病情，给他们一个个对症开药。第一天，医务室就来一百五六十个病人，殷良秀和陈中轩打针发药忙得不可开交。这也说明当时农村缺医少药，农民有病没钱看、没地方看，也没有医生看，更没有时间看，现在好了，家门口有了自己的合作医疗点，看个病，当时只要5分钱，方便又便宜，农民不够的钱都由大队财政支出，如果较重的病，大队还负责转院治疗，病人不用自己出钱。

合作医疗点看的一般都是常见的多发病，小病都不用出大队，来看病的大多数是老人小孩，以哮喘、眼睛红肿为主，心脏病、高血压也有，但感冒发烧占绝大多数，害眼病的给点儿眼药水，发烧的给点儿阿司匹林，要病人多喝水，当时农村的病人生了病大多是硬扛，基本不吃药。殷良秀用药对症，下药又快又准，病人的治疗效果都非常好，因此合作医疗非常受欢迎。

由于殷医生是嫁到红林大队的媳妇，开业不到一个月的时间，乡亲们搞清楚了这种关系，就再也没有人叫她殷医生了，都是按辈分喊姐、妹、婶、幺妈、幺婆等，搞得殷良秀也不知道叫他们什么，只能跟着叫他们姐啊妹啊什么的，总是叫错辈分，经常闹出笑话。虽然不被人喊为医生，但医生的职业荣誉感却一点儿也没有缺失，反而和当地老百姓打成一片，农民火热滚烫的心包裹着殷良秀，让她时时刻刻温暖着、感动着……

殷良秀和陈中轩在红林合作医疗社没日没夜干了两个多月，加起来看了几千个病人，几乎把每一家的病人都看了个遍。这样一来，他们基本掌握了红林大队病人的情况，陈中轩的心比较细，用自己的笔记本为这些病人建立了一个医疗档案，夫妻俩经常在晚上，哪怕是休息的时候，也在聊哪个病人什么情况，用什么药可能会更好，时间久了，他们对乡亲们中的每一个病人的病情都了如指掌，看病抓药都又快又准又好，乡亲们对他俩都喜欢得不得了，经常是来看病的时候，顺手带来一包红糖或带一提鸡蛋，有时候甚至会提一只老母鸡，提一条腊肉什么的，送给他们，以示感谢，夫妻俩推辞不要，这些乡亲话不多说，东西一丢扭头就走……

那时候，"赤脚医生"就是乡村的守护神，谁家有人生病，第一想到的就是找"赤脚医生"。能送到医疗合作社的，就送去吃药打针；如果不能送，夫妻二人就背着药箱下沉到村里送医。田间地头、沟渠河道、广袤的大地田野都是夫妻俩行医的好阵地。有时候去一个村，在大树底下一坐，村民们给他倒上一碗大碗茶，一边喝茶，一边号脉、开药，当时的药丸都是用事先裁好的一张薄白纸包好，一般三天的药吃下去，病情自然就好转了。

小时候的陈出新跟着妈妈下村行过医，有时候也要乘船到永隆河对岸的村庄，每每这个时候，妈妈都会紧紧地牵着他的手，艄公划着桨，也不等船满员，有时只载着他们母子二人就过河了。河上的风吹到妈妈的脸上，妈妈身上的白大褂随风飘摆，齐耳的剪发飘起来，飘零的散发搭在耳朵边、鼻翼上。妈妈好美呀，那一幕在陈出新幼小的心中开出了花。

每次坐船收两分钱，但是艄公从来不收他们的钱。艄公说："殷医生，平时想接送您，还没有机会呢。您能乘我的船，是我的福气啊！"殷医生的名字在当地可谓是如雷贯耳，只要是她下去行医，乡亲们几乎是像请菩萨一样把她请回家里。

那个时候，农村家家户户都很穷，对待客人最高的待遇就是煮一大碗荷包蛋，那不是一般的荷包蛋，一碗荷包蛋有十几个，撒一把白糖，甜得腻人。殷医生有时候推辞不了，也只好吃一碗，陈出新跟着妈妈出去行医的时候，吃的最多的也是这种白糖荷包蛋，直到今天想起来，他心中都是充满着甜甜的回忆。

美好的童年治愈一生。陈出新和弟弟陈攻，至今回想起童年时的记忆，仍是不禁嘴角上扬，幸福弥漫。他们说童年好像没有吃过什么苦。当然这也是沾了妈妈的光，无论再苦再穷的日子，他们家的柜子里总是摆满了红糖、白糖、鸡蛋和各种各样的农村土点心。这些都是乡亲们感谢报答殷医生的，两个孩子也跟着享福。虽然几个孩子未来人生实现腾飞，但时至今日都还是内心纯净简单，这可能也与他们幸福美满的童年密切相关吧。

难产妇的丈夫递了把镰刀

从 1969 年到 1973 年，殷良秀在红林大队的合作医疗社扎下身子当"赤脚医生"，一干就是四年。1972 年，二儿子陈攻出生，由于殷良秀一直忙于工作，根本无暇顾及家务，更没有精力带孩子。两个孩子基本上由奶奶胡金枝一手带大，后来，胡金枝也随着他们工作的调动而不断搬迁，一直到三个孩子都考上大学，年迈的胡金枝才重新回到了红林大队，回到自己的老家。这是后话。

殷良秀在红林大队当"赤脚医生"的这四年，除在大队医务室坐诊之外，经常背着药箱子出诊，这期间除了农民的常规小毛病，也帮助一些产妇打催产针。当时，农村生娃从不去医院，都是由当地那些没有行医资格但懂接生的旧式接生婆来接生，就在自己家里生娃。其中，有两起帮助产妇生孩子的事，让她至今记忆犹新。

1970 年 3 月的一天，红林四队的一位农户，气喘吁吁地跑到诊所求助，说他的老婆难产，死活生不下来，让殷医生赶快过去帮忙。殷医生听后连忙背着药箱，一路小跑朝着村里跑去。殷医生到了这个农户家的时候，发现产妇脸色苍白，呻吟不止，豆大的汗珠顺着她的额头涔涔往下滚，产妇坐在凳子上张开双腿，后面有一个农妇扶着她，当时的胎儿腰部以下都已娩出，肩上部却卡在产道口动不了。此时，由于窒息时间过长，胎儿其实已经死亡。殷良秀看着眼前这惨烈的一幕，震惊不已，医生的职业素养，让她赶快镇定下来，这种倒位出生的胎儿，如果在滑出子宫之前，可以利用手法移位，让胎儿头部向下，便于顺利娩出。现在这种情况是最麻烦、最危急的，倒位出生，孩子的头卡在产道里时间一长，必定会窒息死亡。如果长时间无法娩出胎儿，产妇也会面临生命危险。这种情况在现代医学发达的条件下，一般医生会采取打麻药侧切的方式，顺利取出胎儿，但是那个时代，农妇很少去医院生产，大部分都是在自己家里生孩子，全凭运气，生孩子真如过鬼门关。

　　眼下这种情况，一不能切，二不能扯，好在有良好的中医推拿基础，殷良秀挽起袖子，一只手拍打产妇的后背，同时轻声地安慰她："放松，放松一点儿。"为了鼓励产妇，她没把孩子已经死亡的这个残酷的事实告诉她，只是轻声地说加把劲儿，按照频率来。同时，她让产妇的家人赶快煮一碗红糖水，喂产妇喝下去，一大碗红糖水喝下去之后，产妇的脸上慢慢有了一点儿血色，手上也有了一点儿温度。在殷良秀的指导下，她的宫颈在用力地一下一下收放，殷良秀另一只手在产妇的会阴和子宫部位，不停地推拿搓揉，让这个地方的肌肉变得松弛，然后她轻轻地一点一点地扯动胎儿的身体，过了十几分钟，随着产妇的一声惨叫，胎儿终于顺利娩出，血水和羊水像喷泉一样汹涌而出，喷溅了殷良秀一脸一身……孩子虽然没有保住，但是成功保住了大人，此时的殷良秀，感觉整个人都要虚脱了，她一屁股坐到地上，呕吐不止，眼泪和鼻涕流了一脸……

殷良秀在红林大队当"赤脚医生"，遇到的第二例难产，是红林二队农民罗本忠的老婆。当时这个孩子也是胎位不正，头向上脚向下，通过产道口可以看到孩子的脚底板。产妇当时痛得哇哇大叫，但是怎么用力孩子都生不出来。情形危急，像这种情况，如果在大医院，肯定第一时间就要实行剖宫产，殷良秀急得不行，这里没有手术台，也没有任何手术条件。怎么办？她喃喃自语："如果能剖宫就好了，如果能剖宫就好了。"

结果，一旁的罗本忠，听殷医生这么说，赶快跑到院子里转了一圈，进来的时候手里握着一把镰刀，递给殷良秀，说："殷医生，你就用镰刀剖吧！"看着寒光凛凛的镰刀，殷良秀吓了一大跳，她跳起来指着罗本忠骂了起来："你犯什么浑？你老婆的肚子能用镰刀剖吗？你怎么不用镰刀划你的肚子呢？你这是想要她的命啊！"殷良秀一连串的指责，让原本木讷愚昧的罗本忠喃喃地说："我们家的牛在生牛娃生不出来的时候，就是拿镰刀把肚子划开，把小牛娃取出来的。"

此时的殷良秀不想理他，她没有见过这么愚昧的人，一把将他的手推开。顾不上其他的，挽起袖子就上了手。由于有了上一次的经验，殷良秀这一次抓住孩子还没有滑出产道这一个宝贵时机，利用她在丈夫陈中轩那里学到的推拿技术，用手掌心顶住产妇的宫部，五个手指轻轻发力，呈顺时针扭动。为了防止产妇的肚子受凉，每扭动一下，她就把两个手搓十几下，呵一些热气在手掌，再接着转动，一下，两下，三下，四下，到第五下的时候，殷良秀一手托着产妇的下宫，一手慢慢扭动，最后一刻，稍一用力，像打太极一样把两个手围成环状，用力一搓，终于把胎儿的脚调到上部，头调到下部，这个时候殷良秀才擦了擦满头大汗，长舒了一口气……

胎位正常了，在殷良秀的帮助下，半个小时后，一个健康的男婴顺利娩出。孩子那一声洪亮的哭叫，对此刻的殷医生来说，是她听到的世上最美好的声音！她顿时泪如雨下。看到殷医生莫名其妙地哭了，罗本忠吓了一跳：自己的媳妇把娃生出来了，殷医生应该高兴才对啊，她咋会哭了呢？他不知道，殷医生是为当时落后的医疗条件而哭，为苍天眷顾让自己帮助难产妇顺利生下孩子而哭，更是感同身受为同为女人的不易而哭！

如今，几十年过去了，救命之恩永世不忘，罗本忠和他的儿子这么多年都是殷良秀的乡下亲戚之一，两家人逢年过节还走动频繁。罗本忠的儿子逢人就说："我这条命是殷医生给的，没有殷医生，就没有我。"

殷良秀每每提到这段往事，也不禁感慨万千。她常常说："农业难，农村苦，农民穷，农村的女人更难。是朴实的农民教育了我，培养了我，我这一辈子都要用自己的医术回报我深爱的农民亲人！"

一个挂在身子底下生不出来的死胎，一把寒光凛凛的镰刀……这些血淋淋的往事，今日阅之，仍无不强烈地冲击着我们的神经。

当年中国农村的医疗条件是多么落后，中国妇女的生存条件是多么恶劣，中国妇女儿童的命运是多么悲惨！时至今日，在党的光辉照耀下，人民生活发生了翻天覆地的变化，医疗条件也日新月异，我们在享受今天来之不易的幸福生活的同时，一定要倍加珍惜今天的生活，只有不忘苦难，才能继往开来。

行医天地间

永隆河水静静流淌，不疾不徐，昼夜不息。胡金枝说："咱两岸的庄稼喝它的水，就跟小孩喝奶似的长得壮！"

河水的存在，滋民养智，令当地村民开明好学通晓事理。比方说，水能让人活，也能让人死。水能叫东西干净，也能叫东西脏。水能最软，也能最硬；能最热，也能最冷。水能成云成雨，也能成雪成霜，还能渗到田里成墒。再比如，人往高处走，水往低处流。你可别以为水往低处流就贱了，它可厉害着呢，水流到哪儿就降伏哪儿。上善若水，连最高明的智者，水也是对他最好的形容。

在永隆河畔生活的殷良秀，有着水一样的柔情，也有着水一样的刚烈。她目睹过太多乡亲因病致贫、因病致死的凄惨情景，她立志要改变这种现状。因此面对红林医务室那低矮简陋的平房、简单陈旧的设备，她没有任何抱怨，感觉到的是任重道远。硬件不足软件补，殷良秀不断地学习钻研各种医学知识，陈中轩是一本中医"活字典"，与他学习交流如切如磋，如琢如磨，互相提升。由于殷良秀勤奋好学、基础扎实，她中西医融合，提高得很快，一般的小病在她这里都能快速看好。良好的医术、热情的服务以及高尚的品质，让殷医生赢得了广大人民群众的认可和满意，她在方圆几十里村民眼中成了"观世音"。她不辞劳苦地践行着自己的信念和价值，怀着一颗赤诚之心为乡亲们治病疗伤，护佑健康。不论黑天白夜，不论刮风下雨，只要有乡亲们的召唤，有群众的需要，她都随叫随到，送医送药到家里、到田埂、到河床、到山坡，用自己的行动谱写着一段段水乳交融的信天游……

距离永隆镇一公里的地方，有个永隆码头，是永隆河上南北交通货物集散的码头，也是永隆河镇经济发达地之一，每天都有货船南来北往，渔船和商船也络绎不绝。正是这个南北交通货物集散的码头，把船民们的健康与殷良秀所在的红林村卫生室紧紧地绑在一起。船民们吃住都在船上，大多数人饮用永隆河的河水，很不卫生，经常患有胃肠道疾病等。平日里，殷良秀在做好村民的基本医疗和公共保健的同时，一有空闲就会带着血压计、听诊器、常用药品以及她和陈中轩手抄编写的健康教育小手册等，来到渡口，为渔工船民看病检查，宣教咨询。只要殷良秀来到渡口，船民们都异常高兴，好似家里来了亲人一般，总是热情地为她准备好简易的问诊台，方便她在船上行医。

殷良秀的指导和叮嘱，船民们都一一记在心上，逐渐养成了饮用消毒后的合格水等良好的饮食习惯，身体状况也日益向好。因为白天要在卫生室上班，殷良秀就利用晚上的时间，在家里加班加点，为船民们建立健康档案，并定期为他们测量血压、血糖和体检，开展中医保健以及各种随访服务等，还要为船民们签约"家庭医生"承诺书。这样特殊的行医路，殷良秀已经持续了好多年，渡口上的老船民们早已和殷医生处成了好朋友，视殷医生为亲人。殷医生也时刻牵挂着船民们的安危。她说："平时最怕接的电话就是船民的电话，不是因为怕上船出诊，而是因为要求上船看病的患者基本上都病得不轻，要么高烧，要么脱水，晚了可能会出人命。"所以，殷良秀的急救包总是时刻准备妥当，一旦有事，便能立马背上包出发。

秉承着高尚的医德，殷良秀在行医路上，一腔赤诚，一路奉献，风雨无阻。还记得那是 1970 年的除夕夜，当人们正在看着春晚与家人共同欢庆新年，接受着彼此祝福的时候，劳累了一天的殷良秀还没来得及和家人说上几句话，突然听到门外有人敲门，大喊说自己儿子病了，上吐下泻。当时已是晚上十一点多钟，殷良秀询问了情况后，迅速准备好药箱，匆匆赶往二十里外的患者家。当时外面正下着大雪，寒风刺骨，她连手套都没来得及戴。冒雪来到患者家中，她赶紧查看病情，询问病史。凭着良好的医术和丰富的经验，殷良秀迅速得出诊断，患者是由于吃了不卫生的食物，造成急性食物中毒，上吐下泻造成患者出现脱水。她立刻进行静脉输液治疗，很快孩子的病情有了好转，症状逐渐减轻。输液进行了三个多小时，殷良秀始终守护在孩子床前，一边鼓励他，一边用自己的手，握着输液管，生怕冬天药水太冰，输入静脉引起孩子新的不适，直至输液结束，她用呼出的气不停地呵着冻僵双手，又打着手电筒，在风雪里徒步回家。天黑路远，路上也不知摔了多少跤，当她冒着风雪跟跟跄跄回到家中时，天已是蒙蒙亮了，她俨然像个"雪人"，全身泥泞，整个人都冻僵了。陈中轩心疼地说："你一心只想着别人，连过年都不得安生。你若累倒了，咱们这个家可怎么办？"她说："治病救人是职责，不能计较太多个人得失，咱们当医生就要有医德。如果你遇到了要救命的事，不也是得这样办吗？"朴实的话，反映出殷良秀强烈的责任心以及高尚的个人品质。

像这样半夜出诊的事，对于殷良秀来说，真是太多了。五十二年的行医生涯，她共接诊病人 10 万人次，出诊病人 3 万人次，却只收基本的医疗费，从不多收一分钱。这么多年来，她熟悉她经手的每一个病人的身体健康状况，谁患过哪些慢性病，谁对哪些药物过敏，谁家有几个孩子，她都了如指掌。由于工作繁忙，她从来没有睡过一次安稳觉，从来没有度过一个轻松的节假日，特别是对自己的儿女，很少陪在他们身边，甚至没有亲自为孩子们做过一顿丰盛的菜肴，更不用说带孩子出去游玩了。她有时感到惭愧，觉得对不起家人和孩子，没有尽到一个母亲的责任。然而作为一名医生，在维护人民群众的生命健康安全上，她做到了问心无愧亦无悔！

作为红林村卫生室的负责人，各村卫生室要全面落实基本药物制度、进药用药零差率等政策，卫生室压力大、任务重。殷良秀一心扑在工作上，处处起模范带头作用，堪称"吃的是草，挤出来的是奶"，每天都是超负荷工作。聪明又心直口快的婆婆说："工作没有必要这么拼命，差不多过得去就行了。咱红林村卫生室，又不是国家的卫生部，你比部长还要操心呢！"殷良秀说："只有把工作做好了，把事情做到位了，才能对群众的健康负责，问心无愧了才能心安。如果我不操心，那么多病人眼巴巴地望着我，我对不起他们。"

村卫生室面向的是农民群众，孤、寡、老、残比较多，为了保障所有群体的就医需求，她给老百姓看病实行了减、免、缓的政策，对于经济非常困难的村民她把看病的五角钱、一块钱也全免了，有时候因为药品出入账对不上，连进药的钱也不够，她只有掏自己的荷包来补贴。当时由于她和陈中轩两个加起来，工资也只有几十块钱，家里六口人，也要吃饭，没有办法之下，殷良秀才要求那些带钱不足的老乡先看病后付款，对于一些"五保户"等特困群体则给予免费治疗。当许多人很不解，问她为什么这样做时，她是这样说的："损失点儿钱并不是大事。乡亲们都不容易。能让群众都病有所医，就是我们最大的快乐，也是咱红林村卫生室存在的最大意义。只有百姓都健康幸福了，社会才会变得真正美好。"

由于长期过于忙碌，殷良秀积劳成疾，但是病人太多，为了让自己快些恢复，一着急上火，她就给自己打一针青霉素，结果在 1973 年 5 月的一天，她突然听力下降，一度失聪，病情介于轻度和重度听力损伤之间。有村民说："殷医生这是累的，她工作太较真了。"由于病情比较严重，在永隆镇治疗无效后，殷良秀转到天门医院治疗。临行前，她又对丈夫陈中轩交代一番："李大爷血压高，要叮嘱其按时服药。张阿姨有脑血管病且行动不便，要定期去随访……"住院治疗期间，她心里仍想着卫生室的工作，不时打电话到镇上托人询问村卫生室工作开展情况，时时刻刻把乡亲们的健康挂在心上。乡亲们得知殷良秀去天门看病，都非常担心和牵挂，并默默地为她祝福，盼望她能够早日康复再回到村室。

殷良秀从天门医院出院回来后，乡亲们都纷纷拿着家里的土鸡蛋、珍藏的土特产等礼品前去探望，并主动帮忙干一些农活儿。乡亲们的关心让殷良秀深受感动，按照医嘱本应该在家休养一段时间，但她不顾家人的劝阻，在家只待了三天时间，就回到了她热爱的工作岗位上，继续为病人辛苦地忙碌着。

殷良秀不管春夏秋冬、下雨下雪，只要村民有病，她都会背着药箱子随叫随到，热情上门行医，深受广大村民百姓的喜爱和赞扬，乡亲们把她当成了健康的守护神。

刚到红林村的时候，除为周边村民看病之外，她和丈夫还经常轮流背着药箱同社员一起参加劳动，那时在生产队，"赤脚医生"要同社员一起出工，一起收工，日出上班，日落回家，实行工分制。每天男劳动力记工十分，女劳动力记工八分，每个家庭年终按工分数分配粮食和钱，每十分就值几角钱，虽然这样，社员们还是为了多挣工分，而不愿休息。殷良秀和陈中轩是下沉的专业医生，不是土生土长的"赤脚医生"，他们不用记工分。殷医生和丈夫上工时，还主动为村里的老弱病残干活儿顶工分，这让村里的人都很感动。殷良秀干完一天的活儿后，经常在夜间为病人出诊看病。当时，根据上级卫生部门要求，她需要按时给儿童打防疫针，预防麻疹、百日咳和破伤风等疾病，每天像辛勤的蜜蜂忙个不停。

殷良秀医生在实践中将医学知识运用得炉火纯青。她刻苦钻研医疗技术，认真摸索临床经验，就地为社员配药治病。除了看病，她还常背上药箱同社员一起下地劳动，一边劳动，一边治病。有一次，殷良秀带上镰刀同社员一起到田间割麦子，正在收割的时候，有一个村民不小心被自己的镰刀割伤了右腿，鲜血直流，她发现后，及时为他进行了止血包扎。后来，村民们开玩笑地说："只要殷医生和我们在一起劳动，我们割麦子都割得快一些！"

殷良秀还从丈夫陈中轩那里学会了使用针灸治病的技术。一次殷良秀和社员们一起劳动，有一男社员突然腓肠肌痉挛，疼得不能站立，她马上取出银针，为他针刺治疗，及时解了病痛之苦，过了一会儿，这名社员就好了，立马能继续劳动。做赤脚医生虽然辛苦，却赢得了乡亲们的心。为了帮助患者诊断治疗，解除病痛，遇上需要转上级医院治疗的病人，殷良秀都是亲自陪同护送。在 20 世纪 70 年代，村里唯一的交通工具就是一台十二马力的拖拉机，每次转运病人时都是让病人躺在拖拉机后车斗里，她同病人家属照顾患者，安排病人到上级医院挂号，直到在病房住下后，她才放心回家。

1970 年 8 月，邻村一个叶姓孕妇突发难产，再拖延时间可能造成胎儿缺氧，出现危险。殷良秀检查后发现必须手术，但村卫生室不具备手术条件，她调来这台拖拉机，把自己家床上的唯一一铺被拿来铺在车斗里，及时将病人送到永隆镇卫生院，在产科大夫的共同协作下，产妇产下一名男婴，母子平安。在永隆镇卫生院住了几天院后，殷医生又陪同产妇家人，用拖拉机把产妇接回了家。

殷良秀白天看病，晚上回来同丈夫交流病情，互相学习。由于当时医务室各种药品经常供不上，夫妻俩就在后屋的边边角角上，种了二十余种中药材，在缺药的时候，他们就用中药和针灸为生病的村民治病，让群众不花钱也能治好病。

一根银针治百病，一颗红心暖千家。他们还组织农民联合办合作医疗，具体办法是：农民每人每年交 1 元钱的合作医疗费，除个别痼疾缠身要常年吃药的以外，群众每次看病只交 5 分钱的挂号费，吃药就不要钱了。同时，在殷良秀和陈中轩的探讨下，收集了一批行之有效的土方给农民治一些常见病。他们的这种做法后来被概括为"三土"，即土医、土药、土药方。他们还发动村民动手种植草药，成熟的季节，由他们来采集、制作成中药，给当地农民治疗。这种做法后来被概括为"四自"，即自种、自采、自制、自用。同时，他们主动到农民中调查患病人员情况，努力做到有病早治、无病早防，"出钱不多，治疗便利；小病不出队，大病不出社"。为了人民健康的卫生事业，殷良秀和陈中轩将自己的青春年华全部献给了这片热气腾腾的土地。

有村民当时统计过：那些年，红林村生病和因病死亡的人数远远低于其他乡镇的村子，就是因为殷医生在红林村医务室驻点，为了看病方便，其他村子里的很多村民，甚至想投亲靠友搬到红林村来住。

壮哉，殷医生！敬哉，殷医生！其实殷良秀医生，只是当年千千万万乡村女医生的缩影。在平凡的岗位上，她默默奉献、辛勤耕耘、任劳任怨。虽然没有豪言壮语，没有惊天动地，但是，正是她扎根基层，心系群众疾苦，关心群众安危，才发挥了乡村"赤脚医生"医疗兜底的社会作用。

永隆河水奔流不息，过往船只日夜穿梭，殷良秀守着永隆河，守着百姓，践行着医术和医德，用她的小医大爱护佑一方百姓的健康平安，践行着一名乡村女医生的责任与担当。正如她所说的："是人民成就了我，我终生要用医术来回报人民！"

一代人有一代人的青春，一代人有一代人的追求，青年人之志，应如长江东奔大海，当万里山河尚在冬眠，一定会是青年举星火唤春天，把赤诚信念点燃，在此时此刻此间，永隆河两岸村庄里灯火斑斓，世间的风雪难掩星光绚烂，以殷良秀为代表的千万"赤脚医生"竭力地实现人们对美好生活的微薄渴求，以无我的情怀投身广袤的大地，温暖着江河与原野一年又一年……

青年人志存高远，就能激发奋进潜力，青春岁月就不会像无舵之舟漂泊不定。正所谓"立志而圣则圣矣，立志而贤则贤矣"。青年的人生目标会有不同，职业选择也有差异，但只有把自己的小我融入祖国的大我、人民的大我之中，与时代同步伐、与人民共命运，才能更好实现人生价值、升华人生境界。青年的理想关乎国家未来，因为青年理想远大、信念坚定，是一个国家、一个民族无坚不摧的前进动力。

大队一级设立"赤脚医生"，同时建立合作医疗制度，成为当时中国的新生事物，并作为中国亿万农民的最大福利制度，在中国确立起来。全国绝大部分生产大队实行了合作医疗，当时全国"赤脚医生"数量超过100万，农村缺医少药状况得到了极大改变。

正因为"赤脚医生"惠及亿万农民，60后、70后至今仍然对它难以忘怀。

有网友回忆说："每当生病的时候总想到'赤脚医生'，就像饿了时总想到食物一样。小时候家在农村，每当生病，找村里的医生看一看，吃两服药或打两针就好了，顶多也就输两瓶廉价的液。"

网友"大江东尽去"回忆说："三十多年前，母亲得了心脏病，已经奄奄一息，父亲急忙叫来'赤脚医生'，医生说，只要给母亲吃一些药，并经常吃猪心，这样慢慢就会好。父亲照'赤脚医生'的话去做，真的把母亲的病治好了，医药费只用掉了十几元。"

有一个网友在网上发帖《用夹子取根鱼刺也算手术？在医院喉咙取鱼刺定价太高》，帖子中讲述了他过节中午吃鱼，不小心被鱼刺卡到喉咙，鱼刺只有一厘米多长，卡在舌根位置的喉咙处，用手电筒照射可以看到。苦于自己没有工具，只好跑到医院去处理，医生用夹子一下子就取出来了。医院交挂号费十几元后，来到科室，医生看过后，这位网友又去收费处交了80元钱，项目为"手术费"。

现在无论是感冒发烧，还是咳嗽头痛，只要进城市大医院看病，不少医生基本是用"排除法"，挂号抽血验血，有时候上心电图、CT，基本要挂瓶输液，称是好得快。往往一个小毛病都得几百上千元。而像花十几块钱抓一点儿头疼发烧的药，"小处方医生"几乎像大熊猫一样珍贵，十分罕见。

　　资料显示，从 1949 年到 1981 年，中国的人均寿命从三十五岁增长到六十七岁，其中，"赤脚医生"做出了不可磨灭的贡献。

　　1972 年，美国斯坦福大学几位学者在中国拍摄了一部专门向国外介绍"赤脚医生"的长达五十二分钟的纪录片《中国农村的赤脚医生》。这部片子把中国"赤脚医生"推向了世界。"赤脚医生"与"合作医疗"，成了世界上带有天使意味的名词。不论是什么肤色的外国人，一听到"赤脚医生"与"合作医疗"，就纷纷竖起大拇指。

赊医账，攒人情

中国的农村，就是一个人情流动的大舞台，也是一个巨大的中国式人情蓄水池，只有读懂中国农村，才能真正读懂中国。农村的人情，有点儿像现在社会的"爱心银行"，储存的是爱心，提取的是情义。

当年，殷良秀和陈中轩在红林的医务室，成了当地乡亲们的守护神，殷医生也成了乡亲们心目中的"活菩萨"。各种小毛病的乡亲找上门，他们就用中西医诊疗的方式，收费从五毛钱到几块钱，都是花小钱治好病。乡亲们有时候来看病，如果手上一时拮据，身上没有带钱，殷医生从来都是轻轻说一句："先挂着账，以后再说。"但是乡亲们都特别纯朴善良，只要卖了粮食手上有了钱，就会一次性地把之前看病赊的账都给补齐，这也成了红林医务室的一个"潜规则"，往往一年下来，除极个别的贫困户，实在没有钱给之外，大部分的乡亲们，赊来赊去，最后看病的账都能还上。

殷医生的名声传出去后，周边乡镇的村民，甚至不去本地的镇卫生院看病，也跑过来找她看病，殷良秀也都是来者不拒，按病开方。有一次隔壁拖市镇一个生病的农妇，满脸蜡黄，找她看病，殷良秀通过望、闻、问、切，认为她的病有点儿严重，自己的小诊所缺少设备和药品，建议她到大医院去看，这位农妇哭着说，自己就是没钱在大医院看病才被大医院拒收的，她说她只相信殷医生，如果这里也看不好，她就只能认命等死了。

看到这位农妇一脸虔诚和渴望，殷良秀心中也很难受。她想自己不能辜负这位农妇的信任，就找陈中轩商量了一下，想让丈夫出手帮忙试试。陈中轩把了脉后，又细致地问了一下病因，认为该农妇得的是产后落下的"月子病"。据该农妇介绍，她在临产前还被婆婆安排到村口的水井里打水、挑水，在挑水回来的路上，闪到了腰，孩子当时就临盆了。邻村的接生婆得到消息紧赶慢赶，跑到她家里来的时候，这个农妇流了一地的血，孩子已经生了出来，现场惨不忍睹……

由于这农妇家里条件实在太差了，加上婆婆又刻薄，在整个坐月子期间，她就喝过几碗红糖水，几碗稀米茶，鸡蛋也没有吃上几个，加上产后身体没有补充营养也没有经过消炎处理，导致她下身恶露不断，身上总是充满了一股异味，怎么洗也洗不干净，时间拖久了，营养跟不上，就成了今天面黄肌瘦、形容枯槁的样子。

该农妇一度认为自己得了癌症，每天惶惶度日，她手上没有多余的钱，想到大医院检查一下都没有可能。陈中轩最后给她讲，她这个病可以调理好，但是要按自己的方子来吃药膳。他开的方子中，有六种在农村常见的药品，该农妇熬水煎服，连喝两个月，基本就会痊愈。

由于担心这个农妇凑不齐这六味药品，陈中轩给她包了两个月的药，并告诉了她熬制的方法，总共加起来十几块钱，但是就这笔钱，该农妇也拿不出来，看到她面露难色，陈中轩就说："你先拿回去喝，账就先挂着，等以后有钱了再说吧。"

农妇听说自己得的不是癌症，并且殷医生夫妻有信心能够治好自己的病，拿着方子和药品欢天喜地地回去了。两个月后的一天，殷良秀刚刚从农村出诊回来，院子里就老远传了一声洪亮的声音："殷医生，我等了你一上午了，你可回来了，我来还你们的药钱了，你们那个方子太顶用了，我只喝了两个月，现在大家都说我完全像变了一个人，吃啥啥香，浑身上下再也没有异味了，并且手脚也不冰凉了。"

殷良秀抬头一看，竟然是两个月前的那位面黄肌瘦的农妇，她手上提着两只老母鸡和一篮子鸡蛋，是专程赶过来答谢的。此时的她面色红润，声音洪亮，连头发都从原来的枯黄变得乌黑，殷良秀也打心底里为她高兴，也真心佩服丈夫的药方……

晚上吃饭的时候，殷良秀忍不住问陈中轩："你那个方子也太神奇了，到底有啥诀窍？"陈中轩说："这是我师父留下来的一个秘方：六子养巢汤。要知道女人的卵巢是生命之花，只有把女人的卵巢调理和保护好了，她的生命之花才可以重新绽放。师父生前说这个方子是药膳同源，虽然看起来只是六种普普通通的种子，但是组合到一起，就是一个超级好的养生方子，可以让女人的卵巢延缓衰老，那么女性方面的疾病自然就会远离。"

六子养巢，这个秘方多年后被下海创业的大儿子陈出新研制开发成"殷医生"六子巢特膳饮品，结果成了一款值得中国女性信任的养生产品，一时风靡大江南北。这是后话。

在红林医务室，乡亲们看病的账赊来赊去，小时候的陈出新根本不理解。有一次他不解地问妈妈："咱们家一样也不富裕，那些病人看病都赊账，岂不是让咱家更穷吗？"

殷良秀拍着他的肩膀语重心长地说："赊医账，攒人情，吃亏是福，都是乡里乡亲，谁没有个难处，生病了又不能耽搁，能快点儿把别人治好，就是妈妈当医生的责任。至于说乡亲们一时半会儿手上拮据，挂个账，但是人家到最后不都还给咱们了呀。你想想你平时吃的穿的都比别人家的孩子好，这不都是乡亲们还的情！孩子你记住，是我们欠乡亲们的多，乡亲们用自己的身体，用千千万万个实践案例成就了我和你爸爸的医学水平，是乡亲们成就了我们，他们并不亏欠我们什么，相反，我们还要感谢他们啊！"

少年陈出新听得似懂非懂，但是母亲说，吃亏是福，永远要对别人好，有时候让别人占便宜，就是一种"攒人情"。他把这话听进心里去了，并且成为他日后经商的行为准则——永不坑人，永不为恶。他总是确保他的事业伙伴和合作对象，都能从他的事业中赚到钱。这种分享和共赢的价值，后来让他在商海里恣意遨游，搏击千里。

"降级"当护士

　　1974年，是殷良秀扬眉吐气的一年。这一年，世界卫生大会在日内瓦举行，世界上许多国家的代表受邀参加了此次大会。在这些代表当中，有一名中国的女代表尤其引人注目，她的名字叫王桂珍，是一名"赤脚医生"。

　　一名中国"赤脚医生"，为何受邀出席世界卫生大会？事实上，王桂珍不仅出席了此次会议，而且还是此次会议中，各个国家在医学领域学习的对象。在那届世界卫生大会上，王桂珍上台发表了演讲，时间整整持续了十五分钟，让所有参会的代表，都对中国的"赤脚医生"有了更加全面的认识。

　　王桂珍演讲结束后，现场掌声雷动，所有参会代表都为这位中国的"赤脚医生"送上掌声，表达了他们对中国"赤脚医生"的喜爱。"赤脚医生"这个概念，一时间响彻了世界，成为世界多个国家争相学习的榜样，中国的"赤脚医生"，仿佛成了拯救受病痛折磨的穷苦人民的"天使"。中国的"赤脚医生"，在世界范围内赢得尊重，又在世界范围内掀起学习浪潮。

　　1974年初，全国"赤脚医生"数量有100多万人，全国85%的生产大队都实行了合作医疗，这些"赤脚医生"绝大多数本身就是懂医的农民，半医半农，和农民水乳交融，极大地解决了农民看病难的问题，这些"赤脚医生"也被人民亲切地叫作人民公社的"向阳花"。

　　为了充实乡镇一级卫生院的专业医护力量，除没有编制的"赤脚医生"继续在乡村行医外，外派下沉到一线乡村的专业医生都被医院撤回来。就这样，陈中轩和殷良秀结束了四年的"赤脚医生"的生涯，双双被调到了永隆镇卫生院（杨丰是个街，比永隆镇低半级）。1978年，老三女儿殷燕子出生。陈中轩因此也时常说："我们家三个小孩，老大应该叫'杨生'（杨丰卫生院出生），老二叫'红生'（红林大队合作医疗点出生），老三叫'永生'（永隆卫生院出生）。"

　　此时的永隆卫生院，医生护士明显比杨丰卫生院时多了起来，兵强马壮，不过人际关系也变得有些复杂了。医院的陈书记找殷良秀谈话，说她调回来有点儿晚，现在内科医生都满员了，要先委屈她一段时间，让她先去当护士，暂时过渡一阵子。

　　看着书记有些为难的样子，从来不计较个人得失的她，二话不说就十分乐意地答应了。当了四年的"赤脚医生"的殷良秀，什么苦没有吃过啊，现在能回镇上的卫生院上班，从医生变成了护士，虽然是降级使用，但不管怎么说，这里的条件比在红林医务室要好太多了。

　　从红林医务室回到永隆镇卫生院，殷良秀像是一个凯旋的将军，乡亲们肩挑车拉帮忙搬家，浩浩荡荡一里多长的队伍，板车拖着床和柜子，婆婆胡金枝和两个孩子也坐在板车上。乡亲们挑着被褥、药品和行李，殷良秀和陈中轩背着药箱跟在后面，乡亲们都舍不得他俩，一路上不断地说："殷医生，你们回去了，俺们看病可没有这么方便了，真舍不得你俩走啊！"殷良秀说："回到镇卫生院上班，那里的医疗条件好一点儿，有病大家照旧去找我看，我也会常回来看看大家的。"

大家一路送，一路攀谈，难舍难分。当乡亲们把他们送到永隆镇卫生院，给他们安顿好离开时，殷良秀忍不住掉了眼泪，四年"赤脚医生"生涯，她与这些善良纯朴的乡亲的感情，已经血肉交融，扯也扯不开了。

回到永隆镇卫生院，由于医生护士较多，给他们夫妻俩分的只有一个单间，并且没有厨房，连做饭都得在走廊里做。殷良秀分在护士班，每天都要上夜班，好在上夜班的护士长鲁芳秀是一个好大姐，知道殷良秀的医术很高，现在来当护士，纯属大材小用，因此对她关照有加。殷良秀刚开始上夜班很不习惯，有一次上到半夜三点，她实在是困得不行了，浑身上下一点儿劲儿也没有，眼睛也睁不开，护士长鲁芳秀说："我来顶着，你去睡一会儿。"谁知，殷良秀躺在病床上一觉就睡到了天亮，看到鲁芳秀忙了一夜，她特别不好意思，赶紧起来帮忙。

当年上夜班，经常是上半夜有电，下半夜会停电，护士们只能点着煤油灯查房，护士的工作琐碎，但一定要具备细心和耐心才能干好。没干几天护士工作，殷良秀很快就凭着一项技术赢得了病人的交口称赞——殷医生打针不痛!

卫生院的病人都说殷医生打针不疼。以前打针都是肌肉注射针,一般是打屁股,每到打针时,病人特别是儿童病患都排着队要殷良秀打针,其他护士是闲着的,这些病人也不愿意找她们打针。殷良秀有一位同事,干了好几年护士,病人们都反映说她打针最痛,殷良秀去了护士站后,这位护士几乎要下岗了,病人们宁愿排队等殷医生也不要她打针。后来同事来请教她,问:"为什么我打针他们都叫痛,你打针他们不痛呢?这是啥原因呢?你有啥子秘方?"

殷良秀说:"咱们医生和护士,一定要善于从实践中总结,我打针有'两快一慢':进针快,出针快,推药慢。掌握好这些,给病人打针,他们就感受不到痛了。"后来,永隆镇卫生院还在全院医护工作人员的总结会上,推广殷良秀的"两快一慢"打针法。这让殷良秀坚信干一行,就要爱一行,专一行,行行出状元。

殷良秀的医护生涯中遇到的最惊悚一幕,也是发生在这期间。那堪称一个令她终生最难忘的惊悚之夜。

永隆卫生院里有一排老病房,是一层平房,前边是一大片农田,后边是一个大池塘,右边是通往街上的小路,左边是到门诊大楼去的路。这里下半夜是没有电的,只能靠煤油灯照明。殷良秀上夜班时,经常要去查看危重病人,每天凌晨四点到早上八点,要给病人查两次体温。乡镇的夜,没有路灯,到处漆黑一片,伸手不见五指,只有手上的这一盏微弱的煤油灯,走在阴森森的医院里,煤油灯像鬼火一样忽明忽暗,虽然殷良秀不信鬼神,但毕竟她是一个女人，说不害怕也是假的。

有一天夜里，殷良秀查看了一次病房后，感觉病房内很平静，她一想不对，因为这个病房里住着一个心脏病患者，这个患者日夜不能安眠，呼吸困难，面色青紫，眼窝深陷，眼神也令人观之恐惧。他每天晚上到这个时候都会呻吟，此时不可能这么平静。想到这里，她立马折返回病房，特地去看这一床的病人，不看不知道，一看吓一跳，床上竟然没有人影。她习惯性地看了一下时间，发现此刻是凌晨两点半，她一下子找不到病人，不禁有些心慌了，赶紧跑去叫来陈书记、李院长还有护士长，大伙都在院子里里外外找，连周围一二里路的地方都找了，还是没有找到病人。一直到天有些蒙蒙亮了，陈书记发现水塘的中央木架上站着个人，他摸黑蹚水到木架跟前一看，连说："该死，该死，死了都害人！"原来这名病人跑到池塘中央的木架子上上吊死了。

陈书记叫来一批年轻人，好不容易才把他从上面解下来。后来，大家了解到，这个病人是个老铁匠，生病后，心肺功能不好，呼吸困难，生不如死，觉得自己是个累赘，不愿意拖累家人，所以自寻短见。当时这种情况在农村很普遍。

这个病人家属后来没有追究医院的责任，也没有人追究殷良秀的责任。因为殷良秀对病人是非常细心负责的，当时连陪床的家属都没有发现病人失踪了，是细心的她第一个发现的。但当时殷良秀真是吓了个半死，在找这名病人时，周围漆黑一片，她心里又着急，摔了好几跤，鞋子沾满了泥巴，身上衣服都被汗湿透了。凌晨一点上班，早上九点才下班，还遇到了病人自寻短见这种事，她早已累得精疲力竭，不想吃也不想喝，睡也睡不着，整个人都是蒙的，过了好长的时间，才缓过神来，但老铁匠上吊后可怕的死状，深深地刻在殷良秀的脑子里，让她很长一段时间都噩梦连连。

当时的中国农村贫穷落后，医疗条件有限，大病致贫现象很普遍，很多得了重病的农村人为了不给家里添负担，选择自寻短见，这竟成了一种沉重又最佳的选项。这令身为医生的殷良秀内心痛苦不堪。

百姓苦，医生心里也苦。悬壶济世，救死扶伤，是医生的高尚理想，但是实现这种理想的道路，是漫长而艰难的。"长太息以掩涕兮，哀民生之多艰。"如今，国家政策好了，有新农村合作医疗，农民也看得起病了，再也不会出现因看不起病而选择自杀的情况了。

"月母子坟"

回到永隆镇卫生院，殷良秀干了不到半年护士，因为一名医生调走，她就又重新回到了内科主治医生的位置上，谁知她在这个位置上屁股还没有坐热，就被陈朝忠书记调到了妇产科。这里要重点提一提殷良秀在这里遇到了改变她一生命运的贵人——永隆河公社分管文教卫系统的陈朝忠书记。他非常欣赏殷良秀，认为她从医多年的表现非常优秀，成绩斐然。根据当时的需要，陈朝忠及院里其他领导力荐殷良秀转学妇产科。不得不说，当时基层干部有独到的眼光，能预见到中国不久的将来会出现人口爆炸，必须培养出医术过硬的妇产科大夫，才能为妇女儿童保驾护航。按今天高校的术语，就是提前培养"学科带头人"。

殷良秀一开始的思想是极其矛盾的。当时卫生战线有顺口溜："金眼科，银外科，婆婆妈妈小儿科，又脏又累妇产科。"医生、护士都希望能从事干净、轻松点儿的工种，在相对安逸点儿的科室，这也是情理之中。殷良秀一开始也想不通，自己刚刚从当"赤脚医生"返回到卫生院，好不容易才把内科搞顺手，现在又让自己去干妇产科，关键是妇产科每天都过得惊心动魄，每天都在跟死神战斗，压力太大了。是不是陈书记在故意在刁难自己？那几天殷良秀的脾气也上来了，好几次在院子里碰见陈书记，也不打招呼，扭头就走了，搞得陈书记十分尴尬。

有一天殷良秀下午下班后，陈书记等在门口，看她关了门出来，就笑眯眯地问："小殷医生，下班了呀，今天辛苦了，你不能看见我就一副苦瓜脸，现在我带你去一个地方，如果你看完还是坚持自己的意见，那我就不再勉强你去妇产科了。咋样？"

殷良秀见陈书记这么说，也没有搭话。倔强的她心中有些好奇，心想：书记一而再，再而三让我转学妇产科，我老是逃避也不是个事。那好吧，我就去看看到底你有什么本事能让我改变想法。

两人一前一后步行了两三公里路，在永隆河湾拐弯的一个湾子坝里，陈书记停下了脚步，他指着面前那一望无际、密密麻麻、大大小小的坟头，用低沉的声音说："小殷医生，你知道这个坟场叫什么名字？你知道这里埋的是什么人吗？这里叫'月母子坟'，埋着数百名孕产妇。这里全是咱们永隆镇周边因为难产去世的孕产妇。咱们当医生的不能护佑百姓的生命安全，不如回家卖红薯！眼前这些'月母子坟'，就是咱们医生的耻辱啊！"

旧社会，女人生孩子如同过"鬼门关"。中华人民共和国成立初期新生儿死亡率为20%，产妇死亡率为5‰，很多女人死在了本应当妈的大喜日子里，连当时的英王乔治三世的孙女夏绿蒂公主也因难产死亡。陈出新的三个姑姑中，大姑和小姑都死于产后的并发症。永隆河镇的人们专门为死去的孕妇们安排一片坟地，以区分其他坟区。

眼前震撼的一幕让殷良秀当场傻了，她定定地看着眼前成片的"月母子坟"。这些"月母子坟"和其他的坟不太一样，这些大大小小的坟头都是光秃秃的，连一棵树都没有，甚至连一根荒草都看不到，到处是一片萧条荒凉。远处的天空下，有几只乌鸦在盘旋，发出嘎嘎的叫声，给阴蒙蒙的天空增加了几分凄凉。

在这里也不知站了多久，夜雾这个时候下来了。一旁的陈院长，一支接一支地抽烟，烟头随着他的抽吸，一红一暗，在夜色中发出幽幽的光。殷良秀整个人像触电了，整个大脑一片空白，全身止不住地颤抖，同为女人的她不敢相信，生个孩子竟然要了女人的命，这太悲惨了！自己作为一名救死扶伤的医生，坐在医院里竟然为干哪一个科室而拈轻怕重、挑三拣四、斤斤计较，在这密密麻麻的"月母子坟"面前，她不禁羞愧地低下了头，失声痛哭……

那天，从"月母子坟"回来，殷良秀流了一路的眼泪。想到当"赤脚医生"时，自己遇到的两例难产妇惨烈的案例，她更是冷汗涔涔。第二天一上班，她二话不说，把自己诊室的东西一收拾就搬到妇产科上班去了。

面对"月母子坟"的那一刻，殷良秀就坚定了专业思想，立志成为新中国新时代最好的妇产科大夫，成为守护孕产妇生命健康的"守护神"，也由此拉开了她"送子观音"的成名之路。

第二章
苦难的辉煌

"五三农场"医院进修

    1974 年夏到 1975 年夏,为了系统学习妇产科专业知识,殷良秀被永隆卫生院派到"五三农场"医院,开始了为期一年的妇产科深造学习。

    "五三农场"位于湖北省京山市西南部。东邻京山市雁门口镇,西接京山市永隆镇和钟祥市旧口镇,南抵天门市渔薪镇,北界钟祥市罗集镇和京山市石龙镇。农场自东南向西北,呈一斜长地带,南北斜长五十五公里,东西横宽十公里左右。"五三农场"背靠大洪山麓,面向江汉平原,有山、有水、有丘陵、有平原。全区地势东北高,西南低,东北半边丘岗起伏,蜿蜒连绵,海拔高程在一百米左右;西南半边沃野百里,一马平川。

    1935 年 7 月 8 日,钟祥罗汉寺南面水口潭处汉江遥堤溃口成灾,这里一个个村庄被洪水冲为废墟,形成大型沙岭、洪沟和沼泽地。1952 年 10 月,中南军政委员会和湖北省人民政府决定在这片百里荒原上开办国营农场。1952 年 11 月 7 日筹备建场时的原名是"国营沙洋机械农场"。1953 年 10 月 22 日以当年建场年份正式命名为"国营五三机械农场"。1956 年定名为"国营五三农场",是湖北省土地面积最大的国有农场。

当时的"五三农场"行政级别很高,属于厅局级单位,医护人员素质及医院硬件配置自然也高,是绝对的医卫行业"正规军"。此时,殷良秀的医生职业生涯才算正儿八经地走上了正轨。殷良秀理论知识较强,但妇产科实践经验不足。在"五三农场"进修学习的主要是专业临床实操。当时,殷良秀和外地来的四名年轻的女医生一起进修,犹如重新回到了学生时代,住集体宿舍、吃食堂饭。殷良秀除了睡觉,大部分时间都在病房,跟着老师上手术台做助手,引产、人流和为女性结扎,每天还要查房和搞病房的清洁卫生。

殷良秀到了"五三农场"后,遇到了两个贵人——姚翔云主任和白洁主任医师,两位老师都是妇产科权威专家,她们都认为殷良秀在妇产科方面极有悟性,思维缜密,性格严谨,是一个可造之才,两个老师轮流手把手教她。在两位主任的精心教导下,殷良秀很快就基本掌握了妇产科各种疾病的诊疗方法,后来她又跟着外科医生,学会了剖宫产。由于从小跟母亲学做裁缝和针线活儿,她的手又轻又快又好,她做的剖宫手术中产妇的创伤口又细又小,还齐整,最大限度地保护了女性的美与尊严。

在"五三农场",殷良秀也遇到过一次重大险情,对她也是一个极大的考验。当时,她正在给一个大出血的高危产妇做手术,突然停了电(那个时候停电是家常便饭),大出血中的产妇鲜血持续喷涌着,一直流到手术室的地上……最后,殷良秀和其他医护人员的鞋子和裤脚上都是血。他们只能找来一个手电筒，摸黑进行手术。殷良秀想尽各种办法死命止血，最后，产妇得救了，她却累得瘫坐在血泊中……

亲身的经历让殷良秀后来常常感慨："其实妇产科更需要男医生，因为在接生的时候，医生很需要体力、力气，女医生的劲儿不大，耐力不行，只能靠毅力苦苦顶着，但是世俗观念的原因，妇产科基本没有男医生。"从她的口中，医生救死扶伤，与死神赛跑、永不放弃的执着精神，可见一斑。同时，她的一些思考，在那个时代散发着思想的光芒，熠熠生辉，至今对妇产科仍有着极强的指导意义。

殷良秀在"五三农场"进修的这一年，大儿子陈出新已经四岁多了，二儿子陈攻也已经两岁多，为了兼顾事业和家庭，殷良秀申请把两个孩子带到身边来，两个孩子上了"五三农场"的幼儿园，医院给她分了一间单身宿舍，她就把婆婆接了过来，帮助她带两个孩子，负责孩子的吃穿和上学接送。这是一段难得的幸福时光，两个孩子在身边，殷良秀享受到天伦之乐。虽然辛苦，但内心十分快乐。大儿子陈出新有一天去上幼儿园，碰到一个大肚子孕妇要准备去做手术！他天真地对妈妈说："妈妈给她开刀，看她肚子里吃的是南瓜，还是稀米茶！"让周围的医生护士们捧腹大笑。这种上有老、下有小的天伦之乐，在这个小家里体现得淋漓尽致。这种状态一直持续到殷良秀进修结束后回到永隆卫生院，婆婆和孩子都跟在自己身边。

陈攻后来回忆小时候跟妈妈一起生活的印象：

　　很多次半夜三更，我睡得正香，被妈妈叫醒，要我吃一碗香甜的"鸡蛋茶"。作为妇产科医生，妈妈几乎一年三百六十五个夜班，妈妈上夜班时喜欢带着我，母爱在这一点上体现得特别明显。值班室也是产房，冬天有一个大火盆，特别温暖，我做完作业就上床，有几个实习的护士拿着我的作业本开始读："有碧绿碧绿的黄瓜、金黄色的扁豆……"躺在值班室洁白温暖的床上，我慢慢进入了梦乡……几乎半夜都会醒来，因为几乎每晚都有产妇分娩，我总是会被孕妇的呻吟声和护士们嘈杂的脚步声吵醒。记得有一次，有一对超生的夫妇过来生孩子，前面那个男同志就提到他们夫妻已经有了两个女儿，希望这一胎是男孩，结果晚上生下来后，妈妈焦急地问："是个儿子还是个姑娘？"护士犹豫了一会儿，说："是个姑娘。"可以想象当时产妇的丈夫有多么失望。

　　每次接完生，产妇的家属都会对"接生婆"或妇产科医生有所答谢——这是中国千百年来的礼节，当地的礼物一般就是四个荷包蛋做的"鸡蛋茶"，然后会送一袋涂成红色的鸡蛋，就是我们经常说的"吃红蛋"，也正是这个原因，我们家里的鸡蛋一年四季没断过。在我的印象中，那个时候虽然大家都很穷，但几乎从未有过医患纠纷，通过妈妈的手接生的母子平安是常态，从未发生过产妇或胎儿死亡等恶性事件，都是健健康康地来，平平安安地离开，从来没有听见一句抱怨妈妈的话。我在自己女儿出生时，也特别笃定"妇产科是医院里最特别的科室之一"，几乎医院其他科室的病人及家属都愁眉苦脸，只有妇产科病人与家属是满怀期待地来，欢欢喜喜、千恩万谢地离开。

产妇脐带上系着一只破草鞋

尘世中的往事，就像苦难岁月中沉淀的结晶，总是时不时会在记忆中冷冷闪着光，让人永世难忘。

殷良秀在"五三农场"进修期间，遇到了这么一件事情，时至今日想起，仍不胜唏嘘。

1974年底的一天下午，殷秀正在值班，几个气喘吁吁的农民抬着一个躺椅冲了进来，躺椅上躺着一个下身血迹斑斑的产妇。产妇的身上裹着一个被子，殷良秀赶快把呻吟不止的产妇安排到病床上躺下，掀开被子，她吃惊地发现产妇的双腿之间挂下来很长一段脐带，而在脐带的下端，赫然系着一只破草鞋，草鞋上血迹污秽斑斑。

行医多年，殷良秀是第一次遇到这种情况，她吓了一大跳，连忙问这是怎么回事。这时，一个五六十岁的婆婆拨开人群走了进来。她说："殷医生，这是我儿媳妇，上午生的孩子，就在家里接生的，前面都还很顺利，可孩子生出来之后，胎盘不能脱落，俺们村的接生婆怕脐带再缩回子宫内，就让俺找了一只草鞋，系在脐带上，这样脐带就缩不进去了，可等了好几个小时，俺媳妇的胎盘还是不脱落，接生婆没招了，这才让我们送卫生院。我这媳妇真是个'扫帚星'，早上浪费了我一大碗红糖水，这又浪费了我一只草鞋……"

殷良秀见产妇都成了这样，这个婆婆还这样口出恶言，顿时火冒三丈，心直口快的她噼里啪啦就把这个婆婆吼了一顿："你也是个女人，也生过孩子，还是当婆婆的，说话竟然这么刻薄恶毒！如果她是你女儿，你还会这样说吗？她给你们家生孙子，你喂她一碗红糖水都心痛，她的命就这么不值钱呀！孩子生了，你们就不管她了，脐带上系了一个破破烂烂的脏草鞋，你们就不怕感染，害死她吗？"

殷良秀越说越快，越说越激动，眼泪都差点儿飞了出来，这时，还是产妇痛苦的呻吟声打断了她，由于已经耽误的时间较长，产妇随时都会有生命危险，她赶快叫来产科的主任医生姚翔云给产妇诊治，她在一旁当助手。

原来，产妇生完孩子后，母体脐带需要剪断后进行结扎，因为脐带并非长在母体身上，生完孩子后会随着胎盘和胎儿一起排出体外，其中连接胎儿部位的脐带需要剪断后结扎，另一端连在胎盘上会随着妊娠分娩出来。

在分娩过程中，会娩出胎儿和胎儿的附属物，其中就包括胎盘、羊水、胎膜和脐带，因脐带连接胎盘和胎儿，故胎儿娩出时，会连带着脐带和胎盘一起娩出。但是当天遇到的情况是，胎盘植入的面积比较大，胎盘粘连或植入子宫肌层内，导致胎盘滞留，胎盘一侧的脐带也会一起滞留，导致出现胎盘无法从子宫壁剥离的情况。

胎盘是指胎儿和母体进行物质交换的器官，附着在子宫内。在胎儿被娩出五分钟后，子宫会再次收缩，此时由于胎盘体积不变，在子宫收缩的作用下，胎盘会被排出体外，这个过程也被称为第三产程，整个过程要五到十五分钟。如果超过三十分钟，胎盘还没有被完全娩出的话，在医学上就属于胎盘滞留。胎盘滞留最大的危害就是容易造成产妇产后出血和感染。

当天上午这名产妇的胎儿娩出后，胎盘滞留在她肚子内已经超过了三个小时，接生婆在第三产程处理不当，在牵拉脐带的时候，发生脐带断裂，这才又在产妇的脐带下系上一只草鞋。姚翔云主任看到眼前这一幕也感到震惊，她一边诊治，一边痛斥产妇的家人愚昧无知。她把草鞋解下来扔掉，很快将脐带绕系在自己的一个手指上，同时让殷良秀注射催产素来增加子宫收缩，通过子宫收缩，加快胎盘从子宫壁上分离。与此同时，她把一只手放在产妇的肚子上，稳定子宫，再用另一只手缓慢地牵拉脐带，她轻轻一用力，产妇就痛得大叫，可能胎盘还没有完全分离。由于之前脐带上系了只草鞋，过了这么长时间，脐带被扯得又细又长，薄得透亮，很容易扯断，姚主任果断停止手工取胎盘，立马组织手术剥离，一个小时后，通过手术，产妇的胎盘顺利取出。为了防止感染恶化，又让产妇办理了住院手续，留院观察一周，其间进行了输液消炎处理。一周后，产妇健康出院了。

在那个物资匮乏的年代，亲情在农村有些家庭也变得麻木和冷漠，女人很多时候就被定义为一个生育机器，社会地位极其低下，她们在面对生孩子这种过"鬼门关"的时候，不但得不到家人的精神慰藉，甚至会因为浪费了一只草鞋而被家人埋怨不止……

殷良秀每每想到这一幕，都不禁心头紧缩，后背发凉。今天的她看到医学条件发达，百姓生活幸福安康，女性社会地位提高到前所未有的地步，她是真高兴。但是她看到今天的不少青年女性，面对幸福生活不珍惜，把婚姻当成了工具，为了结婚动辄向男方索要几十万上百万元的彩礼，结婚后又不好好过日子，骑在男人头上作威作福，颐指气使，又很失望。她尤其对相亲类电视节目极其反感，很多年轻人将金钱、住房、地位和家境当成了相亲的门槛，根本忘了爱情是结婚的唯一条件。从那个时代走过来的殷医生认为，回顾历史，也是一种忆苦思甜。她希望当代女性更应该学习历史，珍惜幸福生活，自重自强，当好家风的传承者、播种者和宣传员，将麻木和冷漠从亲情中剔除出去，让这种锥疼人心的产妇脐带上系着草鞋的事件，再也不要发生。

产房里生出了"妖怪"

"快跑啊，产房里生了个妖怪！"不知谁大叫一声，医生护士们呼啦就往外面跑。殷良秀丢下手中的手术刀，下意识地也想往外跑，可是医生的责任和使命感，又让她强迫自己停下了脚步，眼前的一幕，吓得她也浑身止不住地颤抖。

这惊悚一幕，也是发生在殷良秀在"五三农场"进修时期。当日的产妇因为肚子太大，无法自然分娩，医院安排进行的是剖宫产，主刀大夫正是殷良秀。她按照工作流程，在护士的配合下，顺利把孩子剖出。结果剖出的胎儿却长得像妖怪：两个头，四只手臂，但是只有两只脚，并且和正常连体婴儿不同，胎儿的两个头粘连在一起，像一个巨大的长方形，四只眼睛在同一面来回滚动，糊在身上的血水、羊水还没有擦干净……产房里的护士和其他医生都跑了个干干净净，殷良秀也吓得呆若木鸡，浑身上下止不住地颤抖，但她知道此时的产妇肚子还没有缝合，手术还没有结束，自己无论如何都不能跑。她很快镇定下来，快速地找来一块婴儿褥袱，歪着头不敢直视，手忙脚乱地把孩子包起来放在一边，然后赶紧对产妇进行子宫和腹部的缝合……

时间一分一秒地过去，这个时候跑出去的医生和护士，看到病房里殷医生一个人在忙乎，清醒过来后，也蹑手蹑脚、缩头缩脑地走了回来。在大家的帮助下，产妇顺利完成手术，而这个生出来的怪胎，只在世上存活了两个小时……

事后在殷良秀的询问中得知，该产妇在怀孕后，由于身体虚弱，每天都是按一些民间偏方喝各种各样的中药，可能是中药的毒性导致胎儿基因变异，子宫中的双胞胎变成了未成形的连体婴儿。

这是殷良秀行医五十多年来遇到的最惊骇的一幕。在后期的行医生涯中，她利用自己中西医贯通的医术，开药行方都严谨细致，确保孕产妇优生优育，如胎儿畸形，早发现早处置，不能再让这种惨痛的事件发生，导致产妇精神上受到第二次伤害。

心细能救命

殷良秀在"五三医院"进修一年多，勤学苦练，悟性很高，加上一个一个的实战经验的积累，让她成了妇产科的全能专家：能接生，能开刀，能进行产后调理，还能治不孕不育。她开刀的时候，又快又轻，产妇的伤口又细又小，且长好后不会留疤，深受宝妈们好评。

1975 年 7 月 6 日，殷良秀从"五三医院"学成归来。永隆卫生院陈朝忠书记给她办了一个盛大的回归仪式，欢迎这位功勋医生凯旋。当天，医院门口锣鼓喧天，进出医院的大门，都铺上了红地毯，扎满了彩色的气球。殷良秀刚一下公共汽车，就被永隆卫生院的同事们簇拥着进来。此时，永隆镇得到消息的乡亲们，把医院门口围得里三层外三层，乡亲们熟悉的殷医生，终于回来了！当她跨进卫生院大门的时候，鞭炮也噼里啪啦炸响了起来，乡亲们像是欢迎一位凯旋的英雄，用最朴实、最诚意的厚爱来欢迎他们心中的"女神"回归。

眼前这一幕，让殷良秀心潮澎湃，泪湿眼眶。多好的人民，多好的乡亲！自己一定要好好工作，用自己的医术努力来报答他们。

其实，从事妇产科也要具备内科及其他科的基础知识，考虑问题要周全。心思缜密是妇产科医生最需要具备的特质，不然很容易误诊，给病人造成伤害。

重回永隆卫生院妇产科上班不久，殷良秀遇到了这样一个案例。医院一个职工的爱人已经怀孕两个多月，要做人流。当时她一进科室，殷良秀见她红光满面，就忍不住说了一句："你不会是喝酒了吧？"她说没有。殷良秀马上给她做妇检，已确诊为早孕，再查体温，有 37.8℃。殷良秀当时就说不行，低烧肯定不能做流产手术，等体温正常了再说。没想到等到第二天上午上班的时候，同事告诉她，昨天来做流产的那个职工家属，得了出血热，已经转到内科住院去了。殷医生心中暗想，幸亏自己心细，看出了异常，没有盲目手术，要是当时给她做了人流，发烧真说不清了，可能被误认为是人流手术感染造成的。那可能就成了重大医疗事故，届时殷良秀将"责"莫大焉，跳进黄河也洗不清了。

殷良秀坚持原则，坚决不给低烧病人做人流手术，不光是救了病人一命，也保护了自己。后来这个女性住院治疗出血热，二十多天才出院。

在妇产科，虽然殷良秀的剖宫产手术已经练得纯熟精细，但工作这么多年，她一直主张和鼓励符合条件的产妇顺产，只要符合顺产指标的产妇，她就反复做工作让产妇顺产。从妇产科医生的角度来看，顺产恢复快，婴儿出生就可以吃到奶水。妇产科医生要有耐心守护产程，要根据产妇的生理条件、胎儿大小、产妇的骨盆大小、产力做充分分析。顺产的条件多少，通过观察产程、羊水下降情况、胎心音变化等来决定，不到万不得已不推荐剖宫产。如果遇到难产、盆骨太小无产力等，要第一时间给家属讲清楚，该做剖宫产就做。中国的妇产医院剖宫产比例太高，主要是产妇怕自然分娩太疼，但剖宫产留有后遗症的也不少，以前医院没有 B 超，有的产妇做了剖宫产，胎儿没救活，甚至连畸形胎儿也做了剖宫产，结果给产妇造成了巨大的痛苦和终生的心理阴影。

1975 年底有一天，医院来了一名产妇要求做剖宫产，一名副院长要求殷良秀给她做，殷良秀问这名产妇有什么指征，院长说预产期已经到了还没动静，剖宫产做了算了。殷良秀检查病人肚子并不大，胎儿也不大，产妇个子不小，还没发作，看上去只有八个月大小的胎围，她就坚持不做。结果，这名副院长不听殷良秀的劝告，后来她自己和一名刘姓医生坚持给这名产妇做了剖宫产。结果胎儿取出来，手术台上台下的医护人员都惊了，胎儿没有双下肢，从臀部以下都没有，屁股下只有尾巴形状。参与这台手术的医护人员，都难过得一天吃不下饭，殷良秀听说后心里也十分难过，后悔自己当初没有坚决制止他们。虽然不是她做的手术，她没有任何责任，但产妇有多痛苦，医护人员多痛心啊！

殷良秀暗暗发誓：手术前一定要坚持原则，产妇达到什么样的指征下才能做手术，一定不能任由产妇想做就做，保障产妇与胎儿安全健康和救死扶伤，才是妇产科医生一切行为的准则。

在永隆卫生院妇产科上班期间，殷良秀还遇到一个病例：产妇剖宫产九年后怀上第二胎，来医院检查时，已经足月临产，产妇当时有些宫痛但不厉害，面色平静，但殷良秀检查时，发现产妇阴道流少许淡红色血水，宫口未全开，可容二指，宫部触诊时，下宫可触及肢体物就在宫壁下，胎头在宫部右侧，臀部在宫部左侧，明显横位，胎心音正常，由于当时没有Ｂ超，接生全靠医生手感。了解到产妇九年前做过子宫下段剖宫产手术，殷良秀诊断完，当机立断，马上进行急诊手术，当她打开宫腔第一眼，就看到胎儿左上宫露在子宫外，只有很薄很薄的一层子宫浆膜，很明显是上次剖宫产子宫下段切口已经裂开。十万火急，殷良秀和助手迅速剪开胎膜取出胎儿，这才保全了母子平安。

　　事后，殷良秀总结，之前做过剖宫产的产妇如果再次怀孕，不管间隔时间多久，子宫切开处很可能裂开，医生一定要更加慎重，一点儿不能马虎，稍有差池，就是人命关天的大事。

帮房东割麦子

"睡不着，是没事做。"这是殷良秀的婆婆经常挂在嘴上的一句话。殷良秀一开始总不相信这句话，但后来生活让她验证了这句话千真万确。

在永隆卫生院当妇产科医生时，她经常上夜班，瞌睡多得不得了，倒头几秒钟就可熟睡，这还不算，职业的磨砺，让她的瞌睡就像个开关，来病人了就立马醒来给病人看病，病人走了就立马又入睡。好瞌睡的人，同样也有一份好运气，这可是好身体的一种表现呢！这份好瞌睡，当年还惹出了一段笑话。

1978年，殷良秀的女儿殷燕子在永隆卫生院出生，由于夫妻俩都忙于工作，胡金枝就一直跟着他们贴身带三个孩子，这样一来，一家六口人三代同堂，挤在卫生院只有十几平方米的房子里，根本就住不下。没有办法，陈中轩在永隆镇卫生院附近的同益九队找了一栋三间民房，这栋房子当时并无人住，房东熊福喜一家忠厚善良，对殷医生更是崇敬有加，怎么说也不收他们的房租，这可算解决了一家人的大问题。

殷良秀是一个知恩图报之人，坚决不想占别人便宜。为了能答谢熊福喜的恩情，到了大忙季节割小麦时，殷良秀和陈中轩两口子专门在医院请了一天假，想到乡下去帮熊福喜家割小麦。

当时小麦进入成熟期，正是美食"碾馔"上市的季节。很多农村的孩子都吃过这种神奇的食物。"碾馔"是用未完全成熟的青小麦制成的绿色粉条状食品。食用时，加盐、醋、油、辣椒、蒜泥等调味品，既清香又好吃。别看"碾馔"吃起来简单，做起来可是大有讲究。在小麦秸秆未完全变黄，麦粒吸浆将满，外表基本变硬、粒内仍有浆体形状时，将其穗头齐腰摘下，扎成整齐的束把。在木板上搓去麦芒与壳，留下带青皮的籽儿，俗称"麻麦"。生起火，锅里烧开一丁点儿水，"麻麦"下锅，用大铲子翻来覆去地炒，浓郁的麦香被一点点激发出来。把已经炒熟的"麻麦"摊到草席上，放在干净又阴凉通风的地方凉透。然后倒进簸箕，边搓边簸，扇掉青皮。最后只剩下光溜溜、干干净净的青麦粒。最后用石磨磨成粉，再做成粉条，就是大家吃的"碾馔"的主要原料了。

"碾馔"在当时农村青黄不接时是过渡应急的，用蒜苗或者芹菜炒一下就很清香可口，如果奢侈一点儿，再磕上个鸡蛋，加一把荆芥叶，那清香就变成了浓香。这种美食，小时候吃时也不觉得怎样，如今想起来顿觉口舌生津。

"碾馔"吃过没几天，麦子便下来了，这就到了周边村民割麦子的关键时刻。庄稼庄稼，粮食没有装到仓里，那就都是假的。家家户户都在田里打仗，人人都在田里劳作。"八成熟，十成收；

十成熟，两成丢。"农民一穗一粒也舍不得丢，通常是在晚上加夜班收割。晚上凉快，更重要的是夜露的滋润使得麦穗不会过于焦脆，能有效地减少麦粒掉到地里的损耗。

其实，即便是殷良秀和陈中轩愿意下力气去帮房东割麦子，但他俩毕竟都是文弱医生，干农活儿也不怎么中用。好在他们两人并不偷懒，也好在麦垄总是越割越短，更好在，干着干着，就会不断有人来帮忙。

熊福喜的老婆是一个善良能干的婆娘，如果她下田割麦子，一个人就可以顶殷医生两口子，不过出于客气，也是为了不拂了殷医生的这份心意，她就特地留在家里做饭。刚做好的"碾馔"和几大缸子红糖荷包蛋，先让守在家里的陈出新三兄妹吃饱了，她再把饭菜提到田里。她一手拉着找妈妈的陈攻，一手提着篮子，篮子里是刚出锅的"碾馔"，由雪白的粗纱笼布包着。碰到人打招呼，她就响亮地回答："给殷医生送饭去，殷医生在俺家地里帮着割麦子呢！"脸上满是骄傲之色。

陈攻到了地头，在白花花的太阳底下远远地便能看见父亲和母亲在割着麦子，庄稼地显得很大，衬得人很小。陈攻就戴个草帽坐在地头田埂等着。日头渐盛，麦田都像冒起了烟。

"麦收有五忙，割挑打晒藏。"麦子割完后的重头戏是打场、扬场。后来有了半自动化的脱粒机，就是一个砖砌的洞，里面安着一个大风叶，俗称"老虎洞"，因它张嘴吞麦的样子很像老虎。脱粒时最出力的活儿，就是把麦穗送进老虎口，若是塞得快，就能省时省钱。这时是连中午都不休息的，因为中午天气最热，麦子最脆，脱粒的效果最好。可此时也最苦，任谁在老虎口站一会儿，都会变成一个黑人。

脱净的麦粒就能颗粒归仓了吗？当然不能。还要晒。太阳出来了摊开晒，用木锨子摊得匀匀的、薄薄的，再如犁地一样一遍遍地在上面画线，把麦粒画成一沟一沟，一沟翻压着一沟，方都能晒到。太阳落前就要赶紧把麦粒拢成堆儿，晒麦子要趁热收，若放凉了再收就易生虫。

麦子晒好后，另一个时刻便郑重来临：存新粮。一般的农户家里卧室的角落里，一溜儿放着几口大缸，每一口缸都被一张硬苇席子卷成一个圆。扎在缸口，称之为圈，后来我才知道，这种结构就是"囤"这个字的本义。陈粮的气味不好闻，新粮的土气也不堪忍受。是的，翻晒好的麦子看着虽是很干净，却还是有"土气"。所谓的"土气"，从这新麦身上就能知道得淋漓尽致。当你来到缸边，把麦子往缸里倒时，那一股冲腾而上的气，就是"土气"。每次被"土气"呛到的三个孩子忍不住对奶奶发牢骚时，她老人家都会说："你们这是饿得轻。家有存粮，心里不慌。恁好的粮，咋还敢嫌弃！"

割麦子，是一个农活儿的全流程的起步阶段，但就是这一项，就令多少年轻人想逃离农村，因为实在是太辛苦了。

陈中轩和殷良秀不管熊福喜同意不同意，拿起镰刀就下了田。他们甩开膀子加油干，夫妻俩不擅长干农活儿，虽然卖命地割了一上午小麦，但仍是被熊福喜甩了好远，搞得夫妻俩面面相觑，有点儿不好意思。

午饭时间，熊福喜的老婆提着丰盛的午餐来到了田间，把晒得昏昏欲睡的陈攻也抱到了父母面前，大家一屁股坐到一个个麦捆子上，吃完了一顿香甜的午餐。

看日头正烈，熊福喜就让他们先回去休息一下，到下午两点太阳弱一点儿了再出来割。盛情不可违，夫妻俩就回去午休了，结果，可能是太劳累的原因，他俩一觉醒来已是日落西山，天都黑了。殷良秀和陈中轩急得直拍大腿，因为中午他们有午睡的习惯，可能平时没有干过这么重的农活儿，也可能是累惨了，中午倒头就睡，结果睡过头了，两口子相视一眼，都忍不住笑了，自己这好心请着假去帮人家去干农活儿，结果却成了两个吃货和懒汉，看样子两人真不是干农活儿的这块料！

"人情似锯，你来我去。"这是奶奶胡金枝挂在嘴边的话。多年后陈出新和陈攻小兄弟俩才明白，对奶奶而言，这句话的重点是"你来我去"，对他们小家而言，重点却是"人情似锯"。你来我往的人情拉锯，拉近了人与人之间的情感距离。

心怀悲悯，常替人着想，滴水之恩，涌泉以报。纯朴的乡亲们与大地一样厚重而朴实的爱，托举着他们，成就着他们，殷良秀和陈中轩也尽自己所能，用自己精湛的医术回报乡亲，身体力行地践行着"为人民服务"的宗旨。

元宵夜提着马灯奔跑的少年

记忆的列车总是呼啸而至，无论岁月的流水过去多久多长，有这么揪心的一幕，一直在殷良秀的脑子中盘旋。时至今日，她历经世上万事万物，早已变得宠辱不惊、干练旷达，但是在永隆医院历经的这一幕往事，想起来仍忍不住泪湿眼眶。

1979年2月11日晚上，那一天刚好是正月十五元宵节，过了这天，年才算过完。因为元宵节可以放烟花，农村的孩子不管家里再穷，这一天也会买一些简单的烟花、响箭和冲天炮等放一放，那个时候没有路灯，只有星星和月亮，当烟花冲向漆黑的夜空划破黑暗的那一刹那，孩子的童年才算完整。孩子的笑声可以在那一刻，穿透整个人生的漫漫时光隧道，记忆终生，所以孩子们对元宵节的盼望，有些时候甚至超过了春节。

就是在这么一个美丽的夜晚，殷良秀经历了她人生最惨痛的一次记忆。

当时殷良秀在永隆卫生院值夜班，陈中轩特地包了饺子给她送到值班室，陈出新和陈攻两兄弟都出去和孩子们放烟花了，在时远时近的爆竹声中，一个一个烟花划破夜幕的亮光，殷良秀吃着饺子，内心充满了丰盈的幸福，辛苦了一年的她也难得放下手头的工作，轻松一下。

谁知晚上十点多钟，殷良秀正准备关灯下班，突然被院子内一阵急促的嘈杂的脚步声和吵闹声惊动了。其中有一个孩子凄厉地哭："医生在吗？有人吗？有医生吗？快救救我妈妈！快呀！"

殷良秀赶快推门出来，她看到外面黑压压的一群人，人群的前面，有一个十来岁的少年，提着一个马灯，马灯的灯罩上沾满了鲜血，糊住了灯光，微弱的灯花在风中摇曳，像随时都要熄灭的样子。

殷良秀赶快拨开人群，走进里面一看：一个竹床上躺着一个浑身是血的孕妇，旁边有一个憨厚朴实、浑身湿透了的中年男人，男人急促地说："殷医生，是你值班太好了，快救救我老婆，她可能是难产大出血，我们抬着她跑了二十多里山路才赶过来，你快想办法救救她啊……"

"快！快！抬进医疗室。"

众人七手八脚地把难产的妇女抬进医疗室，借着医疗室的灯光，殷良秀摸了一下这个难产妇的脉搏，已经没有任何跳动，手也变得冰凉，殷良秀大惊失色，她翻开女人的眼皮一看，发现瞳孔已经放大了，她急忙做了一阵人工呼吸和胸口按压，可这个女人一动不动，没有任何反应……

女人的瞳孔越放越大，全身变得僵硬冰冷，直到这个时候，累得一身大汗、沾满了一身鲜血的殷良秀，才不得不接受了这个残酷的现实：这个女人在送达医院之前，已经死掉了。

殷良秀强忍着眼泪，忍痛对这对父子说："没有办法，你们送晚了，她早就没有了心跳。"听了这话，那个小孩大叫了一声，把手上的马灯扔掉，只听到砰的一声，碎了一地，火苗轰的一声点着了。人群中，一片惊呼，乱成一团，尖叫声、哭喊声，掺杂在一起……

那个木讷的男人一下子傻了，扑通一声跪在地上，两只手拉着妻子的手，那种压抑沉闷的哀号，过了好久，才从男人的喉咙中飙出，有一种撕心裂肺的痛。男孩一下子扑到妈妈的身上，哭喊着："妈呀，你快点儿活过来，你不能丢下我不管！我要的妹妹，你还没帮我生呢，你不能把我们都丢弃了呀……"

这悲惨的一幕，让殷良秀再也遏制不住自己痛苦的情绪，她推开人群跑了出去，蹲在医院中央的梧桐树下，号啕大哭起来。她恨自己太无能，她也恨产妇送来得太晚了，她恨医院的设施条件太差，哪怕有一台救护车，哪怕有一条急救电话，哪怕再早送来半小时，这"一尸两命"的悲剧都不会发生啊！

之后殷良秀才知道，难产死掉的妇女住永隆镇河对岸一个村庄，距离镇上有二十里路，中间还隔着永隆河，怀的是第二胎，当时这名妇女已经三十八岁了，那天送她来的大儿子十二岁，没想到临盆的时候遇上了大出血，家人和邻居赶紧把她抱上一个竹床，铺上被子，抬起就往镇上医院跑，因为是晚上，艄公已经不摆渡了，他们又跑到艄公家，把人家从被窝里拽出来，赶到河边摸黑渡河，在这里又耽误了一个多小时，孩子提着马灯一路跑一路哭,产妇的血顺着竹床滴滴答答往下流,粘到扶竹床的孩子手上,又流到马灯上,染血的马灯在夜色中,一灭一闪,闪着红幽幽的光,特别瘆人……

那一年的元宵夜,十二岁孩子提着马灯黑夜狂奔的身影,那个厚实的庄稼汉子跪地凄惨的恸哭,那个惨死孕妇鼓起来的肚子和惨白的脸,深深地烙在殷良秀的脑海里、心口上,让她只要想起来就一阵一阵刺痛。也就是从那一刻起,她在心里除坚定医术报国的信念之外,更暗暗发誓:今生今世,一定拼尽全力守护"月母子"的生命安全,坚决不允许一个"月母子"死在自己手上!

"留得青山在"

　　大医精诚，悲悯为怀。殷良秀医生一直用自己赤诚的爱和悲悯的心对待病患。时至今日，医疗纠纷在医院不断上演，"医闹"竟然成了一个专业群体。是病人不讲道理，还是医生草菅人命？殷良秀在永隆卫生院诊治的一个病例，可能会给今天处理医患关系带来一定的启示。

　　把病患当成亲人，医生应把精湛的医术和高尚的人品结合，化为对病人态度的和风细雨，同时应有设身处地为病患未来生活质量着想的"行医观"，才能真正成为人民心中的白衣天使。

　　湖北省天门市赵台村的木匠朱荆州，他的老婆多年不孕，他听说殷医生被当地老百姓亲切地称为"送子观音"，治疗不孕不育特别灵，就抱着试一试的心态来到永隆镇卫生院找殷医生检查。殷良秀耐心地帮她检查后发现她患有巨型卵巢囊肿，这是导致她多年不孕的关键因素。殷良秀当即为她进行了囊肿切除手术。当时的医疗条件，卫生院根本没有现场活检，把囊肿一般都视为恶性，医生的常规操作是为了避免复发，都会进行卵巢全切，斩草除根以此避免恶性肿瘤复发，来挽救病人的生命。如果女病人的卵巢被全部切除，虽然可以保住性命，但是她当妈妈的愿望便从此破灭了。如何能通过手术"不局限于延长病人生命，更能关注病人以后的生活质量"，殷良秀看着朱木匠夫妇祈求的眼神，经过反复论证，在心里暗暗做了一个决定。

手术台上，殷良秀主张给女病人保留囊肿尚未侵蚀到的一点点卵巢，不做全部切除，在场其他医生都不同意，认为这样做风险太大，留着一小块卵巢，复发的隐患谁负责。殷良秀力排众议，非常坚定地说："我们这一刀下去容易，可是病人这一辈子可能就当不了母亲了。留得青山在，不怕没柴烧。我们把卵巢好的部分留下来，是给女病人留一点儿希望，如果出了问题，我来负责！"在临床实践中，殷良秀没有畏怯退缩，而且勇于担当，选择了探索和挑战。

后来，就是靠着那一点儿残留的卵巢，奇迹发生了——朱木匠的老婆后来竟然真的怀孕了，先是生了个大胖小子，后来又生了一个女儿。天可怜见，殷良秀为自己当初的那个决定暗暗庆幸，医院的同事因此更是对她倍加崇敬，就是她的一个勇敢的决定，不仅挽救了一个家庭，还创造了一个生命的奇迹！

农村人特别懂得感恩，朱木匠从此把殷医生视为恩人，后来专门多次来殷良秀家，帮他们用木头打造了电视柜、小桌子、小板凳等好多家具，而且每年都来拜年，几十年从不中断，他们的子女成年后，也与殷良秀攀了亲戚，把她视为"干妈"，后来殷良秀全家搬到天门县城后，他们年年找过来拜年，从不落下一年……

这只是殷良秀行医生涯中无数精彩案例中的一个典型：手术治疗中，尽可能地对女性病人的病灶做局部切除，保留子宫、保留卵巢，为无数患者保留生育功能的希望，后来很多卵巢囊肿和宫颈癌患者都成功产下健康婴儿。

就朱木匠老婆的病例而言，囊肿是恶性还是良性，不是殷良秀的主观臆断，完全出于无数的临床经验得出的。在行医中，殷良秀早就发现，由于农村卫生条件不好，农村妇女的卵巢囊肿和子宫肌瘤良性居多，为了更好治好这些病患，她往往会首先观察周边是否存在淋巴转移、脉管侵犯，如果没有，一般就能判断没有高危复发因素，而且殷良秀发现卵泡分泌卵子的功能十分强大，只要留下很小的一点点，都可以分泌卵子，保存女性的生育功能，这也是女性天生的伟大之处吧！

殷良秀的二儿子陈攻，一开始也不相信妈妈的那些说法，后来他当了华中科技大学同济医学院院办主任，在整理同济医院妇产科马丁院士的主要学术贡献时，发现了马丁教授 2018 年在国际顶级盛会美国妇科肿瘤学年会（SGO）上，首次公布的中国宫颈癌 III 期前瞻性临床研究结果，里面提到："用单纯化疗代替国际标准的同步放化疗，疗效不变，宫颈癌患者切除子宫后仍可保留卵巢功能。"

虽然这里提到的宫颈癌和卵巢囊肿有一定区别，但殷医生早于马丁院士四十多年前，就发现了在手术治疗中要充分考虑保留卵巢功能的问题。那个时候的医院条件差，但殷医生已深度考虑

"成功的治疗不仅仅是延长患者的生命，更要保留患者的生活质量"这样的医学伦理，她深深关心重度妇科疾病患者后期的生育功能与生命质量，这一深度人文关怀的问题，时至今日对妇产科医生都有重要的意义。

可惜殷良秀受阻于当时卫生院的条件限制，以及自身繁忙的工作，没有将妇科病例进行搜集整理，形成翔实的数据统计。殷良秀也一直惋惜自己没有受过严格系统的科研训练，不会写论文，否则这些治疗方案和实践操作可以形成论文发表出来，甚至作为A级证据推到国际指南，让全世界的患者受益，为世界贡献殷医生的经验和智慧。

在子女们的眼里，殷良秀一直是家里无所不能的"神"。她的动手能力和解决问题的能力要强于父亲陈中轩，这可能也与殷良秀的职业不无关系，要知道她在无数的妇科急诊手术中面对困难，需要冷静思考、当机立断和敢于担责，这种职业素养，后来也通过言传身教，带入家庭教育中，为子女后来的成才，提供了无穷无尽的营养和丰沃的土壤。

永隆卫生院的"神雕侠侣"

在永隆卫生院时，殷良秀与陈中轩联手行医，堪称医卫界的"神雕侠侣"。

从杨丰卫生院、红林医务室到永隆卫生院，在当时方圆百里，殷医生的医术无人不知，无人不晓，被誉为"送子观音"。据殷医生的同事刘素珍护士长回忆，当时殷医生不仅医术精湛，人品与医德更是令人肃然起敬，在整个永隆镇也是德高望重。

在永隆卫生院，殷良秀一头扑进工作中，始终坚持把病人放在第一位。据殷医生的同事刘素珍护士长回忆：有一年大年初三中午，辛苦了一年的殷医生正好利用放假好好休息一下，当时一家人正在亲戚家里做客，谁知刘护士长的侄儿媳妇，此时突然发作要生产了，被紧急送往永隆卫生院。当时医生们都放假了，情急之下，他们赶快派人去找殷医生。在那个交通、通信都不便利的年代，几经转折，他们在饭桌上找到了殷医生。殷医生当时正在吃饭，听闻后，二话没说，当即放下手中的碗筷，十万火急地赶往医院。到达医院后，经过一系列的产前准备工作，产妇很快就成功分娩，母子平安。家属送来了红鸡蛋，对殷医生千恩万谢，感激不尽。

殷良秀医生不仅把病人放在第一位，医者仁心的她，还经常帮一些困难病人减免一些医疗费用。曾经有一位女病人得了妇科方面的疾病，多方求治，一直没有起色。后来听别人说永隆卫生院的殷医生非常厉害，就慕名而来。当时，这名妇女面黄肌瘦，一副病恹恹的样子，那个时候乡镇卫生院根本没有像样的医疗设备，不像现在看什么病都是依靠机器先做检查，对症下药，殷医生凭借的都是多年的实践经验积累，几番问诊后，果断判断她的病就是子宫囊肿引起的。最后，殷医生凭借着自己过硬的技术，把这个病人的妇科疾病彻底治好了。在得知这个病人家里条件非常不好，这几年看病，几乎花空了家底，殷良秀主动跟院里申请减免了这个病人大部分的费用。

大恩难以言谢。殷良秀的这一举措，给了穷困的女病人继续生活下去的希望，就像是黑暗夜空中的一束烛光，抚平了病人的创伤，同时给了她生活下去的信心。直到现在，这个病人一直和殷医生保持着密切联系，这些年她们家里发生的一切好事，她都要第一时间给殷医生汇报，每逢丰收季节，总是把家里的土特产，往殷医生家里送。殷医生也总是会回一些礼物表达谢意，她们从医患关系处成了终生朋友。有一年春节，她的子女还带着老母亲到武汉来看她，其情殷殷，其心切切，医患关系好到这个份儿上，让今天很多人看来有些不可思议。

永隆卫生院除殷良秀医生是当之无愧的台柱子外，中医陈中轩的故事，同样在当地广为传颂。

今天很多老人，对于 20 世纪发生的"出血热"的记忆，不亚于非典和新冠带来的冲击。20 世纪 90 年代中叶，那部火遍全国的电视剧《年轮》里，一直像兄长一样呵护知青们的老连长感染了出血热，"心跳（每分钟）至少在 90 次""身上出血点也最多"，却咬牙隐瞒病情带领大家开荒建设，直到深夜吐血，病故在未婚妻乔医生怀里，那一句"明年娶你"成了空许约。知青们跪在病床前送别老连长的一幕，更叫多少观众泪目，也因此记住了那个叫"出血热"的病魔。这一段虐心剧情，真实反映了出血热的发病症状与巨大破坏力，是那个特殊年代"出血热肆虐"的生动写照。

世界上最早的出血热病例，出现在第一次世界大战的英法军队里，当时它叫作"肾水肿"。中国最早的出血热病例，出现在九一八事变之后的东北，当时叫作"松花热"。二战时期起，"出血热"在全球多国扩散，虽然早期名字不同，但"发病速度快""死亡率高"是其共同特点——朝鲜战争时期，国外士兵曾大量感染出血热，死亡率高达 13%。

中华人民共和国成立后，出血热很快成了巨大的威胁。早期的"出血热"，还只出现在黑龙江一省，1955 年起，"出血热"开始蔓延到全国各省。特别是在陕西、安徽等工程建设现场，出现了局部爆发的情况。比如在 1959 年的淮河水利工程建设现场，就出现了数百例病例，且重症患者极多。据当时参与抢救的医生回忆，每天新增的患者送来时"大多已休克"。为了安置抢救更多病人，医院的墙壁全被打通，但尽管如此，"经常通宵达旦也抢救不过来"。在那一年，中国全国的出血热病例达到了 1570 例，为中华人民共和国成立头十年里最高，而接下来的增长速度，更让人揪心：20 世纪 60 年代的十年里，除 1960 年外，中国每年的出血热病例都在千人以上，1964 年是整个 60 年代的"流行高峰年"，出血热的疫区遍布全国 21 个省份，总数达到 3517 例，死亡率高达 10.12%，这之后的多年里，出血热"死亡率突破 10%"也成了常态，1969 年的出血热死亡率，竟接近了 14%。

电视剧《年轮》的背景年代，即从 20 世纪 60 年代中叶至 70 年代中叶的"上山下乡"时期，亦是中国出血热疫情越演越烈的年代。1972 年中国的出血热病例超万人，1975 年出血热疫区波及全国 23 个省份。1970 年至 1973 年，中国的出血热病死率连续保持在 10% 以上。在那个年代的许多地方，"出血热"就是"死神"的代名词，冰冷数据的背后，都是千家万户的伤痛。甚至在改革开放以后，中国经济高速发展，出血热发病率也居高不下：仅 1985 年至 1986 年，中国的出血热病例就有近 22 万。1994 年至 1995 年，中国爆发了 12 万多例出血热病例。可以说，出血热在新中国的前半个世纪里，成为人民群众健康安全的重大威胁。

面对当时出血热的蔓延，中国的医疗系统一直都是以搏命般的态度在工作。1952 年，国家卫生部流行病学研究所在小汤山挂牌成立。这个机构后来更名为中国医学科学院流行病学微生物学研究所（简称医科院流研所），"对抗出血热"成为它重要的任务，一代又一代的医生们从此投身于这个事业中，对出血热的"病毒分离"工作，也是从那时开始。

　　20 世纪 60 年代，医科院流研所经过多年艰苦调查后，初步确定黑线姬鼠是出血热的主要载体。1981 年，中国科学家成功从黑线姬鼠标本身上分离出"流行性出血热病毒"，这是继 1978 年美韩科学家首次分离出病毒后，人类防治出血热的又一次突破。次年，中国科学家又分离出了"Ⅱ型病毒代表株"，这个成果向世界首次证明：出血热病毒分为"家鼠型"和"野鼠型"，在经过了数十年的失败挫折后，"防治出血热"走出了关键一大步。

　　在 20 世纪 80 年代，中国面临"出血热大爆发"的局面下，中国政府也投入了巨大力量应对疫情。1984 年起，卫生部在全国 30 个省陆续建立了 48 个监测点，对疫区、宿主、疫源地进行动态监测，取得大量宝贵数据。在 1986 年出血热疫情的"峰值"（两年 22 万病例）时期，中国更是掀起了一场由卫生部、轻工业部、化工部、国家科委联合指挥的灭鼠行动，终于成功控制住了疫情。1987 年的出血热病例，已经比 1986 年下降了近一半。

　　比起骄人的"灭鼠"成果来，相对低调却更伟大的，是出血热治疗技术的进步：在完成了"病毒分离"这一步后，出血热的死亡率也一步步降了下来。特别是在病例数量达到"峰值"的 1986 年，出血热病死率降到了 2.22%。1996 年，中国出血热死亡率首次"破 1"，跌到了 0.96%。1999 年，虽然全国的出血热新增病例依然高，近 5 万例，但死亡率已是 0.78%，为整个 20 世纪的最低点。

　　1988 年起，三种预防出血热的单价疫苗陆续批量生产；21 世纪起，更为先进的"传代细胞双价纯化灭活疫苗"投入使用。这也就意味着，中国不但已经可以成功治疗出血热，更筑起了防御出血热的"长城"。也正是从这时起，曾经让老一代人谈之色变的出血热，"存在感"越来越低，无论病例还是死亡率都直线下降。到 2019 年时，中国出血热病例的数量，全年只有 9596 例，平均死亡率是 0.4%。

出血热从"猖狂"到"消亡"的全过程，是中国对于全球医疗卫生事业的重大贡献，也是中国一段发展历程的缩影。今天回看这段历史，正是从 20 世纪 50 年代起，一代代医疗战线的英雄们，以薪火相传的奉献甚至牺牲换来的。

在那场"出血热"蔓延的浪潮中，民众闻"出血热"色变，在疫苗还没有生产出来之前，以陈中轩为代表的中医群体治好了很多出血热患者。

"出血热"临床表现以发热、出血、休克和肾损害为主，典型病例表现为发热期、低血压休克期、少尿期、多尿期和恢复期。大部分患者 1～3 月完全恢复，未及时诊断和治疗的重症患者可导致死亡。当时的农村卫生习惯堪忧，医疗设施极度缺乏，导致很多病人死亡。但在永隆卫生院陈中轩采用中医疗法，"出血热"病患的治愈率非常高。在当时的永隆卫生院，特设了出血热专科门诊。最为经典的"一战"，是有一位病人在其他医院已经宣告为不治之症，医院要家属回家，准备后事。家属不愿意放弃治疗，在其他人的建议下，抱着"死马当活马医"的态度，把病人拉到了永隆卫生院，当天正好是由陈中轩接诊，陈中轩通过中药内服外贴对其进行调理，一个疗程下来，竟将这位濒死的病人彻底治好了，直到今天，这个病人还生活得好好的。

还有一次，陈中轩在永隆卫生院住院部上班时，接诊了一个肝硬化腹水的病人，当时这个病人看遍了西医都束手无策，医生都他认为无药可救，让家人回去准备后事。当时，病人的肚子像足月的孕妇，一看病人这么多腹水，陈中轩想起了师父教的治血吸虫的方子，于是就先给病人打水，病人一夜就把肚子的水拉出来了。第二天，病人的肚子就小了。病人连拉了三天，将肚子里的水排空后，陈中轩用调理办法，经过一年左右的时间，把这个病人的病治好了。治好了以后，永隆镇上炸了锅，都说陈中轩能"起死回生"，针对这个案例，后来陈中轩写了篇文章《肝硬化腹水鼓胀一例》，发表在医学专业杂志上。

陈中轩的中医水平有起死回生之效，这在当时也成了一个轰动性的新闻，方圆百里的"出血热"患者，纷纷找上门来，永隆卫生院的大院竟成了"方舱医院"，他在院子里架起一口大锅，把中药熬成汤剂，由护士用碗分发下去……就是这一碗碗神奇的中药，守护了永隆镇方圆百里百姓的生命安全。

陈中轩的"白月光"

　　陈中轩心中一直有一个隐痛，就是自己原本有机会上大学，结果却在那个特殊的年代被迫熄灭了梦想之光。退休后不久的他和老伴儿殷良秀，居住在儿子在武汉市武昌区粮道街买的房子里，距离这个地方只有三站路就是位于昙华林的湖北中医学院。他每次路过湖北中医学院古香古色的大门口，面对着校园大门口悬挂的沉着古朴的牌匾，总是忍不住伫立良久：这本该是自己的母校啊，可惜命运让他和这所心中的学府擦肩而过。如果自己能在这所大学里读书，是不是后来的命运和今天截然不同呢？

　　时间回到1966年5月，当时的青年陈中轩在杨丰卫生院工作，被抽调参加湖北省第二批巡回医疗队，医疗队成员大多数是武汉市中心医院的医生，因为其表现优秀，经他治好的病人多得不计其数。活动结束后，由京山县卫生局所属卫生工作者协会选拔举荐，保送至湖北省中医学院学习，当年填表送达，预定当年十月入学。可惜，刚好这一年因特殊时代，大学停招了……

　　就是在这个特殊的大背景下，大学招生中断，陈中轩的大学梦就此破灭了。也许就是因为自己没有上过大学这个特殊的心结，陈中轩对子女的学业，从小就抓得特别紧，要求特别高。陈家的孩子也特别争气，都很聪明，一学期期中、期末，哥哥陈出新就会拿回来两张奖状，弟弟陈攻不甘示弱，也按哥哥的标准拿回来两张奖状，几年下来，客厅正堂的大白墙上，贴满了两兄弟的各类奖状，三好学生、优秀学生干部、红花少年……后来小哥俩连体育比赛、歌咏会等也都纷纷拿奖，家里"奖状墙"贴不下了，就"漫"到了内屋的墙上。

每年过年时，就是殷医生家的高光时刻，只要来殷医生家里拜年的人，都会立刻被这面墙所吸引，然后就站在墙前边看边说：哎呀，这是出新得的，这是陈攻得的……兄弟俩逢奖必拿，哥哥聪明，弟弟勤奋，在父亲的鞭策下，两兄弟争先恐后，用一个又一个奖状，把童年的光华绘得满满的，如下象棋日拱一卒，又像积善之家日行一善。学习也是一个漫长的修行过程，当这种优秀成了一种习惯，未来无论是生活还是事业，不成功都不行。

陈中轩心中的"白月光"，这一生注定要靠子女们来帮他实现，他像人民教育家陶行知一样，知行合一地教育着子女，让他们成人、成才、成功，用沉默而厚重的爱，一生默默地托举着子女们前行。

"化邪为正"

对于我们大多数人来说，出生时就有十个手指和十个脚趾，这是再正常不过的一件事了，但世界上还有那么一小部分人，由于受到某些因素的影响而导致发育畸形，多长出来了手指或脚趾。与"正常人"相比，他们就显得有些"不正常"。这些孩子自出生时，可能就会被世俗的观念打上"怪胎"的标签，忍受人们异样的眼光，他们就像生活在阳光照射不进来的世界里。

在我国农村，人们将这些"六指"孩子视为异类，甚至当成不祥之物，认为天生六指就是贱命相，下场和命运都很悲惨。这些孩子，被弃养，或者如果遇到狠心的家长，直接在出生的时候就给溺死了。侥幸活下来的孩子，也是备受冷眼，人生往往不幸福。殷良秀在从医生涯中间遇到了多例这样的孩子，都是六指胎儿，手掌上长了六个手指头。菩萨心肠、胆大心细的殷良秀医生，手持利刃却心怀慈悲，她往往在胎儿出生后，为了让孩子有一个好的人生和命运，果断地用手术剪刀，把多出来的手指处理掉，并做消毒和包扎。事后，她只是轻声对家长说孩子手上长了个小东西，已经手术处理了，家长千恩万谢，但是不了解殷医生背后承担的责任和压力。

事后，当家长明白，殷医生帮他们的孩子在痛感神经还较迟钝的情况下，通过手术"化邪为正"，已经还原给孩子一个完美人生，家长均感动不已，对菩萨心肠、霹雳手段的殷医生更是敬重有加。

殷良秀五十多年的行医生涯，遇到过好几例类似的孩子，她都是这么不动声色地处理好了。如果放在今天，可能没有一个医生敢这么做，敢去承担这份责任，更不可能为孩子未来人生的发展考虑这么长远。

菩萨心肠，霹雳手段。这是一个优秀医生的高尚品质，看似冷酷，实则柔情万丈，她这一刀下去，可能改变的就是一个孩子一生的命运。大医精诚，慈悲为怀，令人闻之肃然起敬。

殷医生上了《湖北日报》

1981 年 4 月 14 日，永隆公社报道组邓新学关于殷良秀医生的文章，发表在《湖北日报》上。

"假如我是产妇"

三月的一天，在京山县永隆公社卫生院的产房里，殷良秀医生正在给产妇黄三英接生，产妇的胎位位于面先露难产，分娩时间一分一秒过去了三个多小时，胎儿还没有落地。产妇的家属开始着急了。

"殷医生，破腹产吧？！这样比较安全可靠。"助手小王提醒殷医生。

"还早，如果不该动刀的给了一刀，不仅会给产妇带来痛苦，还会给产妇的家庭造成近两百元的经济损失。"殷医生说完，又仔细地检查了胎位，确实是面先露难产，但是属于面先露前位，还有挽救的余地。她立即开始做转位引产术，并鼓励产妇加大产力。经过四个多小时的努力，胎儿终于落地了。但是，由于胎儿在产妇胸腔里憋闷的时间长，口中积痰太多，呼吸微弱。殷医生毫不迟疑地用口对口方法吸痰。不一会（儿），婴儿"哇"地〔的〕一声哭了出来。产妇和产妇的家属见此情景，万分感激殷医生。但是殷医生却说："假如我是产妇，你们也会这样做的。"

殷良秀医生正是用"假如我是产妇"这颗美丽的心灵来对待每一个产妇的。在永隆公社卫生院妇产科，坚持顶班的是她。她既要做手术，又要做术后检查，常常是误了进餐，放弃了休息，（这些都是）一心为产妇。多年来，经她接生的胎儿无一死亡，产妇（也是）个个安全。前不久，雁门口公社一产妇远道抬到了永隆卫生院，产妇一进院就对殷医生说："你接生，咱才放心。"这个产妇身体畸形，盆腔狭窄，而且腹腔粘连，即使开刀也是难产。她的第一胎经过殷医生破腹产，才保住了大人和小孩的生命。这次在产前，殷医生作了仔细检查，临床手术进行了四个多小时，终于使产妇安全分娩，胎儿顺利落地。

一个乡镇卫生院的妇产科医生，四十多年前的事迹能够登上省报，在当时绝对是一个大新闻。我们在资料室里找到这张报纸时，由于时隔了近四十年，时代久远，报纸发黄而又布满虫洞，充满了历史感，可以想象，四十年前的殷良秀医生已经是名满天下了。

第三章

星光下的成长

成长

殷医生的"穷亲戚"

　　永隆镇被永隆河环绕，物华天宝，人杰地灵。这里人才辈出，从镇上走出去的知名企业家、医生、教授和领导干部比比皆是，但无论走出多远，无论身在何方，永隆河镇在每一个乡民心中都是魂牵梦萦的地方。所谓一命二运三风水，一个人出生的家庭、时代固然重要，但他所生长的区域环境同样重要，永隆镇绝对是那么一块风水宝地。

　　"为什么我的眼里常含泪水？因为我对这土地爱得深沉。"艾青这诗句也是殷良秀的写照。殷良秀一生用她精湛的医术、用她慈悲的心怀对待父老乡亲，父老乡亲也用纯朴的爱，把她抬得很高很高。殷良秀经常动情地说："是人民成就了我，我就要用医术来回报人民。"

　　她是这样说的，也是这样做的。妙手回春"送子观音"的美名，让她帮助了成千上万的人，但是有钱有势的达官贵人，她很少交往，倒是认了十里八乡一大堆的"穷亲戚"。

　　当时的农民穷啊，除会一些手艺活儿之外，都是庄稼人，只会种庄稼糊口。殷良秀家最不缺的就是一些精巧的农具和厨具，像篮子、簸箕、竹筐，手工锻打铁锅、菜刀、剪刀和一些指甲钳等等，更多的则是时令季节的水果、蔬菜和新打下的粮食——玉米和红薯等，农民都是成篮子成袋子地往她家里送，知道推托不掉的殷良秀，每次也都会回礼一点儿小心意，把她从城里买的一些糖果，送给这些"穷亲戚"带回去给孩子吃。这种从不嫌贫爱富，你中有我，我中有你，走动频繁的朴素的"亲戚"情谊，在那个年代显得弥足珍贵。

当时的永隆河，清波缓缓，水草丰美，各种淡水鱼类在河里生长繁殖。春天来了，河坡上铺满像毯子一样的绿草，陈出新和弟弟妹妹最爱跑在上面放风筝。春夏之交的季节，调皮的弟弟陈攻最爱在河边钓鱼。钓鱼，可谓陈攻的天生爱好和拿手绝活。他的钓鱼竿和风筝做得都是一流好，村里的玩伴教他用鸡毛梗做浮标，买那种一分钱一个的小鱼钩，在河里钓鱼是河边孩子们最大的快乐，孩子们当时的口头禅是"一扯一条麻姑囡……好大个鲫果子"。夏天，不用多说，一天到晚泡在河里不想起来的也是这帮熊孩子。

此时殷良秀家里的居住条件得到了极大的改善，就在永隆河边的永隆卫生院家属楼，医院给她分了一套二十多平方米的套间。这套房子是家属大院里背靠永隆河、面朝南的一套两进的套间，进门是客厅，奶奶和两个孙子住，里面是卧室，殷良秀和陈中轩带着小女儿殷燕子住，最后面是阳台和厨房。虽然只有二十多平方米，但这在当时算全镇最好的房子了。永隆卫生院全院共有十套这样的房子，一字排开，院长只分给医院的技术骨干和行政干部。据说当时的陈朝忠院长兼书记还为此受了批评，上级批评说他过于奢侈，但陈朝忠院长顶住了压力，一点儿也不后悔，就是他的这个举措为永隆卫生院留住了一批技术骨干，才让当时的永隆卫生院声名显赫，不亚于县里和市里的大医院。

　　这套家里有史以来最好的住房，成了陈出新三兄妹爱的港湾。院子里有一排挺拔的梧桐树，每年梧桐树的叶子青了黄，黄了又青，水泥地的院子成了孩子们撒欢的天堂，每天放学后，大院里的孩子在这里玩玻璃珠、跳绳、单腿斗鸡、用废作业本叠纸牌等，各种游戏玩得不亦乐乎。直到开饭时间，才各自被父母叫回家去。

　　殷良秀由于忙于工作，从来不做家务，做饭、洗衣服的活儿，基本被婆婆胡金枝包了。胡金枝人气开朗，待人热情，家里只要做什么好吃的，总是会盛一些给邻居们端去，邻居们也是大抵如此，做了好吃的鸡鸭鱼肉，也从不独吃，你家端来他家端去，陈家的孩子也是特别懂事，别人端来的好吃的饭菜，孩子们总是等妈妈回来一起吃。这样一来，殷良秀每天上班回来，总是能吃上可口的饭菜。生活在永隆卫生院家属区的那段时光，成了她生命中最美好的记忆。

　　童年记忆中的永隆河边的街道古老而朴素，窄窄的街道铺上的是清一色的青石板石阶。由于年代久远和集市的兴旺，所有的青石板都被千万双脚经年累月地磨得光滑透亮。古色古香的店铺木制的门窗和铺面上，都是暗红色，里弄很深，镇上有一位老中医治腮腺炎特别灵，还有一位老太太经常在门槛上摆着两条长辫子卖头发。走在镇中心的街上，常常看到两边古老的木楼上有窗户打开，里面的女人或女孩直接在上面喊着什么，可谓"鸡犬之声相闻"。陈氏兄妹的记忆中，有时是灿烂的阳光照着滚烫的青石板，有时是雨天走在青石板上的清凉……陈攻的同学黄德军等才被认为是真正意义上的镇里娃，当时住在小镇外围及乡下的孩子都羡慕他们。陈攻记得小时候去镇上打弹弓仗，被俘虏了要交子弹（那种纸做的三角弯形子弹）。陈攻就常常想，为什么我们家不住在这一块河街的中心区，多好玩、多热闹啊。成为"镇里娃"这个梦想伴随他直到今天。直到现在，陈攻都老想着去把镇中心的古楼买一栋，就在那里安度晚年……

　　殷良秀医生的超高医术，让她在永隆河沿岸方圆百里的居民中拥有崇高的威望，孩子们也因此受惠。

　　在陈攻的记忆中印象最深的就是：

　　那时候路上的车特别少，车站明确写着"严禁客货混装"——客车只能跑客运，货车只能跑货运。计划经济时代，管得严、管得死，抓住就要罚款（因为穷，司机特别怕罚款）。大路上，即使有车，也不一定敢停下来载你，所以出行特不方便，坐车难、等车难，只能靠脚走，自行车就是一个家庭最大的家当（当时的一辆自行车的价格，相当于一个国家单位中级职员一个月的工资）。但无论在哪里，无论是东风或解放牌大卡车，还是拖拉机，只要妈妈一招手，车就停了。有一次，一下子等车的人全上来了，整个敞篷车都坐满了，我和妈妈都上了后面的敞篷，司机专门过来说："殷医生，您和孩子坐到驾驶室里来。"司机敢冒罚款的危险载人，可见拦车人需要多大的面子。我的奶奶常说："我们家媳妇比公社书记面子还大！"这句话不是没有实证。

有一次我们医院的孩子们到小镇边上的村小学看电影，村民们听说殷医生来了，急急忙忙从自家地里拿来了好几个大西瓜，我们一边看电影一边吃瓜……还有一次我和父母春节到我的数学老师吴老师家去拜年，那家人把家里几乎所有好吃的、能吃的东西都拿出来招待，短短几分钟，桌上摆满了十几种点心和糖果……

印象很深的还有一次过永隆河到对面吃满月酒，当年刚好是夏季发洪水，永隆河上游的洪水夹杂着各种垃圾、树枝咆哮而下，浑浊的黄水湍急流淌，渡船码头只有一叶扁舟在艰难地摆渡……我和妈妈还有另外一位大夫一起上船，也不知道为什么这么大的水还是满满一船人上船过河。我依然清晰地记得一位老艄公蹲在船头，指挥一位年轻力壮的艄公使劲儿地划桨，老艄公说的最多的话好像是："慢一点儿，顺水向下……快一点儿，用力划，再快一点儿……"最后，我们惊险地渡河成功。这一幕，让我感觉自己工作中极强的责任感，就是从这艄公这里学到的。一船人把命交到了你手上，你就要死命保护好，这是你的职责，也是一份荣誉和使命。后来，听我爸爸说，当时他一直从厨房窗里看着我们渡河，心都提到了嗓子眼了，直到我们上岸了，他才放了心。

归根结底，我们兄妹所受到的这些礼遇更多来自当地人对母亲的尊重，也是对母亲职业的尊重，他们感谢有这样一位医术高超的"送子观音"，只要有殷医生在，整个小镇的女人生孩子就可以高枕无忧，再也不是"过鬼门关"。母亲精湛的技术和好口碑，让她在当地赢得了很高的社会地位，而我们三个孩子是母亲这一荣誉的实际受益者，在学校里连老师对我们也不敢马虎，在村里村民们更不敢怠慢，但我知道大家的尊重完全源于对母亲心底的亲近和感恩。

妈妈的两次落泪

陈出新是殷良秀与陈中轩的大儿子，殷良秀对大儿子的关心最多，付出也是最多的。

1969年，陈出新出生，那一年是国家最困难的时候。大河没水小河干，由于家里没有粮食吃，殷良秀也没有奶水，孩子吃不饱，成宿成宿地哭。陈中轩愁得一夜一夜睡不着，抱着儿子在房间不停地走来走去，摇着儿子睡，有时眼看儿子快睡着了，就小心翼翼地把他往床上放，结果身子一着床，就又开始大哭。没办法，夫妻俩只能轮流把儿子抱在怀里睡，有时候见儿子睡梦中还在舔嘴唇，殷良秀知道这是孩子太饿了，做梦都在找吃的，就把自己的小拇指塞到儿子嘴里，让他吮吸，而自己心疼得直掉眼泪。

这种情况整整持续了半年，后来殷良秀和陈中轩把每个月节余下的工资全部拿来买炼乳。那个年代还没有奶粉，虽然殷良秀没有母乳，但靠着炼乳和米糊糊，也把陈出新养得白白胖胖的，人见人爱。

老二陈攻出生后，殷良秀和陈中轩两人所有的工资都花在养育两个孩子上面，四五年都没有舍得做一件新衣服，家里只要是有点儿吃的、穿的，都用在孩子身上，哪怕是偶尔喝一次鸡汤，他俩从头到尾都舍不得喝一口，更别说吃一块鸡肉了，他们总是最后把一些孩子不吃的鸡头、鸡脚捡到碗里吃掉，算是打了牙祭。

在陈攻的童年记忆中，有两件事令他刻骨铭心：一件事是他差点儿在永隆河里淹死；第二件事是他亲眼看到刚强严肃的母亲为他们兄弟的两次落泪。

殷良秀和陈中轩有三个孩子，如果用三个词来形容三兄妹，那么老大陈出新用聪明来形容最为恰当，老二陈攻用顽皮来形容当仁不让，老三殷燕子用要强来形容就十分契合。

先来说说老二陈攻。这个半辈子都有点儿像《射雕英雄传》中"老顽童"的人，连现在的微信名也叫"老小哥"，从小聪明帅气，但是又特别顽皮。农村小孩捣蛋的事情，他全部干过：上树掏鸟蛋，下河捉野鱼，光着屁股游永隆河，踢球还砸坏过邻居的玻璃……

陈攻虽然个头不高，年纪不大，却是永隆卫生院家属院里当之无愧的"孩子王"，他极具冒险和创新精神，同时又极富正义感。永隆河的河水阴晴不定，时急时缓，夏天的时候，他经常带着一帮孩子偷偷摸摸地下河游泳，因为爸妈都在医院上班，没时间管他，但是其他被带出去的小伙伴，但凡偷偷下河游泳被父母逮到，就是一顿好打，陈攻是领头人，因此这些家长对他的"投诉"也是层出不穷，殷良秀和陈中轩听到别人父母的投诉之后，也会把陈攻教训一番，让他不要太冒失，要有自我保护的安全意识，更不要让别人的孩子置身危险之中。母亲殷良秀刀子嘴豆腐心，会忍不住骂他："你想死就一个人去死，不要拖累别人。"少年陈攻，后来也真被骂醒了，有时候实在忍不住想去游泳，也不再叫小伙伴，就自己一个人在河里游一圈，打个转就上来了。

秋天，是孩子们撒欢的季节，陈攻放学后最爱干的一件事就是在草沟的半坡上挖一个深洞，上面开一个出气孔当烟囱，再捡一些柴火，然后在农民的田里挖几个红薯，用杨树枝在中间一架，就开启了烤红薯模式。他会安排一个小伙伴往洞里填柴火，自己就带着其他小伙伴漫山遍野地捉蚂蚱，捉到之后用一个狗尾巴草把这些蚂蚱一个一个顺着脖颈子皮穿过去，每个小朋友漫山遍野地奔跑叫喊，最后个个收获满满，每人提着一大串蚂蚱，这个时候红薯也烧得差不多了，大伙就把这些蚂蚱也塞进洞，放在架子上用火烧，只听里面一阵噼里啪啦地响，等蚂蚱的颜色变红了，小朋友又捧来碎土，把洞口一堵，等着柴火在里面慢慢地熄灭，大约过了十分钟，小伙伴们七手八脚地扒开这个烧烤洞，红薯的甜香气掺杂着蚂蚱的鲜香，扑面而来，世界上最美的美食也赶不上此刻的美味。这份甜蜜的幸福，让孩子们顿时成了世界的王。这种散发在空气中的香味至今都无法用语言来描述，但持久的香气，足以弥漫并疗愈一个人的一生……

后来，在回忆这段往事的时候，陈攻认为他是一个对美食有追求的人。这种追求，最后也形成了他在事业上的一种精益求精的治学精神，并成就了今天的他。

陈攻从小还极富正义感。永隆河边上的一个村庄里有个放鸭子的小孩，从小不上学，性子特别野，爱欺负人。由于他放鸭子的时候，必须手持一条两丈多长的竹竿，赶着鸭子的队形，让它们在永隆河边上吃水草和水里的小鱼小虾，可能是没钱上学的原因，他对陈攻他们这些上学的孩子又羡慕又嫉妒，只要看到孩子们背着书包路过，他大老远就扔石子砸这些孩子，并且对女生张口就骂一些粗鄙的话。陈攻看不下去，就要替孩子们出头，结果瘦弱的他，根本打不赢这个放鸭子的野小孩，第一次交锋就被他用放鸭子的竹竿戳到了。

陈攻见单打独斗不是对手，就和其他小伙伴一起商量对策。后来有一次，放学的女生在前面走，又被这个放鸭子的小孩扔土疙瘩和小石子，这刚好被陈攻带着几个孩子，埋伏在河沟里发现了，他们就一起抓起泥巴坨子、石子，像丢手榴弹似的砸向这个野小孩，那真可谓是万弹齐发，不光是把那个小孩打得乱蹦乱跳躲避，同时泥巴坨子和石子落到鸭群里，把鸭子惊得又飞又跳。那小孩一边躲避"炮弹"，一边还得拿着竹竿收拢鸭群，不然鸭子如果丢了，回家就该挨父母的揍了。那场面狼狈不堪。

此战大获成功，从此孩子们上下课路上再也不会遇到从天而降的石子和传来的骂声了，这个放鸭子的野小孩，最后把鸭子赶到永隆河下游很远的一个河段里去放，再也不敢在孩子们上下课的这一段路上"拦路打劫"了。

从家里的厨房，可以看到开阔的河岸、河面和河对岸的景色。陈攻在上小学时，放学后常常沿着河边回家，然后也不绕到前面进院子，直接从厨房的小窗翻进去，奶奶也惯着淘气的他，就在厨房里接着他。儿时的陈攻因为顽皮，两次都差点儿淹死在河里，所以对河的感情可能比其他的永隆河人更深刻！

　　这条河春夏秋冬的变化，也养成陈攻水一样奔放跳跃善思的个性。永隆河是一个口宽底窄、深不见底的倒三角形，在电影里看过很多蹚水过河的镜头，在永隆河绝对不可能实现，哪怕是枯水季节也非得要靠渡船过河。如果夏天来了大洪水，水流浑浊湍急，这个时候不知深浅去游泳，危险就会随时发生。

　　有一年夏天傍晚放学后，陈攻背着书包回家，这个时候渡船还在对岸等人，没有过来，有些心急的他就想游泳过河。从小在永隆河长大的孩子天性懂水，陈攻想凭着自己的水性游到对岸。他把鞋和衣服脱掉，放进书包里，穿了一个小短裤开始下水，一开始的时候他一边踩水，一边一只手举着书包，当时夏天是丰水季节，平静的水面下面却暗流涌动，水流十分湍急，游了三分之一的时候，陈攻突然就感觉身上没劲儿了，他又咬着牙坚持游了十几米，一口水呛到肚子里，他知道这样肯定游不过去了，情急之下，他也顾不得书包和衣服打湿，把书包带子套在肩膀上，开始用两只手游泳，游到河中间的时候，陈攻全身都没有了力气，他紧张得浑身发抖，嘴巴哆嗦，牙齿发颤，想呼救，可抬头一看，前后左右都没有人。这可怎么办？妈妈还在等着自己回家吃饭，自己不能就这样交待在这里了啊。凭着一口气，陈攻拼命把头伸出水面，整个身子仰在水里，随着水浪往下游漂去，一边往下漂，一边用一只手往外面滑，也不知过了多久，浑身颤抖的他突然感觉双脚碰到了一些芦苇，他赶紧直起身子一把抓住芦苇，为了自己不被冲走，他又用另外一只手搂住了一大片芦苇过来，这时他才顾得上大口大口地喘气，也不知休息了多久，他才拽着一棵接一棵的芦苇，慢慢往岸边游去，三四十米的芦苇田，他游了足足有一个小时，最后，全身上下被芦苇锋利的叶子划得遍体鳞伤，当他的脚踏上岸边的泥巴地时，他一下子扑倒在河岸的草地上，无声地痛哭起来，心想：真是天不亡我，终于得救了，抢回来了一条命！这是陈攻对永隆河记忆中最可怕的一次，时至今日，他对"游泳"两个字都讳莫如深。

此时，月落星稀，乌鹊横飞，湿漉漉的陈攻浑身瘫软，躺在岸边休息了好久，才提着湿漉漉的书包和衣服，上岸往家里赶，这个时候他才发现自己被冲到下游十几里之外了。等到他回到家的时候，已经是晚上九十点钟了，当时整个永隆卫生院都乱了套，大家听说殷医生的二儿子从学校回来，一直没回家，都生怕他出了什么问题，沿途提着马灯、打着手电筒去寻找，有些乡亲们听说了也敲着锣沿着永隆河的沿岸往下走，帮忙寻找，当时的陈攻被河水冲到了下游，他返回去的时候走的也不是一条路，所以错过了寻找他的队伍。当一身狼狈的他，出现在永隆卫生院的大院的时候，整个大院都沸腾了，当时坐在石凳子上，正在自责没有照顾好孩子而默默落泪的殷良秀，听说儿子自己回来了，冲到人群中间，把陈攻紧紧搂到怀里，久久不愿放手。陈攻抬头的时候，看到了妈妈满眼的热泪，这也是他第一次看到冷静而严肃的妈妈落泪，他的心瞬间被暖化了，委屈的眼泪也忍不住倾泻而出……

在陈出新的记忆中，还有一个冬天的雪夜，母亲的落泪，像雪地一样冰冷，像雪花一样晶莹剔透，每次想起来既温暖，又心痛……

那是一个冬天的深夜，那一年陈出新六岁，弟弟陈攻四岁，当时爷爷身体不好，奶奶那几个月回乡照顾他。父亲陈中轩被抽调到临县医疗队支援当地卫生事业，这可苦了殷良秀，她既要上班，又要照顾两个孩子，十分辛苦。那天，殷良秀下班之后，照顾两个孩子吃了晚饭，做完作业之后，又把两个孩子安顿上床休息。半夜的时候，殷良秀被急促的敲门声惊醒了，原来是一例危重急诊病人，急需她出手治疗。这其实已成了她的工作惯例，她从被窝里爬出来，临出门时用手把两个孩子的被子用力往里面扎了一扎，二话不说，披起衣服就出了门……

半夜的时候，四岁的陈攻醒了。他一摸身边妈妈不在，就摇着哥哥问妈妈去哪里了。这样一来，把哥哥出新也弄醒了。两个孩子到处找妈妈。妈妈去哪里了？屋里冷冰冰的、黑洞洞的，什么也看不见，两个孩子抱在一起哭，哭着哭着又起身去找妈妈，房间里没有，他们就打开门到外面去找，此时永隆镇卫生院的大院里天寒地冻，大雪纷飞，陈出新和弟弟光着身子，搂在一起，在雪地里冻得瑟瑟发抖，他们大声地哭喊着找妈妈，一声一声地哭，声音撕心裂肺，屋外寒风呼啸，也不知哭了多久，院子里有个家属听到了孩子的哭声，推门出来一看，吓得惊叫一声："我的天哪，这不是殷医生家的两个孩子吗！咋会光着屁股站在雪地里找妈妈，这不是会把人冻坏了吗！"

他们赶紧把两个全身冻得通红的小家伙抱起来，跑到医院住院部，把刚刚看完病人的殷良秀叫了出来。殷良秀看到自己的两个孩子，赤裸着身子在风雪中冻得瑟瑟发抖，心痛得大叫了一声，飞奔过来把两个孩子紧紧地抱在怀里，顿时泪如雨下……两个孩子投入妈妈怀抱那一刻，感觉妈妈的怀抱是那么温暖，像一个温暖的港湾,紧紧地包裹着他们,他们再也感受不到外面冰雪的寒冷。陈出新抚去妈妈眼角的泪水，雪花飘下来，和妈妈的泪水融化在一起，融入他少年的记忆中……

这娃贼聪明

　　儿子对父亲的重要性完全无法用言语描述，它涵盖了情感、社会、文化以及心理等多个层面。儿子不仅是父亲血脉的延续，更是其情感和精神寄托的重要对象。从情感角度来看，儿子通常是父亲深爱的对象之一。他们之间的情感联系往往非常深厚，父亲会在儿子的成长过程中倾注大量的爱和关怀。儿子的每一个成长阶段，无论是学步、上学还是成年，都牵动着父亲的心。当儿子取得成就时，父亲会感到无比骄傲和欣慰；而当儿子遇到困难时，父亲也会竭尽所能提供帮助和支持。在社会和文化层面，儿子往往被看作父亲生命和事业的继承者。在许多文化中，父亲会把自己的知识、技能和价值观传授给儿子，希望他们能够继续自己的道路，甚至超越自己。这种传承不仅是对个人和家庭的延续，也是对社会和文化的传承。从心理学角度来看，儿子对父亲的重要性还体现在他们如何影响彼此的心理健康。一个健康、快乐的儿子可以给父亲带来积极的心理反馈，增强他们的幸福感和满足感。反之，如果儿子出现问题或疏远父亲，这可能会给父亲带来深深的痛苦和挫败感。因此，儿子对父亲的重要性是多维度、深层次的，它贯穿了生命的始终，是父亲情感、社会和心理满足的重要源泉。

陈中轩在大儿子陈出新身上投入了巨大的心血，这是他第一个儿子，他自然特别器重。在陈出新三岁的时候，他就让儿子熟背《医学三字经》，六岁时熟背《药性赋》，从小就让他在药房里跟自己一起认药抓药，让他闻味辨药，望闻切问，一项一项地教。陈出新聪明，对博大精深的中医，幼年时虽不明其意，但是摇头晃脑背得一"音"不差，到五岁的时候，他已经可以把枯燥难懂的《医学三字经》千字文背下来了。

《医学三字经》，是清代大医学家陈修园先生所著中医学启蒙之作，以《内经》及张仲景之书为根本，言简意赅，通俗而不离经旨。由此入门习医，方可不入歧途。此书不仅初学必读，而且是诊家必备，时时研习，常有心得。以诗赞之："医学启蒙三字经，清源正本圣心明。升堂捷径修园指，理法得来可顺行。"

其中医学源流开宗明旨："医之始，本岐黄。灵枢作，素问详。难经出，更洋洋。越汉季，有南阳。六经辨，圣道彰。伤寒著，金匮藏。垂方法，立津梁。李唐后，有千金。外台继，重医林。后作者，渐浸淫。红紫色，郑卫音。迨东垣，重脾胃。温燥行，升清气。虽未醇，亦足贵。若河间，专主火。遵之经，断自我……"

四岁受针灸启蒙，六岁便学草药，上小学时陈出新蒙上眼睛都能闻出一百多种中草药药材。父母平日里会教他记一些常见病的药方，医治病人时也让他在一旁学习，时间一长，陈出新不仅掌握了中医的精髓，还形成了自己独特的诊疗风格。针灸、推拿、拔罐、替父母开药等，他都不在话下。

陈中轩见儿子有医学天赋，看见自己给病人扎针灸就感兴趣，五六岁时，就让儿子在自己身上试针，自己家人有头疼脑热的病症时，也会试着让他去抓药。陈出新起初只是觉得中医很有趣，针灸、中药在他看来就像武林秘籍，都有不凡的口诀窍门。例如"肚腹三里留，腰背委中求"，讲的就是肚子不舒服，首先想到足三里穴；腰背不舒服，委中穴可以很好地缓解。又如，治疗感冒的药方有四字箴言"干妈贵姓"，其中包含了甘草、麻黄、桂枝、杏仁四味药材。但这些对于年幼的陈出新来说是只知其表，不知其里。直到有一次，陈出新和父亲在永隆镇上赶集时，亲眼看见父亲用中医技术救治了一位突发疾病晕倒在地的老人。在周围乡亲们热烈的掌声中，陈出新觉得父亲特别伟大。老人脱离危险后，父亲却拉着他悄悄离去，只说了四个字："医者仁心"。

在永隆镇读小学和中学期间，陈出新是全镇最聪明的孩子，名声也最响，当然除他是殷医生的大儿子外，更多的是他在学校成了传奇。

当时农村的小学教育抓得紧，从四年级开始就要上早自习和晚自习。早自习是从早上六点上到七点，由于学校不管饭，下课后学生需各自回家吃早餐，接着上上午的课，有些孩子为了不再来回跑，早上就带个馒头啃，这样可以顶一上午；晚自习一般是七点到九点，下课后还要披星戴月地赶回家，回家的路上有河流，有水库，有堰塘，有坟地，有高高的玉米田和高粱地。孩子们爱讲鬼故事，有时候为了吓唬别人，结果把自己吓了个半死。农村孩子孤身上学路上，跑过没过头顶的玉米田和高粱地时，听着耳畔的风，庄稼叶子沙沙的声音，总感觉背后有人在追自己，那种撒开双腿、大声唱歌，在田间小路上"草上飞"的经历，成了很多农村孩子童年最难忘的记忆。

乡下的孩子如果到镇上来上学读书，为了赶早自习，往往凌晨四五点钟就要起床，这个时候天还没有亮，先起床的小伙伴在村里挨家挨户地敲门，小伙伴们结伴同行去上学，远的要走上十里路，有时候天太黑，看不见路，孩子们就扎着火把，唱着歌，壮着胆气往学校赶，往往走到学校，天才蒙蒙亮。遇到下雨天，很多乡下孩子没有雨鞋，就打着赤脚，踩着泥水，深一脚浅一脚地赶到学校去，路上脚扎到刺，或者被玻璃瓶子碎片割破，都是常有的事，这也是很多 60 后、70 后那一代农村出生的孩子，集体不堪回首又难忘的回忆。

陈出新却是这些孩子中间的另类，因为生活在镇上，从小学到初中，他几乎没上过一天的早自习和晚自习，但是他每次考试都是班上前十名，这也让他成了其他孩子心中遥不可攀的高峰，拿现在的话说，这就是"别人家的孩子"。

聪明的陈出新上小学五年级时，就开始在班上"坐诊"，遇到同学们头痛发热，他就帮同学们把脉问诊，他的书包里也经常装一些常用的十滴水、风油精之类的，他根据病情，大胆地给同学们开药，在那个纯真简单的年代，一个敢开，一个敢喝，就是这小小药方，治好了无数同学的小毛病，陈出新所在的班级，最后竟然成了学校的"无病班"，成了其他班级的孩子集体羡慕的"明星班级"。

有一次，年轻的女班主任田老师在讲台上课的时候，突然脸色惨白，浑身颤抖不止，脸上豆大的汗珠子直往下掉。班上的同学一时都慌了，陈出新见状，赶忙冲上去拉了一把前排同学的椅子，扶老师坐下来，就在讲台上认真地帮老师号起脉来，号完脉之后，陈出新惊讶地跟老师说："老师，看你这个情形，很有可能是气血不足，这种情况很危险，要赶快送医院……"女老师疼得说不出话，后来，闻讯赶来的男老师们七手八脚把这位女老师抬到了永隆镇卫生院，刚好是陈出新的妈妈殷良秀医生坐诊，殷医生检查后，发现田老师果真是严重的气血不足，急需调理，不然随时都会晕倒。殷良秀本人不禁也在心里对儿子啧啧称奇。

殷医生当即为这位女老师开了一些补气血的药。由于送医及时，女老师身体没有大碍，不久就痊愈了。

病好上学后，女老师在上课的第一天，就把陈出新紧紧地搂在怀里，流着眼泪说："陈出新同学，谢谢，谢谢你救了老师！"经此一役，小学五年级"中医小神童"陈出新声名大噪，他的故事在永隆镇传得神乎其神，殷良秀和陈中轩为此还好好地表扬了儿子一番。

其实，所谓天才少年，不过是在别人看不见的地方日复一日地努力。耳濡目染从小喜欢中医领域的他埋头苦学，认识了几百余味中药材，其中能够蒙眼识别的有一百多种，为他后来走上医学之路打下了坚实的基础。

常棣之华

　　《诗经·小雅·常棣》中云:"常棣之华,鄂不韡韡。凡今之人,莫如兄弟。"常棣花象征着兄弟情义。常棣比喻最无私的兄弟之情,成为流传至今的典故。

　　陈出新和弟弟陈攻的感情,最好地诠释了常棣之华这个成语的深邃内涵。

　　陈出新比弟弟陈攻大两岁,老大聪明,老二顽皮,两兄弟性格一静一动,十分互补。由于大几岁,陈出新从小就特别爱护弟弟,在他上小学五年级的时候,陈攻已经上小学三年级了,两个兄弟结伴上学,结伴回家,有时候连课间十五分钟的时间,也是你到我的教室来找一找我,我到你的教室去看一看你,吃饭在一起,睡觉也在一起,写作业在一起,做游戏也是在一起,形影不离,颇有大文学家苏轼与弟弟苏辙"夜雨对床"的味道。

　　农村的孩子什么奇事怪事都干过。陈出新小的时候虽然内向,但身体灵活,协调性特别强。他中长跑不行,但是踢毽子竟然比班上的女生都踢得多,在一次班上的踢毽子大赛中,他接力和全班同学比赛踢，竟然全班同学接力都败在他的脚下。陈攻对哥哥崇拜有加，从小就像一个鼻涕虫贴在哥哥身上。

永隆河边长大的孩子，天然亲水，每年夏天，孩子们到河里游泳洗澡，可以从中午玩到傍晚。另外就是打土巴仗，人员分两边，用土块互扔，还有用铁丝、木头做的弹弓，子弹一般是纸做的。那个时候小朋友多，整个小镇的小朋友都在一起玩儿。

孩子们每年夏天小哥俩都会回老家玩上一整个暑假，捉青蛙、钓鱼、做农活儿、学习做豆腐的全过程。农活儿主要是到棉花田里把棉球的叶尖掐掉，不要让棉花树疯长，另外是捉虫。

有一年夏天的一天中午放学后，五年级的男孩子们比赛跳茅坑，也就是从茅坑上跳过去，这个又庸俗又刺激的游戏，孩子们玩得不亦乐乎，陈出新在孩子们的怂恿下，也跟着跳了过去。年幼的弟弟陈攻也想跟着跳，谁知道他人小腿短，一不小心，竟然一头栽进茅坑里，陈出新和同学们七手八脚地把弟弟从茅坑里拽出来，他顾不得弟弟身上又脏又臭，赶快把弟弟背到永隆河边洗了个澡。担心回家被爸爸妈妈骂，他又耐心地把弟弟和自己的衣服在永隆河里洗得干干净净。整个下午两兄弟都不敢回家，也不敢回学校，就光屁股坐在河边，把衣服搭在芦苇上，让太阳和风把衣服吹干晒干。天快黑的时候，衣服干了，两个兄弟才蔫头耷脑地回到家。这个事情，两人嘴巴都很紧，没有给父母透露一点儿风声，这成为他们之间的小秘密。多年以后，每每谈起此事，兄弟俩都笑得前俯后仰。

两兄弟在农村生活最怕的就是割麦子的季节，因为爷爷奶奶在老家种了几亩地，每年到割麦子的季节全家都要上阵，两兄弟也概莫能外。那个时候家里太穷了，陈攻顽皮，自己的鞋子踢球踢烂了，没有鞋穿，陈出新就把唯一完好的鞋让给弟弟穿，自己赤着脚走进麦田里割麦子。割下麦秆的麦茬子，把陈出新脚上扎得鲜血淋漓，他也忍着痛不叫一声。弟弟陈攻的皮肤不好，一些麦芒子扎到身上，他就会起满身的疹子，又疼又痒，心疼弟弟的陈出新在弟弟下田前，就找来一些毛巾把弟弟的脸和脖子围起来，让弟弟穿着长袖衣服去割，有时候怕太阳太毒，把弟弟热中暑了，他割到中间的时候，就会拿一把蒲扇，回过头来找弟弟，在麦垄上帮弟弟摇蒲扇祛暑。

小时候的糖水冰棍是孩子们的最爱，尤其是割麦子的季节，经常有小贩推着自行车和泡沫箱子来到田间地头卖冰棍，五分钱一根，这对孩子们来说简直就是天堂一样幸福的事儿。每当有卖冰棍的人经过时，两兄弟都眼巴巴地望着，往往这个时候父亲陈中轩都会去买两根冰棍给两个儿子，但是陈出新从来都是把一根冰棍给弟弟吃，另外一根冰棍给妈妈吃，他自己从来舍不得去舔一口。看着弟弟吃得津津有味的样子，他在旁边咽着口水，既羡慕又高兴。

由于弟弟成绩好，长得帅气，在班上各方面都太出色了，经常让班里的一个坏孩子眼红，认为他就是上帝的宠儿、老师眼中的红人，寻思着要打压一下他的气焰。有一次班上的一个小胖子，在下课的时候，"拦路打劫"陈攻，对他进行"搒肥"。陈攻比较瘦弱秀气，秀才遇上兵，有理说不清。他不善与人争辩和打架，但是哥哥陈出新可不是个善茬，他身体灵活，打架头一号，他见小胖子胆敢欺负弟弟，立马冲了上来，抓着小胖子的衣领子说："来和我练练……"小胖子是个欺软怕硬的货，发现哥哥气势逼人，动作麻利，三下五除二，竟然倒在地上举手求饶了，从此之后，再也不敢欺负陈攻，反而成了陈攻的好朋友。哥哥陈出新成了弟弟陈攻的保护神，两兄弟每次出门，雄赳赳，气昂昂，拉风得很。

有一年春节，红林卫生所的房子，因为刮大风掀掉了几片瓦，导致房屋漏雨，陈中轩和殷良秀忙于看病也没有置办年货，此时会修房子的工人也放假在家过年了，想把房子修葺一下，也不现实。没有办法之下，殷良秀带着孩子们拿着盆子和桶来接雨水，由于床边也漏雨，会打湿被子，没有办法，殷良秀就和孩子们一起，把床抬到房间里一个不漏雨的角落位置。

当天晚上就是大年夜了，由于家里也没有置办年货，陈中轩一大早就出去到镇上割肉，买鱼买菜，孩子们饥肠辘辘地从上午一直等到晚上。深夜时分，在滂沱的大雨中，一家人听见了敲门声，顿时都蹦了起来，抢着去开门，孩子们都知道是爸爸回来了。

门开后，雨水被一阵大风吹进屋里，陈中轩打着赤脚挑着担子，浑身上下都湿透了，满身都是泥，两边的筐子里装满了鸡鸭鱼肉和年货。原来，由于连日暴雨，晚上赶上了山洪暴发，永隆河的河水陡涨，激流汹涌，被隔离在对岸的陈中轩想到孩子们像小鸟在家里嗷嗷待哺，心急如焚的他只有跑到艄公家，冒雨敲开了门说明了情况，艄公一见是陈医生，二话不说，打着手电筒和马灯，带上青年儿子，父子俩冒险驾船把他护送到了对岸。上岸后，陈中轩千恩万谢，艄公连忙说："陈医生，你千万不要谢我们，这可使不得啊，这就是您和殷医生平时修的德，你们是乡亲们的保护神啊，平时我们想还个情还没有机会，我这冒点儿险算什么？不过话又说回来，如果换一个人，在大年三十晚上让我在这么大水的情况下驾船过河，那给我再多钱打死也不会冒这个险！"

艄公淳朴的话，让陈中轩心中暖流涌动，行医是自己的职责所在，他从来没有想过，仅仅靠自己的微薄寸功，日积月累之下，竟然赢得了大家这么深的爱戴，这让他感觉到肩上的这份责任和压力，沉甸甸的。

家人齐了就是年！一家人连夜在昏黄的灯光下，做了满满一大桌子年夜饭，都吃得香极了，雨水透过破损的屋顶稀稀拉拉地砸在桶里、盆子里，都成了无比欢快的交响乐……

晚上睡觉的时候，因为漏水的点很多，家里没有几个可以躲雨的地方，陈出新就把弟弟抱在身边，让弟弟睡里面不淋雨的位置，自己则在外面，等他早上醒来的时候，被子都打湿了一大片，整个后背也全湿透了。凌晨时分，陈出新脸色发白，浑身发烫，瑟瑟发抖，竟然病了一场，好在父母都是医生，父亲几剂中草药煎服下去，他的病很快就好了。

童年的岁月，留下了兄弟俩太多太美太难忘的故事，后来上初中、高中、大学，再一直到成家立业，两兄弟都是互相支持、互相帮助。每每在人生的关键节点，两兄弟遇到棘手问题都会互相征求对方的意见，每次双方都会深入研讨，给对方提出切实可行的建议，往往这些建议，决定了一个人的命运走向。两个人后来谈朋友、成家立业以及选择职业的时候，都会深入地交流碰撞，这个习惯延续至今。

后来殷燕子出生长大，两兄弟又把这一份厚重而深沉的爱蔓延到妹妹身上。所以小妹特别幸福，在两个哥哥的关爱照护之下，无忧无虑，度过了最美好幸福的童年时光，但就是因为她从小没有吃过苦，没有受过挫，殷燕子的性格有点儿像妈妈殷良秀，比较强势，兼有年轻人的倔强，后来远走美国，也与她这种性格不无关系。

兄弟之情可以好到这种程度，在中国历史上一些优秀的家庭，这种代表人物比比皆是，这种深沉的家风滋养和厚重的情义底蕴，为两个孩子打下了坚实的发展基础。

陈出新自己喜爱医术，这在一定程度上潜移默化地影响了弟弟，导致弟弟同样也爱上了这些医术，爱上了医学。后来陈攻成了同济医学院七年制和八年制学生的医学英语教师，与童年时这段经历不无关系。

农村孩子的成长经历，都千篇一律，基本是老大带老二，老二带老三，一个带一个这么长大的。这种"大带小"，可不是简单地照顾，更多的时候还有一种榜样示范作用，是一种潜移默化的教育，所以说在农村，哥哥姐姐永远是弟弟妹妹心中的第一个榜样，与城市家庭孩子的第一个榜样是父亲完全不同，这在中国传统家庭中是一种奇特的人文现象。

耕读度日，诗书传家。这在两兄弟身上体现得特别明显，两兄弟平时在父母工作时帮忙打下手，农忙时一起下田干活儿；学习中互相争先抢优，奖状比着拿。陈出新就是弟弟学习上最好的辅导老师，弟弟的暑假作业和寒假作业，都是他一题一题帮弟弟检查做完的，原来优秀真的是需要引领和传承的。兄弟俩经常比赛背一些诗词文章，就像是今天电视里诗词"飞花令"那般，互有攻防，常常"战况"激烈，难分胜负。

兄弟俩最爱讨论名著里面的人物。陈攻特别爱看《三国演义》《水浒传》《说岳全传》《说唐》《隋唐演义》《杨家将》等中国民间充满英雄侠义色彩的章回体小说，对里面的人物如数家珍，他对英雄侠义人物也有着自己独特的理解，谁的武功高低、兵器优劣、战马好坏，均一清二楚，每天晚上睡觉前他给哥哥讲小说里的章节，环环相扣，让陈出新听得入迷，也学了很多经典名著中的知识和典故。比如《三国演义》里的"一吕二赵三典韦，四关五马六张飞，黄许孙太两夏侯，二张徐庞甘周魏，枪神张绣和文颜，虽勇无奈命太悲，三国二十四名将，打末邓艾和姜维"（即吕布、赵云、典韦、关羽、马超、张飞、黄忠、许褚、孙策、太史慈、夏侯惇、夏侯渊、张辽、张郃、徐晃、庞德、甘宁、周泰、魏延、张绣、文丑、颜良、邓艾、姜维），还比如"过五关斩六将，千里走单骑"的关云长，"人中吕布，马中赤兔"，等等。

陈攻讲《隋唐演义》里十八条好汉的排名、绰号、身世，以及使用的兵器，都是倒背如流，令人叹为观止。中年之后，有一年春节的家宴上，陈出新突然笑着问弟弟："你还记得隋唐十八条好汉是谁吗？"陈攻笑眯眯地回答："那还记得！"并立马当众给全家人声情并茂地讲了出来：

第一条好汉：西府赵王李元霸。兵器是一对擂鼓瓮金锤，当年汉朝时马超的先祖伏波将军马援使用过，共重八百斤，锤震四平山后被雷击而死。

第二条好汉：天宝大将宇文成都。兵器一根凤翅镏金镗，重三百二十斤，被李元霸劈为两半。

第三条好汉：银锤太保裴元庆。兵器一对八卦梅花亮银锤，重三百斤，被尚师徒设计炸死在庆坠山。

第四条好汉：紫面天王雄阔海。兵器两柄板斧，重一百六十斤，死在扬州比武校场千斤闸下，被压成肉泥。

第五条好汉：南阳侯伍云召。春秋五霸时名将伍子胥的后人，兵器丈八蛇矛一百六十斤，扬州比武时被高丽大将左雄没尾驹的尾巴扫死。

第六条好汉：伍天锡，伍云召的族弟。兵器半轮月混天镗两百斤，被李元霸一锤打死在扬州城外。

第七条好汉：冷面寒枪俏少保罗成。兵器丈八滚云枪，重两百四十斤，李建成、李元吉兵打明州时，马陷淤泥河，被刘黑闼乱箭射死。

第八条好汉：靠山王杨林。兵器一对水火囚龙棒，重三百斤，扬州城外死在罗成回马枪下。

…………

隋唐十八条好汉的排名、绰号、所使武器、最终结局，陈攻烂熟于心，信手拈来，讲得头头是道。全家人拍案叫绝。好个陈攻，和说评书的人一样，对里面的人物记得一字不差！

　　还有《说岳全传》中的"岳家军八大锤"，也就是岳飞帐下的四名用锤大将：第一金锤将岳云（擂鼓瓮金锤），第二银锤将何元庆（八棱梅花亮银锤），第三铜锤将严成方（青铜倭瓜锤），第四铁锤将狄雷（镔铁亚油锤）。在陈攻这里也都是随口拈出，丝毫不差。

　　《水浒传》中梁山一百单八将（三十六天罡星、七十二地煞星）的排名与绰号以及梁山"五虎上将"等，拗口难记，陈攻也都能倒背如流，一字不差。童年学习兴趣留下的记忆，像是刻在肌肉里的动作，一旦启动，便会喷涌而出，这也让陈出新对这个神奇的弟弟，时时惊叹有加。

　　兴趣不同，关注点便不同。陈出新对这类演义的书，并没有太大的兴趣，但是他又特别理解弟弟的兴趣爱好，并想办法保护弟弟的爱好。有一年暑假，殷良秀去天门市开卫生系统的一个工作会议，把陈出新带上了。在母亲开会的当口，已经上初二的陈出新，一个人走了好几条街来到天门市唯一的新华书店看书。当天，他在书架上刚好看到了一套《三国演义》的连环画，当时要两元多钱，他手上的钱刚好够，就毫不犹豫地给弟弟把一整套连环画买了回来。其实，当天他原本是想给自己买一个口琴的，他感觉会吹琴的男生特别优雅迷人，让人向往和羡慕，他也特别喜欢口琴，结果为了弟弟，他放弃了心爱之物，牺牲了自己这个小小的梦想。

　　陈出新晚上到家的时候，把已经睡觉的弟弟从被窝里拉起来，神秘兮兮地说："弟弟，我给你带了一个礼物，你猜猜是什么？"陈攻迷瞪着双眼，兴奋地从被窝里爬出来，当他看到是一整套二十几本心仪的连环画的时候，激动地尖叫了起来，一下子从床上蹦到了地上，抱着那一套连环画，在卧室里直打转转，又笑又跳，眼泪横飞。弟弟当时那种激动、震惊、不可思议和亢奋的表情，让陈出新终生难忘。也就是在那一刻起，他暗暗下定决心，自己作为哥哥，一定要关心照顾好这个弟弟，让他能够每天都像此刻幸福和开心。

沧海共济，风月同天。现在的独生子女家庭的孩子，终生都体会不到这种多子女家庭尤其是兄弟之间这种常棣之华的美好吧。

我的"外交官"奶奶

"你有多爱你的爷爷奶奶,父母就有多亏欠你。"

"那些用力爱爷爷奶奶的人,一定是经历了很多与年龄不相符的无助和恐惧吧。"

2023年11月的一天,陈攻无意从抖音上看到上面这两句话,他的眼睛不禁湿润了。他想起了童年,想起了用尽一生力气,拼命爱自己三兄妹的奶奶。

奶奶从小是个孤女,一个一辈子大字不识的农村女人,一个从旧社会走过来的苦命人,但奶奶开朗大气,善结人缘,比起丈夫陈守慧的迂腐,她为陈家撑起了"大半边天",陈出新几兄妹至今忆起奶奶,都一致认为她是个"外交天才"。自己几兄妹后来的成才,尤其是陈出新,到后来,他下海成了年产值数亿元的董事长后,每年要在千人大会上登台演讲几十场,并且场场爆满,其实他认为自己性格的养成,深受奶奶的影响。

奶奶大气。"严家墩子"的彭家姑爹,本是奶奶的大女儿枣英的结发丈夫,也是奶奶的大女婿,结果枣英婚后不久得产褥热去世，奶奶伤心欲绝。女儿去世不久，彭家姑爹娶了一个孤女填房，这个孤女没有父母，便认奶奶做母亲，奶奶没有拒绝，把这名孤女当成亲女儿对待，并让陈出新兄妹几个叫她姑妈，每年都当成亲戚来往走动，一直到奶奶去世。

奶奶宽厚待人，就像是一块磁铁，把亲情牢牢粘在这个大家族里，从而心向往之，生生不息。后来，这个孤女姑妈所生的孩子彭宣明、彭宣华等人，也和陈出新三兄妹处成了亲兄妹一样，走动至今。

永隆镇明星大队园子村，本是爷爷陈守慧前妻的娘家，爷爷的前妻因忍受不了公婆的长期不待见，因小事在家里上吊自尽，结果明星大队园子村的娘家人均不依，拉着队伍过来扯皮，闹得鸡飞狗跳，这桩丑闻传遍了十里八乡。后来，奶奶被人卖给爷爷"填房"后，她了解了来龙去脉，又亲自去园子村认亲，她说自己从小没爹没娘没人疼爱，希望将园子村当作自己的娘家，园子村的人也欣然接受，以后也真当亲戚来往了。奶奶从小是个孤女，爷爷陈守慧也是做货郎的曾祖父捡回来的孤儿，爷爷奶奶本无什么亲人，但奶奶自己给自己认了个好娘家，同时又做了一个孤女的娘家人，这人情社交，堪称奇迹！

奶奶喜欢热闹。陈攻后来能成为代表国家的外交官，这与奶奶的"外交"天赋、善交朋友的潜移默化的影响有很大关系。

农村人，大都希望亲戚朋友多，遇事热闹，遇关相助，遇难相帮，逢年过节人来人往，大家族人丁兴旺，别人看着也不敢随便欺负。这种温馨的亲情，在那个贫穷的时代，几乎是奢侈品一样的存在，而奶奶一个孤女，像一名超牛的"外交官"，凭一己之力，穿针引线，像勤劳的春蚕，密密匝匝地编织起岁月这张亲情大伞，为敦厚善良的陈家人遮风挡雨。

奶奶相信"三年不登门，是亲也不亲"，这些众多不在"五服"的亲戚，一直都在与陈家来往，这些亲戚是越走越亲。

陈攻在后来的回忆中写道：

从记事起，印象最深的就是逢年过节奶奶带着我走亲戚，记得走亲戚的路上会路过永隆河的一条小支流，奶奶就背着我蹚过去。想想奶奶那时还多么年轻，她憨厚的儿子娶了我妈妈这样有能力又漂亮的好媳妇，又添了我和哥哥这样聪明漂亮的孙子，她心里一定觉得活得很有滋味，充满光明和希望。要知道，孤女奶奶从小无依无靠，一直以帮地主放牛为生，十三岁那年地主家才给她做了一条新的红裤子，她说那是自己第一次穿新衣服，别提多高兴了……奶奶虽然没上过一天学，但她特别爱学习，在生活中学到了很多实用的知识，比如农历的二十四节气，虽然没有日历，但她算得很准。在爷爷做豆腐生意后，她的算账能力就像电脑，从无差错。家里人际交往的礼数，奶奶如数家珍，今天谁家小孩过十周岁了，谁家老人六十大寿了，谁家过世老人的忌日了，等等，她都会记在心里，到了时候就会提前备好礼物送去，做到面面俱到，从不失礼节。

奶奶从不占亲戚的便宜。每年过年，亲戚来家里时，都会给我们三兄妹压岁钱，奶奶事后总会清点一下，一定找机会还回去……小时候，爸妈忙医院的事，我们三个孩子基本是奶奶

一手带大的，对奶奶的感情很深。奶奶是我们当之无愧的启蒙
老师。

奶奶骨子里坚忍不拔。奶奶个头不高，但属于干活儿的能手。
每一年麦子熟的季节，永隆镇割麦的"第一镰"，乡亲们总是让
奶奶来"开镰"。因为在整个永隆镇，没有人割麦子能比奶奶割
得快。每年割麦子的时候，一垄麦地有一两里地那么远，开镰后，
一些壮汉割麦子才割到地中间的时候，奶奶竟然一垄地都割到头了。

小时候，关于奶奶割麦子割得快这个问题，陈出新曾问奶奶：
"为什么你割麦子比别人割得快？"奶奶不紧不慢地回答："别
人割麦子，是隔一阵子就会起身伸伸懒腰，我只要一扎下身子，
就绝对不会抬一次头，一口气从麦田这头割到那头。因为我知道，
只要我中间起一次身，抬一次腰，那么后面就会起一百次身，抬
一百次腰。我自己割麦子的时候，在心里给自己数数，割够一百
镰，就去冲一千镰，割够一千镰，就去冲一万镰。总之，不割到头，
就不抬头！"

听到奶奶的话，少年陈出新大为震撼，他对奶奶坚忍不拔的
干劲儿和精神肃然起敬。奶奶的这种精神，也潜移默化地传输给
了他，后来，陈出新在商场叱咤风云，认清奋斗目标，锲而不舍，
永不言弃，这种精神都深深烙着奶奶身上的影子。

奶奶慈祥。"噢噢噢，睡觉觉，怀里躺个乖宝宝，睡着才能
长高高……"这是奶奶留给陈出新三兄妹恒久不变的催眠曲。陈
攻记得特别清楚，小时候的每天晚上，家里的屋顶上有一片晃动

的光影，是盆里的水反射出来的。光影也那么飘飘的、缓缓的，变成和平的梦境。他在奶奶的怀里安稳地睡熟……奶奶最喜欢的是孩子们给她踩腰、踩背。一到晚上，她常常腰疼、背疼，就叫陈出新或是陈攻站到她的身上，来来回回地踩。她趴在床上"哎哟哎哟"的，还一个劲儿地夸道："小脚丫踩上去，软软的，真好受！"

一年冬天的下午，陈攻一觉醒来，不见了奶奶，他趴着窗台喊她，窗外回应他的是风和雪。

"奶奶出门了，去看姑姑了。"陈攻不信，奶奶去姑姑家总是带着他的。他为此整整哭了一个下午，妈妈、爸爸、邻居们谁也哄不住，直到晚上奶奶回来了，把他抱在怀里亲了好久，一个劲儿地给他道歉："攻儿，奶奶走时你睡着了，下次奶奶一定不会不打招呼就走的。"

夏夜，满天星斗。奶奶说，地上死一个人，天上就又多了一颗星。陈家兄妹坐在院子里，草茉莉都开了，各种颜色的小喇叭，掐一朵放在嘴上吹，有时候能吹响。奶奶用大芭蕉扇给他们赶蚊子。凉凉的风，蓝蓝的天，闪闪的星星，永远留在孩子们的记忆里。

1986年，奶奶还是违背了诺言，不打招呼就走了，并且再也没有回来。当时陈出新正在读高中，听说奶奶去世了，他哭得把中午吃进胃里的饭都吐了出来，感觉自己的天都塌了……

如今，奶奶已经去世了好多年。她带大的孙子忘不了她。一到夏天的晚上，兄弟俩还时常像儿时那样，仰着脸，猜猜天上的哪一颗星会是奶奶……

父爱为什么如山

都说父爱如山，然山之高、山之厚、山之重，却没有人能说得清。父爱如山，这个永恒的亲情话题，对陈中轩是这样，对陈出新、陈攻兄弟也是如此，世代更替，亘古不变。

在三个孩子印象中，母亲殷良秀终日在医院忙碌着，不像传统的家庭，母亲照顾着孩子们的一日三餐，衣食住行，等等。在他们家，父亲陈中轩主要担任着家长这个角色，可能是对病人用尽了自己的耐心和爱，殷良秀对子女反而要求很严，说话常是"刀子嘴豆腐心"，在外人看来可能甚至还有些刻薄。因此，"母严父慈"，是陈出新兄弟对父母角色最准确的注解。

父亲陈中轩性格比较沉稳，多年的中医行医生涯的沉淀，让他很少轻易发表自己的意见，平日里话不多，甚至更多的时候，都是安安静静地捧着一本医书，专心地看，同时做着笔记，那些外人看来生涩的中医知识，对陈中轩而言，却不亚于琼浆玉液。在当年，"学习改变命运"这一永恒的主旨，在陈中轩身上得到了深刻的体现。

　　陈出新记忆中自己第一次下馆子，是来自父亲的奖励，这也是他难得一见的父亲的一次奢侈之举。记得有一次，数学老师认为陈出新的作业笔记做得不认真，一气之下直接把他的一个作业本子全部撕了，当时一个学期都快结束了，那就意味着，如果想好好上学，那么前面三四个月的作业，陈出新得全部补回来。接下来的一个月，陈出新只能每天放学后，留下来在教室里补作业，很快父亲陈中轩知道了此事，他并没有多说，就是每天过来给他送饭，陪着他补习。眼看着被老师撕掉的作业快补写完了，陈出新对父亲说："我明天就把作业全部补完了，您请我到外边餐馆吃一顿好吃的，奖励一下我吧。"父亲爽快地答应了，作业全部补完的那天，陈中轩果然守诺，把儿子带到街上的餐馆吃了一顿。陈出新清楚地记得，那一餐父子俩就点了一道菜——爆炒猪肝，这道菜才八毛钱，那是他平生第一次去餐馆吃饭，那天的爆炒猪肝太好吃了，记忆中的味道他至今难忘，甚至到了今天，他在一些重大的宴请场合，第一个点的就是爆炒猪肝这道菜。不明就里的人认为这道菜上不了台面，可是谁知道这背后竟藏着一个动人的亲情故事。童年一切的美好，可以治愈一生。童年生活的一些细节，都会令人终生难忘。

　　陈中轩对两个儿子是爱，对女儿殷燕子，那才叫一个宠溺。生活的贫瘠，没有阻拦他们一家人精神上的愉悦，一家人都用心经营着自己的一方小田地，幸福、温馨、充满希望，就像在冰冷的寒夜，夜空中摇曳的烛光，光明而温暖。在那个时代，中国大多数家庭皆是如此，苦难而温馨，像繁星点点，璀璨了历史的长空。

女儿殷燕子，出生于 1978 年 6 月 2 日。那是一个周五的早上，陈中轩看着从产房里抱出来的是个女孩，高兴得手舞足蹈，他顾不得产房里的老婆，一路小跑到永隆镇街上，在一个鱼贩子那里买了一大盆鲫鱼和鲤鱼扛回家，说是要动手做一道"全鱼宴"，给老婆下奶，让女儿吃得白白胖胖的。

后来殷燕子长大后，父亲陈中轩还经常和她开玩笑说："如果你妈生出来的又是个男孩，我转头就扔掉！"拳拳爱女之心，可见一斑。

殷燕子跟妈妈的姓，在今天看来是件稀松平常之事，但在 20 世纪 70 年代，当初殷燕子这个名字，还在家庭里引起了一场轩然大波。

殷良秀生完孩子之后，心情不好，有一点儿产后抑郁的症状。因为她平时工作比较忙，职业习惯让她待人处事比较严肃刻板。生完女儿后，殷良秀感觉自己就像蜕了一层皮，躺在床上的她看着一家人兴高采烈、吃吃喝喝地庆祝，她反而仿佛成了一个局外人。这个女儿来之不易，感觉有些被"利用"的她，就对丈夫陈中轩说："这个女儿要随我的姓，就叫殷燕子吧，燕子恋巢，不问贫富。"

陈中轩看着妻子坚定的眼神，有点儿犹豫，他还想说点儿什么，但最后还是硬生生把话憋了回去。家里添了个孙女，是件大喜事，听说孙女要随外人姓，爷爷陈守慧第一个不同意，他拄着拐棍敲着地板，又指着陈中轩的鼻子说："你就这么一个女儿，要随外人的姓，你就不怕别人戳你的脊梁骨，说你是个吃软饭的！再说，三个孩子两个姓，长大了他们也不会亲。你把我的话给你媳妇带回去，不管她的医术再牛，她还是咱们陈家的媳妇，不要忘了她端谁的碗，吃谁的饭！"

陈中轩两头为难。他哪敢把父亲的话带给殷良秀听，只好用起了"拖字诀"，一拖再拖，一直拖到殷燕子长到三岁多，要报名上幼儿园了，才正儿八经登记姓名叫殷燕子，而这个时候老父亲陈守慧的气早就消了，随着年纪增长，也不记得去过问这件事儿，此场家庭风波在陈中轩的大智慧运作下，才算不了了之。

殷良秀要强上进，刚生了殷燕子，还没有出月子，就报考了各类医学职称考试。为了复习，她晚上一边抱着女儿喂奶，一边在床上复习。有一年殷良秀去京山县参加一个很重要的职称晋升考试，但恰巧那次碰到殷燕子生病，发高烧，为了考职称和给女儿看病两不误，殷良秀就包了一辆车把殷燕子和婆婆胡金枝一起接到了京山县城，一边照顾女儿，一边参加职称考试。

殷良秀是第一个从考场出来的。婆婆很诧异，问旁边的人："她怎么这么快就出来了？复习得那么辛苦，怎么只考了一下子！"别人说："那是您的媳妇行呀！"

那次考试，殷良秀考了第一名，如愿升了医师。后来，殷良秀一直骄傲地说："我这个女儿是我的福星，她来了，我的好运气就都来了！"

殷燕子注定是一个在蜜罐里长大的孩子，她有两个比她大很多的哥哥，还有很爱她的爸爸妈妈。从小到大，爸爸把她当成掌上明珠，不光从来没有打过她，甚至连大声吼她的事情都没有发生过。这个迟来的妹妹娇弱粉嫩，雪团一般，陈出新和陈攻两个哥哥，把这个妹妹抱在怀里怕摔了，捧在手心怕化了，天天争着要亲妹妹、抱妹妹，亲不够、抱不够。

殷燕子在一家人的宠溺下，不管对错，都不会批评她。这让她的性格从小就有些傲娇，小时候俨然就是家里的"小霸王"，如果她想做的事，就一定要干，她想实现的愿望，也一定要去实现，有时候甚至有些刁蛮任性。

有一次，殷医生家一个乡下的亲戚带着小女孩来家里走亲戚，奶奶胡金枝看小女孩子走得满头大汗，又没到饭点，家里也没有什么吃的，就给小女孩吃了一个生鸡蛋。在那个缺衣少食的年代，不少小孩子都有过生吃鸡蛋的经历，在老人们看来，鸡蛋生吃，既能解渴，又能止饿，还有营养。

霸道又不懂事的殷燕子，看到自己的奶奶对别的女孩子好，立马就不依了。非要奶奶给自己吃一个，并且别的不要，非要吃那个小女孩子已经吃掉的那一个！这可给一家人出了一个天大的难题，怎么哄都哄不住！后来一直闹得亲戚坐不住了，饭都没有吃，扯起小女孩子就回去了。其实，亲戚们也都知道她在家里很受宠，父母陈中轩和殷良秀是吃公家饭的双职工，家境相对较好，所以只要殷燕子走亲戚，走到哪儿都很受宠，被当作公主供着。

其实，陈中轩和殷良秀隔了这么久才生这个女儿，一方面是他们缺一个女儿，做梦也想生一个女儿，等老了好有一个小棉袄为伴，另一方面也是情势所逼，他和殷良秀是双职工，家里的条件，比起其他的穷亲戚来说算是好的。两边的亲戚都认为他们家没有女儿，要过继一个女儿给他们。殷良秀的哥哥要送一个女儿过继给她，陈中轩的哥哥也说要送个女儿过继给他。夫妻俩被弄得没有办法，殷良秀就说："帮别人养孩子，还不如咱们自己生一个吧！"

在永隆卫生院的家属院里，殷燕子度过了最美的童年时光。当时家里刚刚分了房子，一家六口挤在小房子里，幸福四溢，她最爱在一家人聚齐的时候，在大家面前兴奋地转圈圈，一圈圈地转，不知疲惫。房子在转动，家具在转动，亲人们也在转动，不停转圈圈的殷燕子嘴角上扬，眉梢上扬，长发飘飘，裙摆飘飘，银铃般的笑声传出小屋，传出大院儿，飘向天空，和永隆河上空的风云交织到一起，挥挥洒洒，把童年一片一片的梦想洒在波光粼粼的河面上，缓缓流向远方……

殷燕子一高兴就爱转圈圈，这也是童年留下来的甜蜜习惯，一家人都感到惊奇：为什么这个小孩会转不晕呢？小哥陈攻不服气，也想学着妹妹转，结果没转到十圈，就摇摇晃晃地一屁股坐到了地上，半天都蒙圈儿，缓不过劲儿来……后来大家开玩笑地说，殷燕子的身体素质适合去当飞行员。

陈家的孩子们都是幸福的，每年过年，陈出新三兄妹都会有压岁钱，每人十元。这在当时可是一笔巨款。殷燕子年纪跟小哥陈攻更近些，加上她还没有上学，小时候经常被聪明捣蛋的小哥忽悠，在她拿到父母的压岁钱时，对她说："反正你也不会用钱，你给我，我帮你买东西。"殷燕子就很天真地把钱给了小哥，陈攻转头给她买了几个很便宜的"仙女棒"，剩下的钱都拿去买了自己玩的各种烟花。等她明白过来的时候，小哥早就把她的钱给败完了。

　　陈家每年春节有一个保留节目，就是每年除夕吃完年夜饭，一家人围炉煮茶，炭火炉子上，被一家人撒满了花生、红枣、橘子和馒头干。大家轮流发言，各自总结一年的收获，然后说一说来年的工作学习安排，定一个发展的小目标，一般都是三个子女先说，再是妈妈殷良秀说，最后就是陈中轩总结点评。往往这时候，陈出新的发言是最出彩的，作为大儿子，他的口才一流，演讲能力一流，就像是一名小小演讲家，先是讲自己一年学习上取得的成绩，再讲一下自己的理想，滔滔不绝，演讲中夹杂着一些手势。每每此时哥哥的表现在弟弟和妹妹心中像神一样存在，成了他们的偶像，内心崇拜不已。

　　炭火摇曳，果香弥漫。看着灯光下的儿子指点人生、激扬文字，陈中轩和殷良秀眼神温柔，充满欣慰和骄傲。

　　大年夜茶话会的压轴节目，就是陈中轩给孩子发压岁钱，殷良秀往往此时也会给婆婆胡金枝准备一个大红包，孝敬给辛苦了一年的婆婆。然后，一家人排队洗澡上床入睡，在凌晨时分，被由远到近的鞭炮声惊醒，大人们起来准备早餐，每个人都会换一身崭新的衣服，吃完早餐后，辛苦了一年的殷良秀，就会带着孩子们挨家挨户去给院子里的邻居和同事拜年，而陈中轩则在家里准备好瓜子、零食，接待上门来给自己家拜年的亲邻……

　　陈中轩和殷良秀每年除夕给孩子们发压岁钱，这个传统一直持续到殷燕子大学毕业、参加工作，连结婚生子后，她的老公孩子也各有一份。

　　后来，她远走高飞，到了美国发展，没有办法回国吃年夜饭，妈妈殷良秀也会在这时候，精确地算着时差，在他们一家人在美国起床前，给女儿殷燕子和她的家人，每人发去一个红包。年年如此，从不中断。

小时候，过年在每个孩子心中留下了太多太多美好的回忆。在殷燕子的记忆里，每年春节前妈妈和爸爸会利用一年难得的闲暇时光，一起到镇上去置办年货，年货里像卤鸡、卤肉、卤千张、卤鸡蛋、香肠、腊肉、腊鱼、炸翻饺子、虾片和肉圆子等，应有尽有。

由于名声在外，每次殷医生去镇上买东西，那可谓是永隆镇上的一大新闻。镇上的门店和商贩们没有哪个没受过她的恩惠，商贩们一年到头很难看到殷医生和老公一起逛集市，这成了一年难得一见的稀奇事。赶集的殷医生和陈中轩走到哪里，人群就围到哪里，这有点儿像今天的明星出席演唱会，或是那种流量小生，走到哪儿，安保人员里三层外三层都得保护着他。

不少商贩硬是把他们两口子往自己的摊位上拉，把最好的菜和最好的肉以最便宜的价格卖给他们，有一些商贩还把自己的菜和肉往他们推的自行车把上挂，殷良秀推都推不掉，她和陈中轩尽可能地把菜钱塞给商贩，但又被这些商贩塞回来⋯⋯

回来的路上，两口子看着车把、后座上挂得满满当当的年货，均是感慨不已。多好的乡亲！自己只是尽到了一个医生应尽的职责，却收获了乡亲们沉甸甸的回报，这是人民的厚爱，也是这片土地深沉而厚重的回馈。

殷燕子小时候有一年曾跟着爸爸妈妈一起赶过集，领略过父母在永隆镇乡亲们心中的地位。看着那些商贩争相往自己的手里、口袋里塞零食糖果，大家还纷纷开心地点评她："哎呀，殷医生的这个小女儿可真漂亮啊，粉嫩粉嫩的，像个洋娃娃！"乡亲们的热情让她惊讶不已，同时，幼小的心灵也产生一种莫大的荣誉感：原来，当殷医生的女儿可以这么牛！

每年做年夜饭的时候，都是陈中轩弄菜，殷良秀打下手，小小的殷燕子也会去帮忙。当肉圆子炸出来后，殷燕子和两个哥哥，都像小燕子一样围在竹筛子边，父母边炸，他们边吃，父母此时一脸溺爱，从不会说他们……

每年看春节联欢晚会的时候，一家人就会围在一起打"升级"。此时，殷良秀负责做饭，陈中轩和三个孩子打牌。陈中轩出牌特别谨慎，经常需要思考很久，轮到他坐庄时，他就东抽一张西抽一张，抽了又换，一直思考，孩子们都等得不耐烦了，陈攻就笑爸爸说："慢慢思考啊，算了，等我看一集电视了再来哟！"一家人哄堂大笑。后来，这成了一个段子，每次轮到陈中轩坐庄，开始垫牌时，三个孩子齐齐地说："算了，我们看一集电视了再来哟！"陈中轩也不生气，不为所动，每次抓牌都像看病下药那样慢条斯理。

哥哥陈出新和陈攻打牌都很厉害，在家庭牌局上经常会赢，无往不胜！但殷燕子觉得小哥陈攻是一个输不起的人，牌品不太好。有一次打"抢七"，殷燕子有一把牌特别好，刚好那一把小哥陈攻的牌特别差，但是他不动声色，打到一半的时候，他突然把自己手上的牌往桌上一放，把桌上已经出了的牌都混在一起，说："不来哟！"猝不及防的赖皮之举，气得殷燕子跳起来满屋子追着小哥打。

由于殷燕子从小就长得很瘦，身材很苗条，看起来有些营养不良，在医院玩儿时，妈妈的同事们看到她，总爱开玩笑叫她"小虾子"，问她是不是妈妈没给她吃饭，把她饿瘦了，还骗她说她是捡来的。这个曾经在乡村最普遍的玩笑，让无数儿童心中留下阴影，都有一个自己是不是捡来的疑问。一直等到殷燕子上初中的时候，还经常幻想自己的亲生父母会来找自己，把自己接走。上高中，明白了事理的殷燕子想，自己的爸爸妈妈对自己这么好，自己肯定是他们亲生的！终于想明白了，就这样，一个跨世纪之谜，随着长大，自己解开了。

小时候，殷燕子胆子有点儿大，很喜欢"赶路"（当地话，就是跟在人后面跑。据说是因为小孩子小时候被挠脚底板多了，长大了就会喜欢"赶路"），不管哪里来个什么人，她就喜欢跟着人家跑，去别人家玩，有时候大人有事出门，不让她去，她也照样偷偷地跟在他们身后溜走。有一天，陈中轩和殷良秀出门办事，她偷偷地跟在父母后面，谁知道她年龄太小，走得不快，跟着跟就跟丢了，走了很远找不到父母了。后来，天下起雨来，越下越大，殷燕子被雨淋得像个落汤鸡，她在雨中来来回回地跑，边跑边哭着找"妈妈"。

雨水淅淅沥沥，远方像遮起了一层白雾，此时公路上，没有车来车往，殷燕子的衣服湿了，头发也湿透了，贴在脸上挡住了视线，她找不到回家的路，第一次感觉到害怕，在雨中跌跌撞撞地往前走，边走边喊，她的哭声被淹没在雨水中，后来她累得走不动了，靠在一个草垛边，像被整个世界抛弃了的一个孩子，身体瑟瑟发抖，此时，她特别想爸爸妈妈，想两个哥哥，幻想着最爱她的小哥，会像孙悟空一样从天而降，腾云驾雾把她接走，再也不离开家了……

后来，也不知过了多久，一个骑着自行车路过的乡亲看见了她，对她左瞅瞅右瞅瞅，忍不住说："这不是殷医生家的姑娘吗？怎么会一个人在雨里挨冻受淋！"不由分说就把她抱在车子后架子上，骑着自行车把她送到了永隆镇卫生院。

当乡亲把殷燕子带到殷医生面前时，殷良秀还说："哎呀，这个女孩好像我们家的燕子呀！"仔细一看，竟真的是自己女儿，赶紧通知奶奶把孩子领了回去。殷燕子走丢了竟没有人发现，千辛万苦回到母亲身边，母亲也显得如此稀松平常，似乎全不在意，这让殷燕子伤心极了，不过从此之后，她再也不敢跟人"赶路"了。

殷燕子与奶奶胡金枝的感情特别深。他们三兄妹都是奶奶一手带大的，三个孩子都跟奶奶亲，晚上也是跟着奶奶在一起睡觉。她和奶奶睡一头，大哥小哥睡另一头，一张小床上睡四个人。殷良秀一直忙工作，家里的事她基本不插手，也正是这个原因，小时候几个孩子跟她都不是特别亲。殷燕子记得有一次晚上，妈妈殷良秀趁她睡熟后，想与女儿亲近亲近，把她抱过去跟自己睡，结果半夜殷燕子醒了，看自己是和妈妈睡在一起，非要哭着回到奶奶的床上，要跟奶奶睡。

段良秀看着女儿对自己没有一点儿亲热之心，也伤心不已，忍不住掉了一夜的眼泪。她暗暗自责，平时自己对这个家付出得太少了，她眼中只有工作，只有病人，完全没有尽到一个母亲、一个妻子的责任，孩子们对自己生疏，也是理所当然的。此时，夜已深，窗外寒风呼啸，她看着酣睡的丈夫，内心其实也充满了宽慰和踏实，这些年，家中大大小小的事情都是靠他在张罗，包括孩子们的生活和教育也都是他在操心，自己基本是甩手掌柜，自己能在工作上有所成就，得益于有陈中轩这个坚实的后盾，这样想着，她感觉自己平时对丈夫语言太过于苛责，对家人太过刻薄了，不禁暗暗提醒自己以后要对家人多一份关心。

殷医生的名头，是殷燕子小时候最好的"保护伞"。有一次，殷燕子和小伙伴们下到河沟的地里偷胡萝卜，正开心着，胡萝卜地的主人家来了，大声吆喝着驱赶他们这一帮小孩子。由于殷燕子最小，河堤的大坡她爬不上去，其他的小伙伴全跑得无影无踪，就她一个人爬不上去坡，滑了下来，结果被人家逮住了。自己团队里有人被"扣留"了，其他小伙伴还算比较仗义，就赶快跑去告诉殷燕子的奶奶。奶奶胡金枝听说孙女被扣了，就赶快跑来"解救"她，人家一看见胡奶奶，就立马说："原来是殷医生家的女儿呀！没事没事，开玩笑的，这个小姑娘好漂亮啊！"然后，又送了很多胡萝卜给她背回家。

每一个农村的小孩子都有过"偷红薯""偷瓜果"的经历，但是朴实的农民，对此都多了一份包容和纵容，这才让农村孩子的童年，多了一份山野之气，多了一份难得的逾矩经历，令无数从农村长大的孩子思之难忘。

哥哥，我的"小哥哥"

形容兄弟姊妹情，浩瀚文海，拾英撷翠，不胜枚举。有一种关心不请自来，兄弟姐妹永远相互关怀；有一种默契无可取代，兄弟姐妹心有灵犀一点通；有一种思念因你存在，兄弟姐妹血浓于水情常在。剪不断的手足情深，割不裂的血脉相连。忘不掉的童年趣事，放不下的思念牵挂。

小时候，殷燕子与小哥陈攻的感情最好，她就像小哥的跟屁虫，从小都是走哪儿跟哪儿。陈攻对这个妹妹，也展示出无比的好脾气，像一个小暖男，对妹妹无比包容、无比呵护。有一次，殷燕子跟着小哥到他学校去，跟着跟着就直接跟进了教室。一个长凳上坐两个人，小哥就把她安排在自己和另外一个同学中间，结果上课的时候，那个同学老是逗殷燕子玩，殷燕子总是发出咯咯咯的笑声。老师认为这样干扰了上课秩序，很生气，让殷燕子出去，殷燕子就乖乖地出去了，但是她又不敢走远，一个人站在教室门口，透过门缝往里面不停瞅哥哥。在教室里上课的陈攻也是心如猫抓，那一堂老师讲的是什么，他一点儿也没有听进去，对教室外的妹妹担心极了。下课铃刚刚响起，他一下子就冲出教室，看到妹妹已经靠在墙根睡着了，他抱起妹妹，顾不得同学异样的目光，心疼得哇哇大哭……

在殷燕子幼年时，永隆镇当时只有一所学校，叫永隆中小学，学校含小学和初中学制，一个年级只有一个班。在殷燕子上小学时，只有十四岁的大哥陈出新已经到渔薪中学上高中去了，大哥特别聪明，学习成绩一直很好，小学和初中中间直接跳了几级，上大学那年他还不到十七岁。

殷燕子五岁的时候，她没有到上学的年龄，但是有一天，她看到曾经一起玩的小伙伴，都背着书包开开心心上学去了，她还有些纳闷儿，平时这些形影不离的小伙伴为什么上学不带上她，她就莫名其妙地跟着小伙伴们一起去了永隆小学上学，也莫名其妙地报上了名，还拿了新课本回来。等到妈妈殷良秀知道的时候，殷燕子已经开始正常上学了。

五岁多的女儿，竟自己报名上了小学，殷良秀和陈中轩都啧啧称奇，这除了反映出殷燕子的独立，更应该感谢那个时代，穷人的孩子上学长大，就是那么回事。

殷燕子上学还特认真，对待作业一丝不苟，成绩在班上一直很好。期末时候，爸爸送了她一个很漂亮的蝴蝶结头绳，她就扎着它，一蹦一跳神气地上台去领了全校一年级第二名的奖状，那可谓是当时永隆中小学最光彩的一幕，班上同学和无数高年级的学生都为她鼓掌。当时农村的孩子都没有见过城里姑娘长什么样，但是那一天，小小的殷燕子天真活泼又时尚漂亮的形象，满足了孩子们心中对城里女孩子长什么样子的想象。殷燕子也一下子成了学校的名人！

在永隆小学的时候，殷燕子有一个小玩伴叫黄莉，她有个姐姐，她的母亲与殷医生是同事，两家人关系不错。有一次，黄莉的姐姐去了一趟城里回来后，送了殷燕子一个透明的塑料书皮，可以把书的封面套在里面，从外面还可以直接看清书名，很时尚，很平整。这个东西对当时的农村学生来说很新奇。殷燕子就用它来包自己最喜欢的语文课本。

其实，包书皮，是小时候农村学生都干过的一件事。每年陈中轩都会把女儿殷燕子的每一本书用挂历纸或者厚纸包得整整齐齐，非常漂亮。一些70后对读书都有一个共同的记忆，那就是上学时领到新书本那一刻的兴奋。很多人都喜欢闻新书里的油墨和纸香，他们会把书随机地翻到一页，将脸和鼻子深深地埋进书页里，感觉书中的墨香味都能吸饱。往后的日子也不时地有这样的动作。

拿到新书后的第一件事是包书皮，因为对于一个小学生来说，没有比包书皮更好的保护书的方法了。其实，即便包了书皮，大多数孩子，过不了多久，书也会成为锅巴卷。不到半个学期，书里的纸张可能很破了，但是打开书皮，书的面上还是崭新的。

包书皮真的是个技术活儿。

新学期开始，大家都喜欢拿书皮包的样式在同学面前显摆。最简单的书皮就是拿报纸四平八稳地把新书包起来。方法非常简单，将报纸先裁成比书大一点儿的长方块，然后把书放到中间，沿着书边将报纸折上。嫌里面折得太平的，会将最后的一段折成三角形或者梯形，就算是结束了。

包书皮的纸有很多种，绝大部分是普通的报纸，讲究的是用画报纸，还有人用牛皮纸。报纸一般是从永隆镇码头上的邮电所弄到的，一到开学季，很多父母都会到码头，乘人不备抽几张报纸，那时候，码头上有没人领或者看完不要的报纸，都是包书或者包其他物品的好材料。当年码头供销社里，卖的很多东西都是用报纸包裹的，比如白糖、红糖、糖果、盐、饼干和点心等。

有些家庭条件略好的孩子，用画报纸包书皮，这样包出的书皮不仅比报纸花哨、好看，更为重要的是，画报纸是铜版纸，结实不容易撕坏，还有一点儿防水功能，如果偶尔遇到下雨天，在书面上沾点儿水，拿着书本用力甩甩，水珠就自然没了。

还有个别农村孩子的家长，他们会拿水泥袋子纸皮当成书皮，虽然脏点儿，但是水泥袋纸比牛皮纸还结实，同样具有防水功能。南方农村经常下雨，上学的路上，雨水会打湿衣服和书包，水泥纸包的书，会有很好的防潮功能。

后来，黄莉的母亲与殷良秀因为工作问题发生了一些争执，传到了黄莉姐姐那里，她特别生气。带着一种孩子的赌气，她逼着殷燕子把自己送给她的书皮还回去，殷燕子还给她以后，黄莉的姐姐当场就把那个塑料书皮给撕了。殷燕子气得直哭。刚好大哥陈出新放月假回家，问清楚原因之后，第二天早上，他跟殷燕子一起，把黄莉的姐姐还有跟她一起上学的同学拦了下来，问他们为什么要欺负自己妹妹，然后让殷燕子先走，后面的事情殷燕子就不知道什么情况了……

后来放学后，小伙伴们纷纷来跟殷燕子道歉，说大哥陈出新把他们都弄迟到了。大伙纷纷说："燕子，我们可没有欺负你呀！只有黄莉的姐姐欺负了你！"殷燕子当时真觉得骄傲：我有这么厉害的大哥帮我撑腰，感觉自己腰板很硬。

农村的孩子对暑假的向往，就是可以到亲戚家住个十天半月，其实就有点儿像今天城里孩子的"研学旅行"。亲戚家往往也会对来访的孩子热情招待，倍加关照。

小玩伴们在夏天漫山遍野地撒欢，捉知了，在河里游泳，钓鱼，有时候就睡在瓜田和果园的草棚子里，满地是随手可摘的甜瓜、西瓜以及李子、苹果等瓜果。小伙伴们玩累了，回家还可以在院子里支个大桌子一起做作业，互相检查作业。那时乡下的天特别蓝，水特别清，空气里吹来的都是甜蜜的味道，童年的夏天太美了。

在永隆镇的时候，殷燕子最喜欢去的地方就是大幺（爸爸陈中轩的大妹妹）家。大幺对她很好，她的女儿，也就是殷燕子的小表姐，两人年纪相仿，十分投缘，感情比亲姐妹还亲。大幺家里还有一个表弟，比殷燕子小一岁。大幺家里有些重男轻女，小姐弟俩之间只要有争吵，不管什么事，表姐一定是被父母批评的那一方。殷燕子看不下去，就为表姐撑腰，替她打抱不平，经常在这个时候去欺负表弟。因为她是客人，大幺又知道这个小公主是殷医生家的宝贝疙瘩，大幺家没有人敢说她。

殷燕子在表姐家玩的时候，跟孩子们一起跳房子、荡秋千、玩跳绳、打纸牌，帮表姐梳辫子，每天都玩得不亦乐乎。日子过得非常快乐，非常充实！大幺家里的菜也很好吃，都是地里最新鲜的，大幺生怕怠慢了这位小公主，时不时还到镇上去割些猪肉回来，给孩子们改善生活。等到暑假快结束时，陈中轩来接女儿，见女儿长胖了几斤，个子也蹿了好高，脸蛋晒得红扑扑的，也十分高兴。

殷良秀却不喜欢女儿去乡下过暑假，因为殷燕子是过敏性体质，经常是一到乡下去，就浑身起疹子、长脓疮，用手一抓，到处都是血印子。后来还因此做了手术，到现在殷燕子的胳膊上还有小时候做手术留下的两道疤，不过不管身上再怎么痒，也挡不住她只要一放假就往乡下亲戚家跑的心，妈妈殷良秀就笑骂女儿是"好了伤疤忘了疼"。

永隆镇卫生院的院子里，经常每到节假日，就有一个吹糖人儿老师傅吆喝着吹糖人儿。殷燕子记得有一年春节，吹糖人儿的老人摊位上围着一大群小孩子在看老人"吹一头牛"，并不断引来行人驻足围观。吹糖人儿的老人两三分钟内将小小糖球变成大大糖牛的手艺，不仅给围观的小朋友带来快乐，也勾起了许多人开心的儿时记忆。

吹糖人儿是中国民间手工艺品之一。卖糖人儿的师傅常常会在街边支起一个小炉子熬糖浆，旁边再放上一个小木架，木架的每一层插满各式各样已经吹好的糖人儿，葫芦、金鸡、美猴王……每个糖人儿都被充得鼓鼓的，半透明的"金身"在灯光照射下流光溢彩。

每天出摊前，老师傅把糖料、颜料、小木棒等摆好后，一敲架子上的铜锣，就会引来一群"小顾客"把摊位团团围住。最先排到的小孩子满眼期待地站在师傅旁边，看着师傅用一条窄木板从熬好的麦芽糖浆中团出一块糖料，再放入手中揉捏成球状，反复拉扯揉和，最后抻出一条又细又长的糖丝，这便是一会儿让糖人儿鼓起来的重要通道。这时，老师傅会问小朋友是自己吹还是由师傅代吹，想要玩耍后还能将糖人儿尽收肚中的小朋友，当然是选择自己上场，于是接过细长细长的糖丝，鼓足了腮帮子向里吹。面对三四岁的小朋友，师傅还会请家长一同帮忙。"轻点儿，轻点儿，"师傅一边笑着叮嘱小顾客，一边熟练地在与糖丝相连的糖球上捏出头身，"现在少吹点儿气，这里多吹点儿气。"不到两三分钟，一个活灵活现的动物便吹出来了。这时师傅拿出一根小木棍，在麦芽糖浆里转上一小圈，粘在刚刚吹出的糖人儿上，再让顾客吹一下，木签头便牢牢地粘在糖人儿身体里了。随后，师傅将细长的糖丝一掐，动物尾巴便做好了。接着，师傅一手轻轻托着糖人儿，一手拿起木棍蘸向颜料碗，先给动物点上两个红红的眼睛，再在身上写上一个"福"字，然后在"福"字左右各画上一撇，用力一吹，两朵迸射状的红花便在"福"字两旁绽放开来。大功告成！一位小朋友拿着成品心满意足地离开，下一位小朋友则继续满怀期待地排上来。

当时是5分钱给孩子们吹一个小糖人儿，他们每次玩一会儿，再恋恋不舍地把糖人儿用舌头一口口舔化，直至全部化进肚子里。过一阵子，殷燕子就再到爸爸陈中轩的科室要5分钱，再去糖人儿老头那里去吹次糖人儿。成了老顾客，做糖人儿的老人对她也特别好，殷燕子一直梦想做一个"糖人儿飞机"，但做飞机工序复杂，不是一下子能做成的，如果现场做，就会影响给其他孩子做一些小玩意儿，卖不出价来，殷燕子求了好久，终于有一次，经不住她软磨硬泡的老师傅答应了，收摊时给她写了一个条子，说晚上回去做，让她明天过来拿。第二天，殷燕子如愿拿到了一个超大的立体飞机，通体金黄，栩栩如生。她高兴得一蹦老高，爱不释手，反反复复欣赏，非常高兴，舍不得舔一口，晚上，她就把飞机放到橱柜里面，过一会儿就去看一眼。有一天早上醒来，她再去看时，发现"飞机"被小哥陈攻吃光了。殷燕子气得大哭不止，非要他赔，打他，小哥陈攻就嬉皮笑脸地任由她打。

卫生院里有一个叫何小平的邻居，有一次不知什么原因得罪了殷燕子，她就写了一张纸条"何小平吃鸡屎"，其中"屎"不会写，还用拼音代替，把那个叫何小平（也是父母医院的同事）的邻居气哭了。爸爸陈中轩得知后很生气，让殷燕子在房间写检讨，她边哭边写检讨。小哥陈攻也很心疼，就在旁边陪着，他把妹妹的眼泪故意弄到纸上，说："你要弄点儿眼泪在纸上，把纸打湿，这样显得你的检讨很有诚意！"殷燕子顿时就被小哥逗笑了，所有的委屈化为乌有。

在殷燕子小学三年级的时候，家里买了一台十四英寸的黑白电视机，那个时候几乎只有几个电视频道，所有的家庭在放同一部电视剧。殷良秀经常上夜班，所以她很早就要上床睡觉，有时候白天下班后也要睡觉，很讨厌有人吵。家里看电视时，总会把声音调很小很小，小到几乎听不见，但外面其他人家的电视声音会传过来，妈妈殷良秀就要吼爸爸陈中轩，说："把声音关小一点儿！" 爸爸说："声音已经关了，那是外面传来的声音！"几个孩子见爸爸莫名被吼，一副无辜的样子，就要笑半天。每天晚上七点整，《新闻联播》的音乐就会在每家每户准时响起，特别是夏天的时候，都开着门，开着窗，声音此起彼伏，非常壮观。电视机有时候信号不好，得需要一个人站在房顶举着天线，来回换角度找信号。电视使用频率太高，到最后，换频道的那个调台旋钮丢了，哥哥就找来一个老虎钳子来换频道。再后来，电视接触不良，突然什么画面都没有，使劲儿地拍顶部几下，就又有画面了。几兄妹就在那么艰难的环境下，看完了好多经典电视剧，像《红楼梦》《西游记》《霍元甲》《射雕英雄传》等，这些电视剧，装扮了孩子们五彩缤纷的精神世界，尤其是那些打打杀杀的电视剧，让人看得热血沸腾，男孩们折柳为剑，随手乱舞，个个都成了武林高手。殷燕子也看得心痒痒，忍不住跟着男孩子们学。

永隆卫生院后面的一条小草沟上面，有一座小石桥，每天放学路过的时候，男生们都从桥上比赛往下跳，小哥陈攻尤其出彩，还在空中摆一个踢腿的造型，简直是帅极了。殷燕子也不甘示弱，跟着小哥学着往下跳，结果不小心把脚扭了，肿得好高，当场爬不起来，疼得哇哇叫，陈攻吓得要死，赶紧背起妹妹就往家里跑，后来还是父亲调了一些中药粉剂擦抹了她的扭伤位置，过了几天就好了。

殷良秀在医院家属院的楼顶入口处，放了一个鸡笼，养了一些鸡，但养的鸡总会莫名其妙地丢失，生气的殷燕子就写了个条子"偷鸡者死全家"，贴在鸡笼上，小哥陈攻看后笑得要死，说：

"我这个蠢妹妹啊，小偷偷鸡都是晚上偷，晚上黑乎乎的，哪个贼能看得见你写的这些字呀？"

放假的时候，殷燕子和两个哥哥晚上就在一张床上讲鬼故事。两个哥哥都很喜欢这个妹妹，都想跟她睡一个被窝，殷燕子比较喜欢小哥，非要挤着跟小哥睡。他们就讲鬼故事吓唬妹妹，三兄妹笑着闹着就睡着了。等半夜的时候，殷燕子就被冻醒了，一看，两个哥哥一人卷一床被子，裹得紧紧的，她一个人睡在中间什么都没有盖的，她拉他们俩的被子，结果死活都拉不动……

殷燕子上小学一二年级的时候，小哥陈攻上初中，大哥陈出新已经到城关中学读高中。每天都是小哥先起床，然后到她床边一直亲她，把她亲醒，她被吵醒，就会气得大哭，小哥陈攻就赶紧跑开了。等她起来去上学的时候，大哥一般都还在睡觉。大哥特别聪明，但是特别懒，平时最大的爱好就是睡觉，在家里是有名的"好吃懒做"。妈妈殷良秀说他："你妹妹燕子都起来上学了，你还不起来！"亲戚们每次聚会时，妈妈就会说，陈攻怎么怎么行，燕子怎么怎么行，轮到说大哥陈出新的时候，就会说出新虽然最聪明，但没有什么行。大哥脸皮也厚，每每这个时候就会接过来说："我什么都不行，那我好吃懒做行不行？"然后大家就哈哈大笑。

殷良秀在永隆卫生院每天下班回来，奶奶就笑着找她告状，说："你快去把你那俩娃揍一顿！他俩淘得让人受不了。"自己的孩子是什么品性，殷良秀肯定知道，她知道是两个儿子又惹婆婆生气了。每每这个时候，她总一手扯一个儿子，逼他们下厨给奶奶做好吃的，奶奶看着两个孙子，又是洗菜又是烧火，又开始心疼累到娃们，自己又赶快开始夺过他们手中的锅铲，开始做饭。看婆婆这样，殷良秀就偷偷笑，她这一招在婆婆这里是屡试不爽。殷良秀是子女们见过的唯一不说婆婆坏话的媳妇，她总是告诫子女们："你们奶奶带大三个孩子，非常辛苦，她对于我们家庭的贡献非常大，你们长大了，一定要对奶奶好！"

陈攻小时候体弱多病，六岁那年得了肾炎，后来又得了扁桃体炎，并且扁桃体炎反反复复发作，有一年妈妈殷良秀就在医院把陈攻的扁桃体做手术割掉了。

三个兄妹中，妈妈殷良秀把陈攻看得最金贵，出远门路都舍不得让他多走，经常都是背在背上。陈攻刚做完扁桃体手术那会儿，有一天说想喝牛奶。当时的牛奶，在镇上也不常见，陈攻想借病满足平时很难实现的愿望，殷良秀知道儿子的伤口还没有恢复，但是拗不过病中的他，还是让大儿子陈出新跑了好远才买到了牛奶，陈攻拿起来就急不可耐地喝起来，结果一喝，把刚刚结痂的伤口又弄出血了，疼得嗷嗷叫。陈中轩把妻子埋怨了半天，说："亏人家还说你是名医，到自己儿子身上，啥医学常识都不讲了，陈攻的伤口没长好，你咋能给他喝这些凉东西嘛！"后来，还是陈中轩用中草药，将儿子的伤口调理好的。

母爱泛滥，让严谨的殷良秀败给了医学常识，这也是她作为医生难得一见的母性柔情流露。

殷燕子的两个哥哥也有互相打架闹事的时候，妈妈殷良秀的做法就是把他俩都关进房间里，关着门挨个打，谁说情都没有用。

小哥陈攻就很会拐弯，每到这个时候，好汉不吃眼前亏的他赶紧承认错误，就会少挨妈妈的打。大哥陈出新就比较犟了，死活都不承认错误，就一直挨打，有一次殷良秀下手狠，把家里的藤椅都打坏了，爸爸陈中轩在外面急得直跳脚，由于殷良秀在里面把门反锁了，他也没有办法。

在殷燕子的回忆文章里，记录了两个哥哥小时候的一些搞笑的故事：

有一次，小哥陈攻被人欺负了，就边哭边说："我去找我哥来打你们！"结果大哥出新就在旁边玩泥巴，听了这话头都没有抬，根本就没有管他，这也太掉面子了吧。

大哥陈出新读小学的时候，有一次语文只考了62分，老师告诉了妈妈，妈妈就来问他，为什么只考了这么一点儿。他说，因为没有时间做，所以没做完。妈妈很生气，因为检查试卷时发现大哥把自己的名字写得很大，还用笔反复描，裱了花，在名字的笔画上精心画了一些装饰，妈妈气得不行，说："你有时间把名字搞得这么花，怎么没有时间做卷子？"

小哥上学时，午饭是带炒熟的面粉（用热水一冲就可以变成糊糊，也可以干吃）去学校吃，结果总被同学偷吃。有一次，他就把粉笔磨成粉，装在面粉袋子里。他的同学又去偷吃，一吃发现是粉笔末子，干吐了半天。偷吃的同学就这样被他逮到了。

大哥"斗鸡"（一种童年游戏，用手抓住一只脚，把腿盘成一个三角形，单脚站立，用盘起的那条腿的膝盖去顶对方，看谁一直坚持抱腿不散就是胜利）很厉害。那是那个时候课间孩子们经常玩的游戏，大哥一个人可以跟一个班的人斗一圈，可见大哥的耐力惊人。我想，这与他后来经商能顶住风风雨雨，收获成功也有一定的关联吧。

有一天，妈妈带着我去检查小哥和大哥上晚自习情况。去小哥学校时，看到大家都在很认真地上自习课。小哥一会儿自己在座位上打拳，嘴里配着音乐，自己打了一会儿觉得无聊，又去拉旁边的人讲话，我和妈妈在窗外看了多久，他就玩了多久。然后，我们去大哥的学校，大哥也不在班上，同学们说："陈出新溜出去看电影啦！"自己的两个孩子都不正经读书，妈妈头疼不已，晚上回来后就是给两个调皮哥哥每人一顿骂……

在传统的多子女家庭中，有两个哥哥一个妹妹，这是一种特别幸福的家庭组合。由于后来的计划生育大力实施，一对夫妇只让生一个孩子，因此，在 80 后、90 后中，这种幸福的兄妹组合，基本看不到了。殷燕子是幸福的、是快乐的，两个哥哥带给她童年无尽的欢乐、无尽的回忆，两个哥哥绵长而持久的爱，一直到她今天成为美国康奈尔大学的一名博士后，这份爱愈发地深厚而持久，让她变成了一个无惧生活风雨的海燕，跨越山川大河，在世间振翅高翔……

人生啊，人生

人生总是灾难重重，其实大多数人早已练就了面对灾难的从容，人们只是还没有学会在灾难的间隙寻找生活的乐趣，就是人们习惯警觉苦难，而忽视生活中每一个幸福的瞬间。

萧伯纳说："人生不是一支短短的蜡烛，而是一支由我们暂时拿着的火炬，我们一定要把它烧得十分光明灿烂，然后交给下一代的人们。"

在晚年的时候，陈中轩开始动手写回忆录。从回忆录可以窥出，他苦命多舛的经历。苦难而坚韧的成长经历，让人感受世事沧桑，感受到民生之艰、成长之难，但岁月的风沙也磨砺了他沉稳厚重的底气，让他面对苦难的生活，淡然以处，平静以对。在他的回忆录里，少年的成长，青年的求知，昂扬向上的生命之力，读来让人动容。他就是火炬的传递者，将生活的光明坚定地传给下一代。

在回忆录里，陈中轩这样写道：

我的爷爷是个走街串巷的货郎，他每天提着个箱子，拿着个拨浪鼓，村上的姑娘婆婆们要个发夹什么的，就叫住他买。爷爷结婚多年没有孩子，1908 年的一天，他在路边草沟里捡回了一个弃婴，就是我的父亲陈守慧（估计是辛亥革命烈士的遗孤）。爷爷奶奶把这个捡回来的孩子当成宝贝疙瘩，让他在私塾里面读书。十七八岁的时候，爷爷安排父亲跟一个黎家院子的大户人家的女儿结了婚。当时的婚礼才叫热闹呢，嫁妆装满了整个院子，母亲成家不到一年就怀孕了。在 1931 年，有了个女孩叫陈早英，由于父亲陈守慧身体不好，从小又被爷爷奶奶娇生惯养，奶奶偏心眼，经常单独给父亲开小灶，从不管媳妇，有一次家里发生矛盾时，媳妇一气之下竟上吊死了，只留下了这个两三岁的小女孩。

当时，出嫁的姑娘在婆家受欺负，才嫁过来几年光景的一个好好的姑娘竟然被气死了，这还得了，娘家黎姓是大户人家，黎家人组团来闹，把尸体摆在客厅里，吹吹打打，呼天抢地，陈家人就进行阻止，现场乱成一团，后来两家人又打官司，把父亲陈守慧搞得声名狼藉、一败涂地。父亲陈守慧到二十七岁了还在读书，但读书再多，在那个年代也没有个栖身的好去处。爷爷奶奶就想让他学个手艺傍身，于是就找个算命先生算了一卦。算命先生说这孩子是个水命，叫他学做豆腐是个不错的选择，于是，爷爷就把父亲送到荆门豆腐之乡"石牌镇"去学做豆腐。父亲三年学成，回乡开了一个豆腐铺。

母亲胡金枝五岁便成了孤儿，跟幺叔（在湖北天门京山一带，把爸爸最小的弟弟叫作"幺叔"）一起生活。幺叔找不到老婆，就到临镇太平店蒋家做上门女婿。因为幺叔在蒋家不当家，所以我的母亲的日子过得很艰难。十三岁时，母亲就嫁到永隆镇曙光村六组黎家的一个大户人家，给别人的痴呆儿子当童养媳。谁知不到一年，痴呆儿把火炉子放在被子里烤火，结果不小心失火把自己给烧死了。

1934年，黎家就把胡金枝卖到了我父亲家里。一过门，就有伴娘们牵着小女孩陈早英，要她冲胡金枝喊妈妈。胡金枝当时心里非常难过，因为自己年纪轻轻，一过门就要给别的孩子当后妈。

父母是春节结的婚，1935年夏天汉江倒堤发大水，滔天洪水冲泄而出，整个江汉平原都被大水淹了。母亲一家三口就蜗居在阁楼上，煮豌豆吃。母亲一不小心一脚把楼板踏穿了，火粒子浇到身上烫伤了肚子。从此母亲肚子上就留了火烫过的大疤（那时候的她还怀着孕）。洪水一个月后才慢慢退去，因为有过挨饿的经历，母亲习惯在抽屉里、柜子里放一些晒干的馒头干之类的干粮，以备不时之需，这个习惯一直持续到她去世前。

洪水过后，母亲回到娘家，生下了大哥陈中松。奶奶很高兴，就给他起了个小名叫"回官"。在旧社会，人们最崇尚的就是当官，所以起小名很喜欢带"官"字。1938年二哥陈中柏出生，小名叫"银官"。1941年，母亲生了个叫平英的女孩，1943年我出生了，取名陈中萱，后来我自己学医后改成了陈中轩。姐姐平英两三岁的时候病死了。在我后面，母亲基本每两年生一个孩子，由于当时社会医疗条件极差，加上缺衣少食，生孩子对产妇和胎儿来说都是一道鬼门关，母亲生下来的孩子因种种原因未能存活，直到 1953 年，生下了大妹陈中菊，终于活下来一个女儿了，父母特别高兴，还特地办了喜酒庆祝。

那几年适逢国家发展生产，搞活经济，允许农户和手工艺人进行商品流通，父亲利用在石牌镇学来的手艺，做豆腐卖。由于父亲做的豆腐劲道好吃，名声在外，慢慢地，我们家也有了结余，日子过得比以前好了很多。"马上铜铃响，亲戚共来往；马上铜铃破，亲戚无半个"，母亲的幺叔还特意打了银项圈和锣鼓家什，送来当贺礼。

1955 年六月初六，大哥陈中松结婚，当时我有十一二岁。1955 年腊月十四，我最小的妹妹陈腊娇出生，1956 年 9 月 13 日，大哥陈中松的大儿子陈希清出生。母亲是个"福星"，家里人丁兴旺，就是因为母亲嫁过来后，一大家子人才开枝散叶，慢慢成为一个大家族。

见证了乱世风云，也见证了世道人心，让陈中轩更懂得珍惜今天来之不易的幸福生活。记得 1948 年的一天，陈中轩和小伙伴们正在村旁边玩耍，突然看到公路上，跑过来了大批的解放军，战士们背着枪，队伍跑步前进，还有骑兵和汽车兵，有些汽车后面还挂着一些高射炮，尘土飞扬，遮天蔽日，听大人们说这是解放军在追击国民党军溃败的残兵败将，像风逐残云，摧枯拉朽，真实的战争场景在面前上演，难怪陈中轩那段时间经常在睡梦中听到枪炮声从很远的地方传来。

为什么少年陈中轩时时会怕有人把他抓走？这其中有一段国人不堪回首的往事，那就是旧社会"抓壮丁"，老一辈人记忆犹新。

"抓壮丁"就是强行征集民间青壮年男子入伍，这是国民党时代强行征兵入伍的一种具有时代特征的形式。国民党统治时期，政府及军队内部极度腐败，各级军队虚报人数，克扣军粮，贪污军饷，以中饱私囊，致使部队基层士兵生活十分困苦。再加上连年战火不断，当兵就得上前线打仗，没准哪一天就命丧战场。诸多原因，导致老百姓谁都不想让自家儿子去当兵，想方设法逃避当兵。为了及时补充兵源，国民党政府必须每年在全国各地摊派兵额，强行征兵。于是，上演了一幕幕政府"抓壮丁"、老百姓设法"逃逃丁"的闹剧，同时也演绎了一个个抛妻别子、生离死别的悲剧故事。

20世纪40年代，是国民党政府抓壮丁最为疯狂的时期。国民党政府当时对外奴颜媚骨，软弱无能，对内穷兵黩武，横征暴敛。政府机构臃肿，官员极度腐败。许多倒行逆施、不得民心的做法，政府在人民心目中的威望早已不复存在，又因为热衷于内战的国民党军队偏偏又在战场上连吃败仗，兵员损耗严重，于是加大力度向各地强行征兵。当时政府规定二十至二十五岁为首先应征入伍的对象，二十六至三十五岁为预备应征对象。前者如人数不足，由后者补充应征入伍。兄弟两人中要应征一人当兵，由当时的镇长根据上面下达的征兵计划确定抽壮丁人数，具体交由保长与保队带上军警直接到老百姓家中抓人。常常是选择在半夜突击去老百姓家抓人。他们来势凶猛，把门敲得山响，有时甚至踢门强行闯进去抓人，搞得到处人心惶惶，鸡犬不宁。许多人来不及逃跑就被抓走，甚至从此再也没有回来。

永隆镇上的魏氏兄弟当年就亲身经历了被"抓"与"出逃"，他们是"抓壮丁"历史的见证人。1944 年夏天的一个夜晚，当时高小毕业的魏先生刚吃过晚饭不久，在家里院子内纳凉。只见两个军警突然闯进他家。一进门，两个军警不由分说就扑过来抓他。年轻力壮的他那时不知哪来的胆量，左手推开左前方一个军警，嚯地斜过身来，用右肘碰倒右边那个军警，猛一转身，便夺路奔过后面的堂屋，跑出了后门，不顾后面军警吆喝、追赶，在夜幕的掩护下逃走了。

逃离家后，魏先生就不敢再回来，那晚跑到永隆河滩上的芦苇丛里躲了一夜。次日，天刚蒙蒙亮时，他便起身去乡下一个亲戚家中躲了起来。那晚虽然侥幸逃脱，但军警并没有就此罢休，隔三岔五带人前来查询、骚扰，搞得家中没有一天安宁。为了避免滋扰，他们一家人悄悄地搬了家。

由于政府征兵制度的腐败，竟然出现了"卖身"替人当兵的社会怪象。一些经济条件尚可的家庭，为了逃避儿子被抓去当兵，就出钱买一个"壮丁"顶替儿子当兵。既然有人肯出钱买，也就有人愿意"卖身"。"卖身"人主要为以下两类人：

第一类是当时社会上的流氓地痞、酒徒赌棍之流。这些人不务正业，整日游手好闲。一年到头吃喝玩乐，赌博嫖娼，以致债台高筑，无法维持生计，最终为了钱选择卖身替人当兵。所以过去民间有"好铁不打钉，好儿不当兵"的俗话。这类人卖身当兵后往往会铤而走险，采取中途逃跑的做法，为的就是骗取这笔钱。

当时由于交通条件的限制，征兵结束时，带兵的国民党军官将抓来的壮丁先押到永隆河码头的集市上集中起来，让他们分乘数十只舴艋船，然后将这些舴艋船拖挂在当时湖北最先进的汽轮船尾部，借助汽轮船的动力，溯永隆河而上，将这些壮丁押运到汉江上岸，再沿长江水路到长沙一带指定地点集结后转赴前线。

计划中途冒险逃跑的人一般采取这样的方式：上船时偷偷挤到舴艋船尾部靠边的位置，坐在船舷上。待船驶离码头，开到江心屿西边的江面处伺机逃跑，这里江面开阔，附近有一些江水冲积而成的滩涂，滩上长满荒草芦苇，俗称三条江，是最理想的跳江逃逸之处。他们趁押运的军官不留神，先将双脚伸到水中，然后悄悄地将身体贴着船舷外侧滑到湍急的江水里去，尽量不要弄出响声和水花。一旦被押兵的军官发现，他们便会吆喝着拔枪向江中一阵扫射，如不幸被子弹打中，逃跑者便要命丧江中。如能侥幸逃脱，便潜水到滩涂的僻静处上岸，在草丛中躲上一天一夜，再跑到乡下藏一段时间，等避过这一风头后，就可以回城，准备下次再卖身赚钱。

第二类"卖身"当兵的人，由于家庭经济极度困难，实在无法维持生计。他们为了家庭，只好卖身顶替他人当兵，自己的死活就听天由命了，用"卖命钱"可以勉强维持家人一段时间的生计。

那年，永隆镇刚刚解放，陈中轩当时才六七岁。有一天家里住进了一个班的解放军，不过这些军人与他所听说的军人好像完全不同，他们纪律严明，只是借自己家的灶台生火做饭。陈中轩怯生生地躲在门口偷望的时候，一个军人盛了一大碗白米饭，走过来递到他手上说："小鬼，看你瘦成啥样了，吃吃吃，吃饱了

好长个头！"这是陈中轩长那么大从来没有吃过的美味，要知道
之前他吃的都是一些杂粮稀粥和萝卜叶子汤等，在他幼小的心灵
里第一次感受到了什么才是对人民好的军队，这种军队不打胜仗
都难！

国民党败逃的时候，溃军经过的地方，有点儿像鬼子进村，
吃喝抢拿，除此，正值壮年的陈守慧还怕被"抓壮丁"，每天一
有风吹草动就躲在高粱堆里，不敢回家。乱世漂萍，世道无常，
平常百姓想在乱世中安安生生地吃一碗饭都困难。

后来，陈中轩在临村陈桥的一家私塾读书，读书的场地，有
时候在庙里，有时候在祠堂，读的书多是《三字经》和《百家姓》
之类。到了 1952 年，这些孩子被安排在陈家庙小学就读，陈中轩
入学的时候已经是三年级。1954 年陈中轩小学毕业，被安排参加
升学考试，由于没有书包，他带着母亲用竹子编的小竹篮，里面
放着一支笔、一个砚台和《语文》《算术》两本书，走了四五里
地去杨丰街考试，结果陈中轩考了全乡第十二名，顺利上了高小（高
小，又称高级小学，一般指小学五年级和六年级。中华人民共和
国成立初期，部分地区会出现小学五年制或六年制交错的情况，
一般小学毕业成绩合格就指高小学历。在旧社会读到高小文凭已
实属不易，其文言文水平甚至远远超过今天的初中生）。

陈中轩在杨丰小学读高小，他每天早上上学时，会只身经过
永隆河边很深很长的一段茅草小路，两边的茅草与芦苇深可没人，
风刮过的时候，叶子哗啦啦地响，旷野荒荒，不见人影，有些瘆人。
陈中轩每天要走五六里地去上学，在杨丰小学读了一年书，营养

不良的他就病倒了，得了疟疾（打摆子），三天一发，发冷发颤发烧。父亲陈守慧带他到处看病，抓药吃，因为中药实在太苦了，陈中轩常常趁父亲不备，偷偷把药倒掉，所以病情也一直不见好转，就这样病病歪歪持续了三四年，身体才慢慢恢复。

1958年，陈中轩参加中考，高分考中"五三农场"中学部，顺利进入"五三农场"中学学习。这所在当时知名的中学里面，会聚了很多来自武汉和部队转业的高水平的老师，这些老师都是讲普通话，那可比京山话好听多了，也高级多了，陈中轩直到晚年，也是一口纯正的普通话，与乡音浓重难改的天门人比起来，他算是一个另类。

1961年，陈中轩初中毕业后，赶上了知识青年上山下乡。当年著名知青邢燕子和董家耕高中毕业后回家务农，受到党中央表彰，成了亿万青年心中的榜样。

说起邢燕子，有必要在这里说一说老一辈人的青春报国心。

青年时代的邢燕子，青春的梦想与新中国建设紧密相连。她率先在农村广阔天地里播种梦想，并成为20世纪60年代城市知识青年上山下乡建设社会主义新农村最著名的典型。1958年7月，年仅十八岁的邢燕子，响应党的号召，毅然放弃考学深造或留在大城市工作的机会，从天津市区来到故乡河北省宝坻县大钟庄洼司家庄村（今属天津市宝坻区大钟庄镇）插队务农。

司家庄村坐落在古老的蓟运河畔。20世纪50年代，这里地势低洼，饱受洪涝灾害，生产条件很差，劳动任务异常艰巨。然而，怀揣着"要当新中国第一代有文化农民"梦想的邢燕子，没有向困难屈服，她早出晚归，披星戴月，参加治理低洼盐碱荒地劳动。为了做好防汛准备，邢燕子和村里的姑娘们又接受了在蓟运河大堤上堆"土牛"的任务。她们抬着装在大布兜里的沉重黑泥，跌跌跄跄地走上河堤，堆起一座座用来防洪抢险、貌似"土牛"的土堆。肩压肿了，腿累麻了，但她咬牙坚持。

1959年，司家庄遭受了重大灾害，收成大减，乡亲们的口粮成了大问题。为了生产自救，村党支部发出号召："冰上治鱼，卖鱼买粮。"隆冬时节，邢燕子和村里的十几位姑娘组成"女子冰上治鱼突击队"，奋力凿开冰窟，拉网捕鱼，网绳出水，很快结冰，弄不好就会粘掉手心上的一层皮。作为突击队长，邢燕子一马当先，抢最重的活儿干。艰苦的付出赢来收获的喜悦，各类鲜肥的野生鱼成为"燕子突击队"的"战利品"。卖了鱼，村集体收入增加了，乡亲们解困有了资金支持。而邢燕子明显消瘦了，乡亲们看在眼里，疼在心中，打心眼里佩服这位城里来的姑娘。

邢燕子以苦为荣建设新农村的感人事迹，也不胫而走。1960年8月5日《河北日报》用整版篇幅报道了"燕子突击队"不畏艰难，向贫瘠的土地挑战，改变家乡落后面貌的先进事迹。同年9月18日，邢燕子光荣地加入中国共产党。这年9月20日《人民日报》发表长篇通讯《邢燕子发愤图强建设农村》，邢燕子成为全国青年学习的楷模。时任全国人大常委会副委员长的郭沫若，专门创作了诗歌《邢燕子歌》，对青年楷模邢燕子加以赞扬。在邢燕子的感召下，成千上万的城市知识青年上山下乡，在广阔天地里锻炼自己，追求和放飞青春梦想。

邢燕子成为全国"知青"楷模后，三次当选中央委员，两次当选全国人大代表。她曾五次受到毛主席接见，十三次见到周总理。

董加耕是江苏省盐城县葛武公社董伙大队人。1961年夏天他高中毕业，面临着升学还是回乡的两种选择，作为盐城县龙冈中学的预备党员、团支部书记，他是个品学兼优的学生，学习成绩各门课程超过96分，老师们都希望他上大学，但他在升学志愿书上填的是"回乡务农，立志耕耘"。

老师和同学们难以理解，他们觉得将这么一块好材料送到农村去种庄稼实在可惜，他回答："正是因为党的教育培养，才使我懂得一个年轻人应当根据革命的需要决定自己的生活道路。"十天以后，董加耕的志愿书得到县委的批准。

董加耕回家种田的事，在乡亲们中间引起不少议论，有位老伯用旱烟袋敲敲他的后脑壳说："加耕，人家读书越读越远，你呢，从城里读到乡下，我看你是读书读呆了啊。"董加耕回答说："大伯，古话说读书越多越明理，我读了书懂得了要用知识建设新农村的道理，才回家劳动的。"

当时正值中国农村面临连续自然灾害，经济最困难时期，他回乡时，公共食堂还未解散，水肿病到处皆是，董加耕没有动摇信念，吃腌蒿子、豆饼，赤膊和乡亲们一起拉犁、割稻、罱泥、扬场。董加耕回乡后，已经当了小学教师的女友与他分了手。公社党委决定调他到邮电所工作，他却发誓："决不从第一线撤退！"连母亲的眼泪也动摇不了他的决心。他在日记中写道："身居茅屋，眼看全球，脚踩污泥，心怀天下。"这几句话后来成为传遍全国的知青励志名言。

在 20 世纪 60 年代初强调阶级斗争和家庭出身，像董加耕这样的贫农后代、学生党员属于政治条件最好的一类，他放弃升大学，回乡务农，其他人有什么理由抱怨下乡插队是屈才呢？因此自他下乡开始之日起，便成为当地领导与新闻媒介所瞩目的先进人物。

董加耕的成长事迹，对 1964 年达到高潮的全国知识青年上山下乡运动确实起到了预期的推动作用，当年南京市就有七十二名应届毕业生在他榜样的感召下，自愿放弃高考，到苏北农村插队务农，而被当时称为"七十二贤人"。

受那个时代榜样作用的感染和影响，青年陈中轩也回到了老家红林大队劳动了大半年，村支书和大队队长都觉得这个好后生干活儿肯出力，表现好，于是就找他谈话。那时候陈中轩是大队唯一的知识分子，大队领导也意识到再穷不能穷教育，再苦不能苦孩子，于是就安排他去红林小学教书，后来又让他去学农业技术。

生活，就像一把粗粝的棕毛刷子，根根倔强，强势熨平生活中的每一个枝枝杈杈，甚至能把棱角分明的砖头，也打磨成了光滑圆润的鹅卵石。在生活的激流中，陈中轩随遇而安，在合适的年纪，干该干的事儿，冥冥之中赶上了时代的每一个节拍，用苦难的经历和坚忍不拔的学习精神，为未来的厚积薄发打下了坚实的基础。

1962 年春节，"五三农场"中学突然来了个通知，让陈中轩把户口和学籍转回本地。陈中轩去的时候，发现学校把他的档案直接转到了永隆卫生院，说那里需要学徒，让他去永隆镇卫生院学中医。

进卫生院，医院领导还要对这些考生进行笔试，其中最重要的一题是要写一篇文章，文章的标题是《为什么要学医》，由于少年的成长经历与疾病相伴产生的认知，再加上父亲陈守慧年轻时也爱看一些中医古籍书，陈中轩写的这篇文章有感而发，鞭辟入里，赢得了一片好评，评委全部给出了最高分。就这样，陈中轩成功进入了永隆镇卫生院去学中医。后来听老师说，那次有二三十名学生入围，但最终只录取了三名，陈中轩是其中之一。

劳动，是世上最尊贵的修行。1970 年 3 月，国家搞农村农田水利大建设，此时已经成家的陈中轩被上级派到京山县宋河镇的高关水库当工地医生，为民工们的身体健康保驾护航，陈中轩在那里埋头苦干了一年，每天都熬不同的中药汤剂给民工喝。有一次，青年民工小邓在劳动中突然神经性头痛急性发作，疼得直流眼泪，陈中轩得知后马上用随身携带的银针为他就地针灸治疗，半小时之后，小邓疼痛完全消失，立马可以继续劳动。由于他医术高超，水库工地的民工生病率大降，出勤率在全县最高。在民工们的努力下，经过一年奋战，高关水库一期工程提前完成任务，陈中轩因此也受到上级的表扬。

当工地医生时，陈中轩遇到了最惊险的一个病例：一名民工在劳动中，突然脑梗发作，陈中轩检查后当即现场给病人进行输液治疗，并当即招来救护车送往医院抢救，在救护车上，他通过采取降压、活血化瘀、保护血管等治疗，与时间赛跑，终于成功把病人抢救了过来，后来该病人在医院经过十天的治疗，基本痊愈。

后来出院时，医生对这位病人说："你要感谢人家陈医生，如果不是他在现场处理得当，抢救及时，你这条命早就没了！"

丈夫陈中轩最风光的那一年，妻子殷良秀却是最辛苦的。当时，她一个人在红林卫生室坐诊，每天要给上百个病人看病，闲暇之余还要抽空照顾嗷嗷待哺的儿子陈出新，每天都累得头晕眼花，加上长期营养不良，她整个人瘦得只有八十来斤，好像一阵风都可以将她吹跑一样。而陈中轩当工地医生干出了名声，随后的三年，京山周边的惠庭水库、新屋咀水库等大大小小的水库陆续修建，由于陈中轩在民工中威望高，医术精湛，声名在外，每次上级都点名委派他去当这些重大工程的工地医生，为民工的健康保驾护航。

1969 年中苏边境"珍宝岛事件"发生，战争阴云笼罩。我国奉行"深挖洞、广积粮、不称霸"之策，实施大规模"三线建设"。宜昌地处华中、鄂西之境，诸多企业入驻，顿使电力紧缺。为此，代号为"330"的葛洲坝工程获批上马。长江葛洲坝水利枢纽工程，是在我国第一大河——长江干流上修建的第一座大型水电工程。巨坝共用混凝土 1000 万立方米，各类金属 6.5 万吨。如长虹卧波，横断长江。这样伟大的工程，凝固着十万工人的青春和汗水。无数的民工、技术人员，吃住在工地，肩挑背扛，夜以继日地奋战在一线。陈中轩作为工地医生，也与工人大军吃住在一起，全身心为工人身体健康保驾护航，默默奉献着自己的青春。

由于当时"330"工程是国家机密，参加其中的人员基本处于与世隔绝状态。当时民工们修油库，把山打通了以后放输油管，再把油输送到江边，直接送到油轮上。那是一段艰难困苦又激情飞扬的岁月，由于工资不高，又不能随便回家，顾家的陈中轩，就在工地上拼命出工，靠多挣补贴，多拿加班费、夜班费和出差费来补贴家用。

1978年，殷燕子出生后，为了减轻妻子的压力，在新屋咀水库工地上行医的那半年，陈中轩把大儿子陈出新带在身边，当时水库上有食堂，但食堂里基本没有荤腥，每天吃的全是南瓜、红薯和白菜叶子，伙食不好，大人都无法下咽，年幼的陈出新根本不吃。他白天玩，肚子饿了就吃点儿饭，一口菜也不吃，几个月下来，变得又黑又瘦。陈中轩心疼不已，每天晚上的时候，陈中轩去工地巡逻出诊回来，就到工地小卖部买一袋饼干给儿子吃。靠这一袋袋小小的饼干，幼年的陈出新陪着父亲，走过了那段激情燃烧又清贫自娱的岁月。

1976年，陈中轩在京山县"防病治病工作小组"，被作为工作组的核心成员来培养。当时工作组的工作由京山县委组织部安排，二十几个人的工作组，就住在京山县山区里面的农民家里。干部与农民"三同"：同工同酬同劳动。劳动锻炼，在当时是干部的一种无上荣誉，陈中轩跟农民打成一片，住在社员家，墙上贴一张进餐表，每吃一餐就做一个记号，月底给粮票或者钱，一次性结清，下个月重新记录。平时有病人就看病，没有病人就帮他们打谷脱谷、种地。当时京山县县长赵承武也在工作队，陈中轩跟他在一起可以读到很多上级下发的文件和报纸，这让素来关心国家大事的陈中轩如获至宝，每天学习文件，掌握政策动态。另外，工作队的成员人人都是宝，上级规定每隔一周就允许加一次餐改善生活，这二三十个人的工作队可以开小灶，皮蛋、鳝鱼、泥鳅和螃蟹，这些珍贵的食材，在工作队的小灶上都能吃到。当时，工作队成员一餐只需二两票两毛钱，那时候一毛钱能买一碗面，在工作队期间，医院还有补助。

在这清贫岁月里，能吃上这些美味，真是令人终生难忘。陈中轩所在的工作队，平时除帮农民看病以外，还要手把手成批培养农村的"赤脚医生"。他白天行医劳动，晚上给这些"赤脚医生"授课，有时还要给他们调解家庭矛盾。这种日子过了半年，国家关于知识青年回城的政策发生了变化，下乡知青慢慢地就全部回城了。

1978 年 8 月，国家卫生部《关于认真贯彻党的中医政策，解决中医队伍后继乏人问题的报告》让中医获得了再一次"解放"，中医药学迎来了又一个"春天"。1979 年 5 月 18 日上午 8 时，首届全国中医学术会议在北京西苑饭店隆重举行。卫生部领导在大会开幕式上说："召开全国性的中医学术会议，成立全国性的中医学术组织，不仅是中华人民共和国成立以来的第一次，而且在几千年的中医发展史上也是前所未有的。"但中医药学"后继乏人"的问题怎么解决？大会持续了整整七天，与会者对中医药事业的建言献策热情丝毫不减。有人提出，日本等国已经设立了针灸大学，大力培养针灸人才，而中国作为"针灸的发源国"，却连一个针灸学系都没有；还有的代表提出，应该给中医医疗机构营造更好的环境，安排基建计划时多考虑中医机构。这些激烈甚至有些尖锐的建议,反映了无数中医药人的拳拳报国之心。

就这样,中华全国中医学会在中医药人的热切盼望中诞生了。它成为一块"根据地",让中医药人有了"心灵的归属"。它也成为一片热土,让中医药人前赴后继,在事业中耕耘,挥洒汗水。

为了解决好20世纪60年代以前的中医药学徒出师人员专业技术职务的遗留问题,卫生部经中央职称改革工作领导小组同意,已专门发文,规定了对这些人员的专业技术职务聘任的办法。卫生部文件指出,五六十年代,各地经县以上卫生行政部门批准招收了一批中医药学徒,这批人员陆续在1970年底前出师,并领到了当地卫生行政部门颁发的证书,对这批人员聘任的中医药学徒,经考试合格,可变成正式有编制的中医。当时永隆镇在职参加考试的有五十多名中医,最终只有陈中轩和一个叫张祥生的青年中医考上了,而他们两个都是中医大家向云亭的徒弟。从那次录取的名单来看,考上的都是地方上名医的徒弟。

悠悠岁月,人生就像千转百折的江河,滔滔东流,昼夜不息。陈中轩像乱世江河中的一叶浮萍,随波逐流,对土地眷恋与不懈奋斗的人生历程,正揭示出乡土中国在发展进程中个体生命的艰难抉择。在守望土地、生命接近自然性存有野性美的同时,也要承受来自恶劣自然环境、封建陈规陋习带来的深重痛苦和屈辱。这种沉重的苦难不仅来自物质层面,更主要来自个性压抑、理想受阻和精神苦闷等。

不过，青年人之志，昂扬而高傲，隐忍而坚定，在苦难岁月中追光而行，在蹉跎时光中沐光而浴。生活的阳光给了陈中轩太多的可塑性，像热烈而绚丽的太阳花，寓意着积极向上、阳光、忠诚、追逐光明、向阳而生和深沉的爱。

第四章
刻进骨子的悲悯

沉闷的风

殷良秀做梦也没有想到，自己作为妇产科医生，为了生个女儿竟然也困难重重。

1977年10月，殷良秀发现自己这次怀孕，与以前怀两个儿子不同的是她竟没有什么感觉，怀大儿子陈出新和小儿子陈攻的时候，她吐得翻江倒海，吃什么吐什么，别的孕妇生一个孩子，会胖十几斤，她反而瘦了好多斤。而这个孩子，她在怀孕期间，竟然一点儿孕吐的反应都没有。凭自己多年的妇产科医生的经验，她断定这次怀的是一个女儿。

想什么来什么，幸福来得太突然，但此时的她，喜忧参半。此时，在中国的大地上推行的计划生育政策越来越紧，自己作为国家医生，每天都给一些育龄妇女孕检，对一些不符国家计划生育政策的妇女进行流产打胎，还有自己参与给一些已育妇女或超生家庭的男人结扎，每天都忙得脚不沾地，而此时自己意外来了个孩子，这个孩子明显有些违反国家政策，这让她头疼不已……

此时，计划生育正在农村推行。当年那些刷在农村墙上、挂在街上的宣传标语是："国事家事计划生育头等事，少生优生幸福生活伴终生。""以优生优育为荣，以超生超育为耻。""要致富，争当计生户；奔小康，优生有保障。""孕检先行一步，健康千家万户。"……后来这些计生标语在基层农村演变成"谁强行超生，谁倾家荡产"！杀气腾腾，让人望而生畏。一些超生父母被巨额"社会抚养费"折腾得倾家荡产，流离失所，成了东躲西藏的"超生游击队"。

当时，作为基层医生的殷良秀坚决支持国家计划生育政策，但是看到基层计生部分工作同志工作作风粗暴，她十分不解。像"该流不流，扒房牵牛"这类口号里的内容，也在不断上演。要知道，在农村，牛就是农民的命，房是农民的根。一旦没牛了，就无法耕种；一旦没房了，就无处安身。谁家的媳妇超生跑了，就把公公婆婆关到大队，如果几天之内，媳妇不回来引产，就会把人家的房子扒了，把牛牵走，那么这个家可以说是上无片瓦下无立锥之地，超生的代价太大了。

殷良秀一开始怎么也想不通，当时，她自己肚子里还怀着孩子，作为妇产科医生的她，天职是保护产妇安全产下孩子，而此时她在卫生院每天需要给育龄妇女进行孕检、结扎和流产等手术，这和她心里朴素的生育观是相反的，要知道，她在无数乡亲们眼里是"送子观音"，现在怎么能眼看着好好的胎儿，因为超生被强制打掉呢！

这一场运动，让永隆镇纯朴的乡亲们，也突然变得陌生起来。她听说了自己不少亲戚邻居因为超生，都到处躲计划生育干部，不敢回家，四处流浪。殷良秀直接拒绝参与给妇女打胎，只接生符合生育条件的产妇，为此她还挨了院领导的批评。这让多年来一直获评优秀医务工作者的她，十分压抑和沉闷。

1978年殷燕子出生时，中国的计划生育政策已经开始施行。身在医院工作的陈中轩和殷良秀，当然知道超生的严重性，但是为了成功生下这个女儿，他们仍决定不顾一切地赌上一把。陈中轩和殷良秀夫妻俩每个人被停发了两个月工资，并且上交了超生罚款，这才将殷燕子生了下来。

结扎风波

　　1976年春，计划生育工作在永隆镇搞得轰轰烈烈。公社号召，把全公社生育三胎和三胎以上的育龄妇女，没有手术禁忌的，全部施行结扎手术。计划生育的大幕在永隆镇轰轰烈烈地揭开，大街小巷包括农村的房屋墙壁上都喷上了计生标语——"只生一个好，一个孩子是个宝，两个孩子是根草"。

　　乡镇计生干部每天都联合村干部，把全镇村里面的育龄妇女，只要不符合计划生育政策，都拉到永隆镇卫生院结扎。这些被结扎的妇女脸上浮现出悲苦之色，有些人两眼空洞，有些人一脸麻木。殷良秀被抽调到计生工作组，工作使然，为了减少妇女的痛苦，她的结扎手术又轻又快又好，经常是十几分钟做一个，一天能结扎上百个妇女。

　　为了更好地服务群众，计生工作队经常坐着镇上唯一的解放牌汽车，下乡对育龄妇女进行孕检。汽车的车厢被改造成一个临时的手术室。

　　解放牌汽车的大车厢，上面是钢筋搭的棚子，铺上绿帆布，后面挂着帆布窗帘，再支两台简易的手术台，另外把相关的手术器材和药品备齐，一个设施设备一应俱全的简易手术室就成了。车开到哪个村落，就找一个空广场，临时停靠好，看到一些妇女不符合计生政策怀了二胎被强制流产，看到那些孕妇哭天抢地撕心裂肺的场面，殷良秀也忍不住落泪，这种手术她从来下不了手，不忍心去做，就推托让同事去做，她只做一些结扎手术和上环手术。

后来工作队人手不够，结扎手术对医生的水平要求很高，每台手术必须由三人组成，主刀、副手、器械护士各一人，后来在院领导的要求下，殷良秀担任主刀。经过多日的磨合，殷良秀很快适应了手术室的各项工作，如被皮、消毒、拆手术包、备好麻醉药以及手术中的器械。下一步，医生把麻醉药品注入术者下宫肌层，稍等片刻就用手术刀在下宫中部做竖形切口，从真皮脂肪、宫直肌前鞘，最后切开宫膜。打开宫膜是关键的一步，因为宫膜和肠壁都是透明的，如果肠壁贴在宫膜上，稍不留神就会切开宫膜误伤肠壁，因此必须心细如发，手巧如织。打开宫膜后赶忙递上拉钩，助手用拉钩把宫部切口向左右拉开，殷良秀就用右手找好一侧输卵管，把输卵管提到宫腔以外，然后用羊肠线把输卵管做 U 型结扎，再对另一侧输卵管进行同样的结扎，尽管动作细微，但有的妇女还是会感到不适，甚至出现恶心呕吐现象。这时，殷良秀就及时安慰疏导，使术者的紧张心情慢慢平静下来。

结扎完后，自宫膜到皮肤分层缝合后包扎，在正常情况下，做一例手术仅十几分钟，但有时发现妇科肌瘤，则用时就会长一些。有一次，一位刘姓妇女做手术，发现有九个大小不等的卵巢瘤，切完并做完手术用了七十多分钟，时间虽是长一点儿，但为术者解除了后患，也算是功德一件，这也让殷良秀堪堪心慰。

殷良秀白天做计生手术，晚上还要为大队的社员看病，每天累得够呛。有一天下午，殷良秀在手术室工作完成之后，忽然身体发热，浑身酸痛，体温超过38℃，这与紧张工作时喝不上水有关，为了不影响次日工作，她立即在卫生院打点滴。殷良秀在计生工作连续奋战了半年，前后完成手术两千多例，为当地计划生育工作做出了贡献。

殷良秀在计生工作队的这半年多时间里，尽心竭力为孕产妇做孕检和结扎手术，两千多例手术，没有一例手术事故。她尽自己的微薄之力，仗义执言，为弱势群体发声呼吁，并对基层计生干部进行医务知识的相关培训。比如，她有"两不结"原则：妇女有妇科炎症不能结扎；妇女有精神类疾病不能结扎。

她所在的医疗工作队，坚持了这个原则，没有惹出太大的纠纷。而邻县的一个医疗工作队，因为强制给一个患精神病的女性结扎，导致这名妇女十四天不吃不喝，每天号叫，力竭而死。由于结扎惹出了人命，这个基层医疗队的相关人员，因工作作风粗暴，被上级部门进行了严厉的处理。

在后来的行医生涯中，殷良秀的医术日臻成熟，手术技术也是越来越精湛，这一方面是天赋，一方面得益于沙市卫校良好的医学理论基础，以及后来她在"五三农场"医院进修时严格的临床训练，当然，最主要的是她在实践中不断总结、不断精进。医生是越干越有经验、越老越吃香，主要是病例千变万化、病人个体特征各不相同，只有实践才能出真知。殷良秀后来的手术都是非常顺利的，在病人中的口碑也越来越好，这也让她逐渐成为京山、天门、钟祥三县声名远扬的医生。

萤火之光，灼灼其华。在那个特殊的年代，医者仁心，殷良秀用自己微薄的力量，守护着一方平安。大爱无疆，善德永存。为了国泰民安，她步履蹒跚，踽踽而行，身影孤独而坚定。在这苍茫的人世间，在这辽阔的大地上，撒下了一片绿色的种子。

小处方，大医者

"慈心济世，解忧苍生。"殷良秀用实际行动生动诠释了"敬佑生命、救死扶伤、甘于奉献、大爱无疆"的医者本色，为如今的医院推动解决群众"看病贵、看病难"等急难愁盼问题，提供了一个现实的蓝本。

殷良秀从1968年参加工作，在永隆镇卫生系统工作了十八年。1986年，她从京山县永隆镇卫生院调到天门市妇幼保健院，在妇产科当主治医师，又干了十四年，一直干到2001年退休。退休后，由于医术精湛，声名远播，2004年她又被湖北省武警医院妇产科返聘了十余年，一直干到2020年才结束返聘。从1968年参加工作以来，殷良秀在医务战线上，整整干了五十二年。

五十二年，在一个漫长的人生维度中，无论是在乡镇卫生院，还是后来在省会城市的三甲医院，殷良秀都坚持开小处方治病，坚持让患者花最少的钱治好病，除妇科必须做的医院B超费用外，她开的很多处方都没有超过100元钱……她在哪里坐诊，病人就跟到哪里，被大家亲切地誉为"小处方医生"。

三十多年前，殷良秀在武汉参加过一个医学的学术会议。她在一代名医裘法祖的课堂上，学到了这样一段话："先看病人，再看片子，最后看检查报告，是为上医；同时看片子和报告，是为次医；只看报告，提笔开药，是为下医。"从此，做一名"上医"就成了她毕生的追求。

殷良秀常说："如果每个医生都把病人当熟人，把病人当亲人，那谁都能够成为一名好医生。"她用自己的行动为"上医之境"加入了更加丰富的内涵。

在永隆镇卫生院工作时，殷良秀常年坚持给患者开几毛钱、几元钱的药，几十年如一日，用一张张小处方驱散了一个个孕产妇的各种常见疾病，尽可能地减少这些病患家庭的经济负担。

用心才能把事情做好。认真只是态度，用心才是品质。患者也是医生的老师。问诊病史不能怕麻烦，有时患者说的并不是诊断所需要的，一定要多问，在询问病史中获得线索，在线索中剥茧抽丝，探究病因。危重患者随时可能出现病情变化，医生一定要多到病人床旁，多观察，用心管理病人。

用药这么"省"，治疗会有效吗？面对患者的疑问，殷良秀举例说，大多数人都有头疼的体验，然而引起头疼的病因很多，需要认真思辨，查找病因对症下药，才能真正解除病痛。而对于明确病因后的治疗，殷良秀是这样认为的："药是医生的手术刀，一定要用好这把刀。有的疾病需要联合用药，而有的疾病则要遵循单药原则。一个好医生应该是学术上力求精益求精，治疗上做到心中有数。要严格遵循'能不用就不用、能少用就不多用'的用药原则，降低因药物过多、药物种类复杂等因素引起的不良反应风险。有时候患者也会质疑用药这么省，会有效果吗？这时跟患者做好沟通、解释工作就显得尤为重要。"

殷良秀处处为病人着想，很多病人都是听闻她的口碑后特意找她就医。在殷良秀的行医生涯中，她始终把医德作为医生的灵魂。她深知患者不易，求医路之艰辛，常常说患者既然把性命、健康托付给我们，作为医生我们就要多换位思考，优先考虑他们的感受，尽可能地为患者提供更优质价廉的医疗服务。

坚持开"小处方"的村医殷良秀，坚守乡镇卫生院十八载，每天平均接诊上百人，平均单张处方不超过10元钱，用一颗医者仁心守护了村里几代人。

当时，乡亲们最怕的事，就是她被调走。永隆镇卫生院经常有一些外地的病患赶过来找她看病。有一对专门从潜江市赶来给孩子看病的青年夫妻正耐心排队等待，还和排队的其他的病人交流："都说殷医生医术好，对不孕不育也药到病除，不仅十里八乡，就连荆州市和潜江市的病患也会慕名前来看病。"

此时，在大约十平方米的诊室内，殷良秀正认真查询患者的身体情况。她的诊台上，只有一个血压仪、一沓药方笺和一支笔，连个水杯都没有。原来，她只要一坐到诊室，基本上就没有空闲，所以连口水都顾不上喝。如果喝水多了，会不断上厕所，耽误她给病人看病的时间。找殷良秀看过病的人无不感慨："殷大夫可真是永隆镇的福星，有她在，俺们心安。"

"几块钱能解决的，绝不能让人家多花钱。"在殷良秀调走去天门市妇幼保健院前，院长召开全院职工大会给她送行，院长把药房的柜子里，殷良秀这些年开出的厚厚的几尺高的处方拿了出来，上面多的有几块钱，少的只有几分钱。

院长动情地说："这几千上万张处方，是殷医生这么多年来为永隆镇乡亲们看病的药方，都是小处方、治大病，殷医生心中有大悲悯、大情怀，她是咱们永隆镇卫生院的大医者，这些药方，是她留给咱们永隆镇卫生院最珍贵的财富！"

院长说完，下面掌声雷动。殷良秀也动情地洒下了热泪。

"我最大的心愿就是让乡亲们不再为看病犯愁。"殷良秀说。她只想踏踏实实做一名"小处方"医生，为中国女性守护一片天空，让"月母子坟"这样的惨剧，在中国大地上再也不会重演。"只要力所能及，就一直为老百姓服务"的承诺是殷良秀毕生奋斗的动力。

殷良秀受到人们的尊敬，不仅是因为她的精湛医术和高尚的医德，也是因为她常年坚持的"医者仁心"。她待患者如亲人，患者待她如家人。她的所作所为，不仅仅医治了患者的病体，也医治了患者的心。在当前医患纠纷不断、医患关系紧张的环境下，这恰如一股清流，滋润了患者的心田，也为中国的医患关系，找到了一个最佳的范本。

为何现在有些医生处理不好医患关系？非不能也，乃不为也。这是某些医生的"良心"出了问题。殷良秀一再说："绝大多数医生都是好的。"然而，现今医院趋利化、以药补医、医药提成等现象频生，导致医院过分看重经济效益，每个科室都被下达盈利目标，治病救人从医院的目的，沦为盈利的手段，这种种纠缠的症结让许多医生深陷其中。

"医院是需要一万元钱治好病的医生，还是需要一百元钱就能治好病的医生？"这个"殷医生之问"，也是一个"时代之问"！

医院的答案就未必显而易见了。一万元钱治好病的医生，能给医院带来更大的经济效益；一百元钱治好病的医生，却可能拖了医院盈利的后腿。

很多患者上大医院，每次都要花费两三百元。到了殷良秀这里，开出的处方只有十几元，药虽不多，却能达到同样的疗效。殷良秀解释说，没有诀窍，任何一种病，都有可开可不开的药，都有高中低价位的药物，就看医生一支笔。有病友这样写道："殷医生时刻为病人着想，是个干干净净的医生。"殷良秀自己生活并不富裕，却经常替患者垫钱，如挂号费、医药费等。但是多年来，她保持着一个"纪录"：垫出去的钱，从来没有不还的。这背后隐含的是殷医生的善良和她与患者之间的信任。

在天门妇幼保健院，她遇到一个农妇治疗妇科炎症，结果这名农妇连打针加洗护药物30元都没有，她只有20元，殷良秀就垫了10元钱。第二天，该农妇捏着10元钱从老家转了几趟车还了回来。殷医生用自己的真情，换来了真诚。

不过，殷良秀开小处方，不代表她对危险病情不重视。在天门妇幼保健院，一天深夜里来了一个孕妇，怀孕八个多月，说不舒服要求住院，怕孩子生在家里。当时护理人员测量该孕妇血压后，发现她血压很低。孕妇只有血压高的可能，怎么会血压这么低？殷良秀赶紧给孕妇检查，发现她已怀孕八个多月，却没有宫缩，也没有宫部疼痛，殷良秀想起"出血热"也有一个低血压期，立即要病人赶快转院去天门市第一人民医院，后经天门市人民医院诊治检查，病人果然是出血热。因为殷良秀处置及时果断，为孕妇抢回了宝贵的治疗时间，后来孕妇得救了，孩子也保住了。

还有一次，殷良秀当班，送来一急诊病人，病人是由几个男人抬着进来医院的。该女患者只有二十岁，未婚，再问其他的情况，女孩一直避而不答，似有难言之隐。殷医生见状，让家属们都先出去回避，她单独问诊。殷医生拉着姑娘的手，亲切询问姑娘："这里没有其他人了，有什么事情，你都要如实地告知医生，医生是来救你的。"女孩犹豫了半天，才哭哭啼啼说，她谈了一个男朋友，家里人不同意，两人偷偷摸摸在一起了，谁知不小心竟怀孕了，一直不敢告诉家里人。后来，她听说天花粉可以打胎，所以就偷偷地喝了。谁知道一段时间后，脸部就经常不受控制地抽搐，有几次还晕了过去。这次又是因为晕倒了，才被家人抬到医院来的。女孩说完，殷医生做了宫部检查，根据子宫大小形态，应该是孕三月的样子。再观察女孩面部，发现有苦笑面容，殷医生怀疑是感染了破伤风，当机立断给女孩打了破伤风的针，留院观察，经过一段时间治疗，女孩的命算是保住了。

在天门妇幼保健院当班期间，有一次，殷良秀的一个同学找到她，说："家里有一个亲戚，已经孕晚期了，但是经常头疼、呕吐，还时不时地抽搐，这是不是快要生了呀？"殷医生说正常的孕晚期一般不会出现这些情况的，要她把孕妇带到医院来检查一下。第二天，患者来到殷医生办公室，经过一系列妇产科检查，发现患者已有八个多月的身孕，但是没有任何要生产的迹象，也没有肚子疼和宫缩现象，血压也很正常。殷医生感觉不对劲儿，肯定有其他的疾病，遂立马通知家属，转到天门市第一人民医院。果不其然，转到人民医院后，经过一系列检查，患者确诊为脑癌……

在五十二年的从医生涯中，殷良秀坚守着医务工作者的原则——"服务患者，不求回报"。她经常真诚地对一些要给她塞红包的患者家属说："接了你的红包，就对不起了我这身白大褂！"哪里有她坐诊，哪里的病人就会多起来，她不仅是病人的"一剂良方"，也是医院的"一味良药"。

菩萨心肠，霹雳手段。医生就是一个"手执利刃，心怀慈悲"的群体。其实，一个医生的价值不应光由职称、职位决定，每个患者心里都有一杆秤，只有高度专业，才敢用小处方、治大病。所幸的是，殷良秀无论走到哪里，都没有面临给医院"拖后腿"的压力。天门妇幼保健院的负责人说："放殷医生到哪里，哪里的门诊就能'活'。她在工作期间，门诊量增长80%，住院病人翻了几番。"

小处方，不仅没有"拖垮"医院，反而凝聚了更多的人气。在她工作过的医院，无论领导，还是同事，都对她竖起大拇指，她也多次被医院和当地卫生系统评为"先进个人"，并连续几届当选为天门市政协委员。

医乃仁术，世间大爱。爱心是治疗世界上所有疾病的一剂良药。殷良秀总是综合考量患者的病情、需求、经济、药性等因素给患者开具处方,她的处方一定不是最贵的,也不一定都是便宜的,但一定是最简单的、最适合患者病情的。

小处方彰显了殷良秀的大医情怀,这样的大医情怀还需要制度的保障。我们到底需要什么样的医生?或许,当患者和医院的答案一致之时,就是中国医改成功之日。

逃离黑医院

2001年，殷良秀从天门市妇幼保健院退休后，曾有过一段很短的在民营医院打工的经历。这段经历让她不堪回首，因为她打工的这家医院是一家"黑医院"，她在那里干了不到一个月的时间，就千辛万苦逃了出来。这段经历，让她见证了人间之恶。

这是位于杭州市的一家民营妇产科医院，这家医院的负责人也是湖北人，他很早就听说了殷良秀在天门市的名气很大，有"万婴之母"和"送子观音"之称。在殷良秀退休后的第一时间，他就找上门，言辞恳切地请她出山，说殷医生这么好的技术，不能就这样"刀枪入库，马放南山"，应该为更多的女性服务，为更多的女性健康再出一分力。

殷良秀见他言辞恳切，加上当时自己的孩子们上学的上学、工作的工作，退休之后无所事事的日子她也不适应，自己才五十五岁，身体状况良好，可以再干几年。于是，她就答应了他，来到了杭州的医院上班，没想到她却掉进了一个巨坑。

这家民营妇产医院，不光管理混乱，还骗黑心钱。医院主要是给女性治疗各种妇科病，为年轻女性流产打胎以及治疗不孕不育等。各种套路吓唬来看病的女患者，为回扣而开高价药，是这个医院常用的套路！

本来一块钱的胶囊就能治好的病，非要让病人用 40 元的注射液，原因就是医院医生都能拿到提成。这一操作，立马让治病成本攀升四十倍！胶囊虽然便宜，但应该是效果比注射液的疗效更高，注射液的安全性反而更差。

拿回扣在医疗行业十分常见，特别是存在于药品推销和医疗器材采购的环节。高额的医疗回扣，不仅破坏了医疗行业的公平和公开原则，更使医疗资源的使用非常不合理，甚至影响到病人的治疗效果。医生过分追求经济利益，忽视对病人最好的治疗方法，还会不断夸大病人病情，促使其心里害怕而使用更昂贵的药物。医疗回扣的比例有多大？有时连药剂科医务人员都能获得药费的 15%，主治医生的回扣更高。

上班不久，殷良秀发现这家医院居然还在拿"宫颈糜烂"到处坑人，随便来一个患者就医，就是先检查身体，一般会说患者性生活不洁，导致"宫颈糜烂"，时间长了会得宫颈癌，吓唬一番后，再乱做手术。其实，"宫颈糜烂"就是医学中的"宫颈柱状上皮异位"的生理现象，"宫颈糜烂"根本不是病，居然还被当作骗人的幌子。很多女性还在因为一个并不存在的疾病，被欺骗、被伤害、被羞辱。

宫颈，代表着私密；糜烂，代表着不洁。这样的组合，往往意味着羞耻感和无法言说，患者只要被打上这个标签，基本就成了一个充满焦虑和恐惧的女性，继而就任由骗子医院的宰割。

有人被误诊为宫颈糜烂，害怕被认为私生活糜烂，不敢告诉家人。有人担心它会演变为宫颈癌。有人在专业不过关的医生指导下，吃了不必要的药，做了不必要的手术。一旦患者被诊断宫颈糜烂后，就要花很多钱进行治疗。而这一切，在殷良秀这种专业的妇产科医生看来，根本不该发生。她认为宫颈糜烂就是医院用关爱包装出来的黑心生意，因为这根本就不是病。从原理来看，一般情况下，宫颈口是光滑连续的鳞状上皮。在雌激素升高的时候如青春期和妊娠期，宫颈内膜的柱状上皮细胞延伸到了宫颈口。这一过程就像是把袖口折了一下，内侧的面料朝外展示。不巧的是，这层"内侧的面料"看着像是溃烂的黏膜。这导致了医生认知上的误解。但"宫颈糜烂"有一个足够吓人的名字，往往和私生活糜烂联想在一起，构成"荡妇羞辱"。不合规机构只要使用一些错误的信息，将根本不是病的宫颈糜烂渲染成妇科常见病，勾起患者焦虑，就很容易推销治疗方案。再宣称出现"宫颈糜烂"，会给女性带来很多可怕的后果：影响生育；影响性生活；会得癌症。一个没有医学基础的女性，可能是刚毕业的年轻人，也可能是进入围绝经期的妈妈，看到这些说法，会焦虑，会恐惧，甚至会质疑自己。

那么怎么办呢？很简单，只要用了他们卖的某种药物或者相关治疗方案，就能轻松治好。而且这不是治病，而是在关心女性姐妹们的身体健康和人生幸福。以上这一整套动作，就是杭州这家民营妇产科医院，关于"宫颈糜烂"编造出的一整套经典骗人话术。本来患者可能只是因为月经前后腰酸就诊，却被告知是得了宫颈糜烂。过度治疗过程中光是打针、吃药就得花几千上万元。

"宫颈糜烂"不会有什么特殊症状，被忽悠治疗后，甚至很难评估治疗的效果。这也就构成"宫颈糜烂骗局"的第二步。卖完药再忽悠你上手术台，治疗无效，丈夫又一口咬定她生活不检点，患者只能再次求助，医院就顺势建议她做 Leep 刀手术，而这种手术当时起步要价 5000 元。

Leep 刀作为技术本身没有问题，但是针对"宫颈糜烂"开一刀，那就是无妄之灾。这种"宫颈糜烂"手术，就是拿着电波的高热，切除本来没问题的宫颈组织。那些根本不必承受的副作用，比如宫颈狭窄，进而影响宫颈机能、生育功能，增加流产、早产的风险，都因为过度治疗被迫背上。同理还有微波治疗，也是"宫颈糜烂"过度治疗的常见手法。这两种方案无论有无主观的恶意，都或许成为国内过度治疗宫颈糜烂现象的"帮凶"。来医院诊疗，莫名其妙挨一刀不说，还要白白送掉几千块钱。因为"宫颈糜烂"的问题太私密，即使女病人存在疑问和困扰，也很难说出口，被骗了也只能自己承受，甚至根本不知道自己被骗了。

殷良秀刚上班时，她还是坚持自己的小处方给患者开药，但是第一个月发工资的时候，老板找她谈话，说她这样根本不能给医院创收，并说昂贵的药肯定效果好，但是殷良秀坚持己见，不予理睬。殷良秀在医院第二个月，就发现自己很快就被周边的医生孤立了。她看到一些就诊女性被这家黑医院忽悠宰割，甚至被吓唬去做手术，医院竟如此坑害患者，她感到痛心，也彻底愤怒了，决定辞职不干了！

结果这家医院把她的身份证给扣押了，不让她随便离开。殷良秀是一个有良知又性情刚烈的专业医生，她冲到医院老板的办公室，拍着桌子指着他的鼻子骂道："开医院、当医生，就是为人民服务，就是为救死扶伤，你这样昧着良心骗老百姓的钱，小心被天收。你今天赶快把我的身份证还给我，我现在走人。如果你胆敢扣押我的身份证，我现在就立马报警，揭穿你的骗人把戏。你信不信！我就不相信你这里不是中国的天下，法治社会没有人管得了你，还任由你这种人去害人！"

也许是被殷良秀正气凛然的气势所震慑，这家医院的老板最后低了头，还了她的身份证，还给她买了返乡的车票，把她礼送到火车站。殷良秀这才结束了自己这段痛苦又揪心的黑医院打工经历，返回了老家。

救了被误诊的干部家属

从杭州的黑医院逃离之后，回到故乡的殷良秀消沉了好长一段时间，一辈子在医疗一线打拼、为老百姓的健康保驾护航的她，竟意外地看到那些黑心医院吃回扣、用尽种种套路对付患者的惊悚一幕，这让她不仅对医药行业的世风日下深感痛心，也有一种深深的无助感。

看清了生活的真相，而仍然热爱生活。这才是殷医生！不久，殷良秀和老伴儿陈中轩一道，来到大儿子陈出新的武汉家中休养，业余时间她就做一些医案整理工作。

湖北省武警医院领导早就知道殷良秀的大名，2004 年 3 月，一个特殊的契机，他无意中听说殷良秀在武汉生活，就上门求贤，把她返聘到湖北省武警医院妇产科，当主任医师。

在这所医院，殷良秀找到了"娘家"，她开心工作，奉献余热。在今天的湖北省武警医院的产科医生介绍上，读者还可以搜到殷良秀的一段简介：擅长于产科学、围产医学、优生优育、妇产科 B 超诊断及各种疑难病症的诊断，尤其对产科贫血引起的一系列症状有独特治疗方法。对妇产科盆腔炎、宫颈炎等能用中西医结合治疗，能取得较好疗效，对妇女绝经期所引起更年期病症有较好治疗方法，对妇女附件囊肿、子宫肌瘤有较好诊断治疗方法。发表论文十余篇，获武汉市科研成果二等奖、三等奖各一项……

在湖北省武警医院工作期间，殷良秀妙手回春，治好了一例干部家属被误诊的病例。

有一天中午，殷良秀在医院的职工食堂吃饭时，听同事谈起，她的一位亲戚，是一位领导干部的夫人，得了子宫内膜癌，夫妻俩精神压力巨大，半年之内各瘦了几十斤，形销骨立，令人同情。同事叹着气说："殷医生，你的医术这么好，你有机会帮他们看一下，看能不能救救他们？"

殷良秀随口说："我又不是神仙，不是什么病都能治的，但是如果他们相信我，找到我，我会尽己所能！"

同事把她的话当了真，立马把话带了过去。第二天上午一上班，这位领导夫人就找上门来请殷良秀诊治。原来这名领导的夫人也是另外一家三甲医院的护士长，自从查出自己得了癌症之后，整个人就像被抽了筋一样，变得萎靡不振，消瘦苍老不堪。殷良秀详细询问了她的病情后得知，这名患者就是因为私密处长期渗血，会阴部长有一个小小的瘤子，半年前被湖北省另外一所大医院检查为子宫内膜癌。

子宫内膜癌，是发生于女性子宫内膜的一种上皮性恶性肿瘤，子宫内膜癌可分为内膜样腺癌、腺癌伴鳞形细胞分化、黏液性腺癌、浆液性乳头状腺癌、透明细胞癌和鳞癌。子宫内膜癌是女性生殖道常见的恶性肿瘤之一，好发于绝经期与绝经后的妇女身上。

　　殷良秀看了她的各种化验单子后，不禁摇了摇头，就随口问她："你有几个孩子？"这名患者说有两个小孩，第二个孩子才刚刚两岁多。

　　殷良秀若有所悟，就开了检查单，让她去做检查，同时亲自给她做了指检。经过一系列认真检查，殷良秀不禁笑着对她说："你这不是癌症，可千万不要再自己吓唬自己了。你这是第二次生孩子时，会阴部位侧切缝合不细致，导致不断渗血，你们在过夫妻生活时，渗血就尤其严重，时间长了，就有了炎症，长了一个小息肉。这和子宫内膜癌的病发症状有些像，但绝对不是那个癌症，我安排把侧切漏缝的部位，重新缝合好，就可痊愈了。"

　　这名患者大喜过望，扑通一声就给殷良秀跪了下来，非常感激地说："殷医生，你救了我，救了我们全家，我还以为我活不了了。我的小儿子才刚刚两岁呀。真是庸医害死人。好歹我还在医院上班，竟然被他们误诊成癌症。谢谢你救了我。谢谢你，你是我们一家人的大恩人啊！"

　　经过殷良秀的妙手回春，这名被误诊的女患者很快就恢复了健康。夫妻俩千恩万谢，把她当成了恩人，至今好多年过去了，逢年过节，两家人还在走动……

　　良医处世，不矜名，不计利，此其立德；挽回造化，立起沉疴，此其立功也。殷良秀，正谓大医精诚者，仁心仁术也。

"候鸟夫妻医生"

2020 年，殷良秀从湖北省武警医院结束返聘回到家中。她没有想到自己的一次伸出援手，竟然让她和陈中轩成了"候鸟夫妻医生"，和丈夫陈中轩一起继续过上了退而不休的行医生活。

"殷医生，您是妇科专家，求求您一定要救救我……" 2019 年春节回乡期间，殷良秀正在永隆镇老家与家人团聚，家门口却出现了一位乡亲向她求助。原来，眼前的这位乡亲是一名四十多岁的农妇，不久前查出有子宫肌瘤，以为自己得了癌症，到处看病吃药，心理压力巨大，导致彻夜失眠，大把大把脱发，面黄肌瘦，形容枯槁。

殷良秀看了农妇带过来的片子，陈中轩现场帮她号了脉。经夫妻俩现场会诊判断，该农妇的子宫肌瘤并不严重，她的子宫肌瘤不是生长在子宫浆膜下，而是一种良性肿瘤，数量较少，生长缓慢，单个体积直径并没有超过五厘米，身体也没有任何的不适症状，没有月经量过多、月经周期缩短和阴道出血等症状，应该影响不大，可以选择保守治疗。殷良秀安慰了她半天，建议每年定期检查两次，及时观察子宫肌瘤的生长变化。

陈中轩给她开了一些中药方子调理，殷良秀留下了自己的电话，让她两个月后去武汉的大医院检查，并把武警医院的专家推荐给了她，还让她把检查结果告诉自己。如果子宫肌瘤进一步增长，她再来安排通过微创手术进行肿瘤切除。

该农妇千恩万谢地走了。两个月后的一天中午，正在武汉家里休息的殷良秀突然接到了该农妇的电话，她在电话里激动地说："殷医生，太谢谢你了，喝了你们配的中药，我的子宫肌瘤缩小了。上午在医院诊断结果出来了，医生说我没有什么问题了，不用手术，让我安心回家休养。您是我的救命恩人啊……"殷医生在电话里安慰了半天，几天后，她收到了该农妇从家里寄来的腊肉和豆腐干等土特产。这份沉甸甸的情谊让她顿时心生暖意。

殷良秀每次回乡，老家里的人都把她的家门围得水泄不通，这些人都是来找她看病的，主要咨询和问诊一些常见疾病，诸如女性子宫脱垂、压力性尿失禁、子宫肌瘤、卵巢囊肿、宫颈病变、不孕不育，以及更年期出现烦躁、易怒、全身不适等症状以及泌尿系统综合征。农村基层医疗条件相对较差，农民苦，农村妇女更苦，如何让她们活得更有尊严？做了一辈子的妇产科医生，生于斯，长于斯，殷良秀感到要为家乡做点儿什么。刚好，自己此时也彻底从医院退休了，可以抽出时间来为家乡人义诊。

定下了这个目标后，殷良秀就说服了丈夫陈中轩一起行动起来，他们利用节假日，每月坚持回乡义诊一次。陈中轩的中药调理，对治疗女性不孕不育效果奇佳，他们就把这些秘方，由大儿子陈出新的企业来研发出女性健康饮品和用品，免费分发给乡亲们。从此，殷良秀和陈中轩像两只候鸟，定期风雨无阻地回到永隆镇老家，为等待着的乡亲病患提供义诊，帮助乡亲们祛除病贫之疾。

殷良秀和陈中轩手到病除妙手回春的故事在老家快速传开。"殷医生又回来了！""咱们的殷医生又回来了！"不少村民纷纷慕名前来求医。仅2022年春节，到殷良秀老家求诊的病人就数以百计，每次殷良秀返乡，家门口总是能排起长长的队伍。殷良秀不嫌麻烦，欣然接受了这些求诊的病人，免费为患病的乡亲们义诊。每次回乡，殷良秀还会带一些宣传手册发放，普及妇女保健知识，引导她们要成良好的卫生习惯，保持健康的生活方式，定期进行健康体检，做到有病早发现、早治疗、早康复，有效避免疾病的发生。

每个月定时来来回回，就像一对候鸟。殷良秀和陈中轩每年累计义诊几百人次，她和丈夫也被乡亲们亲切地称为"候鸟夫妻医生"。

殷良秀经常说，看病救人是医生的天职，医生下乡看病总比病人去医院来回奔波要好。她做过一个简单的计算：一名医生下乡一次，至少可以让三十多个家庭免于路途奔波。

从位于武汉市武昌区的家中出发，沿武荆高速行驶近250公里才能到达老家永隆镇，一般需要两个半小时的时间，一趟往返近500公里。殷良秀自己不会开车，也没有司机，就经常征用两个儿子帮自己开车，为了让父母省心，有时候因工作太忙，大儿子陈出新就会派他公司的司机，披星戴月送老两口往返，并自掏腰包支付过路费、油费。

2021 年"十一"期间，武汉和京山之间雷电交加，普降暴雨，老家的亲戚都劝殷良秀推迟义诊时间，等天气转晴再回来义诊。但殷良秀考虑到义诊通知已经发出，不少乡亲已经从各地赶了过来，有些人还住在镇上等他们回去义诊，临时取消会让乡亲们白来一趟。于是，他们便坚持冒着暴雨赶回去。一路上走走停停，原本两个半小时的路程，竟花费了五个小时，直至凌晨殷良秀和陈中轩才赶到老家。

在义诊中，陈中轩的中医充分展现了中医药文化的博大精深。为加强农村女性对自身健康的重视，增强女性对疾病的防治意识，全面呵护女性身心健康，陈中轩通过耳穴贴压、中药外敷等中医特色护理技术，向前来就诊的乡亲展示了中医技术治疗乳腺疾病的优势，普及了中医特色治疗——耳穴埋豆、中药贴敷（止痛、暖宫、止吐），并给患者进行中医特色体验，现场发放了妇科特色中药足浴包和中药外洗液，让患者们切身体验到中医药的长处所在。

在为四里八乡的村民义诊的过程中，殷良秀看到许多家庭妇女因病致贫，很是痛心。她说："我是永隆镇培养出去的医生，我有义务，有责任，也恰好有能力，帮助她们摆脱疾病，在乡村振兴的路上，不让一个人掉队。"

第五章
当时明月照

明月

"孟母三迁"

殷良秀除了医术精湛，医德高尚，在孩子的教育上，她也是尽心尽力，堪称"当代孟母"。

陈出新的小学和初中都在永隆镇中小学度过，由于生活在父母身边，被亲情包围，衣食无忧，他的学习成绩一直都名列前茅，但是在中考前夕，因为陈出新的物理老师要结婚，没有太多精力关注在教学上面，导致他的物理成绩考得非常差，中考失误，离他报考的重点高中京山一中差3分。

殷良秀和陈中轩对大儿子的中考成绩感到非常可惜，非常注重教育的夫妻俩，得知天门市渔薪高中的教学质量特别好，每年高考成绩在全省都非常出众。永隆镇离渔薪镇相隔也不远，在1984年9月1日，殷良秀想办法把陈出新弄到了渔薪高中读书。天门本来在当时就是一个状元县，天门市渔薪高级中学始建于1947年11月，当时校名为天门县私立柘江中学，中华人民共和国成立后，曾更名为天门县第一初级中学、天门二中，1958年开办高中，定名为渔薪高级中学。学校教学质量好，应试教育非常厉害，渔薪高中建校至今，先后为国家培养了六万多名初、高中生，为高等学府输送了两万余名优秀新生，其中五百多人成为博士后、博士、硕士，涌现出了一大批在国防、教育、工业、科技、卫生、金融、文化和新闻等领域对国家有突出贡献的尖端人才。

但是，当时渔薪高级中学的生活环境非常艰苦，学校六个班的男生都集体睡在大礼堂里，搭的是大通铺。夏天的时候，连个风扇都没有，满屋子是臭脚丫子味道、汗臭味，再加上酷暑难耐，每天晚上打鼾的，磨牙的，说梦话的，像过火车一样此起彼伏，导致陈出新的睡眠质量非常差，经常彻夜彻夜地失眠。冬天的时候，学校没有热水，学生们经常几个星期不洗一次澡，洗澡也只能用冷水冲一下，即使洗脚也只用冷水洗一下。在寒冷的冬天里，冷水冰凉刺骨。当时高中住校，都是一个月才放一次假，回去洗澡，换洗衣服，拿生活费。陈出新记得有一次放月假回去，因为天气寒冷，他接近一个月没有洗脚，回家的时候才洗了个脚，结果洗了整整两桶黑水，把母亲心疼得直掉眼泪。

在学校吃得也非常差，每个班每天固定由生活委员拎一个大木桶去打一桶菜回来，大饭盒一人一格子饭，排队打饭舀菜，每人一格子饭、一勺子菜，而菜品大多是清水煮白菜萝卜，几乎见不到半点儿油腥，这情形几乎与囚犯无异。这点饭菜对于长身体的学生来说，根本吃不饱，大部分学生营养不良。因大礼堂里面住的人又特别多，加上当时物资也特别的贫乏，所以学生中丢东西的事情频繁发生，经常丢的是饭盒、筷子、衣服、鞋子、书本之类的东西。陈出新从小生活在父母身边，衣食无忧，突然来到一个陌生的环境，而且生活条件如此之差，他很不习惯，适应不了。

这里的老师都是按应试教育的教法，让学生死记硬背，每天做题，没有一点儿教学创意，教条的教育方式给爱思考的陈出新带来很大的挑战，引发了他一系列的逆反心理，从而导致成绩很快一落千丈，慢慢地有了厌学的情绪，成绩排名也从最初班上的前十名滑落到了四十多名。

高二下学期，殷秀良有一次给儿子送饭时，母子俩隔着铁栏杆相望，她发现陈出新头发老长，还又脏又油打成了结，整个人又黑又瘦，憔悴不堪，像个乞丐一样。他看见母亲，也不吃饭，扶着铁栅栏，一个劲儿地掉眼泪。殷良秀顿觉不妙，医生的直觉，让她觉得如果再这样下去肯定不行，自己那个原本聪明上进的孩子可能就抑郁了，就彻底废了！

儿子不能再在这所学校上学了。1986年2月，在陈出新读到高二的时候，殷良秀果断把陈出新转学到天门市竟陵中学。为了跟儿子在一起，殷良秀夫妇也几经辗转申请调到了天门市妇幼保健院上班。重新回到了父母的身边，有了父母的精心陪伴，从此，陈出新的人生像开挂了一样，吃得好也睡得香，笑容又重新回到他的脸上，学习成绩突飞猛进，成绩排名也直往上飘，很快稳居年级前三名。

1987年7月，陈出新以优异的成绩考入了武汉化工学院（后改名为武汉工程大学）化学制药专业。陈出新参加完高考后，把书包和作业都扔向天空，撒了一地，他也不捡，头也不回地走了，心里悻悻地骂了一句："去他的，高考！"

回到家，陈出新蒙起被子，大睡了一天一夜。母亲殷良秀问他考得怎么样，他也不回答。到了学校估分的时候，他去估了分，回来就接着睡觉，好像他这一辈子太缺觉了，睡觉成了他最大的乐趣。高考成绩出来后，学校发榜，母亲殷良秀催他去学校看成绩，他把自己估的分数给母亲说了，让母亲自己去看。见这个儿子神里神经的，殷良秀就自己跑到学校查儿子的成绩，结果发现儿子高考成绩和他自己估的竟然一分不差，这个神奇的儿子不禁让殷良秀惊讶地瞪大了眼睛！

儿子的成绩远超本科线，多年的付出终于有了回报，殷良秀激动得热泪横流，她一路小跑回了家。回到家里看见儿子还在蒙头大睡，她顾不得自己满头大汗，一下子跳到床上，扑到儿子身上，压着他又摇又亲，同时又对着站在床边一脸茫然的丈夫陈中轩上气不接下气地说："咱家老大考上了，超了本科线，考的分数和他估的一分不差，咱家的出新太厉害了！"

睡梦中被母亲摇醒的陈出新，听说自己考上了大学，胸有百万兵的他竟然显得十分平静，父亲陈中轩听后则激动不已，扭头骑上自行车就快速出了门，到街上买了一只土鸡，割了几斤排骨，炖了一大锅肉，一家人好好地大吃了一顿，美美地庆祝了一番。

1991年7月，陈出新从武汉化工学院毕业后，被分配进了湖北省人民医院（2000年改名武汉大学人民医院）药学部，其间又用了三年时间，在职读完了武汉大学药学专业的研究生。从此，在时代风云中，开始了他描绘的荡气回肠的黄金岁月。

在陈出新少年求学的成长经历中，不难看出家庭教育的重要性。父母的陪伴，在孩子成长历程中至关重要。前几年的《中国留守儿童调查》一书，生动地描述了中国农村留守儿童的艰难生活，他们对父母亲情的渴望，缺失父母保护带来的种种危险，以及逆境中的学习和成长记录，震撼了国人。在孩子漫长的成长历程中，父母的怀抱永远是孩子最温暖的港湾。在少年时期，过早地脱离父母的庇护，孩子就很难逃脱自卑的束缚，自卑感的根源在于个体内心安全感的缺失和自信心的不足，因此会变得对外界没有信心，对学习也很难提起兴趣。

墨菲定律就告诉我们：如果你认为自己做不到，你就永远也做不到。很多时候，人们的不自信源于自我设限，人们给自己画地为牢，甚至给自己套上了自卑的枷锁。要克服自卑，关键不在于出身或运气，而在于勇敢地迈出尝试的步伐。

后来，陈出新参加工作，读了阿德勒的《超越自卑》一书，不禁恍然大悟。阿德勒认为，自卑感并非全然的消极，它实际上可以激发人们的积极性和追求更好生活的动力，这种动力源自对更好生活的渴望和对现状的不满。陈出新觉得自己的成长就是典型的"超越自卑"的行为，整个成长过程就是不断地克服自卑、力争优秀的过程，而在这个过程中，妈妈殷良秀的果断出手，以"孟母三迁"式的苦心孤诣，像一束光，照进他的青葱岁月，将他从自卑的泥淖中拔出来，用母爱拂去他身上的灰尘，让他重新焕发出勃勃生机来。

同气连枝三兄妹

活在珍贵的人间

活在这珍贵的人间
太阳强烈
水波温柔
一层层白云覆盖着
我
踩在青草上
感到自己是彻底干净的黑土块

活在这珍贵的人间
泥土高溅
扑打面颊
活在这珍贵的人间
人类和植物一样幸福
爱情和雨水一样幸福

海子的这首诗，就是陈出新三兄妹珍贵的精神写照。

哥哥，在一个家里，永远都是弟弟妹妹们的榜样。中国有一句老话说得好："一个家里，哥哥的高度，决定着弟弟妹妹的高度。"大哥陈出新，就是弟弟陈攻和妹妹殷燕子的榜样。

在生活中，任何一个母亲都会觉得自己的孩子最可爱。1978年6月，陈攻在上小学报名时，教导主任知道他是殷医生的二儿子，就开玩笑说要考考他。教导主任在纸上写了"毛主席万岁"几个字，陈攻刚好认识，其实没有人教他，他是从当时大街小巷甚至农村的篱笆上都贴着的大幅标语上认识的。教导主任又写了"华主席万岁"，陈攻也认识，也念了出来。教导主任又问他："你想到班上当什么干部？"陈攻随口说："我想当校长。"没上小学的他竟然给了教导主任一个"下马威"，教导主任大吃一惊，跑去和殷良秀"告状"说："殷医生，你家的老二可不得了，还没有上学呢，就把校长搞下岗了。"殷良秀听了教导主任转述的话，又惊又喜，继而捂着肚子哈哈大笑……

此时，走出了青春阴霾期的大哥陈出新，更是开启了开挂人生，他率先考上武汉的大学，这让弟弟妹妹都无比骄傲，他成了陈攻和妹妹殷燕子的学习榜样。

殷燕子清楚地记得，一家人搬到天门后的那段时间，大家都去上学了，而她的学校没有搞定，小小年纪的她急得团团转，每天不停地追着问妈妈："妈妈，我是不是失学了？为什么我没有上学啊？"

为了解决小女儿的上学问题，那段时间，殷良秀向医院请了假，每天早出晚归，过了好长一段时间，有一天晚上回来，妈妈告诉她，学校找到了，明天就可以报到了。过了很多年之后，殷燕子才知道，要强又好面子的妈妈，由于刚刚举家迁到天门市，没有熟人，低头求了好多人，才把她当"插班生"安排进了天门实验小学实验班上学。

虽说是"插班"，但殷燕子上的这个实验班，是当时天门实验小学最好的班，班里都是全市"掐尖"的孩子，智商高的孩子碰到了一起，如果比谁优秀，可能只能从努力上分高下。刚到实验班的时候，因为永隆的口音很重，上课的时候读"三"，应该是读一声，但殷燕子的发音是三声，老师点名叫她站起来，当着全班同学的面纠正她的发音。上数学课的时候，因为要做计算题，是十以内的加减法，殷燕子基础好，题做得很快，同桌是个小男生，看她做得快，就故意撞她的胳膊，她就举手报告老师："老师，××撞我的胯子！"因为是永隆口音加上方言，她把"膀子"说成了"胯子"，惹得全班同学哄堂大笑。

学校每天放学后，学生要在操场里排好队再回家，队伍按学校的四个门，分为东南西北四个门的队，殷燕子个头小，不记路，经常不知道自己应该是站哪个队。跟她一起上小学的有两个同为天门妇幼保健院医院子弟的男生，都在"平行班"，有一次放学他们来等殷燕子，看到她在排队，就赶紧把她拽出来说："殷燕子，你是'东门队'的，别站错队了！"殷燕子这才知道自己应该在"东门队"。

"东门队"的孩子慢慢长大了，像风筝越飞越高。记忆，就像是倒在掌心里的水，不论你摊开还是紧握，终究还是会从指缝里一滴滴流淌干净。2024 年 1 月，在美丽的小镇伊萨卡，当殷燕子在自己创建的中文学校看着忙碌的老师们带着孩子们学习中文时，空中传过一阵阵鸽哨声，殷燕子抬头望去，远去的鸽群牵引着她的目光，穿越云层，穿越高山，穿越大海，穿越无边无际的记忆，再次回到她七彩斑斓的童年……

殷燕子在回忆中写道——

我在永隆小学上一年级下半年的时候，班主任安排班上的每个同学轮流当一天的班长，第二天就免掉，换下一位同学，也不知道轮了多久，终于有一天轮到我了，谁知老师在这天突然宣布说："以后殷燕子永远是班长，不轮了！"我很高兴，回去就告诉妈妈："我当了不免的班长了！"

就这样我一直在永隆小学当了四年班长，后来又成了中队长，接着又当了大队长，每天戴着"三条杠"去学校，非常招摇。学生代表讲话、护旗手也经常是我，还评上了市里的"红花少年"——当时一个学校就只有一个指标，这是一个超级大的荣誉。小学四年级的时候，有个同学写了一篇描写我的文章，标题是《我的班长林黛玉》，作为优秀范文，张贴在学校进门处的橱窗里，这下我就更有名了。我成了"别人家的孩子"，大家都纷纷询问爸爸是怎么样教出这么优秀的女儿的。

别人跟我爸爸夸我的时候，爸爸从来不像有些家长谦虚地说："哎呀，其实不怎么样！"他总是比别人夸我夸得还厉害，总会在这个时候兴冲冲地说："是的，我们家燕子就是非常厉害，非常听话，非常聪明！"我都被爸爸夸得不好意思，觉得他这样不知道谦虚，感觉很丢人，总是打断他，让他不要再说了。

插班到天门实验小学后，实验班的作业特别多，学生每天都要做两套卷子：一套数学、一套语文。我的一个小学老师叫范守会，她上课的时候，家里无人帮她带娃，没有办法，她就经常带着儿子来上课，儿子有时在课堂上闹的时候，范老师就给我一点儿零钱，让我带着她儿子到学校门口小卖部去买点儿东西哄他。我经常上课的时候去帮她带孩子，可能是因为我之前在永隆读过一次四年级，加上年龄比同班同学大一岁，所以显得很懂事，成绩也很好。基本上只要是上课认真听，一听就懂，做作业也非常快。所有书本上的内容对我来说，都非常容易。班上的纪律也归我管，老师不在的时候，我就坐到讲台上，盯着大家做作业，不准班上学生乱讲话，谁讲话就把他的名字写到黑板上。现在看来这么"媚上"的行为，那个时候对我来说却很正常，这也从小培养了我的责任感，我觉得我有责任把这个班级的纪律搞好，给大家创造一个良好的学习环境。后来，连同学之间有矛盾，也来找我告状要我秉公处理，我简直就成了"代理老师"。

"东门路队"的小伙伴放学后一起回家，我是"路队长"（我所在的任何一级组织，只要有个"官"，那肯定就会是我的）。刚开始的时候，我们就是顺着大路回家，到了高年级之后，我们就专挑些小路走，有时候还专走河坡边，很长的回家路，被我们一路走，一路笑，一路探索，从而变得很有趣，但也因为没有在预定的时间到家，家长着急和担心不少。

小时候放了寒暑假，经常自己跟同学约好到同学家里去玩，也没有家长送。想想现在的城里的孩子，上学都是车接车送，几乎不走一步路，除了上课就是培训，早起晚归，有时候连城市里的太阳都看不见，加上没有什么运动，难怪很多孩子心理上都有了疾病。

有一次下大雨，别人家长都来送伞，就我一个人没有家长来送伞，最后我淋得像落汤鸡回到家。回到家我就大发脾气，在家里又吵又闹，觉得父母没有给我送伞，他们根本就不爱我，父母当时面面相觑。我家对门的邻居，是当时我的班主任黄明霞的妹妹。我在家里耍上性子，第二天就传到了学校。黄老师问我："殷燕子，昨天你在家为什么发脾气？"我说："因为下很大的雨，没有人给我送伞。"说着我就委屈地哭了起来。老师说："你爸爸妈妈都是医生，他们特别忙，你想，他们当时可能正在抢救病人呢，你回去没有伞，可以找老师借，也可以和同学们共用一把伞回家。你是班长，在学校表现这么好，在家里也要表现好，要做到表里如一！"我听了老师的话，惭愧地低下了头。

我们课间只有十分钟，学校的厕所离教室有点儿远，数学胡老师是一个从乡下调上来的新老师，他有两个女儿，年龄虽说不一样，但都挤在我们班上读书。他要求很严格，每天自己动手油印卷子给我们做，没有学生喜欢做那么多作业，我也不例外。大家都不喜欢他，因此连带也不喜欢他的两个女儿。胡老师还经常拖堂，搞得我们课间都没有时间玩，更没有时间上厕所，于是经常憋尿，一憋就是半天，直到中午放学回家后，才忙不迭地往厕所跑。有一次，有个同学举手，说他同桌要上厕所，胡老师冷冷地说等到下课再去，结果那个同学说，他拉到裤子里了，拉的是粑粑。我们全班都笑了，只有那个同桌趴在桌子上，哭了……

上小学四年级的时候，我们学写信，那时候大哥陈出新刚去上大学，老师要求我们给亲人写一封信，我就给我大哥写了一封信，并在信后面附了一张纸，写着："这是我们老师布置的作业，请你一定要写一封很好的回信！"过了些天，我如愿收到大哥从大学寄来的回信，大哥的回信情真意切，都是鼓励的话，写得非常好！我简直骄傲得不得了，给班上所有的同学展示，因为当时全班只有我的哥在上大学。

在我"小升初"的时候，我的小哥陈攻也考上了大学。小哥的成绩一直非常好，但高考选了英语专业，那个时候英语专业需要专门考英语，他平时会在家里听英语的录音带，我也会跟着他听，潜移默化中，我的英语成绩比同龄的孩子要好很多。高考的时候，英语专业分离小哥的估分相差很远。

小哥班上有个女同学的爸爸到当地教委查分，后来查出，果然少了几十分。小哥一直觉得爸爸没有去帮他查分，导致他只考上了华中师范大学，他的梦想是考上国际关系学院，当一名外交官。以前成绩没他好的同学，那一届有人考上了清华、人大之类的好大学。高考分数出来的那天，爸爸看着小哥在五楼的阳台晃来晃去，生怕他想不开去跳楼。高考这个阴影，一直如影随形地跟随着小哥，他时时流露出不甘之色。后来，小哥通过个人努力，真正成了一名外交官，这也算是他对自己的人生进行了和解。

我初中读的是"城东中学"，其前身是叫"东风中学"。初中是放月假，上一个月学只放两天假。每天要上早自习和晚自习，而上晚自习的时候经常会停电，我们就点蜡烛看书，调皮的男生就经常用蜡烛烧前面女生的长发。我也经常点着蜡烛做作业，就是在那个时期，我把自己的眼睛搞近视了，后来不得已戴上了眼镜。

初中有一群好朋友，我们经常结伴一起去同学家玩，一起去旱冰场滑冰，但是那个时候冰场里面经常会有一些小混混，我们滑冰的时候，他们就对着我们吹口哨，后来我也就不敢再去了。大多数休息的时候，我们就在天门东湖公园那一带走走，聊天。那个时候少女情窦初开，班上有很多暗恋故事和八卦，我们就爱谈论那个，谁喜欢谁之类的。

由于成绩一直出色，学校开家长会的时候，妈妈殷良秀经常作为优秀学生家长代表，给大家传授育儿经验。妈妈当医生从来都是从容不迫的，但每次作家长分享时，她竟然都有些紧张，好像是在内疚自己这个妈妈一直忙于工作，疏于孩子教育，当得并不称职一样。

医院经常会做手术，是不能停电的，一停电，医院的发电机就立马工作起来，进行供电。在医院家属院住有这个福利，当全城停电，连电视台也停电了，我们家却来电了，这个时候，我就会把电子琴拿出来，摸索着弹琴。这个电子琴是单音的，不能双手弹，是有一年我过生日，妈妈花了二十元钱买的。当时，我很想学电子琴，但是那个时候没有课外培训，我就自己对着简谱练习，慢慢地也会用单手弹一些曲子。有一次，有人来家里玩，我正在弹电子琴。那个人就对她的孩子说："你看看，人家燕子多牛，都可以用单手弹琴，你每次都要用两只手弹！"我当时一下子笑喷了，我这完全是个假把式，明明是两只手弹琴才牛呀！

到初中的时候，我们家就搬到条件更好的三室一厅的单元楼，那个时候流行装修，我们家里就在客厅装了一面大镜子，封了阳台，客厅显得更大，生活条件也越来越好。不过，那个时候我也有害怕的东西，因为家里经常有老鼠，而我又特别怕老鼠，每次看见老鼠就像看见了鬼一样，吓得哇哇大叫。妈妈就到处去找老鼠洞，想把老鼠彻底灭绝。有一次，妈妈在厕所水管后面的上方找到一个老鼠洞，就去堵它。结果在堵的时候，突然有一只老鼠从洞里蹿了出来，刚好蹦到我身上，我吓得一屁股坐在地上，哇哇大叫。当时小哥陈攻也在，连忙把我拉起来，心疼地问摔伤了没有。事后我不服气地说："连个老鼠竟也学会了欺负人，这么大的地方，偏偏要往我身上蹦！"后来，小哥陈攻也经常重复这件事情，重复学我说的这句话，拿我开涮，现在想起来，突然觉得好幸福，因为我做的每一件事，说的每一句话，都会有家里人记得，自己成长的每一个瞬间，从来没有被家人忽视过。而就是这一个个精彩的瞬间，成就了这"人间有味是清欢"。

我们家关于老鼠的故事，想起来就可笑，老鼠的故事，也承载着一个家庭无限欢乐的记忆。

我是真的非常害怕老鼠，但偏偏老鼠泛滥又无处不在。因为我家住在二楼，以前那种楼在楼梯口有一个扔垃圾的通道，家家就从那个通道口往下扔垃圾，因此经常有老鼠，家里也经常上演"人鼠大战"。有一次，妈妈用扫帚压到一只老鼠，大叫着让我找东西来压住它，但我不敢，刚好对门的段老师来我们家串门，妈妈就叫段老师来踩老鼠，段老师进门时把鞋子都脱了，看到妈妈慌里慌张，连忙说"莫急，等我把鞋子穿上来踩"，段老师就去穿上鞋子，上去一脚把老鼠踩死了。我心里当时就想："这段老师真牛，可比他在班上教学牛多了！"

为了彻底消灭鼠患，爸爸学会了下老鼠药毒老鼠。有一次早上我起床去学校，天还很黑，我没有开灯，到另外一个房间去拿东西，就觉得脚下踩了个软绵绵的东西，打开灯一看，是一只死老鼠，吓得我哇哇大叫，赶紧把鞋子脱掉扔了……

还有一次，我晚上睡觉的时候，发现窗帘上有个黑乎乎的影子，看起来像老鼠，爸爸妈妈打开灯一看，果然是一只老鼠，一家人立马又都爬起来打老鼠。打完老鼠，妈妈还不忘表扬我："黑乎乎的都能看见是一只老鼠，我的燕子真厉害！"

后来，很多年之后，我参加工作，结婚后追随先生去湘潭，住在学校分的三室两厅的房子里的时候，家里也有老鼠。先生一点儿都不怕老鼠，只要我发现有老鼠都会叫他去打。有一次，一只老鼠被夹在铁门和木门中间，把木门敲得一直响。我们一直以为是小偷在撬门，吓得不轻，去猫眼看，又看不到人，最后才发现是一只大老鼠……这样的事情发生过很多回，先生因为"战绩"出色，落了个"家庭捕鼠能手"的称号。

关于我的成长，爸爸曾总结说过一段话："燕子是我的三个孩子中最有主见的一个，从小自主性极强，她能去美国发展，并且在异国他乡站稳脚跟，应该得益于她从小受到的良好教育。从上学起，她每年都是班长，且成绩一直名列前茅。在天门实验小学的实验班学习，是全市尖子中的尖子，上初中时，又提前被天门中学录取，从这个层面来说，国家的优质教育对一个孩子的终生成长，起到奠基式无可替代的作用。"

妈妈是个"段子手"

在清贫又平凡的岁月里，殷良秀与陈中轩的家里却总是充满着欢声笑语。在殷燕子眼里，妈妈平时工作时严谨又不苟言笑，但是在家里成了一个碎碎念的小老太太，有时候经常讲一些玩笑，简直就是一个活脱脱的"段子手"。

殷燕子回忆起母亲殷良秀，这样写道：

妈妈定了规矩：一家人吃饭时，所有人一定要围在一张桌上吃，饭做好了，不管家庭成员当时正在做什么事，一定要停下手上的活儿，一起上桌来吃饭。

妈妈经常说："吃饭不挨，吃了再来！"妈妈不骂我们，就是无限啰唆，凡事只要不达到她的要求，她就要在你耳边反复地说，不停地说，直到大家都听她的意见为止，我经常被她烦得没办法，为了不让妈妈再啰唆下去，她说什么我都照做，以免节外生枝。到了我上高中的时候，正处于青春期，我觉得母亲的控制欲很强，不管她说什么，我都不得不照做，于是，我很想有朝一日能早些离开这个家，远走高飞，再也不希望被她管得死死的。

大哥出新和小哥陈攻都去大学了，家里只有父母和我三个人。妈妈经常说爸爸小心眼，容易生气，每次爸爸生气，妈妈就去逗他，说："陈老爷，我爱你！"爸爸怕痒，她就会去挠他腰部的痒痒，还冠冕堂皇地用起了医学术语："捏你输卵管！"爸爸就躲，然后就一起笑。妈妈也会亲热地叫我"殷小姐，起来吃饭"。其实，生活中我们生气往往都是妈妈惹的，但是她很会主动找台阶下，来让我们快速消气。

平时，妈妈负责做饭，爸爸负责搞卫生。每天早上，爸爸都会花时间把家里所有的床铺整理得干干净净，把桌面都收拾得干干净净，吃完饭后，爸爸再把锅碗瓢盆洗得干干净净，收拾得整整齐齐。很多年后，父亲在家里收纳的良好习惯，让我学会后受益终身。要知道，家是我们每个人一生中时间待得最长的地方，它是能够汇聚我们所有好运气的场所。通过勤快动手整理家居，营造整洁舒适的环境，不但能让人心情愉悦，还真的能带来好运气！

有一段时间，我们全家决定分工：抽签轮流洗碗。我从书上学到一招，把每一个纸条，都写上"洗"，这样爸爸无论抽到哪个都会让他洗，他也乐呵呵地去洗碗，说："哎呀，怎么又是我！"我和妈妈躲到一边，笑得都喘不过气来，现在想想，以爸爸的聪明，他当时只是装作不知道，逗我和妈妈开心而已。

春节一家人团聚的时候，吃完饭，妈妈叫爸爸去丢垃圾，爸爸就叫大哥去丢，大哥叫小哥去丢，小哥就叫我去丢，我又找回爸爸去丢，妈妈就笑："真是大懒使小懒，个个懒，懒够圈了！"

我们全家人在饭桌上吃饭，也是短暂又温馨的家庭时光。一家人边吃边交流，妈妈经常讲她小时候的笑话，但说话最多的还数小哥陈攻。他知识渊博，天文地理，古往今来，无所不知无所不晓。他也喜欢看很多科幻、神秘故事，他讲很多野史，生动有趣，讲某一天太阳系九大行星要排成十字架，地球要毁灭，讲百慕大三角的神秘事件，等等。我边吃边听，听得入迷，在饭桌上学到了很多知识，对小哥崇拜得不得了，爸爸妈妈也从不让他闭嘴，经常都是乐呵呵地听他不停地讲。

妈妈则是个"段子手"。好在饭桌上讲的都是她小时候的笑话，只不过有一次她提起自己妈妈，也就是我的外婆，妈妈难过地哭了，她对我们兄妹说："如果你外婆还在世，能亲眼看到咱们这幸福的一家人，那该多好啊！"因为连我爸爸都没有见过外婆，更别说我们兄妹了。

虽然妈妈小时候日子很穷，但是她从来没有讲过她经历的苦难，总是在讲过往生活中的笑话。因为妈妈小时候在较落后的乡下上学，老师水平不行，她虽然从医多年，但总是会写很多错别字。爸爸有一次看到她的卫校的毕业论文，上面写着"病人口人"。爸爸想了半天都不知道是什么意思，后来才知道是"病从口入"。爸爸学的是中医，古文功底深厚，又写得一手好毛笔字，妈妈经常被我们嘲笑文化水平低，妈妈也不生气，总是说："虽然我文化水平低，但全家我的职称最高呀！"

我最喜欢吃卤肠子，有时候爸爸妈妈会买卤肠子回来当一道菜。有一天，他俩不约而同地买了卤肠子回来，但妈妈买的是小肠，爸爸买的是大肠。我就说："爸爸的肠子没有妈妈的肠子好吃！"他俩听我这么说，愣了半天，回过味来，一家人又捧腹笑半天。

妈妈自己创造的段子还很多，我印象深的有这么几个：妈妈有一天去菜场买菜，突然看见大家都在往外跑，她以为是菜场失火了，吓得心怦怦狂跳，就跟着大家一起往外跑，跑了好久，她停下来后问旁边的人："你们为什么要跑啊？"人家说："下雨了呀！"妈妈回来就讲给我们听，我们又笑了半天。

妈妈有一次上街，看到街上栏杆上拉着横幅写着"麻木的土不得入内"，她就想这块地方是不是漏电，所以不让进去，怕人触电，后来看了半天，原来是"麻木的士，不得入内"，就是机动车不能走人行道（湖北管那种三轮车叫"麻木"）。

妈妈一直长得很年轻，而爸爸长相就比较老成，有一天，他们俩一起出去玩，别人指着我爸爸问妈妈："这是你爸爸吧？"气得爸爸直翻白眼，快步离开。还有一次，一个六十多岁的老头，找爸爸看病，一直叫他"哥哥"，爸爸下班回来气得要死，说："那个病人六十多岁了，还叫我哥哥！"那个时候，爸爸只有四十岁左右。爸爸非常注重自己的仪表，每天要梳头、洗脸、刮胡子、擦护脸霜，妈妈就笑话他说："你爸比女人还爱美，每天化妆打扮要几个小时呢！"每次都把爸爸说了个大红脸。

爸爸身上的毛发很浓密，还有胸毛，看起来很有男人味，威武霸气。小哥陈攻因为学英语，一直想出国深造，所以非常想自己像外国人一样也有络腮胡子，有和爸爸一样的胸毛。他经常说："我好想有和爸爸一样的胸毛啊！"但是很可惜，小哥从小长相非常秀气，他是我们兄妹三人中，长相最出众的，大眼睛，挺鼻子，小嘴巴，皮肤又白又好，怎么晒都晒不黑，上大学时在整个足球场上，就只有他一个闪亮亮的白赤膊，在阳光下特别的耀眼，像个白条鸡一样。他不仅没有长成络腮胡子，更没有胸毛，甚至三十多岁就开始秃顶，后来，他索性就把头发剃光，一直是光头，戴个帽子，结果这也成了他很酷、很有标志性的一个造型，一直保持至今。

小时候一家人聚会，大哥、小哥会进行一些表演，小哥唱歌，大哥演讲，小哥的粤语歌曲唱得特别好，当他的粤语响起的时候，《上海滩》里的许文强、《射雕英雄传》里的郭靖，都像从歌声中走出来了一样，让我神往，让我痴迷，我成了真正典型的"小迷妹"，为两个帅气又才华横溢的哥哥所倾倒……

1986年春节，在妈妈的倡议下，我们家要搞一个家庭版的"春节联欢会"。大家各自行动起来，每个人都提前准备节目，那个时候没有录像机，我们就用录音机，用磁带把晚会内容录下来。我是主持人，爸爸妈妈都表演了一首唱歌之类的节目。主要是大哥和小哥，每个人都表演了很多节目，每个人都全力投入表演，其他人都卖力地鼓掌，叫好声不断，迎合着外面的鞭炮声，此起彼伏，楼上楼下的邻居不知道我家发生了什么事，一拨接一拨地来敲门，每次别人进来，正在表演的家人就不好意思，只能临时中止，别人一走，大家笑成一团，立马又开始表演……

那盘珍贵的录音带，我在上大学时还找到过。回放时，听到自己稚嫩的声音，听着全家人都有些变了的声音，一种触电一样的幸福感，快速传遍全身，让我心驰神往，让我泪眼蒙眬。如今这盘录音带已经找不到了，成长的记忆一去不复返了，但我特别怀念它。

记得大哥出新在永隆中学读书的时候，演讲比赛得了全校第一名，一时间大哥成了学校所有人的偶像，风头无二。大哥记忆力好，从不怯场，演讲都是脱稿，即兴发挥，加上舞台表现力强大，他的演讲很富感染力。大哥后来做儿童、女人和大健康的生意，经常要给全国各地的经销商讲课，有时候一年要巡回讲几十场，他生产的产品销路也特别好。有一年，大哥的公司召开经销商大会，我刚好在武汉，就列席听了一下。当时，在一家五星级酒店召开的大会，台下密密麻麻有上千人，在几十米宽大华丽的舞台上，西装革履的大哥激情演讲，既专业又有感染力，台上台下的互动性也很强，台下的经销商激情四射，纷纷签约，现场场面火爆。

钨光灯下，大哥神采奕奕，光华四射，他现场的演讲极富感染力，控场能力又很强，他把产品背后的文化故事讲得丝丝入扣，入脑入心，全程深度调动与会者的情绪，受到与会者兴奋情绪的影响，我自己也感到了一种莫名的兴奋和冲动，恍惚中，似乎时光停滞，我仿佛又看到了永隆中学舞台上的那个大哥，在面向学生兴奋地演讲，台下无数的学生，投来崇拜的目光。原来，年少时种下的一颗种子，真的可以生根发芽，慢慢长成一棵参天大树……

小哥陈攻虽然平时都表现得很好，但是爸爸经常说他"狗肉不上正席"，因为只要参加正式比赛，关键时候就有点儿掉链子。

还在永隆卫生院住的时候，我们家在医院楼上还分了一间房间，家里唯一的一台电视机放在那边，有一次家里饭做好了，爸爸在那个小房间里看球，妈妈就派大哥去叫他，大哥一去不回，妈妈就又派小哥去叫，小哥也一去不回，于是就和我一起去叫，我和妈妈去了一看，他们三个搬着小凳子，齐整整地排着坐都在看球。妈妈指着他们爷仨就开始埋怨说："我说我派出的部队到哪儿了，原来都叛变投敌了！"这个段子被我们全家人当作笑话讲了很久，每讲一次，大家都忍不住笑一次。

说起看球，爸爸对足球很痴迷，每次世界杯都要看直播，都是看到深更半夜。他自己不踢球，就是喜欢看。妈妈因为经常值夜班，所以经常需要补觉，就不让他看。爸爸就把电视机搬到厕所去看，免得吵到妈妈。两个哥哥也经常喜欢看足球转播，每次他们在家就占着电视看足球，我就很讨厌看足球，长大以后，就想着一定要找个不喜欢看足球的男生当老公。现在的老公确实不爱看足球，但是他非常喜欢玩游戏，为此我也跟他吵过很多回，后来拗不过他就放弃了，直到这时我才明白：原来，世上的每个男人都是头犟牛，都会有一个自己特别的爱好，爱好比爱情还要执着和专一，不会随时光流逝而减弱，更不会因任何阻绊而放弃。作为女人，休想改变他！

热辣滚烫的成长岁月

人生如此短暂，在光鲜的年纪，就应该拥有热辣滚烫的灵魂和拥抱只来一次的青春和成长时光，在走过岁月长河后，再从容淡定地隐入尘烟。

殷燕子生长在一个幸福有爱的家庭，父母恩爱敬业，两个哥哥优秀又宠她，在这种环境下成长，让她变得性格开朗但又具有强烈的反叛精神。

在殷燕子整理的回忆录里，无拘无束的"疯"和特立独行的闯，成了她成长的主基调——

我在小学三年级那年生了一场大病。那一年寒假，我去永隆镇乡下的大幺家玩，玩得非常开心，玩到后来几天，人人见到我，都说我长胖了，但我的身体却开始不舒服了，总觉得肚子里有尿，怎么拉也拉不完，感觉肚子里全是水，尿又很黄，大幺还带我去小诊所打针。回到家，大家都说我长胖了，只有妈妈看到我，立马判断我有问题，身体水肿了，赶紧把我带到医院，化验了尿后，确诊为急性肾炎。为了治好我的肾炎，我被妈妈摁在医院的病床上，连打了一个月的吊针，打到手上都没有地方可以扎针了，就打头，打脚。之后，我休学半年没有上，后来复学后也不能上运动激烈的体育课。之前，我因为比班上的同学大一岁，个子又高，运动会的时候还参加接力赛跑、跳绳踢毽子比赛，但自从得了肾炎后，我几乎与体育绝缘了，直到上了大学，我的体育成绩基本是垫底的。妈妈后来通过医生的角度，评点我得肾炎的原因：在乡下没有人管，每天玩得太疯，劳累过度，加上饮食不规律，喝冰凉的井水，吃了一些不干净的饭菜。妈妈说的话，就像是亲眼看到了我在乡下的生活状态一样，这个医生妈妈太厉害了。的确是这样的，幸亏妈妈及时出手，我才躲过一劫。

记得初中的时候，我们一帮好同学经常在一起疯玩，讲很多少男少女的故事，但总体来说，那个时候大家思想都比较纯洁，不像现在的孩子懂得这么多，甚至会干出一些出格的事情。我记得自己干得最出格的一件事：有一次到同学家玩，同学把她爸爸的烟偷偷拿出来让我们吸，我试着抽烟，只抽了一口，就呛得连连咳嗽，从此之后再也没试过。当时，我就纳闷儿：男人真是一个奇怪的动物，这么难抽的烟，他们却抽得津津有味，真是搞不明白，不过我的两个哥哥从不抽烟，这也是我特别高兴和自豪的地方。

初中时，我对坐我前面的一个叫雷鹏的同学印象深刻，他成绩很好，但属于班上的"千年老二"，经常考第二名，因为第一名被我全包了。他很聪明，有两个哥哥，大哥小儿麻痹，有一只跛腿，二哥成绩很好，后来考上了大学。雷鹏有一个"月月鸟"的外号，因为他写名字写得很开，老师就在班上点名批评他说："月月鸟是谁？"他"月月鸟"的名号就传开了。有一次上化学课，化学老师是住我们家对门的段老师，我和雷鹏上课时说话，段老师就批评他："不要上课讲话！"雷鹏很委屈，说："殷燕子也在说话，你怎么不批评她？"段老师看了我一眼，随便找理由糊弄了过去。老师舍不得批评优秀学生，这让犯了错的我觉得很不好意思，有一周时间都躲着段老师走路。

班主任吴老师每周都开班会，给我们做思想工作，让我们好好学习。我们班级孩子比较活泼，性格独立，比较难管，但是大多数同学十分聪明，玩归玩，学习却一点儿也不耽误。并且和现在学校的分班不同，成绩好的学生，成绩不好的学生，都在一起玩，成绩好的学生不嫌弃成绩不好的学生，成绩不好的学生也没有自卑感，通过努力迎头赶上，向优生看齐。我们班上的差生，放到别的班上去，可能就是优等生了。

后来，我自己成了老师之后，在结合自己的成长经历，检视当下的教育观时，看到一些名校，把学生按照成绩分成"火班""次火班""平行班""慢班"等，把刚刚入校的学生划分成三六九等，让家长陷入焦灼，让学生陷入内卷，这种唯成绩化的导向，让很多青少年甚至家长都出现了心理问题。

成绩好的孩子在一起，可能更利于他们共同探讨学习；成绩差的孩子在一起可能更自信，不会互相瞧不起。但这不是绝对的。一个孩子可能因为自身或外在的因素，成绩暂时不太好，但他的其他方面不一定会差。"德、智、体、美、劳"这五个方面，"智"只是其中之一，摆在第一位的是"德"。"德"是品德、德行。德行的好坏，与学习成绩好差没有半点儿关系。大自然有贴地小草，也有参天大树。人的手指，有长有短，没有差距就没有教育。教育不应该"一刀切"，而是要注重全面发展，善于因材施教。老师应发掘每个孩子不同的闪光点，让学生之间互相学习优秀的品质，借鉴有益的学习方法，尽可能地做到取长补短、扬长避短，而不是用成绩将他们强行划分。

我们班上的学生，能玩，能疯，曾一起为学校的"五四青年节"排舞，联手举办元旦晚会，都大获成功，班级成绩好，又非常活跃，引人瞩目。等到初二时，全市联考，我们班的成绩比全市重点名校竟陵中学还要好，声名大噪。有些竟陵中学的学生父母托关系，要转学来进我们这两个快班。当时，还有一个慢班。原来在我们班上的一个女生，挺老实的，只是成绩不好，第二年被分到了"慢班"，后来成绩下滑又分到了"特慢班"，一年后，我在校外看到她时，发现她穿着高跟鞋，涂着口红，打扮得非常成人化，一帮社会上的男青年在她后面吹口哨，她脸上还扬扬自得。我当时都惊呆了，不敢相信这是原来的她，那个时候，我就懵懂地意识到：原来环境对一个人的改变，竟然真有这么大！

我们有个生物老师，学生给他起了一个外号叫"小屁股"，他的家人在学校门口开了个小卖部。有一次上生物课，我们几个同学没好好听课，在下面偷偷地搞小动作。同学肖学芳胆子很大，她试着拿一个纸条想贴到老师的背后，我就给她传了一张纸条，写着："我把'小屁股'引过来，你把纸条贴上去。"

我坐三组第二排，她坐二组第一排，我就让我这一组第一排的同学传过去。结果第一排的同学把纸条直接交给了老师。老师看了，奇怪地问："谁是小屁股？"那个同学就指着老师，直接告发说："就是你。"老师当时很生气，告到了教导主任那里。教导主任、班主任都找我们来谈话。因为我们两个成绩比较好，又是女生，教导主任一顿批评，把我批评哭了。我对教导主任中间的一席话记忆深刻，这么多年都念念不忘。他说："你们是学生，老师包容你们的个性，允许你们疯，但是做任何事、说任何话都要有底线，知敬畏，永远都不能忘了尊师重道。"这些话，如洪钟大吕，发人深省，让我泪流不止。是啊，有些规矩是根植在骨髓里，不能用一句"少不更事"就为自己解脱了。

初三中考之前，整个湖北省的学校有一次优录的机会，只有成绩好的同学才能参加考试，成绩最好的同学会被提前录取。当时我考得很好，考了全校第二名，被直接录取到了省重点中学天门中学。出分数那天，我正在上课，突然看到爸爸、妈妈在教室窗户那里很高兴地笑着看我，那时我才知道自己考上了天门中学。妈妈后来经常说："我们家燕子争气啊，她为家里省了很多钱，不然分数不够，要花很多钱才能到重点中学去借读。"

那是多么清贫而快乐的时光啊，没有物欲的诱惑，没有虚荣的攀比，可以疯，可以闹，成绩好的孩子可以和成绩差的孩子打成一片。孩子们除了学习，还有很多的好朋友，有无限的欢乐。

殷良秀和陈中轩当时并不懂什么是家庭教育，但他们敬业、忠厚、善良、悲悯，身体力行地为孩子们做着表率，为家庭创造温情而向上的氛围，在那个清贫岁月中，像大海中瞭望的一座灯塔，穿透生活的迷雾，引领着家庭这艘小船，驶向光明……

妈妈扼杀了我的初恋

初恋之所以美好，是因为我们再也回不去那个年轻纯洁的时光了。从天南到海北，再从海北到天南，当所有繁华红尘都斑驳落尽的时候，我会回来。生命中最不能割舍的，就是最初萌生的感情，无论经历多少繁华，总记得那个陌上少年那清秀的眉眼。

殷燕子懵懂的初恋是被妈妈扼杀的。成年之后，她出走远方，背井离乡，半生颠沛流离，饱经生活的沧桑，后来在中年取得了事业的成功，可能这些经历与她最初折翼的初恋密切相关——

上高中以后，学习开始紧张起来，我主动向班主任提出不当班干部了，但我每年还是会代表班级参加学校的文艺汇演，给班里主持元旦晚会之类的活动。有一年班级元旦晚会，大哥出新和小哥陈攻放假在家，他俩都来参加了，他们每人还表演了一个节目。大哥表演的是朗读黑板报上一首英文诗，小哥表演的是唱歌。小哥此时也考上了大学，大哥已经在湖北省人民医院上班了，两个哥哥如此帅气又如此优秀，同学们都很羡慕我。

高中学习紧张，每天早自习晚自习，冲刺高考，学校时间抓得很紧，休息时间不够，上课不免会打瞌睡，青春期的女生好像注意力也没有那么集中，上课时总走神，成绩没有以前那么拔尖。高三上学期期末的时候，学校有个体育生向我表白，他又高又帅又清高，带点儿痞痞的味道，很会唱歌，又写得一手好字，是学校很多女生心中的偶像。我当时是学校的宣传委员，经常让他帮忙写黑板报，只有我叫他，他才帮忙写，其他人叫他，他都不写。他跟我表白后，每天晚上都会送我回家。以前我都是骑自行车回家的，他送我以后，我们就推着自行车肩并肩走回家，边走边聊，那时候总感到回家的路很短，一下子就到了，为了多聊一会儿，有时候我们就会绕远一点儿，多走一圈再回家。

当年的恋爱，比今天纯净水还要纯净，顶多就是一起走走路，一路聊聊天，连手都没牵过。就这样边走边聊，回家就比较晚了，大概十点，回来的时候，妈妈都睡着了。每天晚上爸爸妈妈都会给我留两个煮好的鸡蛋，我吃了煮鸡蛋，然后甜蜜地进入梦乡。就这样偷偷摸摸大概过了一个月，有一天我回家时，妈妈还没睡，我心里当时就想：完了！妈妈很生气，问我去哪里了，我来不及细想，慌里慌张随口撒谎说在一个女同学家里。妈妈是一个细心严谨的人，她担心我犯错误，到处打电话问我的同学，人家都说不知道我下了晚自习去哪里了。历来家教甚严的母亲非常生气，认为我骗了她，就开始吼我，当时因为很晚了，我没有理睬，她就去睡了。第二天早上很早，妈妈就叫我起床，一把把窗帘扯下来，大声说："殷燕子，你快起来！"然后特别生气，问我是不是谈恋爱了，我什么也不说，她看我低头不语，不知胡思乱想到了什么，突然情绪失控，跑到厨房拿了把刀，指着我吼："殷燕子，你给我说明白，你是不是谈恋爱了？我养你这么大，不是让你随便给别人骗的！"爸爸看到情形不对，赶紧拦住她，让我快跑。我就赶紧跑了。一口气到了学校，碰到那个男生，我就蹲下来哭了，把他也吓了一跳，哭了好久，那个男生问我怎么了，我流着泪对他说："我妈知道了我们的关系，我们不能交往了，如果再交往，我妈就要杀了我！"那个男生闻言有些慌乱，也没有安慰我，只是一个劲儿地说："这可咋办？这可咋办？"也不知过了多久，等我起身的时候，那个男生已经走了。

　　那时，正值期末考试，考完以后学校就放了寒假。一直以来温情的妈妈一下子变得如此偏激疯狂。我被她疯狂的样子吓傻了，好像是自己犯了天大的错误。我感到非常害怕，待在我一个女同学家里，好几天都不敢回家。妈妈就打电话给我说："殷燕子，你个没良心的，你爸爸在商场晕倒了，你还不快回来看看！"听妈妈这么说，我眼前一黑，就赶紧往家里跑，回家去了以后，才发现是妈妈骗我的，爸爸没晕倒，妈妈把我禁足在家，不让我出门，也不让我接电话。等放完寒假再回去上学的时候，那个体育生就再也没来找过我，也不怎么来学校了。再后来，就看到他跟另外一个班一个很漂亮的借读女生出双入对了，我知道我的初恋夭折了。

　　那个时候，天门中学高考成绩全省前列，所以有一些从武汉、荆州和宜昌等城市的孩子转学过来这边借读。每个班上都有一到两个借读生。借读生是我们学校的一道风景。一般他们都来自大城市，比较会打扮，穿着比较潮，男生比较帅，女生比较漂亮，但普遍成绩不好，也不爱学习。当时我和体育生谈恋爱的时候，那个借读生还给这个体育生写过情书，体育生还把情书拿给我炫耀，让我帮忙回信。我说我不回，要回你自己回。

后来，爸爸竟然真的在家里晕倒过一次。当时，我正在房里做作业，就听到妈妈叫我的名字，很着急，说燕子快点儿来，我出来就看到爸爸在地上躺着，妈妈赶紧掐他的人中，过了不久，爸爸才悠悠醒了过来。第二天中午睡午觉时，妈妈睡着了，但是梦里不停发出被吓到的那种"啊啊"的声音，浑身颤抖，满身是汗，这是以前从来没有的事情。我赶紧摇醒妈妈，问她是不是在做噩梦，她说梦到了我爸爸，说着说着竟哭了起来。妈妈平时在家里一直都挑剔爸爸的各种不是，给我造成的感觉是妈妈并没有那么在乎爸爸，但是这件事情之后，我才发现，妈妈深爱着爸爸，担心他，牵挂他。妈妈的嘴虽然碎，但是刀子嘴，豆腐心。爸爸晕倒的事情对她来说，是天塌了一样的大事。

此后很长一段时间里，我都沉浸在这种失恋的患得患失中，经常失眠，头发也大把地掉，学习成绩直线下滑。高考如期而至，高考成绩下来，我考得并不理想，没有过本科线。后来准备复读的时候，收到了湖北农学院的录取通知，但因为学校在荆州，我不想去，就没有去。妈妈还专门带着我去了湖北农学院找他的老同学帮忙，把我的档案拿了回来。

奋力出走远方

　　有时候，人啊，自己跟自己和解，竟然需要漫长的一生的时间。

　　因为殷燕子从小学习成绩好，名声在外，高考成绩刚下来的时候，所有人都以为她会考得很好，还有家长认为她考走了，高中的学习资料没有用了，就过来找她借复习资料给自己的孩子用。一生要强的殷良秀觉得女儿没有考好，没有面子，虽然她已经在极力照顾女儿的情绪，但是有时候仍忍不住发几句牢骚。那段时间，对殷燕子来说，是她人生的至暗岁月，沉重的心理负罪感，压得她喘不过气来。父亲陈中轩，则是她至暗岁月中的一抹光，从没有责怪她一句，只是用中医结合膳食来帮她调理身体，调理睡眠，鼓励她养好身体从头再来。她下决心要想办法离开家乡，远离熟悉的环境。而考上远方的大学，逃离家乡是自己唯一的选择。她在回忆中接着写道——

　　妈妈从小对我很严格，但又很好，她一直陪我睡到十九岁我去上大学。在家的日子，都是她帮我洗澡、洗头，有一次她在帮我洗澡，有一个病人来家里找她，她说等一下："我女儿在洗澡，我帮她洗完了再跟你说话！"那个病人说："哦，好的。您女儿还很小，是吧？"结果等我一出来，那个病人说："怎么大个伢呀？"我偷偷笑了半天。那一年我都十六岁了。

高考失利对我是一个非常沉重的打击，从小到大笼罩在我身上所有的骄傲和荣光，好像都因高考失利而碎了个粉碎。好在那个时候，表姐天天陪着我。我和她深夜聊天，说起妈妈，我泪流满面，说我觉得最对不起的人就是妈妈，我居然为了那个倒霉的体育生来跟我的妈妈对抗，那是个啥东西？我真不争气，真是给世人都尊重的殷医生丢了大脸，粉碎了殷医生的骄傲，我真心感到对不起妈妈。

我高三复读的那一年，所有的动力源泉就是为了离开这个熟悉的环境，远走高飞。高考最大的动力就是考一个离家远一些的大学。那一年，我性情大变，除了学习还是学习，用学业来转移注意力，来冲淡我所有的痛苦。我清楚地知道，只有通过学习，我才能有机会改变自己的命运，才能远走高飞。

可能是用力过猛，也可能是压力太大，复读的那一年，我整晚整晚地睡不着，一度导致心律不齐，手一直抖，脖子粗大，人却变得很瘦弱。作为医生的妈妈意识到我身体出现了问题，但是她不敢轻易下结论，就连忙带我去了医疗设备更为先进的天门市人民医院检查，检查的结果确诊我是得了甲亢（甲状腺功能亢进）。其实，妈妈在带我去医院之前，通过对我身体的变化观察，已经有了这种判断，但是她不敢相信。回忆起来，从高一开始这个病就在我身上有了苗头，突然饭量大增，但是又经常感到饿，整个人暴瘦，到高三时只有七十多斤，每天都感觉饿得不行，我一直以为自己是在长身体，吃得多，饿得快，其实是生病了。我的小幺是得糖尿病死的，我们家族有糖尿病遗传基因，小哥陈攻后来劝我说，甲亢和糖尿病有同一种基因，幸好我得的是甲亢，如果得的是糖尿病那就更麻烦了。

从小到大，一家人就我爱生病。不过幸福的是，一生病就能得到妈妈更多的照顾。妈妈工作特别忙，我经常看不到她。我们家就在医院的家属院里住，叫起来特别方便，妈妈又是一把好手，晚上即使不是她值班，一遇到紧急情况，也来叫她。这次确诊之后，妈妈的医生属性又显现了，她对我无微不至地关心，对我的态度又来了180度大转弯，好得有点儿母爱泛滥。父亲则更多的是自责，针对我的病，他给我煎一些中药喝，同时专门为了我这种病，研制了一种膏药，每天贴在我脖子上。我嫌丑，不想贴，妈妈就买了好多高领毛衣，遮住贴在脖子上的膏药。父亲的药还真的起作用，高三下半年，我的甲亢好了很多，就不贴膏药了，但是每个月父亲还定期给我煎一些中药喝。

高考马上又到了，这一次报考大学，是先报志愿再考试，妈妈帮我填了志愿，全是省内各种医学院，我回到学校后，偷偷把妈妈帮我报的志愿全部改了，一个省内的大学都没有填，填的全部是省外的。后来，我被天津轻工业学院化工系的高分子材料专业录取了。学校是第二志愿，专业也是调剂的专业。

要知道高中的时候，我最不喜欢的就是化学，平时化学分数都很低，每次上化学课，都枯燥得直哭。复读的时候，妈妈怕我的化学成绩拖后腿，还请了化学老师来家里给我补课。妈妈当时说，等你考上大学就可以不用再学化学了。没想到高考时我化学成绩考得很好，结果被调剂到化工专业。真是人生如戏啊！

我考上大学以后，有一次，妈妈的一个同事遇到我说："你要去那么远的地方上学了，你妈妈好舍不得你，都哭了好几次！"我当时听得心头一颤，我一直竭力要逃离这个环境，出走远方，难道我错了吗？我去上大学以后，表姐也给我写信说："舅妈（我妈妈）每天在家里看天津的天气预报，每天都在念叨你有没有好好穿衣服！"听到表姐的话，看着陌生的城市、陌生的校园环境、陌生的人群，我心中也是一阵无言的酸楚。

到了大学报到的时候，爸爸妈妈跟我一起坐着硬座，把我送到学校，他们帮我铺床铺，当时我本来应该住上铺，但是妈妈觉得住上铺太麻烦，而另一个下铺的同学还没有来，她就让我睡在了靠窗的下铺，我当时觉得妈妈的行为好丢人。很多年后，当我有了孩子，突然理解了母亲此举。母亲一辈子要强，当医生的她一辈子受人尊敬，她把她所有的爱都挥洒给了她深爱的患者，对我不免有些刻薄和没有耐心，是因为她的悲悯和耐心都给了她的病人，妈妈是个凡人，有血有肉，工作之余还要忙家务，但是她对我的爱看似偏执，却炙热而赤诚。

开学没有多久，妈妈就给我寄了二十条手绢，提醒我每天用一条，每条手绢上都用笔写上"记得吃药"，生怕我忘记了。我在大学吃了两年的药，甲亢慢慢好了。

刚上大学的时候，我们每栋宿舍楼只有一部电话，安装在一楼宿管阿姨的传达室里，晚上这部电话总是被恋爱中的师姐们占住，完全打不通。所以妈妈经常在中午给我打来电话。有时候我在睡午觉，被楼下的喇叭吵醒去接电话，下去我就很生气地说："为什么要这个时候打电话来？我在睡觉！"妈妈在电话里小心翼翼地说："好好好，那你去睡觉。"等我再要说的时候，她就把电话挂了，害我白下去跑了一趟，什么都没有说成，就又要上来。到大二的时候，我们宿舍装了电话，与父母联系这才方便多了。

考上大学以后，我的心情一直不是很好，因为感觉自己考上了一个一般的学校，学的也不是自己喜欢的专业。我经常给天南地北的高中同学写信，跟宿舍的同学的关系处得也很好。由于从小跟两个哥哥一起玩，所以跟男生也没有太多的边界感，跟班上男生关系也很好。开学第一周我就以高票当选班里的"学习委员"。

在天津，我只有一个熟人，我的一个高中同班同学李城（化名），在南开大学上学。因为我复读了一年，我读大一的时候，李城已经读大二了。我父母让李城多照顾我，他就经常来我学校，找我借英语听力磁带，然后过几个星期还给我。大学一年级寒假回家，我就跟他一起回家。绿皮火车坐了二十六个小时，路上挤得要命。那时候没有手机，在火车上认识很多同座的人，开心地聊了一路，旅途非常快乐！还让一个在河南下车的小伙子，下车后帮我们打电话给家里，说我们的火车晚点了。

李城的爸爸是个退伍军人，是天门一家工厂的厂长。我们到武汉的时候，他爸爸派单位的车来接，问妈妈要不要一起回去，妈妈就说一起回去吧。妈妈一个工作狂，医院的工作她总是放在最重要的位置，小哥陈攻那时候已经在同济医学院工作，他已经早早给我和妈妈订好了酒店，想让我和妈妈在武汉住几天再走。他和妈妈，还有李城的爸爸一起在车站接我们，当妈妈决定要坐李城爸爸的顺风车回去的时候，小哥显得非常生气，他认为妈妈就是为了节约钱，急吼吼地要赶回去，搞得面子上很难看。

　　寒假结束后，李城比我提前一个星期去学校。我坐火车回天津的时候是晚上，他在出站口接我。再后来，我们谈恋爱了。那段时光挺快乐的，但我经常患得患失，宿舍没有电话，我们都没有手机，只能等他来找我。他有时候来，有时候不来，我的心情就阴晴不定。大一暑假，我们也经常一起玩，还去过他们家一次。到大二开学的时候，李城就很长一段时间不来找我。因为有高中时跟体育生的事，我变得非常没有安全感，感觉天下所有男生对女生的好感，三个月就没了。所以，我给他写了一封分手信。他收到分手信后，来找我，给我唱歌，唱着唱着还哭了。他说对我冷淡，是因为我去他家玩的时候，他妈妈看出来我们在谈恋爱，就跟他说，殷燕子家孩子太多，负担太重，家庭条件可能不好！因此，他听了妈妈的话，就疏远了我。本来，我写分手信只是为了引起他的重视，并不是真的想和他分手，但是听到他说这个话之后，我一下子就释然了。我觉得好笑，我的两个哥哥一直是我的骄傲，都是大学生，都在省城好单位工作，我们家会有什么负担？我认为功利的父母，培养的孩子必然也有功利之心，尤其是他妈妈说的时候，他竟然听进去了，这种没有主见的"妈宝男"配不上我！

大二暑假我与李城不欢而散，就谁也没再联系过谁，就这样分手了。

上大学以后，妈妈对于我的恋爱不太干涉。她像一枚硬币的正反面，从一个极端到了另一个极端，拼命鼓励我谈恋爱，不管是哪个男同学，她都可以找出别人的优点，特别是她看到我找男朋友就很高兴。

没有人能永远青春，但总有人正青春。大学时光若白云苍狗，一下子就溜走了。每当回首那些逝去的青春岁月，心中便有千言万语。大学，就这样走过了，像一幕黑白电影，一刹那就过去了；像看一本书，一页页就翻过去了。有人说大学生活犹如一轮明月，充满着诗情画意。而我认为，大学生活更是一首歌，既有忧伤，又有欢乐，像一只五味瓶。也有人说大学生活像蔚蓝的天空，像浩瀚的大海，你投入得越深，感受就会越真切。而我认为，大学生活是一幅美丽的画卷，更是一首深沉的诗，只要你拥有一颗热情的心，这首诗、这幅画就会带给你无穷的乐趣与美好的希望。因为尝试，因为经历，我懂得了付出，懂得了坚强，这些都是我青春时光里最亮的火把，我将用这些火把点亮我的青春，让我的青春拥有火般的炽热。

被误称"父女"的兄妹

　　血浓于水，情浓于海，兄妹情深，如同磐石般坚定不移。殷燕子与小哥陈攻的感情深厚到无法想象，远远超越了传统家庭的兄妹之情。殷燕子的成长、学业与婚姻，都浸透着小哥陈攻浓烈的关怀和无微不至的爱。无论面对什么样的困难和挑战，兄妹之间的感情总是相互支持的力量。他们始终彼此关爱，成为彼此的避风港。

　　提起小哥陈攻，殷燕子心中总是充满了无限的温情——

　　2001年我大学毕业后，考到武汉材料保护研究所读硕士。我在武汉材料保护研究所读研究生一年级时，小哥陈攻单位组织体检，竟然检查到他体内有个大瘤子，位置不是很好，不知道是良性还是恶性。那之前，他就经常便秘，谁也没有想到竟是因为长了一个肿瘤。

　　那一天，我刚好去小哥家，看到他正在清理书柜，他轻描淡写地说他体检检查出来了一个肿瘤，我装作轻松地安慰他说

"不要紧，又不是癌症"。他说："肿瘤就是癌症！"

当天，小哥就住进了医院，准备手术切除肿瘤，做切片，检查确认是良性还是恶性。等我第二天去医院看他，他因为承受了很大的精神压力，导致整个人显得很憔悴，右边脸颊有个小黑痣，我说这是什么，二嫂说，这是他一直焦虑，不停地用手指头揪的。小哥的这个肿瘤长在他第三节尾椎骨上，在膀胱后面。手术有可能导致瘫痪，终身与尿袋、粪袋为伴，说得很吓人。而且说看这个肿瘤的样子，极大可能是恶性的，如果是恶性的话，还需要做化疗。为此一向不信鬼神的我，还特意去了一趟归元寺，虔诚地拜了每一座神像，为小哥祈福，但我心里其实是不慌的，因为我相信这么善良帅气的小哥一定不会这么倒霉的，他这么爱笑，是一个温和善良的人，厄运肯定不会找上他！

我从小就跟我小哥的关系特别好，我们兄妹之间，情比金坚（后来我的儿子长得特别像他，皮肤白，也是个很会关心妈妈的暖男）。二嫂刚认识我小哥的时候，我们的关系好到连二嫂有时候都会吃醋。我与小哥出门都是手挽着手走的，二嫂经常在背后笑我们俩说："天底下到哪儿去找好成这样的一对兄妹！"

小哥做完手术出来，我们全家都紧张地在手术室门口等着。小哥手术很成功，切片也是良性的。出院后，爸爸妈妈就专门来照顾他。他伤口一直不好，有一天妈妈给他换纱布的时候，发现那个伤口有个洞，掏了掏，越掏越深，妈妈因为经常做手术，知道这是因为手术没有缝合好导致的，本来人的皮肤是三层，要一层一层地缝，但手术医生不负责任，有一层漏缝了一点儿，所以那个地方的伤口一直不能愈合。妈妈不敢告诉小哥，怕他有心理负担。后来，妈妈就做引流，让伤口一点一点地长好了。妈妈说，这要不是因为她是医生，懂怎么处理，那小哥肯定就完蛋了，会因为长时间伤口不能愈合而感染死掉！

小哥出院后就搬到粮道街住，妈妈当时被武警医院返聘上班，边上班边照顾小哥。在父母的精心照顾下，小哥慢慢痊愈了。

2004年我硕士毕业后，进入湖南科技大学机电工程学院当老师。当时的男朋友（也是我现在的先生）是我硕士的同学，是他先找到湖南工程学院的教师工作，我才追爱追到湖南湘潭去工作的。2004年9月28日，我们领了结婚证。领结婚证的前一天，我给妈妈打电话，说了要领结婚证的事，因为9月28日是农历中秋节，我们觉得是个好日子。妈妈在电话里不是很同意，建议我再等一段时间吧，现在结婚太早了点儿。我和先生虽然是同一级的同学，一入学就认识了，但我们是在研三才真正开始谈的恋爱。小哥陈攻很不认同这门亲事，先生家是蔡甸农村的，比我大四岁，他弟弟跟我同龄，初中毕业，是个木匠。父母都是很本分的农民，家里条件不是很好。他家的民房做得挺大，但房子里面没有装修，窗户也是老式窗户，冬天穿堂风刮过，冻得人透心凉。

从小在父母的呵护下长大，我思想一直很单纯，从没有想过什么门当户对、家庭条件之类的，更没有想过社会复杂、人心不古。我去湘潭工作，两边学校都分了房子。我分的是个单人宿舍，他分的是一套七十平方米的两室一厅，对于我们两个来说够了。后来，我作为优秀骨干教师，在我学校分到了一套大的三室两厅的房子，我们就搬到了那套房子里。而他的房子最开始学校说是分给他的，后来又说是租，开始交的租金很少，只要十几块钱，后来涨到了几百元，再后来，学校说要么买，要么按市场价租。最后，他按市场价买了下来。

2004 年，我大学毕业的那个暑假，爸爸妈妈受邀到我男朋友家里去吃饭，爸爸当时很不高兴，因为他的家境实在太差了，但是爸爸极有涵养，当时并没有说什么。小哥后来听说了这个事非常生气，批评父母不应该去吃这个饭。觉得父母没有把我的人生大事把好关，小哥觉得自己的妹妹长这么漂亮，应该找条件好的人家，心疼我这样嫁过去会吃苦。

我们结婚没有彩礼，先生说他绝对不会靠父母，我也是这样想的。我们在湖南湘潭各自的学校都分到了房子，所以办婚礼时，他父母把家里的一个房间刷了点儿白粉，贴了喜字，就当了我们的婚房。我就这样出嫁了。

刚结婚的时候，我很喜欢待在婆家，他们家没那么多规矩。我在自己家的时候，从来不能想睡到什么时候就睡到什么时候，稍微晚起一点儿，妈妈必然会叫我起来吃早饭，啰啰唆唆，不叫起床决不罢休，晚上睡觉也不能很晚，但是在婆家，我想睡到几点就睡到几点，婆婆会在我们起床后，再给我做早餐。他们家还可以边看电视边吃饭，午饭做好了，谁要吃谁就先吃，公公婆婆要把事情做完才来吃饭，所以他们很少和我们同桌吃饭，不像我们家，所有的人必须到齐了才能一起吃饭，所以我觉得在婆家里身心很自由。我公公人很好，退伍军人，人很正直，很会种菜。他在门口挖了一个池塘，种莲藕，每年夏天都会摘最新鲜的莲蓬给我女儿吃。婆婆很勤快，干活儿一把好手，我在婆家时，从来不用做事，即使是最基本的做饭洗碗打扫卫生，婆婆也从来不叫我做。小叔子干装修，弟媳当裁缝，两口子的小日子也过得红红火火。有时候我们需要钱周转，他们都是二话不说就借给我们。

2008年，公公得了糖尿病，天天打针，2020年，公公中风，躺床上不能动，2022年12月公公感染新冠病毒在家中去世。当时我们因为隔离不能回去，没有送他最后一程，这也成了我人生的一大遗憾。

结婚后，我和先生因为家庭环境不一样而产生的诸多不和谐的地方就慢慢显现出来了。比如，他不让买反季节的食物，冬天我要买个西瓜，他就很生气；我在外面超市买个卤菜回家，他也很生气，觉得买贵了，我说我用我的钱，他就觉得我应该节约。反正就是为了这些鸡毛蒜皮的小事，我俩经常吵架。那个时候，我每个月工资两千多元，他的课比我多，工资比我稍微多一点儿，大概三千元，但我有两万元的安家费。他虽有四万安家费和四万科研启动金，但他做事磨磨唧唧，不去学校及时申请报销，结果到了第二年，学校改了政策，他只能每年收到几千元安家费，他为此郁闷了半天。

我会买一些衣服和化妆品，已经是尽量节省花钱，他却总嫌我衣服买得多。有一年回家，先生还找我妈妈告状，说我买衣服买太多了，指望妈妈能帮他教育一下我，结果我妈妈说："年轻姑娘不买衣服，谁去买衣服呢！她年轻的时候不买衣服，老了穿衣服就不好看了，趁年轻多买几件好衣服是应该的。"他被妈妈顶回去以后，又过来跟我告我妈妈的状，说我妈妈太护短了，再也不跟妈妈告状了。但妈妈私下里，还是会劝我说要少买点儿衣服："穿不完的新衣裳，爱不完的美貌妻。"妈妈是我所有的底气来源：妈妈在，靠山在。

孩子出生后，妈妈出钱请了个保姆在我们家帮我照顾孩子。每年寒暑假，我们都回武汉，在我爸妈身边，或者回我公婆家，一般是两边各住几天。公婆家夏天蚊子特别多，厕所还是旱厕，冬天又很冷，我不习惯，所以不是很愿意去。在湘潭，我们住的房子是蹲厕，我女儿两岁多的时候，去小哥家，第一次用坐便器，她没用过，哭喊着怎么也不愿意坐在上面拉尿。我突然很心酸，我自己是爸妈的宝贝女儿，是两个哥哥掌心里的宝，可是我执拗地为了追爱，跑到偏远的湘潭去安家，害得女儿长在一个小地方，从小没见过世面，对不起女儿。于是，从那个时候起，我下定决心考博士，离开湘潭，回到武汉。随后我开始备考博士。我和妈妈一样，即使生孩子、工作也从来不忘学习，而且逢考必过。

2009 年，我开始在武汉理工大学读博士。其间，跟爸爸妈妈一起住在长江紫都的房子里。第一年我把女儿带在身边，给她找了个幼儿园上。幼儿园每天有校车接送。我把她哄睡以后，再起来做事，所以几乎每天晚上都在熬夜。后来爸爸觉得这样不行，就让我住到宿舍去，他和妈妈来帮我照顾孩子，我每个周末回来就可以了。我非常珍惜这来之不易的学习时间，这是由爸爸妈妈、兄长们和先生全力支持下的学习时间，当时我已经三十岁了，实验室一群二十出头的师弟们都尊称我为师姐，我们一起工作，一起做实验，一起吃饭，共同经历着这痛苦又快乐的时光。到博士三年级刚开始的时候，我已经达到了所有的毕业条件。有一天，我正在路上走着，遇到我同一个班的同学，其实很少和他联系，但就是那么凑巧，遇到了他，他问我："你知道我们毕业的要求改了吗？现在需要两篇SCI才能毕业！"这个消息简直是晴天霹雳，因为我们入学时的毕业要求是两篇EI论文。EI的要求比SCI的要求要低一些，所以我准备了三篇EI，原以为已经绰绰有余，没想到学校突然更改了毕业要求，而且没有任何通知。投SCI不光难度大，而且周期很长。于是那段时间，我抓紧写论文，到处投稿。苍天不负有心人，最后我终于有两篇文章被SCI录用了，我成了为数不多的三年就毕业的博士。

2012年毕业，我受聘到湖北工业大学土木工程学院当老师，终于回到了武汉，小哥陈攻刚好外派去欧盟使馆工作，让爸妈去照看他的房子，我就和爸妈还有女儿一起住在小哥同济小区的房子里，并通过小哥找关系，把女儿送进了同济附小读书。因为评教授需要国外进修的经历，所以我也在积极寻找出国进修的机会。

2013年11月，我来到美国康奈尔大学做博士后。当时国家鼓励青年教师到国外知名大学进修，我们那几年到康奈尔访学的中国青年教师很多，但大多数都是拿到的中国教育部的访学基金，我是极少数由康奈尔大学出资资助的中国青年教师。

小哥对我极好，好到超出很多人的想象。

2012 年我博士还没毕业时，小哥自己出钱给我买了一辆小车。我早在读硕士的时候，就拿到了驾照，工作后想买车，妈妈不让我开车，说车祸太多，女生反应慢，开车很危险，就没有买。小哥出钱给我买了一辆东风风神，十万多元，我出两万元，妈妈出了三万元，剩下的都是小哥出的。他和小嫂带我去看车的时候，卖车的销售还以为他是我爸爸，一口一个"你女儿，你女儿"，买完车后我们一起吃饭，小哥生气地说："气死了，那个卖车的以为燕子是我女儿。"那个时候我都三十多岁了。我说，那是因为销售员做梦也想不到，这世上真的会有哥哥给妹妹买车的。

小哥听我这么说，当时眼圈都红了，他低着头对我说："燕子，这些年是我对你照顾不够，因为我现在能力不够，只能照顾好自己的妻女，真对不起你呀！"

小哥的一席话，把我眼泪都说下来了。哥哥们本来就没有义务为我的生活负责，有多少兄弟姐妹因为钱而反目，而我有这么好的两个哥哥，关心我照顾我。他们一直都是我的榜样和骄傲！

把根留住

　　能够成功逆袭的人，都懂得"锅底法则"这个道理：人生像极了一口大锅，当跌落锅底时，只要你肯努力，不管选择哪个方向都是向上的，只要不放弃，认准一个方向，像蜗牛一样一步一步往上爬，就一定能绝境逢生。

　　培训教育的寒冬下，俞敏洪去美国开办中文学校。网友惊呼：逆向思维真的"绝绝子"，你们还在国内苦学英语？聪明人早就把内卷之风刮到美国了。2021年对以俞敏洪为代表从事教育培训行业的人来说，可以说是置身水深火热的一年，在教育培训业的凛冽寒风下，整个行业都是一片哀号。

　　既然如此，国内不让教英文，那咱就反客为主，去美国教学中文，让全世界都学习我们中国话，更好地了解我们伟大的祖国。俞敏洪天生就是个绝对的行动派，他是脚踏实地再就业的商业楷模！之前的过往中，他能在国内把培训公司做到龙头位置，无疑是成功的。随着教育业"双减"政策的落地，他的企业受到严重冲击，先是退租了各地学校不计其数的教育硬件设施，将其免费捐赠给贫困乡村学校。随后又官宣从 2021 年开始，全面停止义务教育阶段学科类目的课外培训。

国内教培时代结束了，但是美国的华人教培时代迎来了春天。

在美国各地，许多新一代华人移民来到这里，追寻梦想。在美国教中文，殷燕子误打误撞，开始了她第一次特别的"创业"。不过，她不是创办一家企业，而是开办一所中文学校，为华人新移民的下一代"留根"。她这样回忆道——

2013 年 11 月 28 日，我们一家三口漂洋过海来到了美国。2014 年底，在回国的日子来临的最后几天，我和先生突然决定就留在美国，重新在异国他乡打拼出一片天地。

我所在的城市伊萨卡，是康奈尔大学的所在地，被评为美国十大宜居城市，是一个非常小但非常美丽的小镇。整个镇以康奈尔大学和伊萨卡学院为依托，建立了一个和谐的当地居民与学生融合的小镇，它的周边十公里内，有大大小小近一百五十个瀑布，是美国非常有名的风景区，每年都有成千上万的人从世界各地来游玩。而这个小镇也是全美最安全、人口素质最高的十个小镇之一。我们在访学的一年多的时间里去过美国的很多城市，也游玩了加拿大的很多城市，但我最喜欢的还是伊萨卡。

但就算伊萨卡是我们非常喜欢的一个城市，这个决定对于我们来说依然是非常艰难。当时我和我先生在国内都是大学老师，如果我们当时回国，出国经历会让我们的平台有很大的提高，回去申请课题和晋升职称都非常有帮助。留在美国，意味着我们十年的工作经历全部作废，一切要重新开始，但是我们考虑到回国的话，我们夫妻会长期分居，女儿在国内接受教育比我小时候更内卷，而且以后我还想再要个孩子，最后我们还是决定克服重重困难，留在美国，重新开始。

不论在哪里，刚开始起步的过程都是非常艰难的，更何况是在异国他乡。好在我遗传了妈妈的乐观，我相信没有什么困难是不能克服和战胜的。于是，我和先生决定一起从零开始。我一直不喜欢化学，虽然读到了博士，也做了很多研究，但是我很清楚，这并不是我喜欢做的事情。我喜欢小孩子，喜欢和小朋友打交道，从小就喜欢，每次在路上看到小孩，都要跑过去抱一抱、摸一摸、亲一亲。既然开始重新选择职业，我就想选一个自己喜欢的职业。我和先生商量之后，决定对我们进行家庭分工，我先生负责生活的"苟且"（赚钱），而我来负责"诗和远方"（干有意义的事业）。于是，先生从当教练开始，逐渐开办了自己的驾校，寻找商机，又拓展了跑长途的业务，找了一帮朋友，一起扩大了生意。我则开始帮助国内的孩子们到美国来夏令营、游学等。

刚到美国的时候，被人拉去教会，认识了很多当地的华人，看到很多孩子们，爸爸妈妈跟他们说中文，但他们回复英文。我很吃惊这些移民二代已经完全拒绝说中文了，很担心我的孩子也会这样，所以我坚持让女儿通过讲中文、背古诗等学习中文，她七岁来到美国，现在十八岁，还是会说一口流利的中文，并且用中文写小说，已经写了三十多万字。女儿是小学三年级读了一半来的美国，有很好的中文基础，我儿子出生的时候，我的担心更甚。一岁就去幼儿园的儿子，很快就要面临中文和英文的斗争了。

有一次偶然的机会，我结识了一个华人工程师，她对我吐槽说："我们想让孩子学中文，可是去离家最近的中文学校，开车得近一个小时。自己买教材回家教，不系统，也没那么多时间。自己家里两个黄皮肤黑眼睛的孩子却说不好中文，这怎么行？这不是忘了根嘛，以后我们会愧对祖先的！"在伊萨卡，有类似苦恼的华人工程师还有不少。许多"华二代"在这里出生。他们的父母大多是高科技企业的员工，工作繁忙，有心却无力顾及孩子的中文教育。这位华人工程师热切地邀请："殷老师，你是博士后，如果你来开一所中文学校，一定火爆！"

这些华人家长整理了当地小学的学生名单，兴奋地告诉我："这里有六十多名华人孩子呢！"

时代的发展和华人家庭的需要，促使我下决心办一家中文学校。据我调研了解到，美国有很多中文学校，但基本是周末去学习一两个小时，伊萨卡当时也有一家周末上课的中文学校。但是作为有几十年读书经验的我来说，我很清楚地知道，一个星期一两个小时的中文学习时间，是绝对不够的，像我们在国内学了十几年的英语，还是每天都有英语课，结果来了美国，别人问："How are you？"我们只有一个回答，就是："Fine, thank you, and you？"想要在美国学习好中文，就必须花费大量的时间，赶在孩子学会英语之前，让中文达到比较高的水平，所以我创立了一个一周五天的中文学校。这里的孩子早上八点上学，下午一点五十就放学了。剩下的半天时间，孩子们有的会去参加各种其他的课外活动，还有一些孩子就在家里纯玩。

为了让生在海外的"华二代"能够真正学好中文、爱上中文，我花了整整一年时间，比对教材，搜集中文阅读材料，甚至自己动手编写课后作业，可谓动足了脑筋。

为了让孩子们真正学到知识，爱上中文，我创办了一个沉浸式中文学校。孩子们每天放学后乘坐校车从各个学校过来，到我这里学习中文。除了中文，我还设立了数学、科学、艺术和音乐等课程，全部用中文来教授。因为我知道，学习中文，光学语文是不够的，语文书里的词汇量有限，孩子的词汇量不够，无法支撑他们进行更高端的交流，这样会直接导致他们越长大就越不爱说中文，因为有很多高级词汇他们听都没听过。除常规课程之外，我还设计了许多中西合璧的教学活动。在美国，每年四月的复活节都有捡彩蛋的习俗。在中文学校，彩蛋变成了一张张写着汉字的卡片。高年级的学生制作了五千多张字卡，撒在草地上，低年级的学生捡来念给大家听。渐渐地，越来越多孩子在这里"捡"起了中文。

我办中文学校的时候，租完房子，手上根本没有多余的钱去购买教室的桌椅和白板之类的。于是我在家庭群里找哥哥们借钱。我一开口，哥哥们二话不说，马上就打钱过来，爸爸妈妈也给我打来钱。从一开始只有八个学生，到后来学生越来越多，老师也越来越多，我希望把这个中文学校建成一个华人交流平台，更希望借助这个平台，让老外看到一个高质量的不一样的华人群体，改变他们对华人的刻板印象。

由于中文学校办得有特色，受到了越来越多的华人家长的喜爱。有一天，一位当地华人欣喜地上门感谢道："殷老师，太谢谢您啦，我的儿子今年十二岁，在中文学校坚持上了一年。平常，他经常会冷不丁蹦出几个成语，还能用一口流利的中文与生活在中国的奶奶、外婆交流。太不容易了，以后回中国，老家人不会骂我忘本了！"

我们在教好中文的同时，还要用中国文化敲开孩子的心门。在学校创办之初，我就有一个坚定的想法，不仅要开办一个教授中文的课堂，还要打开一扇认识中国的窗户。为此，学校开设多门介绍中国文化的课程，举办各类庆祝中国传统节日的活动。学校创办第一年，我们就组织了八场文化活动。逢年逢节必过已成为中文学校的传统。每个中国的传统节日，我们都不落下。每年暑假，学校都会举办"璀璨中华"夏令营。在为期两周的夏令营中，老师们以"走遍中国"为主题，选定一座中国城市，邀请当地民俗文化传承人来学校现场展示传统手工技艺。学生们在夏令营中认识了许多原汁原味的中国传统文化瑰宝。我和老师们还会安排高年级的学生查找、搜集每座主题城市的饮食特点、建筑风格、风土人情，设计海报，做文化宣讲。

每次夏令营结束后，那年的主题城市都会在学校里成为热门的旅游目的地。许多孩子参加完夏令营，会主动要求父母带他们回国，去西安兵马俑、福州土楼等名胜古迹"打卡"，近距离地感受中国的美丽山河。去年夏天，一名学生就跟父母回了一趟中国，不仅爬了黄山，还参观了古色古香的徽派建筑。孩子们看得很细致，还思考了许多与建筑历史、建筑文化有关的问题。从他们的话语间，我能感受到他们不仅对中国传统文化感兴趣，而且为此骄傲。

每年，我都会给班里的学生布置一道作文题——《我眼中的中国》。最初，很多孩子虽然去过中国，但对中国依然了解很少，只能想到中餐，甚至不知道中国的首都是北京。渐渐地，他们学了中文，了解了中国的地大物博，再去中国，就能带回不同的感受。他们常在作文里这么写："中国不仅是我爸爸妈妈出生长大的地方，也与我有关，我很爱中国！"

许多中文学校的学生渐渐长大，开始扮演桥梁的角色，向身边更多的美国朋友介绍中国。孩子们发现，掌握两种语言、兼具两种文化，可以让他们有更多机会行走在中美之间并发挥作用，这让他们很有成就感，也更自信，更热爱中国文化。让学生学有所用、学有所成，是我办中文学校的初心，也是最高兴的一件事。

看着一批批孩子长大，不仅会说中文，还爱上中国文化，我非常欣慰。未来的路还很长，我会继续尽最大的努力，让中文学校长长久久，让中国文化的根脉深深扎进下一代的心里。

眼看着中文学校的情况越来越好，2020 年 3 月中旬，全球疫情暴发，美国中小学全面停课。美国口罩、消毒液等各种医护用品全部短缺，从 3 月份开始，我和当地的几个华人一起组织大家捐款从全球购买口罩、防护服等用品，捐给当地的医院和学校。4 月 8 日，我们本地华人捐款一万多美元，采购的三批医疗物资全部送到了医院。2020 年 5 月 20 日，由康奈尔学生和家长们捐赠的 15 万个医用口罩，也经过重重困难，陆续抵达了伊萨卡，当天我在朋友圈写下了这样一段话："由康奈尔学生和家长们捐赠的15万个口罩近两天全部送到了康奈尔应急中心，6万个医用口罩已经派发了医院、警察局、消防局等，剩余9万个，捐给现在缺口罩的康奈尔员工、实验室、Ithaca本地的幼儿园、中小学和本地居民。义工组的成员们都很辛苦，颠倒黑白地劳累了近两个月！很有幸参与其中，见证了其中的曲折！'道不远人，人无异国'，谢谢大家在'520'送来的这份爱！愿大家都能安好！"

"事不关己，高高挂起"是很多人的处世哲学和心态，但从小到大，在我这里从来没有。小时候当班干部，老师不在时，同学们有事都来找我解决。大学时，我是唯一跟男生和女生关系都很好的人，几次大型大学同学聚会都是我牵头组织的，自从我出国后，大学同学就再也没有举行过大型的聚会了。在国内大学工作的时候，我像个妇女主任一样，解决着同事的家庭问题……这样的事情数不胜数。疫情的时候，我为什么要冒着生命的风险来组织捐款、做各种公益活动？因为从小妈妈被乡亲们尊重的场景一直记在我心里，奶奶引以为荣并挂在嘴上的话"我媳妇比公社书记还管用"，这些场景，这些话，都在告诉我，钱不是最重要的东西，善良、热心、内心充实才是真正会让人幸福和快乐的东西！虽然现在流行"有钱人的快乐你想象不到"这种"金钱至上"的观点，但是我始终觉得钱够用就行，人的内心一定要有信念支撑。

现在我的中文学校越来越大，也越做越好，我在小镇的名气也越来越大。不论是在餐馆还是超市，只要出去，总会被人尊称一声"殷老师",我也有了妈妈别人叫她"殷医生"时的那种神圣的职业荣誉感。我和妈妈一样,爱惜荣誉,也深感责任重大。我深感自己关于教育这方面的知识不足,在2022年,我决定读一个中文作为第二外语的教学硕士学位。当我把录取通知书发到家庭群里的时候,大家都非常为我高兴,觉得我真了不起!没有一个人说:"这么大把年纪了还去考学历,已经读到博士了还要读什么书?女人就该好好做家务,读什么书?"大家都非常支持我!嫂子们也都说,我是孩子们学习的榜样。

在读书期间,我又认识了很多跟我一起上学的同学和很多优秀的教授。我才知道,在美国,有很多老师,关心着美国的教育问题,实现教育平等不是一句空话。美国的教育没有中国那么卷,老师们关心的不仅仅是如何让孩子们能在快乐中学到知识,他们更关心的是,能让每一个孩子都能得到平等的教育机会,包括低收入家庭的孩子,包括行动不便的孩子,包括智力残缺的孩子,包括自闭症、多动症的孩子。

小时候,父亲常给我讲"燕雀安知鸿鹄之志"的故事。一个人应当存有远大的志向,而人一旦有了志向,朝着这个目标出发,其他的事情就会变得没那么重要,他会自动忽略那些嘲笑他的人,会屏蔽外界的干扰,而一心为实现自己的目标而奋斗!

2024年我要做三个月的实习,结束后就能拿到美国的教师资格证。拿到证以后,我希望能够帮助美国的中小学拓展更多的中文学习项目,向他们宣传我们中国五千年的文明。孩子们只有接受到了正确的引导,才会成为具有国际视野的人,才不会有种族歧视的想法。

为了实习，我只身来到了纽约市。先生独自在伊萨卡照顾着两个孩子。2024 年 4 月，我正在纽约的出租屋里写这些经历的时候，过往从眼前一一掠过，就像是发生在眼前的事，转眼间，自己从一个青葱少女，已是人到中年，我实现了"世界这么大，我想去看看"的愿望，虽然身处异国他乡，但是去国怀乡，能为传播中国文化尽一点儿绵薄之力，心中时时充盈着一种幸福。

我很感恩在自己的生命里，有这么好的家人。我知道我的一生没有太大的波澜，其实是我的父母、我的兄长、我的先生和公婆，帮我承担了外界大多数的风雨。而我无以为报，唯有让自己更加强大，让爸爸妈妈不为我担心！

妈妈年轻的时候，耳朵就不太好，老了，耳朵更听不清楚了。现在科技发达，可以视频聊天，我们经常视频，但是每次视频，她都听不清楚我们在说什么。她学会了用微信发信息，发红包。我安装了摄像头，她可以在她那边看到我家门口的情景。

前几年，妈妈还说，自己家门口的浦发银行撤掉了，她没有办法打钱到我的浦发银行卡上了，她想给我转点儿钱。我开玩笑地说："妈妈，你这是转给我用的，还是给香香和糖糖（女儿和儿子的小名）用的？"她说是给我用的，我真幸福，四十多岁了还有妈妈给钱用。

我生女儿的时候，妈妈就一直在身边啰唆："生儿不知娘的苦，生女无法报娘恩。"妈妈当了一辈子妇产科医生，她知道女人生孩子，就是在鬼门关前走了一遭，一把屎一把尿地把孩子从很小喂养大，又操心学习，操心孩子的婚恋，操心孩子的生活，只要母亲在，就要一生操心着自己的每一个孩子。妈妈常说："兢兢业业做工作，勤勤恳恳持家务！"她一生就是这样做的。而我，也和妈妈一样，担负着自己身上应该担负的责任。我常常想，父母一辈子虽然没有做官，也没有赚很多钱，但他们却留给我非常多的财富：责任心、爱心、乐观以及办法总比困难多的迎难而上的坚忍！他们鼓励着我，帮助着我，让我能够自由地随心所欲地从一只燕子成为一只能在天空展翅翱翔的雄鹰！我觉得自己的父母都非常伟大，他们都很爱孩子。虽然一辈子并没有做出什么特别伟大的事情，但是他们爱岗敬业，正直善良，一辈子都在认真工作，认真生活，这些朴素的人生观都值得我终生学习。以前，也没有那么多育儿知识，但身为父母，他们的教育方法凭的全是耐心、细心和爱心，这样培养出的孩子，也都善良和坚忍不拔。

磨难，是青春的一种修行。我有时候常常设想：高中一开始，以我的学霸基因，如果我不是那么倔强，能听进妈妈的话，不早恋，可能早就一次性考上一个好大学，学习一个好专业，毕业有一份好工作，也不会远走高飞，也许，今天我会和父母一样，在国内的大学教书育人，过着平常的日子。虽然年轻时走了这么多弯路，吃了一些苦，但眼界和阅历也达到了一定的高度。一个家庭三个孩子，如果个个成长的轨迹都是一样，哪怕个个成功，但这个家庭又有何精彩之处！青春，就是用来吃苦的，就是用来闯荡的，就是用来搏击命运的，人生没有假设，人生从来也不会从头再来，只要不负我心，哪有什么后悔可言！

我不后悔自己的青春抉择。就是在这一刻，我与自己和解了。

开挂的青年名师

"含着泪，我一读再读，却不得不承认，青春是一本太仓促的书。"席慕蓉的诗，祭奠了一代人的青春。

20 世纪 70 年代出生的人，受到传统观念和教育中传统文化理念的深刻影响，表现出踏实、勤劳、负责的特质。这种责任心和稳重性是他们成长过程中的一种潜规则，使得他们愿意脚踏实地地耕耘，追求成功却不急功近利。对家庭、对自己、对社会负责任是他们对自己的基本要求。1972 年出生的陈攻就是这样的人。

在陈攻的青年日记中，有这样的话：

总有一天，你吃的苦，流的汗，担的责，忍的痛，到最后都会变成光照亮你的路。年轻时的付出，都是在淬炼自己，打磨自己，就像打磨一块美玉，只有历经千百次雕琢，才会成为一块上等好玉。人生在世，不经磨炼，哪能成才，岁月的刀终把自己雕刻，你只有经得起时光的雕琢，忍得了痛，到最后，才能成就你。因为吃苦流汗，担责忍痛都是你最好的道场，人在世上修行，都是有利于自己成长的。当你历经岁月的沧桑，越来越懂得人生不易，且行且珍惜，内心会更加坚强，阅历会更加丰富。人生，要在打磨中不断领悟，这才是真正的成长。受的苦让我们懂得了更加地理解别人，忍的痛让我们学会了心疼他人，流的汗让我们知道了世上的人和事都是各有各的不易。

人生，是一场不停止的领悟，苦不是白受的，汗不是白流的，痛不是白痛的，因为这些背后都是让我们成长成熟的印迹，最终变成我们人生不可复制的阅历和经验。你经历的一切最后都会把你成全，挫折是最好的洗礼，能让我们的内心和灵魂更加饱满和强大。无论你经历什么，你得相信，世上没有白走的路，每一步都算数，所谓吃苦就是吃补，吃一堑会长一智，无论经历什么，都是最好的经历，都会让你获得成长。

斯言不谬，切中肯綮。陈攻的人生，从大学毕业开始，就有了开挂之势。

1994 年，陈攻从华中师范大学英语系毕业后，分配到同济医科大学当老师，主要教授医学院学生大学英语，同时也担任夜校成人英语老师，后来教医学专业英语。2000 年，同济医科大学和华中理工大学、武汉城建学院合并，取名华中科技大学，外语教师都合并到华中科技大学外国语学院，陈攻于 2007 年 9 月开始在主校区上课，2009 年 6 月转岗到国际交流处医科办公室工作，在教学岗位整整干了十五年。

陈攻的青春耐得住寂寞。良好的家教，让他一直认为教师是个良心活儿。天性善良、有良知的他，自然是个优秀教师的好材料。陈攻从小酷爱读书，勤奋学习的他自身有着非常丰富的知识储备和文化底蕴，加上充满激情、富于感染力的个性，让他在讲课时有着很强的代入感，能很快令学生们移情入境，激发起求知欲。

20世纪90年代，学术思想开放，兼容并蓄，英语教学蓬勃发展，陈攻上课从不照本宣科，上课时犹如天马行空，授课内容博闻强识，涉及领域非常广，从西方文化的三大源头之古以色列人的情感、古希腊罗马人的理智、古北方蛮族的武勇，到近现代法国资产阶级启蒙思想家卢梭、伏尔泰、孟德斯鸠，从毕加索、凡·高等艺术家的名画到勃朗特三姐妹的《简·爱》《呼啸山庄》《艾格妮丝·格雷》，还有很多让学生受益终身的电影《人生遥控器》《真爱至上》《第一骑士》等。

陈攻老师的课成了学院的一景，因为太受欢迎，每次开课，后排和窗外站满了听课的学生，学生的热爱也逼着他教学相长，不断丰富和充实自己的知识结构，不断完善教学内容，同时，在大学这个象牙塔里，在和老师及学子的交流中，他更加深刻地思考人生的意义。

2001年，陈攻女儿出生时，他也因教学成绩优秀和学生评价极佳而被擢升到七年制教学组工作，担任七年制五、六级高级英语和医学专业英语教学。

世纪交汇之际，共襄教坛盛举。当时，互联网和多媒体教学兴起，陈攻发现了英语教学中的巨大潜力，开始充分利用网上资源充实教学，经常深夜制作电子课件，下载和制作各种教学小视频，在此领域深耕不辍，取得了良好的教学效果。

陈攻清楚地记得他给学生讲希腊神话，从各种电影中节选出来视频片段，从帕里斯选美到美丽的海伦出场，从阿伽门农聚义出征到阿喀琉斯与赫克托耳的决战，整个课堂高潮迭起、精彩绝伦……

陈攻至今还记得他讲勃朗特三姐妹一生与贫穷和疾病做斗争，却完成了不朽的旷世名著，奏出了小资产阶级反抗的最强音，由于情景的带入，很多学生脸上都挂着晶莹的泪花。陈攻教的这个班就是学校的对外汉语教学专业的学生，山不转水转，他后来任孔子学院院长，很多青年志愿者教师都是来自这个专业，也算是对他最好的慰藉吧。

陈攻还记得他给学生放映《人生遥控器》，当男主角在晚年才发现自己人生一团糟时突然醒过来，发现只是南柯一梦，幡然悔悟，疯狂往家跑，告诉自己从今往后一定要善待父母妻儿，绝不再做工作狂，班上很多学生听得泪崩……

陈攻更记得在教七年制医学英语的课上，他展示了很多精彩的人体内部生理功能的图示动画，已经下课了，学生们都呆呆地坐在教室，一动不动，仍然沉浸在精彩的讲义中，然后突然爆发出了一阵热烈的掌声……

因为执着与投入，陈攻获得了"校级优秀教师"等诸多荣誉，并于2007年、2008年连续两次获得教学质量优秀二等奖。从最初的四、六级大学英语教学，研究生英语教学，再到七年制、八年制大学英语和医学英语教学，陈攻一直担任学校最优秀学生的英语教学。

　　当年，有记者采访已是名师的陈攻时，他谦虚地说："必须承认，我的坚持源于学生的优秀，毛泽东的恩师板仓先生杨昌济老先生的一句名言我非常赞同：'择天下英才而育之，不亦说乎。'有时候教学质量其实是由学生质量决定的，这一点我是非常幸运的，由于生源好，我从不太担心学生学不会，从不用担心曲高和寡。前同济医科大学也好，后来的华科也好，学生们都是经过残酷高考竞争过来的好苗子，基础好，悟性高，学习习惯好，进步神速，这也反过来促使我不断学习提高、不断挑战自己，在教学中始终保持积极学习的状态，不断尝试新的教学方法和新的教学内容。"

　　对于教学，陈攻自信地认为，自己在教书育人方面，天赋极高，在丰富的实践中，他善于不断总结心得，不断精进上课技巧，懂得了老师如同导演，教材重要，教学方法更重要，好的老师一定要循循善诱，引导学生像鱼儿一样在知识的海洋里畅游。

教育部来了个年轻人

人生如逆旅，匆遽短促。无数行人在旅途中寻找方向，经历无数次的拐弯。在人生这条道路上，每一个拐弯都代表着一次成长，一次跨越，一次对未来的重新定义，只有经历过一次次的拐弯，方能领悟生命的真谛。

陈攻本来以为自己会一辈子做一个"教书匠"，没有想到单位居然阴错阳差把他转到了行政岗。

2000年5月26日合校后，同济医科大学的教学体系不断调整，陈攻他们这些外语老师全部调到主校区上课。2007年9月起，陈攻就乘班车到华中科技大学上课了，后来家里人心疼他来回过江穿城的奔波，就给他买了一台爱丽舍小车代步。那两年多的时间里，陈攻开车从武汉汉口航空路到武昌关山口，每天有两个小时在路上，冬天白天短，早出晚归，几乎天天都是披星戴月，那个时候虽然不怎么堵车，但他已觉得十分辛苦。

2009年5月，陈攻在学校内网站看到了一则招聘广告，国际交流处（外事处）医科办公室（同济校区办公室）需要一位负责外事管理和翻译工作的英语职员，他便毫不犹豫地报名了。经过笔试、面试，他从九名竞争者中脱颖而出，被成功录用，并于6月28日从外国语学院转岗到国际交流处医科办公室上班了，正式由外语教师转变为行政干部。

外事处的工作主要是接待国外学术交流团和来学校实习的外国学生，在座谈时给领导当翻译，工作轻松且开心。关键是再也不用每天浪费时间在路上。此时陈攻在上小学的女儿芊芊，还可以放学后过来在他办公室做作业，下班了就骑车载着女儿回家，路上买菜，做好晚饭等夫人下班回来。工作生活都很惬意，如果生活就这样一直持续下去，倒也自在，倒也平静，夫复何求。没想到，命运又一个转弯来了，干了不到一年时间，又一个机会来了：陈攻被学校借调到了教育部。

2010年10月8日，陈攻来到了位于北京西城区大木仓胡同的教育部工作，在国际交流合作司国际组织处。当时办公室还有其他几个借调人员，除一些日常行政事务外，主要工作是参与国家层面的大会。陈攻记得有广州亚洲大学校长论坛、青岛亚欧职业教育大会、深圳大运会期间的世界大学校长论坛、中美第三届高级别人文交流磋商机制等，陈攻所在处里的工作主要是邀请参会嘉宾、制作会议日程、协调沟通各办会单位等，非常辛苦，非常繁忙……

陈攻是一个努力上进，又充满温情，对父母极其孝顺的年轻人。在陈攻2011年5月13日的日记里，可见一斑——

　　本周分管我的部长、司长、处长全部赴丹麦参加会议。终于可以从繁忙的工作中解放出来，抽空好好陪陪父母。父母从4月24日到北京来，已有半个月了。其中，我利用"五一"长假和上周末陪他们去了故宫、圆明园、颐和园和北海公园；又陪他们逛了后海—恭王府—护国寺这条线路；还专门请父母来看了看我工作的教育部和我的宿舍。父母看到我能在国家部委里面上班，十分骄傲，反复鼓励我要珍惜机会，一定要好好干出成绩。

　　中午我带父母在西单吃了渝信川菜和口福居的羊肉，昨天晚上又去了南锣鼓巷，吃了"束河人家"的火锅。父母辛苦了一辈子，没有出过远门，我能借调到北京来，他们既高兴，又担心我在这边生活不好，非要来北京看看我。虽然平日里工作很忙，但我尽最大的努力，力争让父母此次北京之行，是旅游和休闲相结合，好好玩玩。

　　父母在北京的那几天，我尽量早点儿回来和他们一起吃晚饭，回来陪他们聊天。爸妈都老了，每天给我讲的话特别多，担心、顾虑也多。朴实了一生的他们，总担心我在北京租的房子太贵了，怕单位的人会有闲话说。我不得已告诉他们，北京是首都，房租贵得吓人，我租的房子是最便宜的，其他在教育部借调的同事们一般租的房子都是每月3000元以上，而我的房子是环境最差的，卫生间和洗澡间都要与别人共用，是因为我知道父母要来，每天下班后我都在房子里贴贴补补，辛苦了近一个月，花了近千元装饰，才让自己的小房子变得干净整洁，有点儿小档次。

我与父母聊得最多的就是妹妹，妹妹背井离乡，总是让我和父母牵肠挂肚。我们还聊到爷爷奶奶，聊到爸爸的师父向云亭，聊到堂哥陈希清一家人，聊到那些妈妈接生过的一个一个的月母子，聊到我们兄妹小时候成长的经历……

陈攻能从千百个农村家庭中脱颖而出，是陈家几代人赓续接力，在苦难的生活中不放弃心中的希望，山河辽阔，奋力上进，在贫瘠而缺少机会的时代里，努力寻找一切可以生存下去，可以发展起来的机会，为后面一代又一代的子女创造越来越好的条件，同时秉持良好的家庭教育，家风润德，泽被万物，这才是一个家族兴旺发展、绵延不息最核心的密码……

是啊，陈中轩和殷良秀的家庭，只是中国千千万万撑起一方烟火的普通家庭之一，是最具"中国式"的家庭，父慈子孝，兄友弟恭，祖辈都是老实巴交的穷苦人家。殷良秀嫁给本分厚道的陈中轩，从此给这个家庭带来了翻天覆地的变化。陈出新三兄妹是幸运儿，他们幸运地站在父母的肩膀上看世界，拥有了丰富的人生阅历，也见证了时代的变迁。在这个充满机遇和挑战的时代，父母的辛勤付出，为子女打造了一个坚实的垫脚石，成为他们能够跨越时代繁华、迎风起飞的坚实基础。家是最小国，国是最大家。家庭命运与国家发展息息相关，在盛世中国时代大潮的助推下，陈家兄妹是中国国运昌隆的受益者。

在北京工作的两年时间里，陈攻的工作能力得到很好的锻炼。教育部是国家的重要部委，对个人素质要求很高，他一开始有点儿不太适应如此大的工作强度和高标准的要求，但为了将来，为了自己学校的荣誉，再苦再累仍咬牙挺过来了。后来，陈攻在回想那段经历的时候，认为那段时间虽然难熬，但非常值得，属于典型的人顶风扛旗登山。"痛并快乐着！""吃得苦中苦，方为人上人！"这两句话准确地描述了他那段时间的付出与坚持！

最难以忘怀的，是他在这里碰到了自己平生第一位贵人刘司长，他为人非常善良，平易近人，和蔼可亲。在部里工作，陈攻有幸和刘司长一起赴意大利参加世界中学生定向越野锦标赛，结下了友谊。刘司长很欣赏年轻的陈攻的聪明与专注，同时又吃苦耐劳，不计个人得失。他对部里借调的这个年轻人格外地看重，给他创造很好的成长机会，极力支持陈攻担任教育部派出的驻外干部。

做外交官，到大使馆去工作，这对陈攻这样一个农村出身没有任何背景的青年，是想都不敢想的。陈攻一直在想：如果不到北京教育部借调，如果没有领导的支持，这一切几乎是不可能的。不知道是命运的安排，还是上苍的保佑，回首来路，陈攻对命运充满了感恩。

其实，陈攻的华丽转身，是他从小养成的勤奋和上进，努力不放弃任何一次改变命运的机会，驾驭命运的舵不断地去奋斗的结果。心中有梦，有理想，但是不抱有幻想，不放弃任何机会，不停止一切努力。成功并非遥不可及，只要勇往直前，勇攀高峰，你的努力终将得到回报，梦想也终有一天能够触及。

外交官生涯

2012 年 7 月 18 日，陈攻开始了他正式的外交官生涯。他携夫人和女儿，飞到了比利时布鲁塞尔，来到中国驻欧盟使团工作，在教育文化处担任三等秘书，一年后晋升二等秘书。当时，教育文化处领导为李姓公使衔参赞。

李公参毕业于北京大学数学系，后留学美国康奈尔大学，曾在教育部、国家留学基金委任要职，后任驻美国纽约总领馆一等秘书，驻澳大利亚悉尼总领馆负责人（参赞）。李公参人品行端正，为人正直，工作能力很强，在外交斗争中机智灵活、守正出新、不卑不亢，是陈攻学习的榜样。在欧盟使团的四年多，陈攻和李公参及一群优秀的同事并肩作战，成为他平生最开心的一段时光。

作为外交官，陈攻深知自己代表国家、代表十四亿多中国人民，必须严格规范自己的言行，廉洁自律，维护中国的良好形象。同时必须坚持国家利益至上，坚决捍卫国家尊严，坚决遵守外事纪律。使团作为外交战线的最前沿，特别讲政治，他虽然是一名外交新兵，但始终牢记坚决贯彻执行党的外交方针政策，跟着使团前辈和优秀同人们努力学习外交辞令和礼仪，他很快可以游刃有余地和欧盟各司官员及欧盟学校校长们打交道，经常驱车参加各种外交活动、智库研讨会、鸡尾酒会及宣教活动，是"中欧高级别人文交流对话机制"主要协调人之一，负责了欧盟官员赴华研修班、欧盟学校师生夏令营、欧盟调优项目等大型合作项目，主持主讲数十场涉外宣介活动，招录欧盟二十八国七百余名"欧盟之窗"奖学金学生来华，创建欧盟学校孔子课堂，完成多篇高质量调研报告。总之，在这样一个平台上，陈攻的工作能力得到了全面提高，个人素质和眼界极大提升，适应力和抗压力显著增强，也谙习了西方文化及生活习俗，不知不觉中迎来了事业的第一次高峰。

由于工作出色，陈攻于 2013 年、2014 年连续两次获中国驻欧盟使团年度"先进工作者"荣誉称号，2015 年获外交部"优秀公务员"荣誉称号，有两篇调研报告还获国家领导人批示。

2016 年 9 月 27 日，陈攻的任期结束，载着满满的收获顺利回国。此时的他，刚刚四十四岁，踌躇满志，期待着更大的辉煌。

陈攻有一个同事是新西兰的，有一次来他家里吃饭，通过聊天得知，这位同事有个中文名字叫江森林，妈妈是妇产科医生，他们家七个孩子。陈攻顺便问了一下，问他妈妈工作中是顺产接生的多还是剖宫产的多。他说自然生产的多，剖宫产的很少。他们兄妹七个都是自然生产。新西兰医院也有剖宫产的，但是非常少，大多数都是选择顺产。如果医院想挣更多的钱，也可以给产妇做剖宫产手术。陈攻当时想，不管是国内还是在国外，都会有一小部分医院受利益的驱使，让有顺产指征的产妇去做剖宫产手术，未来这种生育导向需要尽力扭转。

回乡偶书

2010 年 2 月 7 日，陈攻带着女儿回了一趟故乡。

汽车在江汉平原一马平川的柏油路上飞驰，从武汉到京山市永隆镇，路边的建筑鳞次栉比，到处是一派红红火火的景象。农民富起来了，农村也大变样，"村村通"的马路，直达当年自己生长的红林村。

当年从武汉回来要一天的车程，现在只要两个小时。永隆小镇老街三十年前的建筑居然都在，陈攻特地带女儿来到了自己当年生活过的老屋，带着女儿看了永隆河轻波缓缓的小河的大拐弯处，这个地方就是自己小时候游泳差点儿被水冲走的地方。高高飘扬的芦苇还在，河水清澈，缓缓流去，流向大江，鱼儿欢乐，时不时跃出水面，把水面砸出一个圈。河岸边，一头老水牛在孤独地低着头吃草，陈攻和女儿沿着他少儿时上下学走过的乡间小路，走在田野里，走在河堤边，脚下的沙土地，沙沙作响，微风吹过，河水泛起层层鱼鳞般的波纹。故乡啊，出走半生的游子回来了，陈攻紧紧地拉着女儿的手，突然间热泪溢出了眼角……

回到家乡，陈攻一下子找回了那份久违的宁静和安详，家乡熟悉又陌生的一切都让他感到舒适和自在，像是找到了心灵的归属感。他带着女儿漫步在乡间的小路上，仿佛回到了童年时光。这里的一草一木，一山一水，都是他无法割舍的情感。

回到家乡，听着熟悉的乡音，品着那醇厚的乡味，感受着那份深深的归属感，仿佛整个世界都变得温暖起来。陈攻带着女儿与老家乡邻打招呼聊天，很多人他已经不认识了，但只要提起自己是殷医生的儿子，这次回来是看看乡亲们，他立马就被乡亲们围了起来，气氛也热烈起来，大家亲热地问他："你是殷医生家的老大，还是老二？"

"我是老二。"

"哎呀，老二呀，你妈妈身体还好吧？她可是我们这里的活菩萨啊，代我们向你妈妈问好！"

在与家乡人亲切的攀谈中，大多数聊的都是殷医生多年对大家健康的守护，村里很多青壮年，大都是殷医生一手接生的，这种生命相交的感情，比亲戚还要更亲……

陈攻的女儿过去不相信她奶奶的名气，总认为爸爸在吹牛。奶奶在她眼里，就是一个退了休的平凡老太太，这次她彻底信服了，并由此生出一种由衷的骄傲——我的奶奶原来真的是路人皆知的一代名医！

陈攻这次回乡，还有一个特殊的任务，他作为家族代表，要在侄子的婚礼上作为证婚人讲话，对年轻人的祝福还是那句爱情格言"执子之手，与子偕老"。在舞台上，看着晚辈幸福的表情，他不禁有些恍惚，自己一个当年在爱情中迷茫的人，现在竟然来见证下一代年轻人的爱情，真是别有一番滋味在心头。

在城里是乡下人，在乡下是城里人，在熙攘人群中仍感内心寂寞。我是谁？我在哪儿？要去向何方？那一天，陈攻喝了不少酒，不胜酒力的他，微醺微醉之间，好想回到童年，重来一遍，匍匐在家乡大地母亲宽阔的胸膛上，好好睡一觉。

此心安处是吾乡。陈攻梦里常出现童年的一幕：如黛青山，一江春水，满溪桃花。在激烈的都市职场，为出人头地而奋力打拼，每每回望家乡，虽然只有两个小时的车程，但心理上仿佛隔着千山万水，主要父母不在老家，回去意义总是有点儿空泛，难以说服自己为寻找童年的记忆而返乡一次，故乡真的已远……

听到乡音，仿佛是基因觉醒，女儿学得带劲，很快就有模有样，乡亲们说一句，她学一句，总是惹得大家哈哈大笑。

回城之前，陈攻办起了大采购，买了很多土特产，有现做的棉絮，还有豆腐千张，要知道陈攻的爷爷和大伯都是做千张豆腐的大师，小时候天天吃，除了好吃，还有美肤的功效。陈攻生得皮肤很白，女儿的皮肤随了他，越来越白，夫人非常高兴，认为嫁对了人。陈攻长大后当了医学教师，才知道豆制品尤其农村原生态的豆腐对人的身体有多么好。此次回乡，可谓"乘兴而去，满载而归"。记忆中家乡的女孩仍那么漂亮，他真心希望家乡父老永远都快乐，河水清澈，田野肥沃，在辽阔的大地上，小镇农民都奔向越来越好的日子。

第六章
陈教授『赶海』记

一言难尽的"医院制剂"

用"天之骄子"来形容 20 世纪 80 年代的大学生一点儿都不为过。1977 年，中断了十年的中国高考制度得以恢复，由于当时的高考录取率极低，之后十年能考上大学的基本都是社会精英。这些大学毕业生毕业后国家全部包分配工作，大多数人进了政府机关、大型企业和事业单位。

1987 年，陈出新考入武汉化工学院（现在的武汉工程大学）化学制药专业。1991 年 6 月大学毕业后，陈出新被分配到武汉大学人民医院（湖北省人民医院）药学部从事药品制剂研究工作，师从中国医院药学研究泰斗尹武华和蔡鸿生两位教授。

大学一毕业就进入了湖北省最牛的医院，同时又能师从医学泰斗，陈出新觉得自己十分幸运，工作之余，他又报考了武汉大学药学专业的在职研究生，边工作边读书，研究生毕业后，由于专业能力出众，2000 年陈出新就获得药学高级职称，成为当时全医院最年轻的主任医师。

陈出新大学一毕业，就直接分配在武汉大学人民医院（湖北省人民医院）工作了二十余年。试想：一个出身寒门的青年学子，在湖北省最牛的三甲医院工作，四十岁出头就拿到了正高级职称，起点高，平台好，事业顺风顺水，按道理说，这是别人眼中羡慕无比的高配人生，但其实每一步成绩的得来，都是青年陈出新埋头苦干奋斗得来的。古人云："立志而圣则圣矣，立志而贤则贤矣。"青春虚度无所成，白首衔悲亦何及。青年人倘若没有志向，便如无根之木，无水之鱼，人生价值谈何实现，国家和民族又谈何发展。青年人当立鸿鹄之志，以鸿鹄之志铸有为之身，方能无愧于国家，无悔于青春。

　　有人可能会认为，选择在一个中部强省里面最牛的医院里平稳工作一辈子，工资稳定，受人尊重，一直干到退休，肯定没有问题。但善于思考不甘平庸的陈出新总觉得生活中少了点儿什么，他敏锐地察觉到中国医疗行业正在遭受一场史无前例的市场冲击，马上要变天了！

　　这其中有一段中国卫生事业发展史上极为特殊的"医药制剂"历史。在 20 世纪，中国医院使用的药品中的 40% 都由各大医院自主研发生产，医院药剂部门是医院的创收大户。陈出新所在的武汉大学人民医院的医院制剂室，更是在业界闻名遐迩。湖北省人民医院的名医大家众多，这些名医大家手上都有一些功效卓然的药方，基本属于医生的私有"绝活"。经医院制剂科研究制成药品推上市场，这些药品便宜，功效又好，很快就可以解决老百姓看病难、看病贵的问题。陈出新工作之余，结合父母给的一些药方和自己的实际研发经验，自主研发了一些"医院制剂"，像治皮肤病的儿童霜膏，疗效就特别好，受到一些儿童家长的好评，甚至出现了患者在医院排队购买的情况。

说起"医院制剂"，其实在我国有着悠久的历史，我国古代太医院及一些私人诊所，行医兼售药，均能配制中药药剂。20世纪50年代初，发展医院制剂是一项利国利民的举措。一方面，当时由于新中国刚刚成立，国家经济困难，人民群众健康亟待改善，用药需求不断增长；另一方面，我国的制药工业还十分落后，药物生产远远满足不了用药需求，加之从国外引进的药物数量又非常有限，以致供需矛盾突出。医院制剂在当时不但能为临床医疗、教学和科研提供用药之需，还能为医院增加社会效益和经济效益，国家对此也持鼓励和支持的态度。很多三甲医院都建立了独立的制剂室。医院制剂工作正式从医院调剂工作中分离出来，以生产一般制剂为主，逐渐扩展到眼用制剂和注射剂等灭菌制剂，同步开展了制剂的迅速分析、热原检验、安全试验等药检工作。

到了20世纪60年代后期，受临床需求和经济效益的鼓励，尤其是配合临床开展中西医结合工作，许多医院制剂室开展了大输液制剂、中药制剂及中西医结合的复方制剂的研究与配制。拿大输液来说，市场供给非常紧张，尤其在每年春季流行病高发时期，输液完全供不应求，医院制剂在这方面确实起到了积极的作用。该时期，国内各大医院研发了一大批疗效好、价格低、用途广的医院制剂。如开发了氨基酸类、高渗葡萄糖液、维生素类注射液等胃肠外营养系列新药；研发了生脉（参麦）注射液、复方丹参注射液等注射剂；开发了中药糖浆剂、片剂和冲剂等新的中药剂型，甚至承担了肾脏透析液的生产等。这一时期，医院制剂充当了人民群众用药"供给保障"的角色。

到了20世纪80年代中期，我国第一部《药物管理法》颁布，医院制剂从此拥有了正当身份。《药物管理法》对医院制剂作了法定认可，且医院制剂品种能够有效补充市场供给不足的产品，仅实施备案制度，基本上无须审批，加之改革开放的深化，把医院推向市场，"以药养医"得以强化，医院制剂成为医院主要的经济来源等，极大地推动了医院制剂室的建设与医院制剂的研发。很多医院都成立了自己的制剂室，药剂师研究新型医院制剂的热情空前高涨，多种各样的自制中药制剂、西药制剂、中西医结合制剂应运而生。20世纪90年代，医院制剂发展到达高峰，医院制剂室的建设水平甚至成为药剂科学科发展水平的象征。几乎每一家二级以上的医院都有自己的制剂室，生产上百种制剂。医院制剂室同时成为新药研发的摇篮，研发出了许多高效、低毒、效益好的药，其中，包括一些老百姓耳熟能详的名药，如复方丹参滴丸、三九胃泰、正天丸、尿毒清、康莱特注射液、胃苏颗粒、通心络胶囊、骨质增生一贴灵、龙牡壮骨颗粒、金叶败毒颗粒、双黄连、妇科千金片和消渴丸等。像老北京人记忆中的首都儿科研究所的肤乐霜、协和医院的硅霜、北京中医医院的红纱条、北医三院的鼻炎三号等，都是老百姓耳熟能详的"小药"……

陈出新所在的武汉大学人民医院药学部，该时期内研发了一大批知名医院制剂，如维生素E乳膏、尿素乳膏、炉甘石洗剂、祛痰止咳口服溶液、四强油和排石糖浆等一系列自制药，因为效果好，价格便宜，深受老百姓的喜爱。陈出新也特别喜欢这份有创新性的工作，他每天都跟医院的一些名医大家泡在一起，收集整理秘方，研发"新药"，其中就包括一批他自己研发的"新药"，这些医院制剂推出后，由于疗效好，市场反响好，大受欢迎，陈出新对这份工作也感到特别有成就感。

1996年，武汉大学人民医院投资1000多万元，建设一栋5000多平方米的制剂大楼，总共8层，每一层有600多平方米。那时候，陈出新才参加工作没几年，因为头脑聪明又踏实肯干，被医院委派为甲方代表，代表医院在工地上监工。陈出新学的不是工程土木专业，是一个对工程建造一窍不通的门外汉，但他深知工程质量的重要性，一点儿也不敢马虎。他白天泡工地，晚上学基建相关知识。每天都跟建筑公司的工人吃住一起，那一年多时间里，他从工程审核到工程采购，一砖一瓦地全程监督。作为甲方代表，陈出新从图纸绘审到后期设备选型、水电气安装，每一步他都全程参与。哪怕是连施工过程中最不起眼的沙石冲洗工作，他都是监督到底，每一块小石子都必须冲干净，不能有黄沙水泥，必须保证基建工程质量过硬……

那一年多的时间里，陈出新每天泡在工地上，和工人们吃在一起，风里来雨里去，原本皮肤白皙的他变成了一个又糙又硬的大叔，头发长得好长，每天胡子拉碴，光皮鞋都穿破了十几双。这种高强度的生活非常锻炼人，两年多后，大楼盖起来了，从立项、招标、图纸、施工一直到竣工验收，陈出新一环不落地全部跟了下来，他由一个门外汉，变成了一个不折不扣的专业工程监理。

平凡的岗位，枯燥的生活，如果换作一个拈轻怕重的年轻人去干，肯定会怨天尤人，甚至早就撂挑子走人了。也许他会说："我是医生，又不是工地的农民工，凭什么让我来工地上做苦力！"但年轻的陈出新并不是这么想的，他心态很好，认为年轻就是用来吃苦的，一个人有多大的耐心，将来就可能有多大的成就，所有的经历都是一种财富。正是有这段工地监理的工作经历，日后他在创办研妆实业工厂的生产基地时，开疆拓土，施工建厂房和办公大楼，他都是亲自把关，图纸一摊开，他全看得懂，从厂房的设计图纸，到设备选型，他无不精通。因为专业，所以高效，在别人眼里比登天都难的事情，在他这里很快就可以搞定。

一个企业的核心竞争力，则是产品的质量与功效，这方面则更是陈出新的独有特长，在药学部做医院制剂科研期间，陈出新的父母陈中轩和殷良秀也给了他一些珍贵配方，他都一一进行科学测试，研发出了一批神奇"小药"，患者反映都特别好，特别是按母亲殷良秀的一些妇科方面的药方生产出来的"小药"，因效果奇佳，更是深受女性患者的喜爱，到现在还一直在医院里使用。

好景不长，进入21世纪，中国为了配合加入世界贸易组织，发展得轰轰烈烈的医院制剂开始进入一种规范发展的时代，从它的注册、生产和配制、管理都更加规范、严格。特别是在2000年12月，国家计委颁布《药品政府定价办法》规定，医院制剂零售价格按保本微利原则制定，零售价格由制造成本加不超过5%的利润构成。这一政策出台，几乎完全关死了医院制剂发展的原动力，医院完全没有了积极性。随着医院制剂生产所需的原辅料、水、电、气及人员工资不断增长，医院制剂的利润日渐低微，很大一部分医院制剂甚至是亏本的，导致一些医院干脆撤销了自己的制剂室，制剂室减少了，市面上的医院制剂自然就越来越少了。

2005年8月，国家食品药品监督管理总局颁布的《医疗机构制剂注册管理办法》（试行）实施，该办法明确规定医疗机构的制剂只能在本医疗机构内凭执业医师的处方使用；市场上已有供应的品种不予批准注册；即使是市场上没有供应的品种，未经注册也不得在市场上销售或者变相销售。另外，还连续出台了《医疗机构制剂配制质量管理规范》《医疗机构制剂许可证验收标准》等一系列文件，对医院制剂的软硬件都提出了更高的要求，导致医院研制医院制剂的成本投入进一步加大。另外，医院制剂的注册管理办法是参照药品来制定的，导致注册成本也进一步提高。加上，新开发的医院制剂的标准也提高了，导致开发新的医疗机构制剂的时间和成本都大幅提高了。在此大背景下，医院制剂逐渐减少，后来慢慢退出了历史舞台。

随着医院制剂改革，医院制剂份额逐渐萎缩，特别是中国加入WTO后，进口药品增多，医院制剂份额在医院用药占比不到1%。陈出新目睹和亲历了医院制剂从鼎盛走向衰亡的过程，整个医院几乎再无须自己制药，看到自己毕生所学将无处施展，他极度苦闷。

有一次，一个亲戚给陈出新打电话说，以前医院有一种叫"清翘感冒片"的"小药"，每瓶60片，卖10元，有效又便宜，现在到处买不到，问他在哪里可以买，陈出新听后苦笑不已，因为这款药就是医院制剂，已经很久不再生产了。

随着进口药的大量进入，很多医生开药用药时也都不再开便宜而没有利润的医院制剂"小药"，医院制剂的时代已经过去了。大势所趋，面对这种趋势，陈出新个人也无力回天，医院的药学部从以前医院最红火的一个部门，慢慢变成了可有可无的清水衙门。从小喜爱下围棋，下一步棋会想到十步之外，陈出新从围棋理论中悟出了此行业大势已去的道理，如果自己不想过这种平淡乏味的生活，自主创业则是一个好的选项，并且迫在眉睫！

与"医闹"共舞的惊心动魄岁月

　　曹操怒杀华佗，应该是中国历史上"医闹事件"的最早记录，只不过因医患双方都太有名气而妇孺皆知。作为医生的华佗，生于群雄并起的东汉末年，因其医术精湛，和董奉、张仲景合称为"建安三神医"。他不但发明了麻沸散，创编了"五禽戏"，还开创针灸治病先河，是在中华医学史上神一般存在的人物。华佗最擅长的是外科手术。在近两千年前的东汉时期，就敢划开人体宫腔和头颅，这可是超出当时人们想象的。所以，华佗被誉为是"外科鼻祖"。而作为患者一方的曹操，则是三国时期的枭雄，一生文治武功睥睨天下，鲜有敌手。更重要的是，他还手握生杀大权，就连天子都被他玩弄于股掌之间，成为他手中的筹码。所以，华佗医生遇上曹操这样的患者，一旦处理不好医患关系，送命的自然是华佗了。

　　陈出新在"药改"后的药学部无所事事，有些迷茫，正苦闷着寻找出路的时候，医院的王副院长找到他，说医疗部差一名牵头负责人，并表示这是一个非常锻炼人的岗位，极富挑战性，唯他不能胜任！

陈出新之前在医院药学部干得风生水起，是全院上下有目共睹的专家型干将，如今受政策影响，医院制剂走下坡路，把陈出新再放在药学部也是浪费人才，医院领导才决定调他到医疗部。觉得受到重用的陈出新听信了王副院长的话，二话不说就去了医疗部。去了之后，他才彻底明白为什么这个部门这么差人了。

医院的医疗部，实际上是一个医院的质量控制部门，主要的职责是处理医院发生的所有医疗纠纷。当时，"医闹"盛行，只要出现医疗纠纷，专业"医闹"就会纷纷粉墨登场。有预谋有组织的"医闹"行为令人发指，他们不仅伤害医务人员，还破坏正常的医疗秩序，侵害医疗机构和医务人员的合法权益，更严重影响了其他病患的就医。

原来，在陈出新调来医疗部之前，医院刚刚发生一起重大的医疗纠纷，患者为了索取巨额赔偿，连当地黑恶势力都介入了，医疗部好几名工作人员被打伤住院，当事医生甚至被带出医院，控制了人身自由。据知情人介绍，事发当天，整个行政楼就像是战场：上百名"医闹"强行攻占进来，医院里谁敢伸头就打谁，医院的保安被打得抱头鼠窜，医院的安检感应门被几个彪形大汉掰得变了形，门上玻璃被榔头、红砖击打得粉碎。当时，一些医生正在会议室里开会，闻声探望，只见十几个男子冲上楼来，医生们赶紧把门反锁上才逃过一劫。走廊里一片狼藉，墙上的宣传画框被击落，遍地都是玻璃碴，当事医生的电脑也被砸碎……

当时的"医闹"成分很杂，牛鬼神蛇，地痞流氓，什么人都有，医疗部每天面对的都是这些人，工作非常难做，说话稍不注意就会挨打。那个时候，国家提倡和谐社会，遇事强势的一方往往要让利弱势的一方，在外界看来，医院属于强势方，病人属于弱势方，所以那个时候只要说医院出现医疗事故，很多家属都会找医院去闹，因为一闹，可能就会争到赔偿。

世上不管是哪一家医院，都不可能包治百病、药到病除，更不是能起死回生的地方，总有一些重病患者，尽管医生尽了全力仍回天无力，没办法救活，但是只要发生这种事，就必定有人来闹，只要一闹，医疗部的陈出新就必须出面去解决。可想而知，当时他从事的这样一份工作的难度和压力有多大，也难怪医疗部没有人愿意在这里待，争着要调走了！

陈出新在医疗部却是一待就是三年，虽然每天精神高度紧张，处理医院形形色色的各种纠纷，但这段经历却特别锻炼人，事后他回忆时骄傲地说："我是唯一在省人民医院医疗部没有挨过打、全身而退的人！"

那个时候，因为怕挨打，医院给医疗部配了七八十名保安，每次出行，陈出新身边都是围着里三层外三层的保安，但纵使这样，打架的事情仍经常发生。在陈出新印象中，医疗部整个部门没有电话，也没有电脑，甚至没有一件值钱的办公家具，因为一有"医闹"，医疗部就首当其冲，那些人在医疗部见什么砸什么，医疗室的办公家具是砸了买，买了又砸，后来干脆购买一些医院淘汰的二手家具来用，反正也不值钱，砸了也不心疼。最可怜的是陈出新爱喝茶，他的新玻璃茶杯被砸掉了十几个，后来为了安全起见，他也顾不上讲究，干脆就用医院的纸杯子来喝茶，并且这个习惯一直延续至今。

在医疗部工作的三年，陈出新上班的主要任务就是和这些发生医疗纠纷的病患家属谈判。人数最多的一次，是他一个人面对七百多人，这些人把他团团围住，非要押着去他找院长。面对群情激愤的黑压压人群，面对人声鼎沸的"医闹"，陈出新心理素质强大，同时工作也懂得策略，任何时候都不可能把院领导顶在一线，最后还是陈出新举着扩音喇叭，在一番唇枪舌剑之下，妥善处理好了这起纠纷。

陈出新记忆最深的一次，是湖北省罗田县的一个长期失眠的病人送到医院治疗，没有想到办理好住院的当晚竟死掉了。家属不依，把病人尸体摆在医院大门口，从老家组织了十几车人，在医院门口烧火纸，拉白布，到处张贴大字报，闹得医院无法正常经营。陈出新敏感地意识到这个病人死得蹊跷，有点儿像他了解到的全球罕见的家族性致死性失眠症。于是，陈出新建议医院委托第三方做鉴定和尸检。最后，鉴定结果果真确定为这是一例全球罕见的家族性遗传致死失眠症，当时全球仅有 14 例。家族性致死性失眠症，是一种常染色体显性遗传性朊蛋白疾病，其病因亦为人朊蛋白基因 178 位密码子中的天冬氨酸被天冬酰胺替换所致，病理部位主要在丘脑前宫侧和背内侧核。成人发病以顽固性失眠为突出症状，表现为入睡困难、易醒、多梦和梦游等，症状缓慢进行性加重，病情进展后出现精神症状。该病亦无特殊治疗办法，死亡率为 100%。在科学的证据面前，家属没有理由再闹了，最后很快平息了这一起"医闹"事件。

其实，每一起医疗纠纷发生之后，医院都会专门召开讨论会分析原因，陈出新作为医疗部负责人，全程参与。就是在这个内部讨论会上的一次次的讨论，让他学到了不同科室的很多医学知识，丰富和完善了他的医学知识体系，同时也为他跟家属的谈判提供了一个基础保证。当然，谈判也很需要技巧，要有超高的情商智商，同时要把握好分寸，既不能激怒对方，也不能让医院承认莫须有的责任，这就需要很高超的谈判技巧。

与"医闹"为伍的日子，有点儿像在刀尖上起舞。但是有一个事，让陈出新对医患关系有了重新的认识，对患者产生了深深的同情。试想，谁想在医院出医疗事故，如果出了医疗事故，自己作为院方代表，如果能站在患者立场上客观公正地处理问题，可能矛盾就会小很多。由于陈出新在武汉大学人民医院代表院方处理"医闹"事件，每次都能圆满解决，这让他在湖北的医卫界很有名气，经常被借调到其他三甲医院去处理复杂的医疗纠纷。

那次，陈出新被借调到武汉市的一家三甲医院处理一起医疗纠纷。他刚进医院院长办公室，就看见头发花白的院长愁眉苦脸，正低着头唉声叹气。见他进来，院长赶紧热情地站起身给他倒茶，拉着他亲热地说："出新啊，可把你盼来了，你可得救救我，我被这个病人快缠疯了，他再搞下去，我可能在这里就没法待了。"

原来，这是一起患者"割包皮"感染造成的医疗纠纷。这名病患是一个三十多岁的年轻人，当时他去这家医院割包皮，这其实是一个再简单不过的小手术，一般年轻外科医生就可以很快做完。但是他非要点名院里"一把刀",一个龙姓老教授给他做。龙教授是该院最有名的外科医生,当时龙教授已经很少给人做手术了,就对他说:"我年纪大了,做手术手都开始抖了,怎么能给你做这种精细手术呢?"这名患者说:"不要紧,这是我的'命根子',交给别人做我不放心,我只相信您!"最后,龙教授被他的真诚打动了,就破例亲自动手给他做了手术,谁知道手术后不久伤口感染了,天天打针治疗,医院几乎用上了所有的抗生素,连最厉害的抗生素万古霉素都用上了,但还是没用,手术部位仍旧发炎溃烂。病人的手术伤口一直化脓溃烂,由于手术部位隐秘敏感,患者痛不欲生。怎么办?最后,医院医生会诊,就建议换一名医生再为病人精细地割一刀,彻底清除手术创面,经过做工作,病人好不容易答应了,并且反复问医生,这次割完后,是不是就彻底好了。医生承诺说这次应该没有问题。谁知,这次割完之后,该患者再次感染,并且感染部位比上一次还严重,在医院住院又打了半年的针,还是治不好。最后,医院再次组织专家会诊,仍查不出感染的原因。

这简直是撞鬼了!手术遇到不明感染原因,这种情况极为罕见,虽然概率很小,恰恰就被该患者碰上了。最后医院会诊后,结论是如果想好,还得再割一刀。患者此时伤口处溃烂,不能小解,腰间挂着尿袋子,每天过得生不如死,但是你让他再切一刀,这已经没有可切的包皮了,再切下就成"太监"了,患者坚决不干!

一个小手术,毁掉了年轻患者的一生。了无生趣的他,认定这是一起严重的医疗事故,自己现在过得这么惨,都是医院造成的。后来，他缠上了院长，每天在他的办公室门口蹲守，把院长缠得几乎得了抑郁症，最后，院长实在没有办法，才把"危机专家"陈出新借调来处理，只给陈出新提了一个要求："不管你自己用什么办法处理，只要他不再来缠我就行！"

这名患者再去找院长时，院长就把他推给了陈出新，告诉他说只有陈出新可以处理好这个事。于是患者转头就缠上了陈出新，之后就天天跟着陈出新，每天跟陈出新一起准时上下班，他走到哪里，患者跟到哪里，甚至每天摸到他家蹲守。这个特殊的"医闹"，很快把经验丰富陈出新也快缠疯了。有一天下午，陈出新特地抽出一下午时间来接待他，听他诉苦。他一个大老爷们流着泪对陈出新诉说自己有多惨，他流着泪说："陈医生，你看我本来一个好好的家庭，现在班也不能上了，每天提个尿袋子导尿，一个男人连站着撒尿的资格都没有，撒尿还得蹲着，老婆受不了我浑身的尿臊味，跟我离婚。为了治病，我把房子也卖了，你说我现在活着还有什么意义。陈医生，如果这个事摊在你身上，你受得了吗！这一切都是医院造成的，我没有打人杀人已经不错了……"

陈出新觉得这名患者很有素质，也容易沟通，最主要的是他对这名患者的遭遇也报以深深的同情。陈出新当时就问他有什么要求，他流着泪低声说："我现在能有什么要求呢？我变得男不男女不女。你只要帮我治好了，不用再切一刀，保留我作为男人最后的一点儿尊严就行了……"陈出新听后立马说："这是你说的，如果我治好了你的病，你就不再闹了，对吗？"患者听他这么说，眼睛一亮，像是瞬间点起了生活的希望，马上说："陈医生，如果你真能治好我的病，不让我再遭这个罪，让我当一个堂堂正正的男人，我不光不再闹了，我连索赔也不要了！"

陈出新听患者这么说了，就立马与他确定了相关条款，代表院方与他签订了协议。协议一签，陈出新就带着患者的病历，北上南下，开始在全国各大医院四处遍访名医，后来，还真让陈出新找到了一个"神医"，在某私人医院有一个刘医生，外号"刘一手"，有治创伤的祖传秘方，药物往伤口上一喷就可以愈合了。既然这么神，陈出新立马就把患者带到刘医生那里，果然，喷药后过了一段时间，伤口竟然痊愈了，患者千恩万谢地走了。

帮助这家医院消除了一起重大的医患纠纷，陈出新被该医院奉为"救星"，医院特地给他写了封感谢信。痴迷药品研发的陈出新此时有了新的想法，他此后专程去拜访"刘一手"刘医生，诚恳地对他说，现在全国各大医院每年因手术感染的病患众多，他的药既然这么神奇，想请他出山，一起开发此类新药造福患者。但是，刘医生非常保守，他说："这是我祖上传下来的中医秘方，我就是靠这个挣钱的，比如说有人要植皮，我这药给他用了之后，就不用植皮了，省了患者的痛苦，我也可以赚个十万八万的，现在药方贡献出去了，那我去喝西北风啊！"见他态度坚决，死活不愿意合作，陈出新带着样品悻悻地回了家。

那段时间，陈出新茶饭不思，每天拿着样品发呆。刚好当时刚刚退休的陈中轩与殷良秀跟他住在一起，他们看儿子那段时间魂不守舍，就问他是不是遇到了什么困难。陈出新把此事和盘托出，父亲陈中轩平静地说："你把样品拿给我看一下。"当时的样品还剩有半瓶,陈中轩带着这半瓶样品,关门回到了自己的房间。当天晚上,陈中轩把样品往自己的手背上喷了一喷,反反复复闻来闻去,又在纸上写写画画,那一夜,他房间的灯光亮了一夜……

中医之道,殊途同归。陈中轩作为一名行医一辈子的老中医,又是"神医"向云亭最得意的弟子,中医功力深厚,他通过查阅典籍和师父向云亭传授的大量医案,用了半个月时间,结合自己的对此类病的了解,写了一个配方,给了儿子陈出新。

见父亲眼神坚定,陈出新将信将疑。他把父亲给的配方拿到武汉大学人民医院药学部,找到一个姓余的同事说:"这个东西确实很好,我手上有一个药方,咱们想办法把它开发出来,造福更多的病患。"这样,陈出新在医院申请一个立项,在前期做了大量的工作后,终于成功把这款治疗皮肤病感染的"小药"制作了出来。

这款神奇的"小药",到 2012 年技术完全成熟。2015 年,陈出新申请了国家专利,这也是武汉研妆生物科技有限公司跟武汉大学共同的专利,并且将这个产品正式命名为"粉葫芦",这个产品也成了陈出新后来所创研妆实业公司的一个爆款产品,直到今天,因为效果超级好,在国内很多妇幼保健医院还在一直用这款产品。正因为有这个超级牛的大单品,更加坚定了陈出新出来创业的信心。

生活,是一面镜子,在得过且过的人眼中,只是柴米油盐酱醋茶的琐碎与平淡,然而,对于那些热爱生活、拥抱生活的人来说,每一天的平凡都可以在"用心"的经营下,活成"诗和远方"。

　　用心经营，不是一种特异功能，它是一种智慧的生活哲学。作为专门对付"医闹"的院方代表，这本应是一项高危的工作，天天面对的是扯皮打架，但是陈出新却干得有声有色。在平凡的岗位上，他找准了人生的定位；在蹉跎岁月中，他找到了创业的灵感。从不抱怨，从不消极怠工放任自流。工作平凡，用心就会发光；岁月沉闷，跑起来就会有风……平淡的生活也有多种美，只是看你有没有一双发现美的眼睛。

　　"用心，让平凡的生活开出花"，既是大自然界的生长法则，也是我们追求美好生活的幸福指南，当你选择一颗奇异果时，无论是水润多汁的阳光金果，还是酸甜爽口的绿奇异果，每一口都是用心生活的代言，都在向你传递着通往美好生活的秘诀，那就是热爱生活，拥抱生活，做一个生活的有心人，平凡的人生就能开出美丽的花朵。

　　这三年的高压工作，将陈出新锻造成一个无所不能的超人，临危不乱，抗压性超强，具备一个优秀企业家的必备品质，为他后面的创业成功，打下了坚实的基础。

　　后来，有一件事情进一步刺激了陈出新离职创业。他看到人民医院龙道畴教授退休之后，每天在家属院里打太极，外人看来清闲，但陈出新感到了悲哀。要知道龙道畴教授外号"龙一刀"，是医院外科的一把刀，全院最有名的教授，在国内外都享有盛誉。龙教授如此牛，退休后和一个普通老头并没有什么区别，这令陈出新仿佛也看到了自己退休之后的老年生活——这不是他喜欢的生活，他不想自己退休后也变成这个样子。他本身喜欢下围棋，喜欢挑战，喜欢创新，喜欢对未来深度布局，非常平淡医院的工作对他而言没有挑战性，有些寡淡无味，如果自己再干下去，一身本事将无用武之地，强烈的念头让他的脑海中时时飘出一声断喝："陈出新，走，创业去！"

在武汉大学人民医院工作的经历，多岗位的锻炼，让陈出新成了一个全才，他既会研发新药，又会搞工程建设，同时在危机重重的医疗部练过胆量，处理过各种复杂的医患纠纷，正所谓艰难困苦，玉汝于成。这些机缘巧合的经历，都为他日后自己创业打下了坚实的基础。

时时悸动的创业心

进入 21 世纪，春江潮涌，万象更新。全国上下一片热气腾腾的创业景象。从内地到沿海，溯江而上，碧波激荡，江河交汇，风光绮丽。在那波涛撞击的历史回响中，中国改革开放的蓝图波澜壮阔、熠熠生辉，无数创业传奇在中华大地上传颂，为改革开放书写了浓墨重彩的篇章。

2000 年是中国互联网的一个"风口"，以马云、丁磊为首的多位创业名人脱颖而出，可谓群星璀璨。比如"网络三剑客"——网易的丁磊、搜狐的张朝阳、新浪的王志东。丁磊，1997 年创立网易；张朝阳，1998 年创立搜狐；王志东，1998 年创立新浪。除此之外，互联网的"三大巨头"BAT 创始人，李彦宏 2000 年创立百度；马云，1999 年创立了阿里巴巴；马化腾，1998 年创立腾讯。

陈出新爱动脑筋，创业的悸动时时涌上陈出新的心头。他后来总结改革开放以来的四次创业潮：1979—1989 年，草根创业，个体户爆发；1992—1997 年，下海潮，扔掉"铁饭碗"；1997—2000 年，浪潮之巅，互联网袭来；2014 年至今，大众创业，新时代的个体崛起。

2000 年，陈出新在武汉大学人民医院从事医院制剂的工作期间，结识了很多校企合作的负责人。黄总就是其中一位，黄总当时是风靡一时的保健品"太阳神"河南省大区经理，生意做得很大。当时，"太阳神"主要的营销方式是通过在本土的畅销市民报纸《楚天都市报》《楚天金报》上整版刊登广告，以这种营销方式，引流推销产品。当时是纸媒的黄金时期，《楚天都市报》最高时一天发行量就是一百多万份，一个版的广告就十几万元，能在当地的畅销报纸上刊登整版广告，其实力可见一斑，产品销售更是火爆一时。后来，黄总从"太阳神"公司辞职，自主创业，也是采用的这一种营销方式，大赚了一笔。

靠都市报之类的都市媒体铺天盖地打广告，这种营销方式有一个最大的弊端，就是你把全部身家投入到广告营销上去了，但如果产品本身质量不行，可能推向市场后反响平平，资金不能快速回笼，那么就很容易导致资金链断裂而破产。

在那个创业疯狂的年代，最初尝到了甜头的黄总当时就是这样拼命在畅销报纸上投放广告，一个版十几万，几乎押上了自己所有的积蓄，后来他代理的产品推向市场后，反响平平，退货一大堆，多年的积蓄都赔了进来，他原本想毕其功于一役，一举而竟全功，结果却折戟沉沙，亏了个底朝天。

在 2000 年初，走投无路恨不得要跳长江的黄总，苦兮兮地找到了原来有过交往的陈出新。他知道陈出新在人民医院药学部负责研发药品工作，很多医院的爆款好药都是经陈出新的手研发出来的，而自己目前最差的就是好产品，如果有好产品，自己就不会栽这么大的跟头了。

陈出新与黄总之前有过交往，感觉他身上有股执着创业的干劲儿，虽然是赌徒的心理，但为人还算实诚。陈出新于是给了他一个"宝宝霜"的配方，主要是针对婴幼儿皮肤干红皲裂。当时黄总觉得"宝宝霜"产品太小、太不起眼了，以前他做保健品定价每个单品都是两三百块钱，当时此类的婴幼儿护肤品，像国内知名的"青蛙王子"定价才只有八块钱，"郁美净"两块钱，"强生"也才十二块钱，"宝宝霜"那么小的一个产品不知道该如何定价。由于当时他确实走投无路，只好死马当活马医。经多方考证，该"宝宝霜"正式命名为"贝倍舒"，定价为三十块钱，没想到就是这个小小的"宝宝霜"，由于配方优良，效果特别好，加上黄总营销又做得很好，投放市场后一举成功，后来"贝倍舒"做到了天猫全品类销售排名第一。黄总也靠此一举翻身，挣了个盆满钵满，他从此对陈出新更是佩服得五体投地。

想到自己研发的好产品，竟能帮一个行将破产之人起死回生，让别人赚钱发家致富，而自己守着聚宝盆待在医院里过清贫的日子，陈出新有了一种更加强烈的创业冲动。

在此期间，陈出新还认识了湖北汉川的一个农民企业家老余，老余主要是做"车销"，就是开车给各个药店送货，由于网络强大，老余被誉为中国的"车销之父"。他们当时的主要做法是给每个药店送货铺货，但是铺的都是"消字号"的保健品。药店也很喜欢卖他们的货，因为利润高。老余虽然网络铺得好，但是也遇到同样的问题，那就是自己手上没有拳头产品，主动权都掌握在上游生产厂家手上，厂家如果看到哪一个产品在他这里销量高，就会随之加价，这让他苦恼不已，后来他也找到了陈出新要定制产品，陈出新给了他几个保健品的配方，老余卖得特别好，市场反响热烈，加上老余车销的网络大，把全国十几个城市的药店全都覆盖了，因此，他也做得非常成功。老余的成功，更加令陈出新坚信自己研发的产品有市场，也坚定了自己出来创业的信心。

陈出新下定决心出来创业的最后信心，还来源于身边最重要的一个人的无条件支持——他的妻子沈晓婴。他与沈晓婴的爱情底色，除了中国传统夫妻的相濡以沫，更多了一份相互鞭策和激励。那么沈晓婴是何许人也？她凭什么能俘获才子加帅哥的陈出新的心呢？

刚柔并济沈晓嫚

2003年4月9日，陈出新经人介绍，认识了当时在外资企业干财务工作的武汉姑娘沈晓嫚。沈晓嫚是武汉姑娘，却少了武汉姑娘身上的热辣火暴，她文静内敛，沉稳大气，遇事从容，与陈出新意气风发和天马行空的做事风格，刚好形成了良好的互补。

沈晓嫚出身名门，是典型的大家闺秀。他的爷爷沈乃农，年轻时从上海留学日本，是著名的农学专家，精通英语、日语。1943年从日本早稻田大学毕业的沈乃农和一批留日学生，费尽千辛万苦乘游轮返回祖国，立志报效国家，结果在登岸的时候被国民政府截留。当时的国民政府到处抢人才，这批留日学生全部被安排进了国民政府工作。

中华人民共和国成立后，因为爷爷有过在国民政府工作过的这段历史，沈家的子女都受了影响，"文革"期间，因为成分不好，沈晓嫚的父亲连高中都没有毕业，就被安排到新疆支边，在新疆生产建设兵团农八师石河子总场工作了多年。1972年，沈晓嫚在新疆出生。童年见惯了新疆的大漠孤烟和天山暮雪，沈晓嫚养成了开阔大气又坚忍不拔的性格，这种性格特色，也奠定了她日后成为丈夫陈出新创业路上"定海神针"的角色。

1980年，沈晓婴的父母从新疆调回武汉，沈晓婴也跟随父母回到了武汉，和武汉普通的孩子一样，读书学习，大学毕业后找了份稳定的工作，安安心心地上班，直到陈出新的出现，若"金风玉露一相逢，便胜却人间无数"，两人的相遇像火星撞地球，开启了一段荡气回肠的相爱和传奇创业之旅。

2004年，沈晓婴和陈出新的儿子陈哲瀚出生，为了能让丈夫安心工作和创业，沈晓婴辞掉了外企不错的工作，自己安心在家带孩子。儿子陈哲瀚延续了父亲陈出新的聪明，从小学习成绩就特别好。唯一的区别就是时代变了，学生面对社会上的诱惑太多了，现在的学生少了当年孩子那份艰苦朴素的上进心，上初中的时候，陈哲瀚突然迷上了打游戏，成绩一落千丈。

陈哲瀚上初二那年，有一次他所在的武昌粮道街中学召开家长会，这是沈晓婴第一次参加儿子的家长会，也是第一次听说中考竟然只有50%的通过率，有一半的孩子如果考不上高中，就只能去上职高和中专，而当时她惊讶地发现自己孩子的成绩在全班36个孩子中间，竟然排到了第29名。这个令她大跌眼镜的成绩，带来了一个残酷的现实，如果按现在这个成绩来算，自己的儿子注定连个高中都考不上。她顿时慌了！自己这么多年不上班在家带娃，结果竟然把娃带成了这个样子，这不单是没办法给丈夫交代，孩子以后也没有出路，这可怎么办？

儿子还有一年就面临中考了，痛定思痛，沈晓婴决定放下手头的一切，全身心陪读。她精心制订了一系列的学习计划，同时争取了丈夫陈出新的支持，共同营造一个良好的家庭学习氛围，帮儿子提高学习成绩。

其实，反思当代青少年求学之路，就是不断越过一道道坎儿：中考是第一道坎儿，高考是第二道坎儿。为了提高自己的水平，沈晓婴报了一些家庭教育方面的课，每天自己也加强学习，以身作则，用行动来影响儿子。

很多人认为，家有学霸，是因为有一个爱学习的好孩子。其实他们并不知道，孩子的成败，自始至终都不单单掌握在孩子一个人手里，同时也掌握在家长手中。其实在每一个学霸的背后，都有一个懂得付出的家庭。陪读家长为了孩子的学业而牺牲自己的时间、精力和金钱，陪伴孩子一起完成学习任务，为他们提供全方位的支持。搞懂了这个道理后，沈晓婴和丈夫达成一致，不管工作多忙，回家后一定不能开电视机，更不能当着孩子的面玩手机，要与孩子一起学习、阅读，不在孩子面前做出不当的行为和举止。他们深知严于律己、言传身教的重要性，为孩子树立了优秀的榜样。正是这种榜样的力量，让陈哲瀚重拾了家庭的温暖，慢慢戒掉了打游戏的不良嗜好，开始埋头苦读，奋起直追，最终中考考进了名校华科大附中，高中毕业后直接被美国波士顿大学录取。

后来，自学成为资深家庭教育专家的沈晓婴，反思今天我们教育最大的误区就是，一直指望孩子能自觉学习，而采取"放养式"教育。从实际看，但凡采用"放养式"教育的孩子，基本上做不到主动学习，习惯不好，问题多多。为什么会这样？这是孩子天性使然，玩儿是孩子的天性，很少有孩子天生是爱学习的，都需要一定的手段，加强监管，逼孩子去学习，并使之成为习惯，这样才会主动去学习。一个优秀孩子的背后，必定有着一位不一般的家长，所有的优等生无一不是父母陪伴出来的。因此，从孩子上学的第一天起，家长便应该投入陪伴。特别是当孩子写作业时，家长必须一同陪伴，陪伴的目标并不是为了监督孩子完成作业，而是为了帮助他们建立良好的学习态度与学习习惯。

在沈晓婴的陪读日记里，她写道：

我要当一个狠心的母亲，儿子不逼一逼是不可能成器的！陪读好苦啊，要付出巨大的努力和牺牲，几乎是一切围着孩子转，完全丧失了自己。陪读，往往会牺牲自己的事业、兴趣和休息时间，全身心地投入儿子的教育。

一定要加强儿子学习时间的管控，给儿子准备一个计时器，根据他作业的难度和数量，预估完成时间，并让他自己设定小闹钟，以限时的方式完成作业。此举使孩子们产生一种紧迫感，从而更加专注于完成作业。如果儿子因为磨蹭而未能在规定的时间内完成作业，就需要给他小小的惩罚，让他明白自己的行为所付出的代价。这些惩罚可以是减少孩子看电视的时间，或者不允许他们继续写作业，让孩子自己承担老师的批评。通过这种方式，让儿子亲身体验到磨蹭的后果和代价。这样不仅可以帮助他吸取教训，调整自己的行为和节奏，还可以培养他的责任感和自律能力。玉不琢，不成器。孩子只有经历过失败和挫折，才能更好地成长和学习。

一定要帮助儿子制订学习计划。给他准备一个专门的学习计划本，在写作业之前，让他将当天的学习任务按照不同的学科罗列出来，根据每个任务的难度和所需时间，合理安排完成顺序。每完成一项任务，便在计划本上打钩，这能有效帮助孩子梳理和规划自己的学习。将繁重的作业分解成一个个小目标，随着每个小目标的顺利完成，儿子会感到成就感倍增，从而激发他的学习动力和积极性。这个习惯如果加以坚持，则会受用终生。

帮助儿子养成总结纠错的习惯。当儿子完成作业后，切勿让他就此松懈下来，以为一切已万事大吉。此时，教会他自行检查作业才是重中之重。为何有些孩子在解题时总是马虎大意？究其原因，是他们深知总有人会在后面帮忙检查，即便出错也无伤大雅。这样便养成了一种依赖心理，助长了马虎。因此，正确的做法应该是：首先，鼓励孩子们自己检查作业，用心去审视每一道题目，以便及早察觉并改正潜在的错误。随后家长再进行复查，一旦发现任何问题，切勿直接指出错误所在，而是圈出错的范围，让孩子们自行探索并改正。这样，孩子们便能更好地理解错误的根源，进而避免重蹈覆辙。

温故而知新。建立一个专属的错题本，让孩子们将每次作业中出现的错题详细记录下来，以便随时翻阅、复习。每周，鼓励他们对错题本进行一次全面的复习，这样在应对考试时，便能轻松许多。如此一来，孩子们在独立完成学习任务时，便能逐渐摆脱马虎大意的习惯，从而取得更好的成绩。

当然，陪读，除了陪学习，家长还要对孩子提供情感支持，这也很关键，要学会倾听孩子的需求和担忧，鼓励他遇到问题学会克服困难，增强信心。有时候，作为母亲，看自己变着法子逼自己的孩子，我也很心疼，但是，当我明白任何孩子成功的背后，绝对都有一对狠心的父母时，我认为这就是成长的代价，如果这种"逼"，让儿子能养成受益终身的好习惯，那么未来的某一天，他一定会感谢你！

教育，是一种错过了就无法重来的经历，希望有一天，我的这点儿浅薄的心得能给天下的家长带来些微启示。

当年沈晓婴记录的陪读日记，在今天看来，仍可被家长奉为圭臬，非常实用。在孩子最关键的时期，她抛下一切，全力陪读，一声断喝，一把即将滑向深渊的儿子拉了上来，用智慧和母爱的坚定力量，让"折翅"的儿子起飞，穿越青春的迷雾，直插云霄。

"下海"呛水记

　　"大丈夫之志，应如长江，东奔大海，何苦怀恋于温柔之乡。"这是电视剧《三国演义》中孙尚香激励刘备的话，这句话也常常被"文字飘香，纸墨含情"的沈晓婴用以激励陈出新。

　　2012年3月12日，在办理完停薪留职手续后，陈出新果断在武汉成立了武汉研妆生物科技有限公司，利用八小时之外开始试水创业。当时有一家药业公司早就知道他在武汉大学人民医院药学部研发的医院制剂很牛，公开给他承诺：如果陈出新出来创业，会把公司婴幼儿护肤品的产品线交给他来代工。

　　原来，早在2012年初，福建一家药业公司需要做一个儿童化妆品项目，该药业公司的创始人是湖北人，为拓展药用植物及茶叶的提炼和深加工技术，更加有效促进药妆产业的科技产品成果转化和市场推广，他重金聘请陈出新出山负责该项目，并承诺，只要是他研发生产出来的产品，由他们药业公司包销。因为福建武夷山的岩茶天下闻名，利用武夷山漫山遍野的茶资源，将茶的精华融入宝宝娇嫩肌肤做一套儿童护肤"茶妆品"，所以陈出新就准备创建一个名为"茶娃"的儿童护肤品项目，以武夷山脉药用植物及茶叶提取茶元素为原料，进行产品深加工，萃取自然精华应用于人类皮肤护理，打造一款独一无二的茶妆儿童护理产品。

当时，经过考察，陈出新组建了一个科研团队，开始研发产品，这是他真正跨出去创业的初次尝试。他本来是准备开一家工厂，来跟这家药业公司做代工产品。当时跑"车销"的老余，除了看好陈出新这个人外，也看中了这个项目，两人一拍即合，两人各投资50万元，在武汉市东西湖区的吉人工业园租了一个3000多平方米的厂房，引入了几套流水线生产设备，就开始了他边上班边创业之旅。那段时间特别辛苦，但又特别充实，陈出新当时经常是下了医院夜班，白天还要去工厂监督生产。

工厂建起来了，流水线的设备也安装起来了，这时陈出新才发现福建的这家公司，并不是真正做实业，实际上是一个搞股权融资准备上市圈钱的公司，其本身并没有钱，更没钱投在产品研发上。

陈出新联合老余共同投资100万元，把工厂与流水线都建立起来开始生产了，但是此时发现上游的药业公司完全不靠谱，不能给他们做代工了，投的钱可能会打水漂，这一下子让两个人都傻了眼。陈出新的一个大学同学开了一家卡伊娜化妆品有限公司，陈出新在公司帮他搞技术研发，占有一定股份，由于产品销路好，很赚钱，就因为这次自己创业要建厂为药业公司做代工，陈出新就狠心把同学公司的股份都退了，退了200万元，他拿出其中50万元出来投资这个厂。退掉了稳赚的股份，投到一个前途未卜的实体工厂，除妻子沈晓嬰坚定地支持他外，很多知情的人都说陈出新疯了，干事不计后果，太冒险了。

初入商海，就差点儿被海水呛死，但意志坚定的陈出新拼了！既然上游的药企不靠谱，那就不靠他们，靠自己单干，一样也有活路。要知道成年人的生活，万般皆苦，唯有自渡，活着就要逢山开路，遇水架桥，一直陪着你的永远都是那个了不起的自己！

陈出新立马注册了"芷御坊"商标，自己研发产品，自己做销售，就因他的这个举措，让中国诞生了一个著名的洗护品牌，如今在市场上有强大的占有率。创业都是九死一生，陈出新的合伙人老余在创业初期，完全看不到希望，本来希望靠陈出新在业界的声望，上游药企委托他们代工的费用就可以保住工厂的基本开支，结果福建这家代工药企却不让他们代工了，加上陈出新本人完全没有做过销售，是一个绝对的"菜鸟"，老余对未来彻底失去了信心，合伙了不到半年时间，二话不说就撤资了，留下了陈出新一人单打独斗。

创业伊始，道阻且长。初入商海的陈出新，像挨了当头一棒，有些被眼前的挫折打蒙了，他四顾茫然，不知下一步该怎么走。上游的药企把他从医院忽悠出来投资建了厂房和流水线，结果不让他代工。原本信誓旦旦把他当作恩人看待的合作伙伴一看情形不对，立马撤资，跑得无影无踪，留下他一个商界小白茫然四顾，心生戚戚然。此时自己该怎么办？自己投资的钱打水漂，是认命灰溜溜地重回医院上班，还是抖擞精神去只身搏击商海呢？陈出新果断选择了后者，生活的磨砺，早已让他不是纸上谈兵的赵括，更不是叶公好龙的叶公，既然选择了远方，便不顾风雨兼程。他要扎扎实实为命运搏上一把！

"芷御坊"产品质量很好，用过的都说好，但苦于没有销售渠道。创业初期，陈出新也完全不懂营销，产品的受众群体在哪里，他不知道，他也不懂得怎么把产品卖出去。他当时唯一知道的渠道就是他经常打交道的药店，把这些产品送到药店铺货代销，但药店渠道有个弊病，就是动销太慢，利润又压得非常低，最关键的是结账周期特别漫长。

陈出新知道，如果自己只在药店里卖产品，肯定会被账期拖死的。后来确实没办法了，他就带着妻子沈晓婴一起跑到山东省临沂市去考察市场。山东临沂是当时中国最大的日化批发市场，为了省钱，陈出新亲自开了1000多公里车过去的。到了山东后，他就带着自己的产品在市场上到处寻找代理商。功夫不负有心人，后来真让他找了一个叫林清本的代理商，但林清本提出的条件非常苛刻，要求陈出新两折供货，并且首笔他只打10万元的款，要求陈出新给他发20万元的货。要知道这个价格连生产成本都顾不住，但当时因为陈出新不懂谈判，也不懂商业运作，他急于把"芷御坊"推上市场，所以即使明知道对方条件很苛刻，摆明是个亏本生意，他只当成了一种市场营销行为，最后，硬着头皮跟林清本签约了。这算是公司第一次走出去打入了市场，就这样有了第一笔回款，算是一个小小的起步。陈出新夫妻俩看着公司账上的第一笔回款，虽然明知道是一笔亏本生意，但还是激动得紧紧抱在一起，哭了！

打造国货之光

　　山东临沂代理商林清本在日化行业盘踞经营多年，有很多线下渠道。那时候实体门店受电商冲击还不大，日化批发商和实体店铺欣欣向荣。林清本属于省级代理，下面还有市级代理商和县级代理商，一级级送货铺货，每一个级别的代理商都有差价。这个时候，陈出新才算第一次知道什么叫作产品渠道，什么叫价格促销。

　　少年负壮气，奋烈自有时。初入商海的陈出新边游边学，他特别珍惜来之不易的起步，暗暗下定决心，一定要做到两点：第一就是要诚信，一定要把诚信贯穿始终，做好产品，做好人，价格上绝不忽悠人，一定要让自己的代理商能赚到钱。诚信绝对不是一种销售，更不是一种高深空洞的理念，它是实实在在的言出必行、点点滴滴的重诺守信的细节。第二就是别想一步造出大海，必须先由小河川开始，脚踏实地，绝不好高骛远，一点一滴把品牌做好、做扎实。

　　定下目标后，陈出新就开始不断出差，拜访全国各地的渠道商大佬，在市场上广撒"英雄帖"，挨个不厌其烦地推销自己的产品和产品理念。陈出新下海之前在医院是正高级职称，是人人尊敬的医学教授，如今却要像一个业务员一样，一家客户一家客户唾沫横飞地去推销自己的产品。有时候陈出新一天要跑好几个城市，见十几个代理商，每到一个地方都要跟代理商说着重复的话，每天说得口干舌燥，觉得特别烦躁，回到酒店，躺在床上累得话都不想说，特别辛苦，陈出新甚至打起了退堂鼓。

有一次，陈出新在火车站候车时，无意间看到了一本叫《非常营销》的书，就是写娃哈哈创始人宗庆后经历的一本书，里面有一段关于宗庆后先生早期的创业描述：当年在娃哈哈创业的时候，为了开拓销路，也是在找各地代理商，宗庆后每到一个地方总是不厌其烦地跟代理商讲娃哈哈的理念，讲娃哈哈的销售政策，每到一个地方都把这些话重复讲，有时一天要跑好几个城市，一天要见好几拨人。陈出新当时看到这一段文字的时候，顿时有了一种醍醐灌顶的感觉，他想：当时娃哈哈已经做得很成功了，宗庆后一个做得如此成功的企业家，都能不厌其烦地把建立营销网络这件事讲来讲去，别人都不觉得重复，我一个年轻的创业者，还有什么理由嫌累、嫌麻烦呢？

陈出新有一次在浙江出差时，听到浙商的"四千精神"，大为震撼。"走遍千山万水，说尽千言万语，想尽千方百计，吃尽千辛万苦"，"四千精神"不过寥寥数语，描绘的却是一代中国民营企业家的勇往直前的激情奋斗的岁月，他们卧薪尝胆、披肝沥胆、奋力打拼，以汗水与智慧在潮涌中搏击。浙商，是中国伟大的商帮，自己要向走在时代前沿的浙商学习！

就这样，陈出新在创业的路上不断地给自己寻找学习榜样，不断地给自己打气，他每天都在市场上奔波、洽谈，很快，一个重要的转机出现了！

江苏盐城有个大代理商叫孙芝伟，他原本是儿童护肤品"贝倍舒"在当地最大的代理商。"贝倍舒"当年就是用的陈出新的配方，效果特别好，深受儿童家长的欢迎，创始人黄波也赚得盆满钵满，销量特别大，高居同类产品各大门店和网店的销售排名第一。经过多年的沉淀，"贝倍舒"已经成为母婴洗护领域的畅销品牌，靠的是广大消费者的良好口碑，靠妈妈相互推荐立足于市场，用户回购率高达90%。其中，"贝倍舒"宝宝润肤霜更成了各大网商的镇店之宝，成为秋冬季宝宝护肤的不二之选，并且很多用户是全家都在使用。

也是机缘巧合，黄波当时把孙芝伟的代理权限取消了，这相当于断了孙芝伟的财路，孙芝伟一直在找一款替代产品，正好这时林清本的业务员找到他说，有款"芷御坊"的宝宝霜和"贝倍舒"不光香味一样，效果也一样。他觉得很惊奇，就问这是哪里的产品。就这样，他得知武汉有个陈教授，婴幼儿的护肤品做得很厉害，连配方都是自己独家研发的。孙芝伟听后很激动，他立马在网上搜索，找到了武汉研妆生物科技有限公司负责人沈晓婴的电话，取得联系后，孙芝伟第二天就直飞武汉。当时，江苏盐城到武汉的航班才刚刚开通，心急火燎的孙芝伟成了这条航线的首批乘客，在武汉找到陈出新后，陈出新带他参观了工厂车间，把自己研发生产的系列产品都给他介绍了一遍，孙芝伟激动不已，连连说："真是天无绝人之路，天无绝人之路啊！你这些产品都是我在市场上梦寐以求却找不到的好产品，真是踏破铁鞋无觅处，得来全不费工夫！太好了，太好了！"

孙芝伟在江苏有完善的销售网络，但就是苦于网络内没有爆款好产品。他与陈出新在武汉秉烛夜谈，常年耕耘在销售一线的孙芝伟给陈出新一个全新的建议，他说："陈总，你现在不要再去做日化渠道了，要去做母婴渠道，日化渠道已经日落西山，母婴渠道刚刚兴起，未来将是市场的王道！"陈出新听了这个观点感到很新奇，这也是他第一次听说"母婴渠道"这个新鲜说法。那一晚，孙芝伟认真给他分享自己了解到的信息，听得陈出新眼睛发亮，两人深入探讨，不知不觉到了天亮。他一下子抓住了一个行业的新风口，给企业找到了一个腾飞的绝佳契机。

在当时，市面上根本没有一家像样的母婴店，母婴店其实是从商超中分出来的一部分。以前顾客只在商超里买奶粉和纸尿裤，没有专门的母婴用品店，但是孕妇和年轻妈妈对母婴用品的购买力旺盛，是典型的刚需，商超的专柜已经远远不能满足她们的需求，母婴产业是指面向孕产妇及 0～14 岁的婴童群体，满足其衣、食、住、行、用、玩、教等多元化需求。母婴产业涉及商品生产、零售、生活服务、教育、娱乐、医疗卫生等多个行业，属于综合性消费行业。依据商品形态的不同，母婴产业可分为"商品"和"服务"两大板块，其中，商品主要包括食品（奶粉、婴儿辅食等）、易耗品（纸尿裤、洗护用品等）、耐用品（玩具、婴儿车床）、服装和孕产妇商品等，服务则涵盖教育、医疗、娱乐、出行等多个方面。从国内市场来看，我国母婴零售行业起步于 20 世纪 90 年代。在行业的初始阶段，人们对母婴用品的了解几乎仅限于奶粉和纸尿裤，且主要通过街边个体经营门店、大型百货公司或超市柜台购买，而母婴用品专业零售商店数量更是稀少，且主要集中在经济水平和开放程度较高的沿海发达地区。

2000 年至 2012 年，母婴商品和母婴经济概念逐渐普及，80后父母的消费行为与习惯成为母婴市场的催化剂。一方面，线下零售渠道不断丰富，并逐渐扩展到大卖场、便利店和区域性专营连锁店；另一方面，移动端母婴零售市场兴起，线上母婴类社区、线下品牌的网上商城以及垂直母婴电商平台相继上线，我国母婴零售行业进入快速发展阶段。

2012 年以后，母婴零售行业进入到规范发展阶段。一方面，国家对母婴产品质量的监管力度持续加强，倒逼国内母婴零售企业开始关注供应链管理和产品质量管理，一批具有较强竞争力的母婴全国连锁企业和龙头企业脱颖而出，行业内兼并整合开始，行业集中度提高；另一方面，以淘宝、京东、亚马逊为代表的大型综合电商平台先后上线了母婴类频道，垂直母婴电商、社区平台发展也逐步成熟，电商网购成为母婴消费的重要场景之一。

孙芝伟给陈出新普及了母婴行业的相关情况，他说："陈教授，您有这么好的技术，这么好的产品，特别适合做母婴渠道，我代理的母婴用品现在日化渠道里都卖不上价，比如说一瓶儿童护肤霜，在日化渠道里只能卖8～10元，但是在母婴店里可以卖到 30 多元钱，如果产品质量好，宝妈还会疯抢。我以前代理的贝倍舒全线产品，都是在母婴店卖得火爆。陈教授，你可一定要抓住这个机会，我在苏南、苏北有两个铁兄弟，一个叫刘斌，一个叫胡克林，营销网络做得都很好，我们一起来支持你把母婴渠道做起来！"

孙芝伟说得诚恳，行业前景分析得也透彻，陈出新听得认真入神，十分激动，当时从压价和回款情况来看，日化渠道的确是江河日下，如果坚持在日化渠道做，可能自己的公司会被压款压垮，陈出新当时正愁找不到合适的销售渠道，孙芝伟的一席话一下子点燃了他。

经过市场调研，看到街边的母婴门店个个人头攒动，一派欣欣向荣的景象。陈出新认为相比其他行业，母婴行业是受互联网冲击最小的领域，因为无论是婴幼儿的衣服或是用品，由于婴幼儿体质比较娇嫩，妈妈们都愿意去实体店亲自体验了才敢放心购买，再者母婴门店品类丰富，妈妈们可以在这里一站式采购，比网购省心省力，更加精准。

陈出新判断随着二孩政策放开，未来十年母婴行业都是朝阳产业。2012 年的时候，恰巧是中国人口出生的一个高峰期，当年新生人口高达 1973 万，母婴行业迎来一个爆发式的发展，当时的"芷御坊"品牌定位就是"致力于守护母婴皮肤健康"，在母婴渠道运营特别精准，陈出新果断抓住这个机会，进军母婴行业。

当时，互联网行业中有一句名言："站在风口上，猪都能飞起来。"这句话的意思是，如果跟上了时代的发展，并且站在时代发展的关键当口，那么在时代的推动下，也能取得极快的进步或者提升。就是果断抓住了母婴发展的一个重大爆发期，陈出新只用了三四年的时间，就把企业快速做大做强，到 2017 年，他投资数亿元建在湖北应城、占地 60 公顷的"研妆实业"基地，是集写字楼、工厂车间、职业培训学校和职工宿舍为一体的现代产业园区，目前已经发展成为中国最大的母婴皮肤护理的生产基地，同时也是中国首个"母婴小镇"。

辞职风波

　　"大江东去，浪淘尽，千古风流人物……江山如画，一时多少豪杰！"时代的洪流滚滚向前，英雄人物风起云涌，其背后的家庭则像一叶扁舟起起伏伏，逐浪前行。

　　2015年9月，陈出新正式向医院提出辞职，准备全身心投入自己的企业发展中。

　　陈出新要从武汉大学人民医院辞职，这在家庭引起了一场轩然大波！母亲殷良秀第一个站出来反对，儿子是人民医院的名教授、大专家，抱着铁饭碗受人尊重，此时却要主动砸破铁饭碗去下海，她坚决不同意。殷良秀是新中国第一代医生，对国家编制和体制内工作特别看重，前几年大儿子搞研发，兼职创业，她都没有意见，现在儿子却一心要辞掉公职，孤注一掷下海去创业，这让一辈子都在体制内上班的殷良秀特别不能接受，殷良秀退休后也被外面的医院返聘过，其间的酸甜苦辣她都知晓，她知道外面的风有多大、浪有多大，在她眼里，自己的儿子是一个文弱的教授，如果创业失败，儿子将退路全无，一无所有。老人整天为儿子提心吊胆，彻夜难眠。

当时，殷良秀和陈中轩退休后，住在大儿子陈出新位于武昌粮道街的房子里养老，陈出新要辞职的那段时间，殷良秀整天茶饭不思，拉着老伴儿陈中轩多次去大儿子家里做他的思想工作。开明的陈中轩总是劝老伴儿说："孩子大了，有了自己的主见，我们都老了，观念跟不上时代了，就不要管那么多了。"见老伴儿不支持，殷良秀转头又去找儿媳沈晓婴求助，动员她去劝劝自己的老公。开明大度的沈晓婴，永远坚信丈夫的每一个抉择都是对的，她更是义无反顾地选择坚定地站在丈夫背后表示支持。对婆婆的好心劝说，她当然也很领情，不愿拂了婆婆的好意，只能好言劝说婆婆，不要太操心年轻人的事，真的对儿子好，就要多在药品研发上，给他出点儿招，让他少走弯路。

见没有人帮自己说话，殷良秀就决定自己去跟儿子好好谈一谈。从殷良秀居住的武昌区粮道街，到陈出新居住的东西湖区立方城，坐公交要跨越长江和汉江，中间还要转几趟车，一个单趟就要两个多小时车程。为了能和儿子说上几句话，劝一劝他，那段时间每天早上六点，殷良秀就从家里搭公交出发，八点左右赶到儿子家楼下来堵他。因为儿子要赶去上班，她不便到儿子公司去打扰，早上见面劝几句，中午她也不回家，就在儿子家附近随便找个餐馆吃一碗面对付一口，就等儿子晚上回家。她见面反反复复说的话，就是那么几句："干什么事情都不能不计后果，不留后路，你想创业，我支持，但是你怎么都不能把医院的工作辞了，我千辛万苦培养了你这么多年，好不容易看到你功成名就了，现在你要从头再来，商界的风险有多大，我也不是不知道，你的心不够狠，不够黑，不是当老板的料，你会在商场会栽跟头的！"

见说不服自己的儿子，殷良秀最后动用"大杀招"，她直接倒逼陈出新："想辞职也行，你拿出300万元来放在我和你爸爸这里，等哪一天你万一创业失败了，这笔钱也可保你下半生养老无虞。"

急于创业的陈出新，哪可能有这么大的一笔费用来给母亲，不要说300万元，他当时连30万元也拿不出来。他只能苦笑，把母亲的话当成一种气话，依旧我行我素在工厂忙得黑白颠倒。

见说不动儿子，那一两个月里，母亲殷良秀就这样风里来雨里去，赶到他在武汉东西湖区的家里，苦口婆心来劝他。陈出新很感动，但是也很无奈，他就是怕自己动摇了全力以赴的创业之心，其实此时他早已经递交了辞呈，办好了离职手续，开弓没有回头箭，只是不忍心把这个残酷的真相说给母亲。有一天晚上，他下班回来已经很晚了，看母亲一个人，独自坐在自己家楼下的条椅上等他回来。昏黄的路灯摇曳，母亲佝偻着身子一动不动地坐着，夜风吹过来，飘动的白发在灯光的照射下，特别地刺眼。儿时在他印象中无所不能的母亲已经老了，陈出新的眼泪当时一下子就涌了出来，心中有了一种强烈的疑惑：难道自己的选择真的错了吗？

他流着泪把母亲接到家里，那一晚，因为回去的公交已经停班了，他就让母亲住在自己家里，母子俩促膝谈心，一直聊到深夜。陈出新给母亲讲创业趋势和自己对未来的判断，讲他研发生产的产品多么好，多么受消费者欢迎，并信誓旦旦地向母亲保证，自己研发好的产品就是为了更好地为中国的妇女儿童的健康保驾护航，和母亲当了一辈子妇科医生治病救人，守护天下苍生健康的道理是一样的。他还举例子给母亲讲现在母婴行业有一些假冒伪劣产品，严重危害妇女儿童健康的案例，并且说："老娘，您和爸爸这么多优秀的药方，现在有一些开发了出来，有一些还没有去开发，开发出来的产品卖得都特别好，这是咱们自己的技术，也是咱们的良心，我只有在市场上用好产品实现'良币驱除劣币'，才真正能实现一个民营企业家实业报国的思想。老娘您放心，我做过充分的调研，也反反复复论证过了，一定会成功的，我还需要您进一步在药品研发方面更多地支持我！"

那一夜，母子俩谈了一个通宵，两个人聊到小时候的一些有趣的故事，聊到殷良秀自己从医的一些故事，聊到她当赤脚医生那些贫寒又光辉的岁月，谈到最后，母子俩相互对望，都是泪眼蒙眬，此时屋外已是东方泛白，天蒙蒙亮了……

从那一次之后，殷良秀也想明白了：每个人的人生都是不同的活法，儿子是一个有思想、有能力的人，自己不能用老思想来禁锢他，给他增加压力，既然儿子下定了决心，自己作为母亲，就不能当儿子的阻力器，要当儿子的加速器，就让他展翅高飞去迎接世间的风雨吧！

黄沙百战穿金甲

市场的残酷远远超出了陈出新的想象！

定下了进军母婴行业的目标后，陈出新必须重新定位研发新产品，原来在日化渠道销售的产品他下决心全部停掉。新产品需要新的外观包装，赢得年轻妈妈们的喜欢，但当时他还没有供应链的概念，顶多算是业余玩家，不叫职业玩家，因为当时他们连产品的包材配套都不知道在哪里做。

后来，经过打听，陈出新得知广东汕头是这类包材的生产基地，并且上下游产业链特别完备，母婴行业流行的一些爆款产品的设计，多半出自汕头的设计公司之手。陈出新下决心针对自己的产品特色去开发设计一套婴童产品，然后推到市面上去销售。

一套儿童护肤品开发出来之后，陈出新马不停蹄地去找汕头的设计公司。他听行内说汕头的罗鸿亮是当时行业中顶级的设计师，像大名鼎鼎的"青蛙王子"就出自他手。本着要做就做最好的心理，陈出新三次赴汕头找到罗鸿亮，请他出山为"芷御坊"设计一套全新的适合婴童渠道销售的包装。罗鸿亮当时业务非常忙，并且只与大企业大品牌合作，对名不见经传的"芷御坊"不屑一顾，但耐不住陈出新的执着请求，答应给他设计产品。当时光设计费就花了 6 万元钱，这笔钱在外人看来也许不多，但对于当时刚刚创业的陈出新来说，不异于一笔巨款。

产品设计出来之后，的确是不愧于行业顶尖大师的出手，设计稿特别惊艳，但下游的包材厂迟迟交不出样品来。这可把陈出新急坏了，因为他原本打算带着自己的新产品，去参加 2013 年 4 月 13 日在北京举办的京正孕婴童博览会。当时"京正展"在母婴界非常有名，陈出新特别希望能利用这个展会一战成名，把产品打向市场。这个展会当时一年只有一次，是国内各种婴童行业群体一个大的展示平台，厂家、经销商、专业观众和宝妈都会在展会上云集，机会不容错过，可产品包装做不出来，拿什么去参展呢？最后，被逼得没办法，陈出新决定自己先打样做一套样品出来，带着这套样品去参展。他临时找了广州一家叫千彩的知名印刷公司打样。千彩的确厉害，很快就按设计要求打了一套样品，打样出来特别漂亮，各方面设计感非常强，拿着样品，陈出新兴奋异常，仿佛看到了成功就在眼前。

样品出来了，可陈出新团队从来没有参加展会的经验，听说他要去参加展会，手下的同事纷纷阻挠。手下一个姓董的总监劝他："陈总，咱们还没有学会走，就想跑，不现实啊，产品都没有做出来，咱们拿什么去参加展会呀！再说，一个特装展位要几十万元，咱们现在到处都需要钱，不能因为参加一个展会，把咱们的资金链搞断了，功亏一篑！"

　　陈出新定下的事情坚决不会回头,他一定要去参加这个展会。殊不知,大型专业博览会一般一年只办一次,全年招商,一般在临开展之前,展位早就售罄了。陈出新千辛万苦地拿到了样品后,兴致勃勃地准备去参加北京京正展,当他打电话去定展位的时候,却被对方告知展位早就销售一空,根本没有展位给他。陈出新像挨了当头一棒,不禁傻了眼:自己千辛万苦,花了无数的冤枉钱,就是为了抢时间去参加展会,结果到头来发现根本没有展位给自己,这可怎么办?

　　陈出新安排手下工作人员,每天数次打电话问京正展组委会的工作人员,反反复复叮嘱对方,只要有展位退出来就留给自己。事有凑巧,在临开展前两天,展会组委会的工作人员给他打了电话,说留出来了一个18平方米的小特装展位,让他赶快打钱定下来。陈出新二话不说就转账把展位定了下来。就这样,陈出新拿着临时打样的产品参加了北京的京正展。到了展会现场搭建展位时,他才明白这个展位为什么上一个商家会退出来,因为它正对着厕所,还在最边上的一个死角里,别人根本不会往这个展位上逛。

　　果不其然,展会开展的第一天,别的展位上人潮涌动,但是陈出新的展位上基本无人问津。要知道,为了这次参展,他是力排众议,孤注一掷,18平方米的展位费加上装修、设计和搭建,陈出新已经砸进去了十几万元,他本指望一战成名,快速打开局面,把自己的产品推向市场,哪知道第一天完全没人来问,深深的挫败感和无助感像海啸一般向他袭来,怎么办?当时为了创业,他把自己的第一套房子抵押贷款了60万元,就是为了背水一战,只能胜不能败。如果这次无果而归，可能公司很快就会解散了。

展会还有两天，后面必须出结果。晚上回到酒店，大家坐在一起复盘，寻找展位无人问津的原因。最后总结得出：第一，展位的产品因为是样品，不够显眼，于是就连夜用 A4 纸打印了广告语——"芷御坊，只做有功效的产品，使用三天，无效退款"，贴了一整排在展楣上；第二，就是主动出击，请了几个高个子的漂亮女模特，高举着极具诱惑力的广告牌子，全天候在展馆里转悠巡馆，哪里人多就往哪里走，然后把人流引到展位来；第三，让顾客免费体验产品，来一个顾客就拉着他免费体验。陈出新的产品有机环保，他打造了一个概念："可以吃的平安膏"！当时芷御坊事业部负责人廖剑在现场，只要来一个人他就现场表演吃一口产品，来一个人就吃一口，一天下来吃了好几斤"平安膏"，当时没有人见过这种玩法，护肤品竟然可以吃，足可以体现产品的安全性之高。

"有个展位上卖可以吃的护肤品！"这个营销太牛了，很多逛展的代理商，一传十，十传百，第二天展位就爆了，等展会结束时，意向合同竟签了 200 多万元！

这 200 多万元相当于救命钱啊！陈出新做到了一战成名，他不用再担心破产了！不用担心公司解散了！

虽然一炮打响了，招商成功了，但是陈出新没有销售团队，也没有自己的销售体系，他就请了一些兼职大学生在外面跑市场，做"地推"，但是这些兼职大学生既没有业务能力，也没有销售渠道，在市场上虽说有代理商把货铺下去了，但是销不了，实际上就是没有形成一种良性的销售体系，只是单纯地把货压在别人那里，根本卖不出去。

陈出新这个时候就开始思考：为什么会出现这种情况？是自己产品不好吗？可明明用过的人都说好。那为什么还是销不动呢？究其原因是产品培训没有做好。当时自己手下的业务人员没有能力去做产品培训。找出问题的关键后，在一次公司的会议上，陈出新当时就对所有业务人员提了一个建议：我们能不能换一种高效的营销方法，通过会销模式去做传播。会销，可以一次性、高效率地把你的产品卖点销售理念传播出去。培训会，主要是针对代理商和门店负责人，他对员工说："你们觉得客户开发不出来，是自己培训能力不行，你们既然开发不出客户也做不了培训，那么你们只做一件事，就是把客户邀约到武汉来参会，培训的事情交给我来做。邀约不来客户是你们的问题，客户来了不成交是我的问题！"

时代在变，效率高于一切，陈出新坚定地要蹚出来一种全新的营销模式。

2014 年，陈出新说干就干，决定在当年的 2 月 22 日，在武汉召开首个中国母婴行业"玛雅峰会"，会议地址定在武汉欢乐谷的五星级酒店——玛雅酒店，会议规模两百人。这个时候，在公司又出现了巨大的争议。公司的一位营销总监跳出来唱反调，他说："陈总，在武汉开会，五星级大酒店里包吃包住，加上会务开销，这一场会至少要花销 50 万元。如果邀约不到客户，那咱们岂不是颗粒无收！"

　　陈出新听后大怒，果断把这个营销总监给炒掉了。临阵打仗，他最听不得泄气的话。一鼓作气，再而衰，三而竭。做销售的人员，如果没有一种"狭路相逢勇者胜"的气概，如何能在市场的残酷竞争中杀出一条血路！陈出新坚定地要开好这个峰会，并极具魄力地临阵换帅，开掉了营销总监。

　　2014年刚过完春节的第一个星期，"玛雅峰会"会议就要开幕了。陈出新亲自逐个给每一个熟悉的代理商和门店负责人打电话，邀请他们过来参会。当时，不少代理商也唱反调，陈出新就给他们讲："我一个医学教授出来创业，这么好的产品传播不出去，你们作为代理商难道就没有责任吗？现在市场上群雄逐鹿，不学习，就出局。我为什么要把唱反调的总监炒了，坚持走到前台来？就是给大家吃颗定心丸，即使只来一个人，我也要开好这场会！"

　　接下来，公司上下就开始疯狂邀约，每一个人都天天打电话，谁邀约来的客户多，陈出新立马重奖。河北有个叫徐姐的代理商非常给力，当时她做生意失败之后，逃到河北避难，她做了陈出新的代理后，客户对产品反应特别好，只是当时品牌影响力有限，她就拼命地邀约，一个人就邀约了六十多人参会。陕西的代理商付亚宁，是一个快人快语的大姐，她当时就对陈出新说："你要别人来开会，还要别人交三万块钱才有资格，谁会来呢？就是交三千块钱钱都没人会来！"陈出新就跟她对赌："你只要把人带过来，来了之后白吃白喝白住都算我的，收不收到钱是我的事，你不用管！"付亚宁从来没有遇到过这样有底气的厂家，就抱着试试看的心理，带了一批母婴店主过来。

"邀不邀来人是你的事，成不成交是我的事！"这句话至今仍在业界一直流传。这是一个什么样意志坚定的人，对自己产品自信到什么样疯狂程度的人，才敢这样说话。这就是创业狂人陈出新！后来这句话他经常挂在嘴边，时时鞭策员工："你只要把人邀过来开会，你连邀人都不会邀的话，那你还做什么业务，这是对业务员的最低要求。"

结果，在公司上下和客户的疯狂邀约下，最后，到会两百人，圆满完成邀约任务。那一场会开得非常成功，陈出新亲自上去讲每一个产品背后的故事，其中，有一款产品叫"茶皂素沐浴粉"，讲这个产品的时候，他讲述了自己在武汉大学人民医院药学部研发医院制剂的那一段光辉岁月。自己作为武汉大学人民医院药学教授，从事医院制剂研发工作二十一年，专注于天然植物与中草药活性物质的研究，二十多年来，通过医疗和药学实践，积累了大量的有功效的配方和第一手临床资料，开发的产品配方以技术转让和科研合作的方式成就了众多一流品牌。茶皂素是从山茶科植物的种子中提取的一种糖式化合物，它属皂素类，是一种天然非离子型表面活性剂，具有良好的乳化、分散、发泡和湿润等功能，并且具有消炎、镇痛、抗渗透等药理作用。"茶皂素沐浴粉"对孩子的皮肤绝对安全无害，并且这款产品是经过了中国化妆品安全评估委员会委员评估认定。陈出新深入浅出的讲解，赋予了每一个产品灵魂，台下的客户听得如痴如醉，觉得非常神奇，每个产品都可以讲出故事来，还会怕不好卖吗？"玛雅峰会"大获成功，现场收款 600 万元。

　　直到今天，陈出新在回顾这段经历的时候，仍坚定地认为自己会前斩将没有错。创业，本来就是一项充满挑战和风险的历程，需要创业者具备坚定的决心、敏锐的商业洞察力和果敢的执行力。想，永远都是问题；只有干，才有结果。在创业过程中，创业者往往会面临各种困难和挑战，而在这个过程中，如果一味地夸大困难，就会把自己吓退，"说干就干"的魄力是创业成功非常重要的一个因素。

　　"说干就干"是一种积极的心态和行动方式，它意味着在创业过程中，一旦有了想法和计划，就要立刻付诸行动，不断尝试和探索。这种魄力可以帮助创业者抓住机遇、快速适应市场变化、提高执行力，从而在竞争激烈的市场中脱颖而出。创业机会往往稍纵即逝，如果把困难想得比天大，犹豫不决、拖延时间，很可能会错失良机。"想干就干"的魄力可以让创业者果断决策、迅速行动，在第一时间抓住机遇，抢占市场先机。

　　"想干就干"的创业者会不断尝试、调整和优化自己的商业计划，根据市场变化及时做出反应，提高适应能力，从而更好地应对挑战和风险。创业计划再完美，也需要通过执行来实现目标。"想干就干"的创业者会以高效的执行力推动业务发展，确保计划落地生根，实现商业价值。当然，"想干就干"并不意味着盲目冒险、随意决策。就像雷军所说的："成功往往不是规划出来的，一定要树立目标，只有敢想才能敢干，梦想的力量是极其强大的，把各种各样的不可能变成可能，其实很多事情没有那么难，你去试一下，说不定就成功了。小成靠勤奋，大成靠机缘，顺势而为，豁出去干，反而梦想更容易实现！"

2014 年，陈出新的研妆实业全年销售业绩已经做到了 3000 万元，当时安在武汉东西湖区的厂房都不够用了，一直在寻找厂房扩张。2015 年 3 月 11 日，陈出新带着团队再接再厉，在湖北嘉鱼珊瑚温泉酒店又开了一场非常成功的千人大会，那场大会实打实到会有一千多人，震动业界。公司通过会议去驱动市场动销，这场会销现场就收到了三四千万元订货款，当时，把会场提前准备的二十多台收银机都刷爆了。

现在回想起来，创业的每一步都很难，那个时候研妆整个公司把生产人员加起来才只有三十多人，销售人员都没有几个，开这么大的会，怎么组织？当时这个会开成功后，引起了业界巨大轰动。

2015 年，公司业绩进入爆发期，取得突飞猛进的发展。其实，那个时期正是母婴渠道最红火的时候，每一年全国有 1800 多万孩子出生，消费升级带动实体店快速扩张。在消费升级背景下，育儿理念从"喂养"升级到"精养"，当下婴幼儿消费特点主要体现在：对产品质量非常挑剔，消费日趋高档化，渠道升级明显。数据显示，2007—2012 年中国城镇家庭的婴幼儿年平均消费金额复合增长率为 15.4%，2016 年中国城镇家庭婴幼儿人均消费支出增速为 14%，2018 年行业规模达 3.02 万亿元。

陈出新果断抓住这个风口，全渠道扩张，在蓬勃上升的中国经济的强大助推下，大河有水小河满，国富民强，每一个家庭都愿意在孩子身上花钱，用优质产品守护婴幼儿的健康。

　　陈出新的产品好，他又赋予了每一款产品文化内涵，让每一款产品都有了灵魂。他在全国不同的地方给代理商、经销商讲课，讲每一个产品的故事，让每一个店长、店员都学会讲产品的故事。他每年在全国巡讲近百堂大课，覆盖到每一级的经销商和店长。靠这一招，让"芷御坊"的每一款产品投入市面都成了爆款，经销商跟着他赚到了钱，有的再培训自己的导师下去给店员培训讲课，店员再讲给进店的宝妈听，到最后全渠道开花，走到哪里别人都知道：陈教授开发的产品都有故事。

　　曾有代理商如此描绘因"芷御坊"而受到的震撼："我曾在恩施利川一个悬崖下的小镇子中的一家迷你小母婴店里，看到整整齐齐地摆放着'芷御坊'系列产品，而作为对比，在那里，我甚至很难找到一包方便面。"2015年，陈出新建立"营销共同体"模式，与全国各地的各级经销商深度合作，此举更令他的产品一夜之间，几乎上了所有母婴店的货架。有同行说："陈教授做营销太狠了，在中国有母婴店的地方，就一定有研妆的产品！"对此，陈出新曾这样说："我们做生产，经销商搞销售，目标都是赚钱，赚钱才是硬道理。有钱赚了，什么都好说；没钱赚的时候，谁也不会跟你讲道理。"通过多赢的分配机制，研妆实业建立起了如毛细血管细密一般的营销网络。九州大地之上，几乎没有研妆实业触达不到的地区。凭此，研妆的品牌和产品，也深深地埋进了年轻妈妈的心海。

　　陈出新今天在接受采访时动情地说："创业就像是在迷雾中的小路上穿行，当穿过迷雾守得云开的时候，你回首会发现你走过的小路,一边是悬崖,一边是绝壁,稍有不慎便会万劫不复。如果今天让我再来一次,我可能没有这个胆量和勇气!"

历数研妆的发展历程,不难发现,每一个发力跃起的节点,都吻合了这个时代潮流的节点。2012 年,正是中国人口增长率较高的一年,同时人民物质生活水平不断提高,对于美好生活质量的需求也在不断提高。对于孩子身体素质的关注,成为那一代家长的焦点。而陈出新精心打造的"营销共同体"模式的兴盛,同样得益于时代的浪潮推动。城市化进程的不断演进,令陈出新的"下沉"战略有了用武之地,也拥有了不断扩增的消费者群体。对于企业家而言,追随时代的足音是永恒的命题。现在的陈出新也经常这样说:"我们非常幸运,踩准了这样千载难逢的时代浪潮的节拍,有机会和舞台展现自己的才华与抱负,收获事业和成就。"

陈出新始终感念时代的机遇与国家的支持,最常说的一句话就是民营企业家要"感恩党,听党话,跟党走"。他也常表示,要"与党和国家同心同向、同频共振,富而思源、富而思进,在党的关心关怀下放心干、大胆干"。有国才有家,陈出新对于"产业报国"的体悟或许较之常人更为厚重。而他与研妆的发展,与中国之崛起息息相关。作为个体,只有在助推社会发展进步的进程中才能实现自我发展。家国情怀,也是决定企业家胸怀与成就的关键因素。

陈出新凭借旺盛的生命力、不屈的精神,借助改革创新,走上民营经济发展的大舞台,慢慢走进了自己的高光镜头下,而其意志与气质,也穿越时光,熠熠生辉。他与研妆实业身上,折射着时代的璀璨的光芒,也浸染了时代的一路风尘。

实业报国，九死一生

　　成功跻身母婴行业，找到了一个全新的赛道，陈出新像一辆加满油的跑车，在这个行业里一路狂飙，成了业界集研发、生产和营销的行业"大神"。在母婴行业里，懂得研发的人往往没有生产能力，而大量的生产企业往往又不懂得营销。陈出新，凭着学习能力和专注力，凭一己之力，成为集研发、生产和营销于一身的王者。他的营销思路特别新奇，在业界打造的"免单日"活动和"膜王争霸"活动，均掀起过一阵血雨腥风，创造了一个又一个的行业销售奇迹，而其背后，则是他实业报国的拳拳之心。

　　党的二十大报告提出，建设现代化产业体系，坚持把发展经济的着力点放在实体经济上，推进新型工业化，加快建设制造强国、质量强国等。党中央高度重视实体经济发展，坚持把发展经济的着力点放在实体经济上，这是对历史经验的深刻总结、对发展规律的科学把握，为推动高质量发展提供了根本遵循、指明了前进方向。

　　陈出新不止在一个场合表示，研妆实业将在二十大精神的指引下，扎根实业，为国家为社会创造更多价值。研妆实业 2019 年被评为国家高新技术企业，2023 年被评为湖北省"专精特新"企业，2023 年被评为湖北省制造业单项冠军企业，成立十二年来，虽荣誉满载，但公司成长发展的每一步，并不是一帆风顺，可谓"步步惊心"。

陈出新经过考察，发现湖北应城市有良好的投资环境和完整的精细化工产业链条，2015 年 12 月底，他果断来到应城经济技术开发区，成立了湖北研妆实业有限公司。这是应城首家母婴生产企业。生产基地建设总投资 3 亿元，占面积 60 公顷，规划建设 5 万平方米的国家标准现代厂房。

当初在应城建生产基地，厂房一期工程历时三年完工，其间一波三折，一言难尽。

研妆实业应城的基地 2016 年开工，2018 年一期工程完工，总投资上亿元。开工之初，陈出新手上只有 800 万元，其中买土地就花了 500 万元，买完地后全身上下的家当就只剩 300 万元。进，前路未卜；退，万丈深渊。面对困境，陈出新身上企业家那敢拼敢闯敢赌的魄力，体现得淋漓尽致。哪怕全身上下只有 300 万元，也要干！创业，就是破釜沉舟，勇往直前！

2016 年，当地的一家建筑公司老板为了承接陈出新的工程，找到他说自己手上有 3000 万元，可以先期垫资，生产基地封顶后再结账。没有江湖经验的陈出新大喜过望，当即与他签订了合同。谁知，到 2016 年底的时候，工程才刚刚做完奠基，该老板就跟他讲，他自己没钱了，要给工人发工资过年。他威胁陈出新说："如果不拿钱出来给我结账发工资，农民工就会堵门，只要一闹事，那你就是拖欠农民工工资的老赖，要坐牢的！"

陈出新对这种不讲商业规则的工程商深恶痛绝，但当时的情况是"秀才遇上兵，有理说不清"，他自己手上几乎没有多余资金，如果不解决农民工拿工资过年的问题，可能自己真的会变成老赖。面对这种情况，几乎被逼入绝境的陈出新陷入了深思。

虽然缺钱，但自己仓库里还有很多产品，快点儿卖出去，资金不就回笼了吗！但是什么样的活动才能引爆市场，让产品快点儿销出去呢？陈出新经过深入思考，选定了自己的爆款产品——维呵集面膜，并策划了一场名震江湖的"膜王争霸赛活动"，最后很快把钱收了回来，解决了农民工工资的问题。

每年临近春节，是各大企业资金最紧张的时候，那么"膜王争霸"这个活动怎么策划呢？陈出新想，要想去引爆这场活动，除创意新颖外，一定要找国内当时非常有名的名人代言。那么找谁呢？陈出新想到了李湘。李湘是当时高消费女性群体的代表，人气正旺，冠有"最美辣妈""不老女神"称号。当时湖南卫视的当红节目《爸爸去哪儿》火爆大江南北，同时也带红了李湘的女儿王诗龄。有光环加持，所以陈出新特别想邀请李湘代言"膜王争霸赛"。

但是，怎么能与当红名人李湘取得联系并请得动她代言自己的活动呢？陈出新想到湖南卫视的另外一个明星主持人——汪涵。

因为在刚刚过去的10月，湖南卫视著名主持人汪涵作为嘉宾参加了研妆生物公司举办的"万店齐发免单日"活动，与陈出新建立了良好的关系。

这又是另外一个经典营销故事。

"万店齐发免单日"活动，是陈出新在行业内首创，他策划了很久，为了力保活动成功，他想邀请汪涵为活动代言。经过多方努力，陈出新团队联系到汪涵经纪人，双方经过洽谈确定了相关合作事宜。可就在活动开始之前，汪涵临时因身体原因，推辞出席活动。陈出新当时就傻了眼。活动都确定了时间，全国上万家门店都开始启动，这时活动代言人却不能出席，怎么办？

陈出新的创业观中，是认准了方向就拼尽全力往前冲，狭路相逢勇者胜，只能成功，不能失败。但是名人的行程不是自己能调度的，怎么办？沉思良久，陈出新给汪涵写了一封情真意切的信，他在信中动情地说，自己曾经是一名医务工作者，怀着让更多老百姓少生病、看得起病的朴素情怀，带领一帮人创业，由于没有任何创业经验，摔了无数的跟头，他合作的机构，大多是那些三四十平方米的母婴店，这些夫妻小店的背后都是一个个家庭的收入来源。虽然实体店生意不好，但是自己的产品绝对是好配方好产品，现在急需有影响力的人来帮助门店引流，帮助门店创造销售业绩。在信的末尾，陈出新言辞恳切地请汪涵先生帮帮大家，帮帮中国大地上这群母婴小店主……

汪涵先生也是有大爱的人，他在收到陈出新的信后，大为感动，当即亲自给陈出新回了电话，表态说无论自己多累、身体多不舒服，也要来参加这场活动。汪涵的全力加持，让"万店齐发免单日"活动一夜之间爆火，研妆的产品迎来了一波销售高峰。

　　有了与汪涵第一次成功的合作,双方建立了良好的信任关系。经汪涵介绍,陈出新顺利联系上了李湘,得知当时李湘在北京,他当机立断,出发赶去北京,找李湘代言。与李湘见面后,陈出新从自己企业的背景、个人情怀、产品研发生产、产品性能等各方面做了详细介绍。女人选择护肤品,安全最重要,再加上李湘本身也是敏感肌,对护肤品特别挑剔,平时使用的都是国际大牌。因汪涵参加过研妆实业的产品推介会,眼见为实,在好友汪涵的极力推荐下,李湘使用了包括维呵集面膜、九维水在内的全套产品,对维呵集的安全性和功效赞不绝口!有了良好的亲身体验,李湘才下决心为维呵集产品代言。

　　2016 年 11 月 19 日,"最美辣妈""不老女神"李湘接过研妆生物护肤品牌维呵集抛出的橄榄枝,正式出任维呵集最新形象代言人,成为第一位代言该品牌的女性内地名人。有了李湘形象代言人的加持,"膜王争霸"活动举办得非常成功,各地甚至出现疯抢的现象,仓库里的产品也一销而空,资金大量回笼,一举解决了农民工工资的问题,也让企业有了一丝喘息的机会。

　　陈出新成功推出女性护肤品维呵集之"膜王争霸"活动的底气,是他对自己产品质量的绝对信心。这款面膜是由武汉大学皮肤护理中心研发,通过国家孕妇级安全标志备案的品牌,使用维生素打造,孕妇都可以安全、放心地使用。陈出新的营销文案至今在业界都是经典案例,被写进诸多商学院的教材中。该款面膜投放门店后,直接火爆了市场,市场上经常断货。

　　2018 年 6 月 18 日,陈出新请产品代言人李湘来湖北应城出席一个新品发布会，当天受邀的还有刀郎的关门弟子云朵、小沈龙等一众名人。结果不巧的是，那天北京机场因暴雨航班取消了，当天很多外地客户都是冲着李湘来的，没有见着李湘，不少客户大失所望，有些人就开始起哄，现场有闹事的苗头。眼看情形不对，陈出新主动登台，给大家解释了原因，并现场播放了李湘在机场录制的一个道歉视频，证明李湘不能出席确实是暴雨不能成行，属极端天气造成的不可抗力因素。

在台上，陈出新深情地讲了自己创业的经历，讲自己在医院的工作经历，讲中国"医院制剂"那一段光辉岁月，讲自己创业的初心，讲自己产品研发的故事，讲到最后，他振臂一呼："我一定要让世界相信中国制造，让世界相信研妆制造。"说完这句，台下掌声雷动，久久不能平息。客户们也热情高涨，庆典活动在一片欢声笑语中有序地进行下去，现场的订货几乎刷爆了。

李湘成为维呵集形象代言人之后，研妆的系列产品知名度有了质的飞跃，企业发展也得以节节攀升。这时，应城生产基地的一期工程生产容量已经不能满足市场需求，陈出新又开始准备投资第二期工程建设。不过这次，他遇到了重大阻力，一直支持他的夫人沈晓婴，第一次和他发生了争执。第二期工程预算上亿元，沈晓婴觉得应城毕竟是湖北的一个县级市，第一期投入已经押上了全部家当，现在企业运行得也很正常，等业绩稳定了再做投资的考虑，再加上目前正是房地产的高红利期，并且不限购，她认为自己手上的钱，投资买几十套房产，可以轻轻松松赚大钱，远比投资实业回报要快得多。当时，温州"太太炒房团"正全国各地四处出击买买买，赚得盘满钵满。市面上炒房成风，手上有一定资金的沈晓婴也心动不已。

为了说服妻子支持自己进一步做大做强的创业梦想，有一天晚上下班后，陈出新就给妻子描绘自己的理想。他说："现在投资各种基建和材料成本都不高，投资建厂，形成规模，恰逢其时，咱们做生意要明白'一鼓作气，再而竭，三而衰'的道理，我的梦想是要建成一个集生产、研发、培训和餐饮于一身的产业园，现在开弓没有回头箭，我们必须坚定信心往前走，坚定地持续投资实业，坚信实业报国的理想必能实现。房地产一定有周期，当中国的人口红利丧失时，必然会形成过剩，咱们要把钱用在能实现梦想的地方。你看，盖厂房之前，我首先盖好员工宿舍和员工食堂，咱们所有员工吃饭都是免费的，员工宿舍的水电也都全部免费。我坚信安居才能乐业，解决好员工的住宿和吃饭问题，解决好员工家庭的后顾之忧，他们才能更好地为企业工作，这也是咱们作为企业家的价值所在！"

沈晓婴怎么会不理解丈夫呢？她知道陈出新认定的事件，十头牛都拉不回来，只有顺从他的意思，于是就打消了自己的"炒房梦"，重新坚定地支持丈夫在应城生产基地二期工程上的投资。

传统行业里的新质生产力

　　新质生产力是创新起主导作用，摆脱传统经济增长方式、生产力发展路径，具有高科技、高效能、高质量特征，符合新发展理念的先进生产力质态。但是在传统行业里如何发展新质生产力，陈出新结合自己的实际情况，给出了这样的论断——传统行业只要在理念、技术、业态上创新求变，因地制宜发展新质生产力，也一样能以高技术、高效能、高质量，实现智能化、绿色化、高端化。

　　"坚持高质量发展是新时代的硬道理，要准确判断时代发展趋势，深入分析我国在制度机制、市场规模、产业体系及劳动者素质等多方面的优势，清醒认识和把握企业在发展理念、技术装备、经营管理等各方面不断升级的关键。"陈出新阐释了他对新质生产力与传统产业融合发展的理解。他认为企业家自身的专注与开放包容，是企业不断创新升级的重要引领。企业家自己要有思考、出思路，不能把技术创新的责任只交给科研人员。"技术为我所用，不必为我所有"，为行业发展做出贡献，才能"做行业的领军者"。

开放的心态也包括关注行业外其他领域的发展态势。劳动者素质是发展新质生产力中最重要的因素，企业文化、创新激励机制不可或缺。绿色发展是正道，是发展新质生产力的内在要求。走正道，则是企业发展的奠基石，是弘扬企业家精神的根本要求。

陈出新历经商海沉浮，永葆赤子之心。身为湖北省政协委员、湖北美容化妆品商会会长、应城市第五届十佳科技人才的他，投身母婴健康产业发展，全身心地致力于母婴产业产学研深度融合。作为母婴行业领军企业，研妆实业始终立足主业发展，深挖母婴行业的创新潜力，利用中医食疗传统理论和现代生物工程技术，力求向广大消费者提供更多科技含量高、附加值高的创新型产品，把产品从"安全"向"健康"方向发展，满足广大消费者更高的消费需求，以实际行动落实"健康中国"的大战略。

研妆实业积极进军高新技术产业，坚定地向高端装备制造业等领域拓展，以响应从"中国制造"向"中国创造"转变、从"世界工厂"迈向"智造强国"的号召，在新的历史条件下为研妆实业注入新的发展内涵。近几年来，研妆实业一直在致力于生产线智能化改造，2022年建成了工业4.0智造工厂，向高端装备制造业迈出了扎实的第一步。

湖北研妆实业拥有卓越的研发技术。陈出新本人曾是武汉大学人民医院药学教授，从事医院制剂研发工作已有二十多年，专注于天然植物与中草药活性物质研究，积累了大量的有功效的配方和第一手临床资料。公司首席高级配方工程师汪峰不但是化妆品高级配方工程师，具有二十年配方研发和生产管理经验，也是母婴配方产品及 OEM 产品专家。公司拥有大量的发明专利及配方知识产权，研发实力雄厚，产品科技含量高，每一款产品上市均通过严格试验。

湖北研妆实业有限公司的优势在于拥有大量的发明专利和配方知识产权，研发实力雄厚，产品科技含量高，在母婴皮肤护理领域具有行业领先地位。企业宗旨是致力于天然植物与中草药活性物质的研究，以天然、安全护肤为理念，提供安全、天然的护肤化妆品牌，致力用优质产品为中国家庭健康保驾护航。2020 年 12 月 16 日，湖北省科技厅发布了 2020 年湖北省企校创新合作中心名单，由湖北研妆实业有限公司和湖北大学共同建立的产学研创新中心——"湖北省研妆皮肤护理—消毒研究企校联合创新中心"名列其中。对此，陈出新充满自信地说："我们的合作方湖北大学药物高通量筛选技术国家地方联合工程研究中心，是国家级科研平台，这也是我们能够为母婴提供更优质的产品的底气所在。"

湖北研妆实业有限公司于 2021 年通过 ISO9001：2015 质量管理体系、美国 FDA 管理机构的 GMP 认证。2023 年通过 ISO14001：2015 环境管理体系认证、ISO45001：2018 职业健康管理体系认证。公司专业生产化妆品、消字号产品、家居护理用品、医疗器械和特膳食品等，并致力于母婴健康事业，打造国货之光。

最高明的营销，其实是用高质量的品质抓住人心。技术出身的陈出新把技术研发作为企业的生命线，他对产品的品质要求非常严格，力求做到完美。正因为如此，"研妆出品，必是精品"

逐渐成为行业共识。公司先后与多所大学合作研发新产品，把控质量。其中，与武汉大学联合成立的武汉大学研妆皮肤护理研究中心，拥有余建清教授等七名博士和十七名硕士，致力于解决人体皮肤问题的研究，获得国家多项具有知识产权的专利配方。

除硬件投入外，陈出新也加大了公司的研发力度。此时，公司已拥有大量的发明专利和配方知识产权，并拥有芷御坊、维呵集、艾优坊、晓婴坊、用植堂、殷医生和脾牛等七大母婴品牌，在母婴皮肤护理领域具有行业领导地位。公司自主研发获批专利近百件，国家科技部给研妆实业颁发了"中国产学研合作创新示范企业认定证书"，这是国家科技部对企业的最高的一个奖项。此后，陈出新把专利运用到产品中，产生了巨大的经济效益。

与此同时，研妆实业还拥有国内规模最大的母婴洗护生产基地，具备安全成熟的生产线，母婴洗护生产基地的硬件设备强大。每月可生产包含洗发水、沐浴露、膏霜乳液、精华液、消毒产品（抗抑菌剂）、餐具清洗剂等在内产品1000吨，其中洗衣液日产200吨，湿巾月产100万包，面膜月产2500万片，唇膏、口红月产50万支，特膳食品口饮液月产500万支，等等。其中包括妆字号成人、妆字号儿童、消字号产品、械字号产品和日化产品特膳食品等多类产品。

研妆实业秉承以专利为王的理念，与武汉大学共建实验室，研发出从植物中提取有效成分生产母婴皮肤护理品的技术，申请了一批专利产品，如含抑菌、消炎作用的外用制剂等。该外用制剂为中药复方制剂，由黄柏、苦参、金刚藤等中药组成，其制备方法经过配料、水提、醇提等处理，最终获得疗效确切、副作用低的抑菌、抗炎洗剂。此外，公司还开发了一批针对宝宝红屁股的爆款产品：从五倍子、牛油果、金盏花、库拉索芦荟等植物中提取而成的"宝宝霜"；针对宝宝蚊虫叮咬，从紫草、艾叶、金盏花、菊花、薄荷等植物中提取而成的"虫咬凝胶"；等等。这些产品一经上市，由于效果奇佳，收获了大量宝妈的信任，产品销量直线上升。

由于产品质量过硬，目前研妆实业旗下品牌已家喻户晓，深入人心。这些品牌各自侧重不同的细分市场，针对不同的消费人群精准满足他们的需求。在陈出新看来，虽然国产婴幼儿产品的品牌知名度现在还在起步阶段，但是国货品牌根植于本土，加之有强大的科技研发做保障，是最懂中国儿童的产品。研妆实业也凭一个又一个爆款产品，带动公司的业绩突飞猛进，在母婴皮肤护理领域打下领军企业地位，开创出母婴产业的一片广阔天地。

时代在变，生意的思维也要顺势而变。面对线上互联网巨头围剿，以实体店为主的传统母婴店受到很大冲击。面对如此严峻形势，陈出新对自己"联销体"内的合作伙伴说："破局在服务。"他带领公司以服务为导向，打造母婴生态系统，建造了"中国母婴小镇"，创办了职业培训学校，并历经重重审批，拿到了湖北省人社厅职业培训考证资质；经考核合格，可以颁发育婴师、保育员、健康管理师等国家认可的职业证书，承载着孕婴健康服务项目人才培训，为更多人提供学习就业机会，让其掌握一技之长。为了打造产业闭环，在研妆实业厂区周边，陈出新还建成了1000

平方米的"陈教授育儿工作室",为儿童大健康赋能。

陈出新投身母婴健康产业发展,全身心地致力于母婴产业产学研深度融合。在创业路上坚定前行的陈出新说:"创业就像打怪兽,每次闯关都是九死一生。"凭借强大的研发实力,他为产品注入了很高的科技含量,企业克服了初期的重重困难,很快走上高速发展轨道。

守住实体就是守住民心

　　"我这一生钟爱围棋，棋如人生。我喜欢布局、中盘战斗、终盘收官。提前远观、预判时局，及时出手、各个击破。"陈出新在下围棋中悟出了商战道理，并付诸实践，躬行不怠。

　　回顾自己的创业历程，每次闯关都像是九死一生。陈出新总结出自己创业的三大法宝：胆识、营销、趋势。说起胆识，首先遇到的资金关，就是最考验企业家胆识的。吴家山厂房建成后，陈出新手上就没钱了，那时产品都还没生产出来，必须全力赌一把，如果没有胆识，只能放弃，不服输的陈出新凭着过人的胆识，果断出招，奋勇前行，结果他成功了！

　　创业的第二大法宝是营销。可以说营销比资金更重要。在他搭建的商业模式中，是以实体店渠道为主，已形成以武汉为中心、覆盖全国的销售渠道，合作的母婴门店高达2万家。营销本质上是高效率的销售行为，再棒的产品，如果不懂产品营销也卖不出去。创业的十多年来，陈出新每年会飞往全国各地给代理商、经销商以及门店主上课，为他们集中培训产品知识，不厌其烦，效果奇佳。

"我原本是个害羞的人，都是被市场倒逼出来的。"陈出新表示，讲好产品故事，塑造品牌价值，是每个创业者必须具备的基本素质。虽然陈出新没经过专业学习，但从小学习成长的经历和下棋培养的思辨逻辑能力，给了他极大帮助。

创业的第三大法宝是趋势。陈出新感慨道："如果不是选择了母婴领域，也许我也不会有今天的成绩。"他认为，相比其他行业，母婴行业是受互联网冲击最小的领域，随着三孩政策放开，不管出生率有多低，母婴行业比起其他行业都算是朝阳产业。在对这样的大趋势判断之下，陈出新选择在婴幼儿行业自主创业，在线下大力布局实体店，因为涉及食品安全，每一个家庭都不会掉以轻心，网店的体验感远不及实体店，实体店"所见即所得"的特点让为人父母者买得放心，因此婴幼儿行业受线上冲击力度最小，母婴用品实体店的扩张速度十分迅速，2023年全国的母婴实体店数量已达30万家。这些迅猛扩张的实体店在带动经济的同时，也为社会创造了大量就业机会。

在很多场合，陈出新都大声疾呼："一定要下大力气守住实体经济，实体经济是民生基石。一个几十平方米的母婴店，至少能够解决五个人的生计和就业，中国30万家母婴实体门店，那么就能解决150万人的就业；如果拓展至一家店要十个员工，那么这个行业就能解决300万人的就业；再连接上游产业链，那么解决的就是上千万人的就业。"国家未来大力发展服务业，肯定会更重视与扶持此类民生渠道的发展。

看准趋势，勇毅前行。陈出新还拿出公司 1% 的股份成立小儿推拿"达摩院"，囊括中国所有顶级的小儿推拿专家，力争在三年之内打造国内细分领域百亿母婴产业集群。

"陈式"核心竞争力

选择了婴幼儿行业,并不等于就进了金山银山,陈出新坦言,自主创业所面临的艰辛一直都在困扰着他,婴幼儿行业门槛不高,跟风扎堆者众多,恶性竞争在所难免。在竞争压力之下,陈出新带领研妆实业专心打造"小而美"的个性化路线,走差异化发展道路,同时以四大布局构架起企业的核心竞争力。

陈出新表示,作为实体企业,研妆实业的第一个布局便是扎扎实实制造产品,学习贯彻国家供给侧改革政策,在研发方面不断加强投入,以创新拉动消费升级,坚决不走低水平重复路线。目前,研妆实业已经建成国内一流的母婴产品生产基地。

研妆实业的第二个布局是构建孕婴新实体联盟线上服务平台,将线上的优势与线下的优势结合,为实体店打造线上场景。其实,线上线下结合已经有很多人在做,比如阿里巴巴和京东都在布局线下新零售实体店。研妆所做的是反其道而行之,帮助不擅长互联网的实体店主借助"互联网+"的力量赋能,目前已经有一万家母婴店加入研妆的新实体联盟线上服务平台,共同完善这个专属于母婴行业的 O2O（线上体验线下购物）生态闭环系统。

研妆实业的第三个布局是为实体店拓展和打造特色服务项目，丰富实体店的服务种类，提升实体门店的竞争优势。"既然实体店在价格上拼不过网店，那么就应该多提供网店所不能提供的服务项目，比如婴儿游泳、小儿推拿、产后修复等。"陈出新表示，研妆实业将帮助线下门店完成从卖商品到卖服务的转型，创造消费需求，拉动经济增长。

第四个布局就是用行业高峰论坛引爆从业者创业的激情。拥有独家专利技术在手的研妆实业，并不仅仅满足于技术的研发，"只有站在产业高度，推动整个行业向前发展，才能事半功倍，实现共赢"。基于这一出发点，研妆实业从 2014 年开始每年举行十多场行业高峰论坛，邀请母婴行业从业人员，共同分析行业现状，共同讨论行业发展之路。大到经营战略思维，小到产品知识讲座，研妆的高峰论坛内容丰富，每场活动现场参与人数少则数百人，多则上千人，堪称母婴消费行业的盛会。

研妆高峰论坛已经开遍全国，在河南、湖南、河北、江苏、浙江、黑龙江等十几个省份、上百个城市陆续举办，由研妆实业和各区域经销商联合主办，所到之处无不大受欢迎。比如研妆高峰论坛 2018 年秋季的主题是"绝活为王、场景制胜"，这种积极向上的主题激发和鼓励了很多从业人员，不断给他们打气助力，帮助他们转型发展。有一句话叫作"你帮助多少人成功，多少人就希望你成功"，送人玫瑰，手有余香，研妆实业的成功便是来自这种境界与格局。同时，也与海尔创始人张瑞敏先生提出的"中国企业家精神，是让更多的人成为企业家"理念不谋而合。

伴随着研妆高峰论坛的举办，研妆实业还不断探索商业化营销模式，先后邀请了汪涵代言研妆"免单日"活动、李湘代言研妆"膜王争霸赛"活动、贾玲代言减肥"代餐粉"、刘德华代言"殷医生"等，以"名人＋活动"的双重影响力模式，迅速提升品牌认知度，将研妆产品销售额从门店占比 1% 提升到占比 15%。

转型为创业者的陈出新，依然秉承着做学术的严谨思维，他说："我找准了婴幼儿行业这个风口，从最小的产品单元开始，循序渐进，通过产品迭代积累用户、扩大规模。创业切不可贪大求全，否则将陷入万劫不复之地。"

陈出新表示，自己出来创业不光是为了生存，更多的是为了曾经的理想。他说："现在的人们都已经淡忘了过去那段历史，很少有人记得医院制剂在长期医疗实践和人民生活当中曾经发挥过的巨大作用。"陈出新希望通过研妆实业的健康产品，让人们接触和了解医院制剂的实用功效，让医院制剂重新回归到人们的视线之中，这才是不负自己一生所学。

陈出新深情地回忆道："我其实也是国家'大众创业、万众创新'号召的受益者，虽然很多人觉得创业失败概率很高，但失败也是一种宝贵的财富。纵观古今寰宇，唯有创新创业，才是一个民族保持永久活力的源泉，人类因为梦想而伟大，中华民族的伟大复兴需要梦想与创新，从这个意义上讲，也许我是一名理想主义的创业者吧。"

第七章
波澜壮阔的时代

拳拳报国志，殷殷赤子心

　　陈出新创业之初就立下了实体报国的志向，创业十二年，他始终坚守初心。

　　根据雅诗兰黛公布的财报数据，2023年雅诗兰黛集团净销售额为1059亿元人民币，而中国大众化妆品市场规模才只有3085.9亿元。一个国际化妆品牌的一年销售，就占据了中国化妆品市场份额的三分之一。陈出新认为，研妆实业作为中国头部母婴化妆品企业，有责任打造国货精品，把高品质的国货送进千家万户。

　　2022年，陈出新当选了新一届湖北省美容化妆品商会会长。同年，他又当选湖北省政协委员。他坚持为行业发声，致力于让湖北的化妆品品牌叫响全国，走出国门。

　　2023年5月25日，正值"5·25"国际爱肤日，"湖北省化妆品安全科普宣传周活动启动仪式暨化妆品产业高质量发展论坛"在湖北赤壁隆重举行，参会的企业家纷纷发言，探寻"荆楚美业"创新发展和品质提升的"密码"。

　　作为湖北省美容化妆品业商会的会长，陈出新建议："中国尚没有一家化工企业可以做到全球化布局，全球化妆品市场也没有一个叫得响的中国品牌，国货崛起仍面临卡脖子的困境。化妆品企业可以借鉴王老吉、可口可乐的成功之道，在外企不熟悉的领域展开竞争，譬如中国传统的中草药，只要国家重视原料这一块儿，出台一些扶持政策，原料卡脖子的问题便可以得到缓解。"

　　知不足而后进，守初心而前行。在陈出新看来，湖北的化妆品企业规模都不大，"专注'小而美'是湖北化妆品产业异军突起的方向，打造专精特新隐形冠军"。他举例，湖北已涌现不少细分市场的龙头企业，如研妆实业就专注于母婴赛道并成为行业领头羊，"中国市场足够大，哪怕在一个小细分市场做好，也可以取得成功"。

　　陈出新直言，虽然湖北化妆品在供应链、人才、信息等方面都不具备优势，但获得政府层面战略上的重视，属于被扶持的大健康产业，湖北省化妆品产业一定会迎来巨大的机会。

　　2024 年 3 月，湖北省药监局印发《关于支持化妆品产业高质量发展的若干措施》，提出十条措施，支持化妆品产业高质量发展。这十条措施，包括"五条优化"利企便民的监管措施和"五条支持"产业发展的政策导向。

　　"五条优化"利企便民的监管措施包括以下内容：

　　一是优化化妆品备案管理，药监部门将开展化妆品备案培训指导和政策咨询服务等活动，提高化妆品备案的便利性和准确性。

　　二是优化化妆品许可机制，对符合"承诺制"要求，申请办理化妆品生产许可证延续的企业，湖北省药监局仅对企业申报材料的完整性和合规性进行审查，审查无异议即可办理延续手续。

三是优化现场检查核查，根据检查的类别、事项、性质和目的，药监部门推行关联检查、联合检查、协同检查，互认相关检查结论，避免重复检查。

四是优化化妆品检验服务，湖北省药检院开通业务咨询"热线"，加强企业检验人员培训，指导企业优化处方工艺，开展化妆品质量安全标准制修订工作。

五是优化化妆品监管方式，建立"风险＋信息"综合评估机制，推行化妆品企业分级分类监管；推行轻微违法行为容错纠错机制；运用"互联网＋监管"技术，开展智慧监管；通过现代化的监管方式，提高监管的科学性、简约性、精准性，为诚信守法企业"松绑"，为失信违法企业"加锁"。

"五条支持"产业发展的政策导向包括以下内容：

一是支持化妆品新原料研发。支持化妆品企业推进特色植物资源与传统应用历史、传统工艺与现代工艺的深度融合，研发化妆品新原料；鼓励化妆品企业开展以植物提取为主的新原料研发；鼓励企业对已列入使用目录的化妆品原料通过优化制备技术、生产工艺、改变原料物质基础等开展创新性研究；鼓励省内有条件的化工企业和医药企业参与化妆品新原料的基础研究和以生物合成新技术进行的原料生产制造；支持高等院校、医疗机构、化妆品注册人、备案人参与化妆品新原料团标、行标的制定。

二是支持化妆品产业集群发展。主动融入长三角、对接大湾区，推进化妆品创新链、产业链、供应链、人才链、资金链深度融合，构建美妆产业生态圈，形成"荆楚美妆"优势产业集群，着力打造以武汉为中心的"华中美谷"；支持应城母婴、黄冈养生美容、荆州洗护、荆门芳香护肤、宜昌彩妆等特色美妆产业集群发展，打造独具湖北特色的化妆品产业体系；支持地方政府出台支持化妆品产业集群发展的优惠政策，逐步完善化妆品产业链。

三是支持化妆品行业自主创新。支持企业与高等院校开展"产学研"合作，围绕化妆品配方、工艺、功效等方面开展科技攻关，提高产品品质；鼓励高等院校、医疗机构与企业共建重点实验室，对化妆品自主创新的重点项目、产品、企业，开展提前介入、专人对接、全程跟踪等服务，推动关键技术突破；支持行业协会举办创新论坛，对接产业需求，促进创新成果转化；鼓励企业建立美妆直播电商基地和品牌孵化中心，实现降本增效。

四是支持打造化妆品品牌。支持"老字号"化妆品企业深挖传统文化和独特技艺，嫁接新技术与新场景，开发符合现代消费理念的产品和品牌；支持化妆品产业与文化旅游、艺术娱乐等产业融合，鼓励化妆品企业与湖北风景名胜、场馆联名，培育体现鄂域风情、山水特色、文化底蕴等的荆楚美妆品牌；依托每年举办的科普宣传活动，加大品牌宣传力度，讲好荆楚美妆品牌故事，提升本土化妆品品牌知名度、认可度和美誉度。

五是支持产学研用对接。支持化妆品企业与高等院校、三级以上医疗机构开展基于学历提升和技术人才研修的非学历培训；鼓励高等院校开设化妆品技术与工程及与化妆品原料研发、配方开发、工艺设计等相关的专业课程，精准对接企业人才需求；支持行业协会搭建好政企沟通"桥梁"；支持高等院校、科研机构加强监管科学研究，为化妆品科学监管提供新工具、新方法、新标准；鼓励行业媒体发挥自身优势，及时发现和梳理化妆品风险信息，为科学监管提供第一手资料。

在发布会上，湖北省药监局领导表示，湖北中药材资源非常丰富，化工资源也非常丰富，有良好的产业基础做一些高科技含量高附加值的化妆品。要推进化妆品创新链、产业链、供应链、人才链和资金链深度融合，着力打造"华中美谷"。

这些年，很多人建议陈出新进入电商领域，实现快速裂变。但即使实体经济面临前所未有的困难，陈出新还是一直说："缓缓，再缓缓。我们研妆是靠实体门店的销售做大的，不能抛弃他们。我们现在合作的下游门店有2万家，如果一家门店养5个人，我们一家公司就保证了10万人就业，这背后就是10万个家庭的饭碗啊！"

陈出新的"固执"一度遭到不少同行和同事的误解，也导致研妆错过了快速发展的时机，但他并不后悔。他曾无数次在电商火爆时大声疾呼："国家要大力发展实业，发展制造业，切莫要把电商经济搞过头，实体经济才是一个城市的烟火气所在。实体经济和电商想要获得可持续发展，就必须建立一种相互依赖的生态关系。实体经济特别是制造业，才是立国之本、强国之本、富民之本。"

由于对工作极为专注，陈出新常常会显得不修边幅。经常上台讲课的他，一年到头就只有两套西装来回换着穿。虽然自己勤俭低调惯了，但他对员工却极为关怀，不仅每年春节都会请留守工厂的员工吃年夜饭，还坚持每年给员工涨工资。每年儿童节，陈出新都会给有孩子的员工放假一天，让他们陪伴孩子。他还建成了2万平方米的员工宿舍，宿舍里家具家电一应俱全，并且全年不收取员工一分钱的租金。对于有孩子的双职工，他更是免费提供三室两厅的大房子，还主动帮职工的孩子解决上学问题。除了员工食堂、宿舍和班车等基本配置，他还在工厂园区配备了健身房、阅读室和超市等配套设施，研妆实业也因此成了令人羡慕的"别人家的公司"。

在位于应城工业园区的工厂里，装箱发货的货车总是川流不息。对于这些来自全国各地的货车司机，陈出新不但安排餐食，还让当天不装车的司机都到工厂里的"司机之家"休息，洗个热水澡，再美美地睡上一觉……

陈出新每次出差都是独来独往，不带助理。有时出差回武汉，飞机到得晚，他生怕给司机添麻烦，便不让司机来接机，宁可自己打车回家。陈出新把员工当作家人对待，而员工也把企业当成了自己的家，这种"家文化"让员工充满了工作动力。

不过，陈出新从不利用"家文化"鼓励员工为企业付出一切。在他看来，加班就是对员工的压榨。他常常说，员工有自己的生活和娱乐，不应该被老板绑在一辆战车上。有一个周末，省里的一个专家调研团到应城来调研化妆品产业，厂里的一位负责人建议安排工厂员工加班，把流水线开动起来，让调研团看到一派红红火火的生产景象。可是，陈出新想都没想就拒绝了："员工们在工厂辛苦一周，周末是他们难得的休息时间，把员工重新召集到工厂来加班，不值当，也不人道。"

不让员工加班，陈出新自己却总在加班。曾有记者问他："您总是这么忙，像一个不知疲倦的永动机，您的动力是什么？"那一刻，陈出新的脑海中浮现出很多人的面孔。"作为企业家，担负着很沉重的社会责任，有对员工的责任，有对消费者的责任，还有对产品供应链上每个人的责任，这些责任让我无法停下来。"

创业之初，陈出新就坚持给每个员工买社保和医保。疫情中，无论经营压力再大，他都坚持给员工准时足额地发工资。经营十二年，研妆没有发生过一起劳资纠纷事件，2022 年被孝感市列入劳动保障守法诚信红名单企业。

成功的企业家很多，但能被所有员工发自心底尊敬的企业家并不多，而陈出新做到了。

悲悯之心，常怀于心；慈爱之念，常行于表。

陈出新长期以来坚守实业报国之心，努力践行自己的社会责任。正是在抗疫的那段时间，研妆实业与湖北大学共同建立的"湖北省研妆皮肤护理—消毒研究企校联合创新中心"迅速行动，紧急动员研究人员，在极短的时间内研发了芷御坊氨基酸抗菌喷剂，用于手、口、鼻部的消毒。在消杀产品供不应求的情况下，这款产品迅速完成备案并上市，为疫情中惶然无措的人们带来了一丝安慰和保障。研妆实业作为一家有温度、有情怀的企业，始终秉持着"国之大者"的担当与作为，积极履行社会责任。

　　常存悲悯之心，必有大善；常怀敬畏之心，必有大德。

　　2023 年 12 月 18 日 23 时 59 分，甘肃省临夏回族自治州积石山县发生 6.2 级地震。面对寒冬中突如其来的自然灾害，尤其是看到大量的灾区儿童缺衣少食，卫生条件堪忧，陈出新立马带领全体员工迅速行动起来，第一时间加班加点生产了一大批抗震救灾物资，包括抗菌喷剂、洗衣液、防蚊水、纸尿裤等，总价值 122 万元，调用一辆十二米长的大货车，装了满满一大车，这批物资连夜出发，运往灾区。

　　疫情之后，各类儿童疾病高发，各大医院人满为患。为了普及健康知识，保障儿童健康，2023 年，陈出新精心打造了"陈教授育儿科普驿站"。科普驿站被引入湖北省各大妇幼保健院和教育机构，受到了众多机构和家长的热烈欢迎。陈出新表示："尽我所能帮助更多的人，是我毕生的追求。"

　　陈出新作为一个成功的企业家，一个努力在路上奔跑的人，愿意在自己成功以后，俯身关心那些收入低的员工，关心打工人的家务事，关心社会的弱势群，关心祖国的未来，或许这就是陈出新得到很多员工尊敬的主要原因吧。

打造"陈教授育儿"品牌

　　作为儿童健康专家，陈出新敏锐地发现，疫情之后，儿童身体素质急剧下降，各大医院儿科门诊人满为患。尤其是孩子入托入园后，受支原体病毒传播等多重因素影响，孩子受感染风险增加。而托育中心和幼儿园缺乏专业医护人员，无法给予孩子全方位健康照顾，增加了孩子在托风险。

　　陈出新利用自己的专业知识和医院资源，创立"陈教授育儿"品牌，组建专业医护团队，并联合全国多家三甲医院近百名专家，将专业医护人员下沉到园所、机构和社区家庭，为儿童健康贴身保驾护航，向家长传递科学育儿知识，增强家长的健康意识和育儿能力。

　　2023年4月，国家发展和改革委员会办公厅、国务院妇女儿童工作委员会办公室联合印发通知，公布第二批建设国家儿童友好城市名单，武汉市成功入选。建设"儿童友好型城市"写入了武汉市"十四五"规划，连续三年列入市政府工作报告；建立了由市政府主要领导担任组长的市儿童友好城市建设工作领导小组，出台了《武汉市儿童友好城市建设方案》。

借武汉市创建儿童友好城市成功的契机,打造"儿童友好社区""儿童友好园所"等,"陈教授育儿工作室"推动妇幼保健机构、基层医疗卫生机构与幼教机构、托育机构建立合作,定期上门对接和指导,为家长和教师提供医疗咨询和指导。通过"儿童健康大讲堂""家长课堂"等多种形式,安排专业儿科专家,开设儿童健康知识讲座,普及婴幼儿生长发育知识和科学育儿理念,对儿童营养膳食进行指导,宣传婴幼儿常见病、多发病防控措施,指导托育机构和幼儿园建立良好的生活养育环境,同时向家长传递科学育儿知识,提高家长科学育儿能力,保障婴幼儿健康成长。

为了更便捷地为幼儿和家庭服务,陈出新还与湖北省优生优育协会合作,建立儿科医生轮流下沉机制,利用小程序远程问诊。

儿童健康,是"儿童友好"的前提,陈出新敏锐地抓住这个契机,推出"陈教授育儿"这个品牌,每天用短视频的形式在六点,准时推送由陈出新自己讲解的育儿知识,由于讲解专业,深入浅出,破解了很多妈妈育儿的医学误区,很快"陈教授育儿"成了一个有近百万忠实粉丝的超级大 IP。

由于专注儿童健康,同时有专业医护解读各类儿童医学问题,"陈教授育儿"火爆的同时,也与武汉庆龄幼儿园、晶晶国际教育集团、思桥教育集团、青柚籽托育等湖北省内诸多大型幼教集团签约。2024 年 2 月,陈出新为儿童大健康打造的"陈教授育儿工作室",被引进湖北省各大幼教机构,受到众多机构和家长的欢迎。陈出新表示,"尽自己所能帮助更多的人"是自己毕生的追求。

2024 年 1 月 29 日上午，中国人民政治协商会议第十三届湖北省委员会第二次会议在武汉开幕。陈出新作为应城市推选的一名省政协委员，代表科协界别出席会议。经过深入调研，陈出新带着行业的重托，向大会提交了《关于增强儿童体质，大力推动专业医护与幼教托育机构合作科学育儿的建议》提案，使儿童健康问题引起更广泛的关注和思考。

进军大健康

陈出新经过深入调研分析，得出判断：未来大健康产业将迎来爆发式增长。为此，他果断调整和增加产品线，帮助母婴门店转型，果断进军"大健康领域"。

马达轰鸣，春潮激涌。2022年之初，湖北研妆实业投资8000多万元新建了药食同源大健康楼，主要生产特膳大健康食品，其中"脾牛清明口饮液""脾牛脾氨肽口饮液""殷医生""束尔敏"为其拳头产品。脾牛脾氨肽口饮液从配方研发、试验调试、原辅料采购、加工生产、出厂质检，都是企业自主完成，严格确保了产品的安全和品质。

研妆实业是湖北省应城市重点生产企业，受到当地政府高度重视，各级领导曾多次到企业参观考察。为严格产品质量安全，研妆实业主动约请应城市工商联、应城市市场监督管理局相关负责人，对脾牛脾氨肽口饮液产品的生产现场进行监督检查，并对产品的配方进行详细的核实检查，确保产品质量过硬、品质一流。

当督查组成员在无尘产品生产间看到，各大车间铆足干劲儿抓订单、开足马力忙生产，生产车间一派繁忙景象：智能出件、有序灌装；吹塑包装生产间机器轰鸣、有序出件，工人们打包、装箱；日产 18 万支脾牛脾氨肽流水线正在高速运转……

陈出新向督查组介绍："脾牛脾氨肽口饮液市场需求全面爆发，目前处于供不应求状态。脾牛脾氨肽口饮液产品添加了 600 毫克的牛脾肽，主打功效为补充小分子肽，有利于组织细胞的形成和修复。仅这一个单品，全年产值可达 8000 万元！"

好产品要让更多消费者知道，陈出新的团队主动出击。

2023 年 10 月 26 日，中华医学会第二十八次全国儿科学术大会在四川省成都市天府国际会议中心盛大举办，这是医学界最权威的盛会，本次大会群英荟萃，集结了全国儿科界知名权威专家。大会议程不仅包括儿科各细分专业的热点问题的高端研讨，还有业界精英发言、壁报交流、病历讨论等丰富的交流形式。作为国内儿童大健康行业的优秀代表，"脾牛"品牌经过严格考察和筛选，入驻中华医学会全国儿科学术大会，将以此次大会为契机，积极分享产品内容，扩展自身的学术思路和专业理念，努力为儿童提供更加优质高效的健康服务，引发行业高度关注。

作为婴童零辅食专业品牌，"脾牛"自诞生之日起便与医道深度融合，"脾牛"始终秉持"从宝宝及成人脾胃健康角度出发"的品牌理念，肩负优秀企业的社会责任，并通过自身积累的经验技术和对产品品质的不懈追求，致力于为国民带来优质的健脾养脾产品。大会开幕当日，无数国内顶尖儿科医生来到"脾牛"展区，为这款儿童健康绿色产品打卡代言。"脾牛"的参会代表在现场热切与业界同人交流，共促儿科学术攻坚克难，共同推动专业级基础营养产品走向更广阔的市场。

据京东超市发布的《2023年婴童食品消费趋势洞察报告》显示，随着我国近几年来新出生人口逐渐走低，婴童市场也发生了改变，3～12岁儿童群体规模占比将更大，且新一代的90后父母重视精细化喂养、健康化配方等细节，"脾牛"系列产品正是抓住这一机遇，坚持品质力量，秉持匠心理念，全部产品均药食同源，精选纯天然中药成分，无添加剂，安全无负担，竭尽全力为儿童的成长保驾护航，也为广大中国家长带来了更加安心的育儿选择。研妆实业以品质与创新赢得市场，倾力打造"健脾就喝脾牛，中国人都知道"的品牌印象。

研妆实业在深耕国民大健康这条路上高歌猛进，各种大动作不断，在业界引发一阵接一阵的浪潮。随着激昂的《脾牛之歌》响起，"脾牛脾牛，你承载着伟大的梦想，为人类传承健康；脾牛脾牛，提升生命质量，为健康保驾护航……"脾牛国际2023年的年会正式开幕。此次年会的一大亮点是，在湖北省武汉市五星级的米乐斯国际大酒店举办的"脾牛国际首届李东垣（脾胃论）学术"高峰论坛。李东垣是中国医学史上"金元四大家"之一，属易水派，是中医"脾胃学说"的创始人。李东垣十分强调脾胃在人身的重要作用，因为在五行当中，脾胃属中央土，因此李东垣的学说也被称作"补土派"，其主要著作有《脾胃论》《内外伤辨惑论》《用药法象》《医学发明》《兰室秘藏》《活法机要》等。该论坛高规格的举办，不仅展示了研妆旗下品牌"脾牛国际"在传承和发扬中医文化方面的深厚底蕴，也彰显了其推动中国大健康事业发展的坚定信心。

在论坛的上午议程中，脾牛国际邀请了中医学界的权威专家进行精彩演讲。湖北中医药大学的教授、研究生导师、中华中医药学会仲景学术分会委员章程鹏，深入剖析了脾牛配方的科学性及其功效。他结合"李东垣脾胃论"，高度评价了脾牛产品在中医理论和实践中的应用价值，让与会者深受启发。

此外，华中科技大学附属协和医院临床营养科副主任、中国医师协会营养医师专业委员会副主任委员蔡红琳，通过丰富的临床案例，对脾氨肽在免疫和过敏调节中的作用展开了详细的阐述分析，肯定了脾牛脾氨肽的实际功效。

陈出新从中西医结合的角度分析了疾病的成因和正确的养生方法。他带来的新的研究成果，新配方、新一代益气血产品，引发了与会者的极大期待。会议期间，专家和嘉宾们参观了脾牛国际的产品展区，并亲自品尝了脾牛的新产品，对其口感和配方赞不绝口，产品试饮区更是成为大会的热门打卡地点。

此次高峰论坛不仅加深了与会者对脾脏重要性的认识，也彰显了脾牛国际在中医养生文化领域的地位。正如李东垣所言，"脾乃后天之本"，健脾的重要性不言而喻。脾牛国际坚守在健脾细分市场，致力于打造优质的产品矩阵。脾牛国际也在不断与母婴专家开展深度交流，传递了品牌三大"突围"策略：精心挑选顶尖优质原材料；研发和生产高品质的安全母婴产品；严格保障产品的售后服务问题。脾牛国际事业部秉承"传承中医养生文化、弘扬古人育儿智慧"的使命，在全体成员的不懈努力下，完成了许多令人骄傲的项目，大幅提升了脾牛国际在大健康行业的地位。

除了进军大健康领域，陈出新还帮助自己合作的线下母婴门店积极转型。2018 年，国内婴幼儿配方奶粉实行注册制以来，母婴实体门店不断受线上电商冲击，面临出生率下滑、同行门店奶粉串货乱价等危机，母婴实体门店经营日渐维艰。

2020 年，中国母婴行业开始了为期三年的低迷期，很多母婴实体门店纷纷被淘汰出局。陈出新在全国每年巡回讲五十多场千人大课，带领"联销体"内合作的线下母婴实体门店逆势突围，帮助广大的母婴实体门店，成功转型升级为母婴健康调理型门店。

陈出新教授早就指出，线下母婴实体门店单纯地靠售卖母婴产品是没有出路的，必须转型升级做母婴健康调理型门店。脾胃乃是人体先天之本，脾胃好了，人体本源才会好，其他的调理才能依次开展。做母婴健康调理，就要先从脾胃调理入手。"脾牛"产品的上市以及陈出新的辛苦付出，在一定程度上为中国母婴门店顺利转型到调理型门店创造了发展条件。

湖北省孝感市的一家连锁母婴店在疫情之后，原本红红火火的生意一夜入冬，偌大的实体门店，有时候一天竟然进来不了一两个人，不要说赚钱了，有时候一天卖的商品还不够交水电费，每个月巨额的房租和人力工资，让店老板一年之内就亏了一千多万元。出生率下降，经济下行，消费降级，电商冲击，疫情叠加，实体门店的日子太苦了，经商模式好像一夜之间变了天，搞得老板们都不会做生意了，前二十年赚的钱，可能还不够这几年亏出去的多。很多母婴店不是关店就是裁员，大量的母婴行业从业者失业，整个行业一片哀鸿。

母婴实体门店转型成为母婴调理型门店后，反而一夜之间火了起来，陈出新用自己优质的产品和创新的商业模式，拯救了一大批濒临倒闭的母婴实体门店，全国无数母婴门店的老板跟着他学习，积极转型自救，实现了逆风飞扬……

"殷医生"爆火

疫情后的第一个秋冬是从儿科门诊爆满开始的。

2023年11月份以来，我国多地受到多种呼吸道病原体"围攻"，儿科医院和三甲医院儿科门诊爆满，挂号、输液动辄排到几百号、上千号，有家长实在排不上队，只好挂特需门诊或去私立医院，光挂号费就要几百元甚至上千元。有人总结了不同医院儿科的排队程度，基本是六小时起步，即便是捡漏抢到号，还是要等十多个小时。

部分孩子病情严重，反复发作，一直处于"发烧—请假—退烧—上学—发烧"的恶性循环中。这到底是怎么了？无数家长忧心忡忡。

可是全国不少街面上出现了奇怪的一幕。平常冷冷清清的母婴门店却突然排起了长龙，这是自疫情以来难得一见的场景。这到底是怎么一回事？

原来，这些客户都是家长们，他们大多都是来母婴店买"殷医生"的系列产品，这些都是能提高大人和孩子免疫力的产品。

店长说："'殷医生'卖爆了，经常缺货。"这些年轻的妈妈，都是来为孩子抢购能有效增加免疫、抵抗力的"束尔敏"等产品，孩子多喝"殷医生"的"束尔敏"，能有效预防支气管炎。并且有不少妈妈反映孩子喝了一个月的"束尔敏"后，不光晚上睡得好，甚至连困扰多年的鼻炎也慢慢消失了。

还有不少顾客反映，喝"殷医生"的"六子巢"，可以改善睡眠，提高免疫力，身体好了自然会少生病。另外，有些女顾客反映，自己多年怀不上孩子，喝了几个月的"六子巢"后，竟然惊喜地发现怀上了！

一位大肚子"准妈妈"在一家母婴店门口一边排队，一边向其他排队的人欣喜地推介："我们结婚有七八年了，一直怀不上，看了很多医生，一直花大价钱做调理，我都已经不抱任何希望了，结果在今年3月份，一个朋友推荐我试试'六子巢'，没想到喝了两个月后竟然怀上了。幸福来得太突然了，我现在到处跟人宣传，'六子巢'不但能调理身体，还治不孕不育！"

还有妈妈说自己"阳"了后，身体一直不好，听说"六子巢"调理身体蛮好，就买着吃，结果当晚就睡了一个好觉，所以一直坚持在吃，以前每晚靠安眠药睡觉的情况也不存在了，困扰多年的失眠也治好了。"殷医生"的"六子巢"太神奇了！

"殷医生"品牌的诞生，其实根源是陈出新致敬母亲殷良秀，以及母亲这一代医生。殷良秀和陈中轩在这个品牌上也投入了大量的精力，大医精诚，她深研传统中医，在老祖宗博大精深的医书中汲取营养；医者仁心，她悲天悯人，带着对人民的无限深情，从医院退休后，她认真整理医案，将自己多年的心血和经验，转投到"殷医生"系列产品的研发中，她立志要用自己的产品，提高国人的整体健康水平，从而达到"治未病"的目的。

在父母济世情怀的感染下，陈出新深耕大健康领域，推出"殷医生"和"陈教授育儿"等知名品牌，就是从古人育儿智慧中寻找绿色诊疗方法，通过小儿推拿、药食同源调理、儿童营养膳食搭配、亚健康调理、母婴护理、营养配餐、心理健康指导和蕲艾保健灸疗等方法，从源头根除病源，减少生病的孩子打针吃药之苦，因其专业性和亲民性赢得了亿万家长的青睐。

为了让更多的合作人深入了解"殷医生"产品渊源和功效，服务更多的母婴，陈出新教授利用自己的培训学校，一期期地办起了"陈教授育儿"研学班，大量的学员都是年轻的妈妈，学员结业后可以获得国家人社部颁发的相关专业职业资格证。

原来，当初研妆实业在布局母婴大健康产业时，其旗下的研妆母婴大健康培训学校，在政府的大力支持下，拿到了湖北人社厅专项职业能力考证的资质，具有专业化的考场和培训学习体系，考试合格后，可为学员颁发"育婴师""健康管理师""公共营养师"等国家人社部认可的权威专业资格证书。其中，"育婴师"证是托育行业的准入证，要求老师全员持证上岗；"健康管理师证"则是母婴店开展体质调理业务所需的国家认可的唯一权威合法证件。陈出新说："在接下来的两年之内，我将会培训30万名专业的母婴行业从业人员，并在全国布局3000家'陈教授育儿工作室'实体门店，推广'殷医生'绿色疗法，服务全国母婴群体。"

陈出新用绿色环保疗法，联合更多志同道合者，为行业赋能，为母婴护航，在后疫情时代，为天下母婴守护好一片晴朗的天空！

妈妈的忠告

　　父母的言行是一粒种子，父母的言传身教对一个人的健康成长极为重要。一个人的成功一定离不开父母的影响。陈中轩经常对几个孩子说："每块石头都要经历山水冲洗、江河打磨才能来到我们身边。其实人也一样，也要经过无数次的修炼和洗涤才能焕发出真正的光泽。"小时候，陈出新听得不太懂，成年之后，父亲的话越来越让他感到富有哲理，回味无穷。

　　而母亲殷良秀的言传身教更使陈出新受益良多，母亲对普通百姓的悲悯之心、济世情怀，让陈出新三兄妹天然对弱者有着一种深深的共情之心。无论是他参加工作成为医生，还是创业成了老板，殷良秀经常对他说的几句话就是："孩子，你一定要记住，你对你的同事、员工和合作对象，对所有人，都需要在心里问自己一句话——我能为他做点儿什么？""永远不要把赚钱当成最高追求，你若太爱钱，钱就不爱你！""比赚钱更重要的是赚本事、赚人气、赚健康。"母亲的话虽然朴素，但充满巨大的力量，这是母亲一生践行的原则，陈出新也一直把母亲的话奉为自己为人处世的准则。

殷良秀虽然当初不支持陈出新辞职下海创业，但是儿子勇敢地跨出了这一步，她也只有选择义无反顾地支持儿子。陈出新在武汉市东西湖区有一个产品研究院，他特地给父母安排了一间科研办公室，殷良秀和陈中轩经常在这间办公室进行配方研究，与其他科研人员一并推动产品研发，发挥余热。由于儿子的工厂在离武汉100多公里的应城市，殷良秀一直到2019年才第一次踏进儿子的工厂参观。

走进应城市研妆工业园区，殷良秀傻了眼。进了园区之后，一幢高大的办公楼矗立在眼前，十几幢厂房井然排开，高大的厂房顶上竖立着一块写有"国家高新技术企业"的招牌，格外引人注目。园区内花园绿树假山，流水潺潺，环境优美。

在灌装车间里，殷良秀看到智能机器设备一路传输，装瓶贴标，工人们穿着无菌防尘服在车间井然有序地工作。殷良秀知道儿子每天都很忙，知道他的工厂就在应城，但她没有想到儿子工厂的规模竟然如此之大，设备如此之先进，产能如此之大，她大为震撼。

回来后，在当天的日记里，殷良秀是这么写的：

今天去参观了出新的工厂，真是看傻了眼，没想到工厂有这么大的规模，我是打心眼里既为他高兴，也充满担心。高兴的是，这些年出新通过自己的努力奋斗，把工厂发展到如此规模，做出了这样的成绩，得到了同行们的认可赞扬，远超我的想象，非常了不起。担心的是，出新从小到大一直都在上学、上班，从没有开办过企业，也没有开公司的经验，他是在摸索中前行，摸着石头过河。我觉得目前企业的规模已经够大了，但是听出新讲他还要扩大生产规模，我虽然不了解这个行业有多大的市场需求，但是无论做什么事一定要有风险意识，要有忧患意识，人无远虑，必有近忧。

出新很聪明，能力也很强，但我们家是普通的工薪阶层，没有特殊的家庭背景，看他在商场上这么拼，做父母的还是很为他担心的。商场如战场，做生意总是有风险的，如果无限地扩大投资，到时候骑虎难下，不好收场。最近，在电视上看到有很多餐馆老板、建筑工地老板、服装厂老板跑路，拖欠员工工资等，我想：这些老板谁不是雄心勃勃想大干一场的人？结果却不能如愿，以失败告终。如果创业的尽头是老赖，那创业的意义何在呢？

我特别想提醒出新：工厂的规模不要一味地追求扩大，要稳中求进，加强管理，注意节约，精打细算，注意消防，注意卫生，切莫贪大喜功。必须保证质量过关，安全生产，真正能为消费者带来优质的国货，为国人的健康保驾护航。做父母的不求他挣很多的钱，只希望子女们平平安安、健健康康地生活。

急功近利容易让人迷失心智，急于求成容易让人误入歧途。在生意场上，要学会吃亏让利，不要太算小账。明里人亏欠，暗中天偿还。出新一定要戒骄戒躁，时刻保持清醒的头脑，时刻提醒自己是一名名副其实的药学教授，生产的产品一定要对得起消费者，就像妈妈当年当"赤脚医生"一样，自种中草药，自配药方，为老百姓服务，虽然力量有限，但是也是拼尽全力守护了一方平安。

殷殷嘱托，舐犊情深，跃然纸上。当年，殷良秀一直有一个开办一所民营医院的梦，希望能为更多的乡亲服务。这么多年过去了，随着年龄的增长，这个梦慢慢地也淡了。没想到在儿子陈出新这一代，真的办起了民营企业，也算是圆了自己一个用医学技能为人民服务的梦想，这辈子也算知足了。

殷良秀医生有一天在杂志上看到一段话，把它摘录了下来，记在日记本上，警醒自己，也提醒子女：

七个良好的生活心态：

对于工作，努力但不痴狂；

对于购物，量力但不攀比；

对于娱乐，爱好但不丧志；

对于家庭，忠诚但不刻板；

对于金钱，喜爱但不贪婪；

对于享受，追逐但不放纵；

对于爱情，相信但不痴迷。

在殷良秀的日记上，还看到了这样的话："拖拉就是弱智。时间成本很贵的，别把时间浪费在拖拉上……"

殷良秀一生爱岗敬业，她有记日记的习惯，喜欢把生活中的点点滴滴都写进日记里。时间久了，她竟记了几大本厚厚的日记，里面记录了她在工作、生活和子女教育中的一些点点滴滴，日记的语言都是朴实无华的，没有任何华丽的辞藻。这一个又一个的小故事、小细节，无不透露着她工作的勤勉、学术的严谨以及对家庭和子女深沉的爱……

殷良秀的日记成了家族最宝贵的精神财富，陈出新三兄妹把母亲的日记视为圭臬，用绒布包好，珍藏在抽屉里，在家庭聚会的时候，时不时会拿出来翻阅，他们总能从妈妈的日记里汲取人生的力量……

创业，是一种修行

俗话说："龙生九子，各不相同。"陈出新三兄妹的性格也各不相同。

陈出新是家里的长子，因为父母工作的性质，他受到了身边很多人照顾，加之当时的家庭条件相对较好，至少在同龄人还吃不上罐头的时代，他可以天天把罐头当零食吃。要知道，在那个物质贫瘠的年代，只有过年亲朋好友之间拜年才舍得买罐头。在当时农村，得到他父母帮助过的人和救治过的患者太多太多了，朴实的乡亲表达感激之情的最高规格，就是送罐头了。

父母都是医生，各自工作很忙，从小对他的管束也非常松，基本是一种放养的状态。上学放学父母从不接送，陈出新都是和几个小伙伴一起上下学。夏天放学回家时，他们经常跳进永隆河里游泳嬉戏，打闹到很晚才回家。童年记忆里，连风都是甜的，玉米田、高粱地、小麦田和红薯垄等地方，到处都是孩子们玩闹的场地。春天的时候抽小麦穗和柳条做哨子，掐蚕豆叶做毽子，在永隆河边上高耸着一座十层楼高的铁塔，这个平时大人都不敢上去的地方，也成了孩子们放学路上的攀爬乐园，大家比看谁能爬上去，谁能爬上去谁就是"孩子王"，是小伙伴中的老大。陈出新爬上去过，他至今都还记得那一幕：他小心翼翼爬上塔顶，风吹拂着面颊，远方青山如黛，河流蜿蜒，田地像作业本子上的格子，铺满大地，云在脚下飘，远方女同学的歌声在耳畔回响……

正是这样的成长环境，造就了陈出新生活中不拘小节的性格，在外人看来他就是不懂人情世故，不会像弟弟陈攻一样嘴巴很甜，家里来了客人，他连招呼都不打就进屋了。与此同时，他的性格又特别要强，永不服输。从小到大，他的房间、他的床铺永远都是乱糟糟的，被子从来不叠，虽然人很帅气，但总有点儿不修边幅。其实，陈出新不拘小节的背后是沉静和内敛，似乎是在集聚巨大的生活动力，默默寻找一个爆发的突破口。

在很小的时候，陈出新就意识到，母亲是这个家的核心和基石，她是最值得敬重和爱的那个人。作为长子，陈出新唯一能做的就是替母亲去分担生活的压力，给这个平凡的家庭蹚一条不一样的出路。

弟弟陈攻，与哥哥是截然不同的性格。陈攻从小由于身体比较弱，经常生病。父母对他的疼爱照顾自然就多些，虽然陈攻也很调皮，但是他嘴巴很甜，很会照顾人，特别讨长辈们的喜爱。陈攻的房间永远都是干干净净的，被子叠得整整齐齐，即使现在参加工作多年，已经成了领导的他，和同事一起出差，他也总能把同行人照顾得特别好，甚至可以称得上是无微不至。用哥哥陈出新的话来说，弟弟陈攻就是"温良恭俭让"的代表。或许正是这种严谨谦和的性格，让弟弟陈攻后来走上了外交官的道路。妹妹殷燕子是家里的老幺，唯一的女孩，集父母和两个哥哥的万般宠爱于一身，所以性格有些像男孩子，爽朗之中带着一丝要强。后来，她能在美国华人世界崭露头角，打下属于自己的一片天地，与她不服输的上进心有着莫大的关系。

在陈出新的大学同学毕业留言录中，同学是这样评价他的："如果我是刘备，一定要用你，因为你懂得运筹帷幄，决胜千里，诸葛孔明都不及你万分之一；如果我是诸葛亮，我一定不会用你，因为你是马谡，刚愎自用，只有太平洋之大才装得下你这片大海。"大学毕业后，陈出新向青涩而高贵的少年时代告别，那骨子里奢侈的骄傲，将在岁月的磨砺中，更深地种到血液里，从而蜕变成一个为了改变命运而奋力拼搏的年轻人。

陈攻与殷燕子公认哥哥陈出新是三兄妹中最聪明的，他的逻辑思维能力特别强，善于深度思考，有些少年老成，也就是人们常说的"老谋深算"。其实，深度思考恰恰就是现今讲的所谓"算力"。

目前，全球正逐渐踏入一个前所未有的竞争时代，这个竞争的焦点正是"大算力"。算力已然成为全球战略布局的核心，尤其在5G、人工智能等前沿技术的不断催生下，它扮演了至关重要的角色。研究数据显示，从2018年到2030年，智能工厂对算力的需求将激增110倍，而自动驾驶领域将经历需求增长390倍的惊人变化。毫无疑问，算力已成为引领智能化革命的核心动力，全球正在步入大算力竞争的新纪元。各国已经意识到算力的重要性，纷纷加大在这一领域的投资，争夺产业制高点。美国发布了《引领未来先进计算生态系统战略计划》，将先进计算生态系统列为国家战略性资产，以确保科学和工程领域的领导地位以及经济竞争力。日本启动了新一代国产超级计算机计划，投资约1300亿日元，致力于打造全球最快的超级计算机。欧盟则专注于数字主权，积极布局超级计算和量子计算，提出了"欧洲高性能计算共同计划"。

中国将进入一个"算力时代"，所以对一个事物的算力越深，胜算就越大。陈出新总结自己目前所取得的一些小小的成功，靠的就是这个算力。说通俗点儿就是我们对一个问题的认知，一定要深度深度再深度。比如说，现在要卖一个产品，就要包装一个产品，怎么去包装这个产品，怎么去打开市场，遇到问题怎么解决等等，算得越深，胜算就越大。每年年底的时候，陈出新都会把下一年度的规划都安排好，而不是只做一些短期规划，在市场上遇到的各种纷繁复杂的问题，都要一揽子想清楚，所以说现在所有的企业家，包括未来的所有的成功人士，要有这两个能力：第一就是逻辑思维能力；第二就是算力，即对事物的深度思考能力。

创业，是一种修行。创业能让人生和人格更完整。陈出新认为自己年轻时，因为个性使然，导致他在外人眼里有些狂妄，有些不知天高地厚，他无暇考虑太多的人情世故，所以不少人觉得他不近人情。可是创业的磨砺，让他体会到了江湖险恶与人情冷暖，更难能可贵的是让他学会了爱，爱家人、爱合伙人、爱员工、爱客户等。当刚烈披上一层温情,中国企业家特有的精神就出来了。

陈出新一直希望中国能形成一种真正的企业家精神,这种企业家精神适应中国的土壤,带着文化的基因,最终会陪伴中国企业和企业家在商业战场上开疆拓土,进而成为全球化的主流。

他认为,企业家们所努力追寻的"企业家精神",应该是一种包括冒险、首创、坚持、事业心、觉察力、责任感在内的新的综合品质。就本质来说,大家追求的是一种价值认同,追寻的过程才是人们赢得内心安宁、找到创业幸福感的过程,才能够通过对商业美德的实践获得内心及外部世界的认同。

陈出新说,我们今天生活在一个全球化时代,中国企业正在开始成为这个时代的主角,这个时代更需要具有企业家精神的中国企业家。摩根·威策尔在《管理的历史》中将"企业家精神"形容为"一种稀缺商品"。一些商学院开始努力把企业家精神教授给它们的学生,这种做法注定是要失败的。那些具有勇气和智慧等企业家天赋的学生,如果愿意成为一名企业家的话,那么他们就会成为企业家。而对于其他人来说,教学过程通常只是一系列行为方式和原则的灌输,如果缺乏创造性的遵从,就会获得看起来像企业家取得成功似的良好商业业绩……真正的企业家精神一定是冒险、动力和智慧的结合。

熊彼特开创的创新理论对"企业家精神"有着最为精辟的见解。他认为,企业家作为创新主体,其动力来源无非是对利益的追逐和企业家精神,后者有时被他描绘为"独特的理性精神",并被他确定为经济发展的最主要动力。在熊彼特的定义中,"企业家精神"的要义是：首创精神、成功欲、甘冒风险、精明理智和敏捷、事业心。

在他看来，中国真正的企业家难求，更遑论企业家精神。掌握资源和资本的人高喊着口号，制造着各种骇人听闻的"名人名言"，而那些缺乏资源和资本的年轻人却无法得到施展抱负的机会。

真正的企业家精神应具备下面这些要素：

创新是企业家精神中最主要的内容。企业家必须有甘冒风险和承担风险的魄力，敢为人先。创新是做不同的事，而不是将已经做过的事做得更好一些，因此，企业家要从产品创新到技术创新、市场创新和组织形式创新等方面不断探索创新，使创新成为企业家的本能，这也要求企业家具备推动社会进步的能力。

合作是企业家精神的精华。企业家必须擅长合作，对内要与员工合作，实行民主集中制，让自己的决策获得员工的支持；对外要擅长与任何人合作，实行优势互补，才能取得成功。

敬业是企业家精神的动力。企业家首先要有对事业的热爱和执着精神。对事业的忠诚和责任，是企业家的"高峰体验"和不竭动力。

学习是企业家精神的关键。在世界经济环境变化加速的时代，企业家如果不学习，很难适应激烈的市场竞争环境。企业家都需要有一种善于自我学习、自我提升的能力，这样才能永远保持持续的竞争力。

诚信是企业家精神的基石。诚信是企业家的立身之本，市场经济是法治经济，更是信用经济、诚信经济。企业家要奉行对消费者诚信、对员工诚信、对经销商诚信、对供应商诚信、对所有的人诚信的原则，才能取得信誉，获得信任与支持，才能最终取得事业的成功。

民营企业家从开始创业到形成规模，实际上心态亦是在不断变化的。开始是一心为自己赚钱，甚至可以不惜一切手段打下自己的物质基础，逐步形成规模后，物质生活满足了，而且受到了社会认可与尊重，他就会从为社会做贡献进而体现人生价值的高度来考虑问题了。但企业家亦是人，亦需要得到尊重、鼓励，需要不断被激励，从而让其不断努力奋斗，为社会创造更多的财富。而且企业家是发展经济最关键的力量，亦是我们国家最宝贵、最稀缺的财富，而且在重心转移到经济建设的时代里，企业家群体更应成为国家强大的依靠力量。

通过发扬以上五种精神，陈出新认为企业家能高瞻远瞩看得到未来，能让企业始终领先于别人半步，使企业的发展、市场竞争永远处于主动地位。通过学习与实践去精通业务；通过平等待人，公平、公正地处理事情；通过与员工共享企业发展成果，让员工能信任你，齐心协力地经营好企业；通过诚信及合理地处理好利益关系，获得供应商、经销商和消费者的支持；通过履行社会责任，获得社会及政府的支持。总之，企业家既要有能团结广大员工、把握好企业发展方向、解决企业发展中发生的困难与问题的能力，同时还要有为企业创造一个和谐发展的环境的能力，这样才能确保企业长期、稳定地发展。

真正的企业家在分析复杂问题时，能够将事物抽丝剥茧，还原到本质，化繁为简，因地制宜、因时制宜、因事制宜地进行决策。世界变化太快了，在中国市场上，做企业要有这些素质，那就是：诗人的想象力、科学家的敏锐眼光、哲学家的头脑、战略家的本领。

任何杰出的商人、企业家，都希望能够作为榜样来改变人们对于商人和商业的看法，都希望能够通过自己的行动影响人们的选择和判断，都希望能够竭尽自己的力量推动商业文明的进步，都希望自己能够生活在一个充满成就感和被尊重的社会当中。

他们希望成为这个时代的灵魂，成为值得尊敬的人。在他们充满不确定性的未来当中，或许会有人裹足不前，或许会有人倒在路边，或许会有人背弃了内心的召唤，但是作为一个整体，一个充满活力、激情与生命力的整体，他们将努力影响这个时代、改变这个时代。

陈出新的创业故事，是中国改革开放大潮下涌现的典型的中国故事，风云激荡，穿越岁月的轮回，命运的波谲云诡的过程和生命的充实丰盈的硕果，让人不禁心驰神往。一个人相信这个国家的伟大，顺应时代的变化，通过自己的艰苦奋斗，成为行业里面的翘楚。他的经历告诉人们一个人如何在困顿时保持上进的姿态，如何在富足时保持生活的简朴，如何在浮躁喧嚣的尘世中保持有一颗赤子之心，如何在拥有力量的时候承担起责任，如何面对重压毫不妥协，如何成为一个真实的自己希望成为的那个自己。

"中国式家庭"的团圆年

2024年春节，最美人间烟火气又回来了，很多三年没回家过年的中国人，都好好过了一个团圆年。天南地北、城市乡村，人们奔赴团圆、感受亲情、分享喜乐，这是千年不改、约定俗成的"中国式家庭"团圆年。

回溯中华文明的浩荡长河，一个个春节的起承转合，汇成一幅包罗万象、风流蕴藉、热闹非凡而又温情脉脉的文化长卷。家是最小国，国是千万家。"中国式家庭"团圆年，是岁月匆匆，父母老去，子女远行，但春节始终像磁铁一样将一家人带到一起。

春节是团圆的理由，合影照片是一家人团聚的见证。中华民族自古以来就重视家庭、重视亲情，团圆是春节不变的主题。不久前，网上有个提问：哪个瞬间让你感觉要过年了？有人回复回老家赶大集，有人留言炸丸子、炒花生、吃饺子，有人说写对联、贴窗花……回答各不相同，但与家人团圆、亲人相聚是背后的共同期盼。家是心灵的港湾、情感的归宿，团圆是最浓的年味。不管路程有多远，不论工作有多忙，回家过年总是每个中国人内心最朴素的期待。这是烙印在我们心头的浓郁乡愁，是始终不变的亲情守望。

2024年2月3日，这一天是南方的小年。陈出新和陈攻两兄弟开着两辆车，带着父母家人，从武汉出发，回到永隆镇。

这是一家人策划了许久的一场回乡探亲活动。由于年龄大了，陈中轩和殷良秀夫妻俩一直想回老家再看一看老宅子，看一看乡亲们，同时给父母上上坟。2023年上半年，陈中轩在同济医院做过一次手术，胸中搭了一个支架，身体大不如前，这次，在他的号召下，一家人想好好在老家过个小年。

汽车在高速公路上飞奔，老两口目不转睛地看着窗外，此时正是江汉平原的隆冬季节，公路两边的白杨树都褪去了叶子，士兵一样成排挺拔地伫立着。从高速公路转到乡镇公路，这些年国家乡村振兴的政策落实得很好，农村变化太大了，宽大笔直的柏油路两边都盖起了小别墅。陈出新的堂哥陈希清在永隆镇中心地段，建了一幢1000多平方米的五层临街楼房。中午时分，陈希清特地安排镇上最好的厨师，做了一大桌丰盛的午餐，一大家子人开心地边吃边聊。陈希清席间感慨地说，如果当年不是陈出新让他装修第一套房子，他也不可能有今天的成就，不仅在武汉有很大的装修企业，又在老家建了这一大幢楼房。疫情封城期间，陈希清一家人在老家自己建的楼房内，活动自由，衣食充足，没有受到任何影响。他开心地说，等自己老了就回到永隆镇上来养老，与乡人为伴，安度晚年。

午饭后，在陈希清的陪同下，几台小汽车一直开到红林村，开到了殷良秀和陈中轩当初当"赤脚医生"时设在红林小学的医务室旁边。医务室的红砖房子还在，但红林小学早已废弃了，医务室的大门已经没有了，一边的房子的顶部已经塌了方。

走进医务室，斑驳的墙壁上一行黑色的毛笔字依稀可见——"兢兢业业行医，勤勤恳恳务农"。这就是当年当赤脚医生最真实的写照啊，陈中轩和殷良秀静静地看着墙上的这一行字，陷入了深思，过了许久，陪同在身边的陈攻，明显看到了父母的眼中闪烁起泪花，他想父母可能是回到了他们当年那段激情燃烧的光辉岁月吧……

在永隆河旁边的家族坟地上，陈中轩带着一家人给父母磕头烧香上坟，寄托无限哀思。此时，永隆河依旧缓缓流着，河水清澈见底，河边成片成片的高大芦苇迎风飘扬，和记忆中童年时的状态一模一样。远处，一位长者驾着小船，拿着勾耙，费力地在捞着河中的水草，小小的船上已经堆满了水草。看着他艰难撑着满载的小船在水中缓慢行驶，陈出新和陈攻不约而同地想起了当年艄公摇橹送母亲过河给乡亲们看病的情形……河岸边，几位垂钓者在静静地注视着自己抛下的诱饵，神情是那么专注，那么入神，一副气定神闲的样子。河边的木制栈道上，有几个跑步的中年人在压腿，扭动腰肢，做热身运动，还有两个小孩在河边玩耍，多像当年他们上下学时背着书包在永隆河边奔跑的样子……

四十多年的时光，像是一个轮回，"浮云游子意，落日故人情"。陈出新和陈攻两兄弟一前一后，站在河边，谁都没有说话，遥望出神。故乡啊，出走多年的游子……

创作手记（后记）

沉静的大地

四月的武汉，窗外到处是一片郁郁葱葱。无数娇脆欲滴的嫩叶，从遭受极寒冻雨后变得极度枯干的树枝上，一簇簇拼命地拱出来，让人不由得惊叹春天的力量。

春天来了！

2024 年春节前夕，湖北遭遇了百年难遇的极寒冻雨天气，"小寒大寒，滴水成冰"，高速公路上结冰路滑，厚厚的坚硬冰层，令铲雪车都望冰兴叹，无计可施。无数回乡的游子困在路上，归乡之路成了可望而不可及的"人在囧途"。厚厚的冰凌，压折无数翠竹和树枝，清脆的断裂声犹如爆竹声，时时入耳，状如白居易在《夜雪》中写的"已讶衾枕冷，复见窗户明。夜深知雪重，时闻折竹声"。

由于工作，我带着一支队伍抗灾抢险，在偌大的单位园区里值勤抢险，清除积雪和残枝。冰雪路滑，在除冰清路的过程中，身边不断有同事摔倒……

窗外的香樟树、梨树和桃树，每一片树叶子上，都包裹着厚厚的冰凌，茂密的竹林被压弯了腰。办公室里，温暖如春。下笔写那个时代，写那个清贫而激情燃烧的岁月，写历史风云变幻的大背景下，那个如坚韧小草一般顽强成长的家庭，那个无论命运之舟驶向何方，永远都不放弃梦想的每一个家庭成员……一时间思绪千里，激情难掩。

天道无常，在科技发达的今天，人类面对大自然极恶劣的天气时，仍显得无比渺小。想到五十四年前的那个春节，想起1970年除夕天寒地冻的风雪夜，在永隆镇红林村当"赤脚医生"的殷良秀，深夜十一点多，接到一个乡亲的救助，她二话不说，迅速背起药箱，就匆匆赶往二十多里外的患者家。屋外大雪纷飞，寒风呼啸刺骨，沉静的大地上道路泥泞崎岖，当时村与村之间都是泥土路，大雪埋没了一切，看不清沟壑，整个世界白茫茫的一片，殷医生就靠长在路边的那一排高耸的白杨树来认路，深一脚浅一脚冒雪赶到患者家中。凭着高超的医术和丰富的经验，殷医生在控制住患者的病情之后，用口中呼出的热气不停地呵着冻僵的双手，打着手电筒，在风雪里又徒步回家。天黑路远，冰冻雪滑，一路上她不知摔了多少跤，当她冒着风雪踉踉跄跄回到家中时，天已是蒙蒙亮了，她俨然成了个"雪人"，身上的衣服都冻成了一整块硬邦邦的铁皮，浑身上下摔得青一块紫一块，全身泥泞，整个人都冻僵了……

那一夜，白花花的雪地刺痛人的眼睛，踩在雪地里，沙沙的脚步声，穿越历史的时空，一直回荡到今天……

一代人有一代人的情怀，一代人有一代人的志愿，但悲悯与共情，无论在哪个时代，都是那些凡人英雄身上最显著的特征。

采访殷医生和她的家庭，是一个庞大而烦琐的工程。从动笔准备，到期间多次实地采访，一直到书稿落成，用时近一年，约三十万字的书稿，打印了五六百页。作为一名有着二十多年编辑记者生涯的媒体老兵，采访过数百个新闻人物，出版过数十本各类书籍，也拿过不少新闻奖项，但是这部亲耕的长篇报告文学作品，浸透了我无数的心血和感情。由于共同的成长经历，在创作的过程中，我常常置身于那个时代的风云下，把个人的感情投置其中，随着主人公的成长经历和书中人物的命运变迁而嗟呀叹息，而长怀惆怅，而感动落泪，而振奋作声……

如果说之前采写的知音系列人物报道，是在六七千字之间，高度浓缩地写尽人物的种种传奇，像一部部节奏紧凑、层层推进的电影，那么这部长篇报告文学，则像一部徐徐展开的时代画卷，尽可能忠实地还原了当年的历史场景，人物的命运随着社会发展之潮而起起伏伏，可谓"把酒酹滔滔，心潮逐浪高"。

殷医生的家庭，是中国成千上万百姓家庭中最平凡又最典型的一个，从他们身上，看到了我们无数平凡人家的影子：父慈子孝，兄友弟恭，常棣之华，皎皎如月。书名《山河辽阔》，就是意在致敬这个火热滚烫的时代，致敬每一个上进的普通家庭，致敬每一个为了改变命运而不屈奋斗的鲜活个体！

第一次采访殷医生是 2023 年 11 月 18 日。我在武汉汉阳高端江景房小区越秀汉阳星汇云锦的十九楼，见到了这位纤细、清瘦、皮肤白皙的老人。她神态庄重严肃，身上有一种浓浓的书卷气，靠在阳台边，遥望着眼前的江景，有些出神。虽然已经年过七旬，除年轻下乡时劳累过度，导致她的耳膜受损听力有些不佳外，她的动作轻巧灵活，谈吐清晰，目光像年轻人一样清澈有神。

揭开历史尘封的面纱，20世纪六七十年代中国辽阔的大地上发生的一幕幕往事，在老人的回忆中娓娓道来，医生生涯中发生的一个个故事，有惊险，有温情，有痛心，有悲悯，她那平静的语气，像是在讲别人的故事。作为采访者的我，内心却掀起一阵阵惊涛骇浪……

殷医生说得最多的，还是她在乡下当了四年"赤脚医生"的那一段最难忘的岁月，她与人民打成一片，辽阔的山川田野，河道地头，都是她行医的好阵地、好战场。殷医生说："是病人教育了我，我也感动了病人。我已与那个时代血肉交融，行医一辈子，见惯了世间百态，可现在晚上只要一躺在床上，脑子里浮现的都是那个最苦又最富激情的时代，我也想念我逝去的青春啊……"

2023年12月2日，在殷医生老家湖北省京山市杨丰乡采访时，我见到了陈出新的堂兄陈希清，因为受给堂弟陈出新装修房子的启发，他踩准了时代的节拍，下海干起了武汉最早的一批装修公司，实现了人生的华丽转身。除在武汉的企业外，他还为了养老，在当地镇上盖了一幢1000多平方米的门面楼，生活优渥。由于陈希清只比小叔陈中轩小十三岁，他的父亲陈中松是家族儿子辈中的长子，他又是孙子辈中的长孙，很多家族往事，点点滴滴的成长经历，作为重要的见证人，一些细节人物及一些关键节点发生的事，他都记得特别清楚，为此书的创作提供了大量的史料素材。

提起小时候的事，已年过六旬的陈希清笑得像个孩子，他说："小时候的日子很苦，但我们一家人好像没有觉得苦。"是啊，那个年代乡下的孩子，奔跑在草地上听到的风声，跟书里文字描绘的风声，能一样吗？双脚踩在河水里、泥地里的感觉，跟从动画片里看到的，能是一回事吗？从生活里、劳动里、玩耍里长出的野草，和在屋檐下、温室里开出的花朵，能一样强大吗？快乐的童年不光能治愈孩子的一生，也能塑造孩子的一生。只有对生活热爱、眼里有光的孩子，才会真正珍爱自己，珍爱人生。

在红林村，我们寻访到了向云亭的大徒弟，更多地了解了神医向云亭令人神往的江湖往事。踩着沙沙作响的黑土地，踏着青青的麦苗，来到永隆河边上，第一次看到了陈家人魂牵梦萦的永隆河，一个大大的"几"字弯把红林村给包了进去，河水缓缓，澄澈见底。在杨丰卫生院家属楼，当年种的一排梧桐树，早已亭亭如盖。陈出新站在一家人当年居住的房子前，久久无语伫立，眼泛泪光。陈玫站在院子边动情地说："这院子背后就是永隆河，当年我妈妈背着药箱子下乡为乡亲们看病时，老爸就是透过后院的窗户，看她搭船过河，每每心都提到了嗓子眼！"

在那幢当年建的老式单元房里，我们寻访到与殷医生搭班子的护士长刘素珍，老人听说是殷医生的大儿子和二儿子来访，激动得从沙发上跳了起来，提起当年和殷医生共事的往事，老人眼睛发亮，神采飞扬，滔滔不绝。此时冬日的暖阳，透过玻璃窗照进屋里，将每一个角落都披上了温暖的色彩。光柱投射到悬浮物上，充满了自然的气息和生命的律动，这些微小的颗粒此刻仿佛被赋予了生命，在光线中翩翩起舞，犹如一个个活泼的小精灵。那一刻，时光静美，岁月安稳。

老人无论如何要留陈家兄弟吃饭，因时间关系，只能婉拒，在老人失落的眼神中，一行人充满内疚地快步离开……

在已经荒废的永隆镇中小学，我们拨开荒草，走进瓦石遍地、斑驳不堪的教室，陈攻说着哪间是他上课的教室，他下课后在黑板上写过什么话，他带着妹妹来上学，妹妹当时是蹲在哪根柱子下睡着的……是啊，出走半生的游子，归来亦是少年。须知"少年心事当拏云，谁念幽寒坐呜呃"，青春虽不再，所忆少年之事，皆为发心生处。

殷医生厚厚的几大本日记，硬封皮与内芯之间已经开了线，极具年代感。日记中清秀的字体，娓娓道来的叙述，竟隐藏着惊涛骇浪般的残酷世相。殷医生的日记，为我的创作提供了强大的精神滋养。

2024年大年初四，年还没有过完，采访继续。在武昌江边的湖锦酒楼，那天，除殷燕子一家人外，殷医生的家人到得特别齐，我们开心地交流，其乐融融。在父母面前，人到中年的陈出新与陈攻流露出了难得的童真。每忆少年时，未知人世艰。陈出新讲到创业之艰，讲到母亲对他创业路上的种种担心，讲到由于殷燕子远在异国而未能团聚的"遍插茱萸少一人"的遗憾，其情切切，其意拳拳……席间，殷医生话不多，不停地给上半年刚刚动了手术的老伴儿陈中轩夹菜，五十六年风雨为伴，老两口真正诠释了"执子之手，与子偕老"的丰富内涵。窗外，是滚滚的长江，码头上游轮穿梭，恍惚间，像是看到了永隆河，看到了河上的渔船和白帆点点……

写作，是一个复杂而漫长的过程，为此书的创作，殷医生的家人特意跟我一起，建了一个工作群，为成稿提供了巨大的帮助。陈玫是教育大家，同时又是外交官，有较高的文学素养和理论水平，记忆力特别好，对第二稿进行了大量的勘误，为本书增色许多。殷燕子老师是美国康奈尔大学的博士后，现在是当地知名的华人企业家，她的自述情深意长，绵绵不绝，同时充满着励志的色彩。生活的波折，令她像被风雨打湿翅膀的海燕，从未丧失生活的勇气和奋斗的目标。沈晓婴站在先生陈出新的背后，默默地支持他、包容他、理解他，讲到夫妻创业之初的艰难，她眼神中流露出对丈夫满满的爱怜……

写作，像是攀登山峰，不敢回首来路。一个字一个字地码，一个细节一个细节地整理，有时候在开车的时候想到一些细节，就找地方停下来打开录音，口述记录，事后再整理。每天下午五点后又开始一天的重新"上班"，写到九点再"下班"，日日不辍。整个龙年春节，我放弃了与家人团聚的机会，把自己关在江边的工作室里写得昏天暗地，无数次关掉电脑后，走到院外，孤独地遥望这个城市的灯火，时光仿佛回到了书中 1968 年那个金秋，依稀看到永隆河的早上薄雾弥漫，码头上人来人往，渡船在河上穿梭；看到在渡船上的人群中，那个穿着格子衫，扎着马尾辫、皮肤白皙的青年殷医生，带着人生的憧憬，奔赴杨丰卫生院时的样子……

纪实是有力量的！纪实，是报告文学的基石和气质所在，由于报告文学的体裁，创作过程中不能有太多的文学发挥，但写作最大的动力是基于真实，与此同时创作不能仅满足于叙述故事本身，而是从东方哲学中汲取营养，追求美学叙事。一个个故事，充满着温情与悲悯，独特的视角、平实的情感中，带着一些对人生境遇的思考。写殷良秀，并没有把她当成高高在上的英雄，而是还原为一个基层医务工作者在平凡工作和生活中默默耕耘的琐碎历程。书中平凡温馨的家庭故事，烟火十足的生活细节，相信每一个同时代人都可以从中找到自己的影子，找到星空之下、大地之上，一种家国情怀的宏大和声。

写作的过程中，内心时时洋溢着一种感动。在不疾不徐写作的背后，需要一种强大的静气。这种静气来源于时代，是啊，一代人有一代人的追求，一代人有一代人的燎原之火，殷良秀和陈中轩是这个时代的前浪，陈出新三兄妹是这个时代的后浪，前浪后浪，层叠追逐，奔涌向前，形成江河滔滔不绝之势，这就是无数个在大时代背景下仰望星空并逐梦前行的凡人，无数个平凡而辉煌的"中国式家庭"，正是他们才汇聚成这个时代滚滚向前的磅礴伟力。生活在这个美好的时代，书写好身边的凡人榜样，书写好新时代奋发向上、有温度和情怀的中国故事，不正是我们这一代媒体人的责任吗！

长篇报告文学的创作，实在是一份劳心费力又充满煎熬的工作。事实上对一个家庭和个体的深入采访并进行创作，就如同一次智力探险，是一个总结梳理和深度思考的过程，更是对很多新知识学习的过程。特别是对殷燕子经历的采访，也有一个由表及里、由己推人的过程，一些对人性的全新发掘，都不在最初设定的写作提纲和规划里，而是马拉松式采访创作之后的结果。从这个意义来讲，作者与创作对象是在博弈之中互相成就。

呕心沥血，反复打磨，六易其稿。定稿时，关掉电脑，扔下笔，抬头望向窗外，此时春满庭院，甚是好看。生活、工作、创业，皆是不易，好在春光不负，唯愿人间都好。

附录

照片与资料

● 当年《湖北日报》报道殷医生的新闻

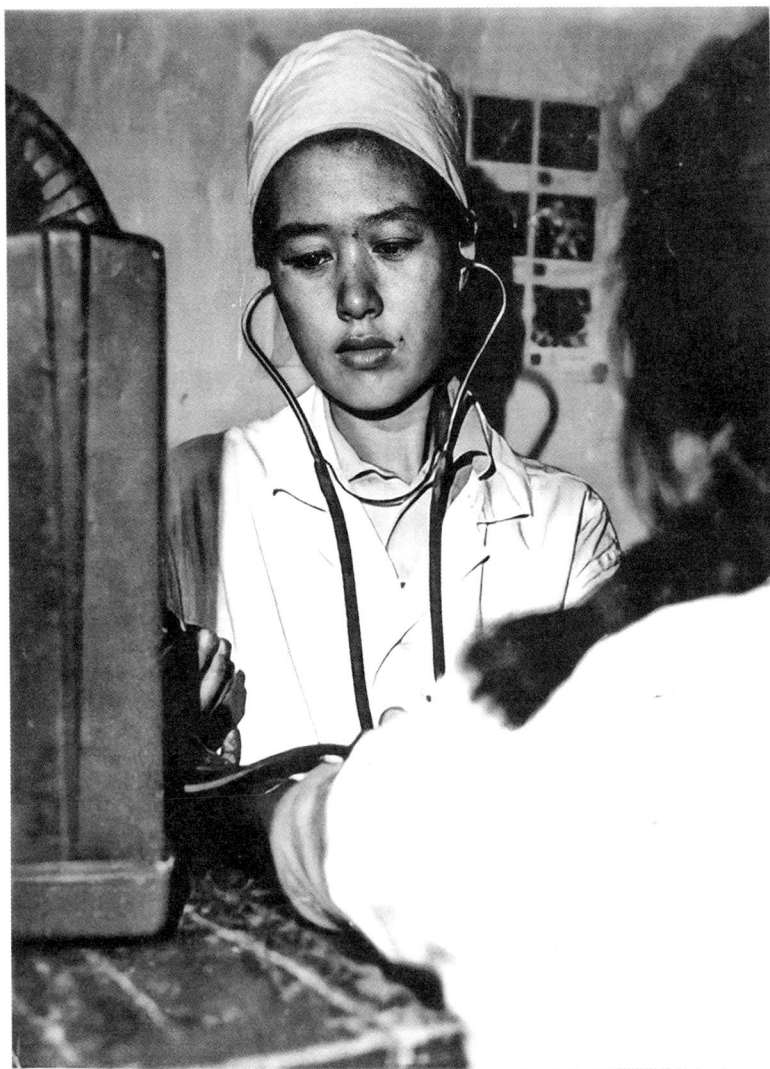

● 青年殷医生坐诊时的照片

中华全国中医学会天门分会学术年会暨学术报告会 1991.3.15.

● 陈中轩出席中医学术报告会（二排右四）

中国首届中医不育症学术大会全体代表合影 97.10.25.

● 陈中轩出席中医学术大会（五排左四）

● 天门妇幼保健院工作时期的殷良秀（左三）

● 殷医生（左三）和当年医务系统的同事与领导在一起

◉ 陈中轩一家人（中间为奶奶胡金枝）

◉ 陈中轩与殷良秀送女儿上大学时途经唐山

● 旅途中的陈中轩和殷良秀

陈中轩与殷良秀在
国外期间留影

陈攻与女儿陪父母
在国外期间留影

● 爱下围棋的青年陈出新

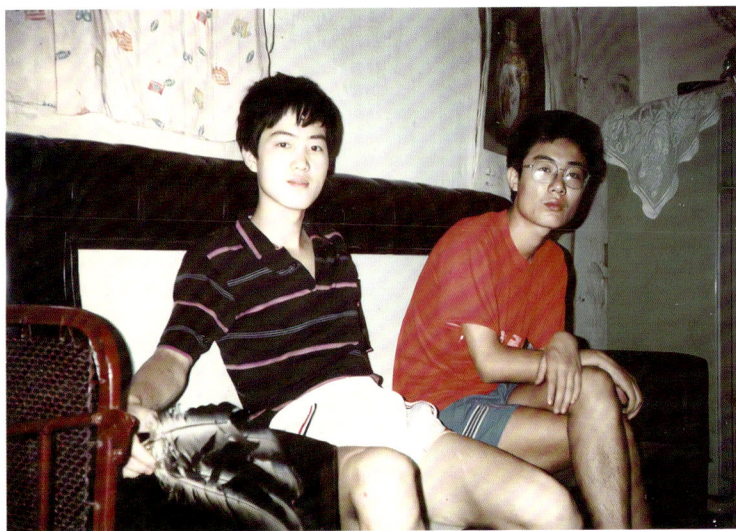

● 陈出新（右）与陈攻

武汉化工学院化学工程系九一届化学制药专业毕业生合影　1991.6

● 陈出新（三排左四）大学毕业与同学合影

● 陈出新幸福的一家三口

● 陈出新在湖北省人民医院
　工作期间的照片

● 授课中的陈出新（一）

● 授课中的陈出新（二）

● 授课中的陈出新（三）

● 陈出新接受湖北卫视的采访

● 陈出新出席两会（一）

陈出新出席两会（二）

陈出新出席两会（三）

● 陈攻与殷燕子

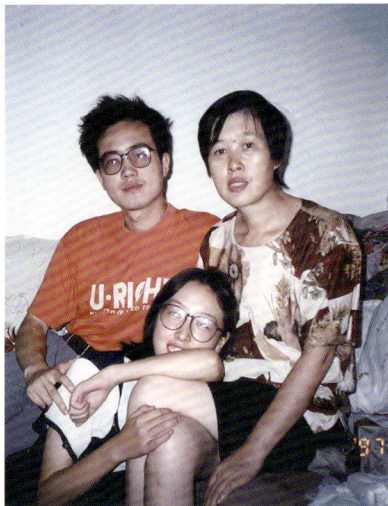

● 陈攻、殷燕子与母亲殷医生

● 陈攻主持外交官活动

● 陈攻为布鲁塞尔自由大学师生宣讲

● 陈攻参加布鲁塞尔智库研讨会

青年时期的殷燕子

殷燕子在美国给孩子们教中文课

殷燕子（三排右十一）参加 2014 年康奈尔中国学生学者活动

● 殷燕子亲密的一家四口

● 幸福的一大家子

● 研妆实业应城生产基地奠基仪式

● 研妆工业园奠基仪式

● 研妆应城生产基地

● 研妆应城生产基地鸟瞰

⬤ 研妆实业自办"龙虾节"为实体企业打气，请全国经销商吃龙虾

⬤ 研妆实业向应城市濮阳教育发展基金会捐款

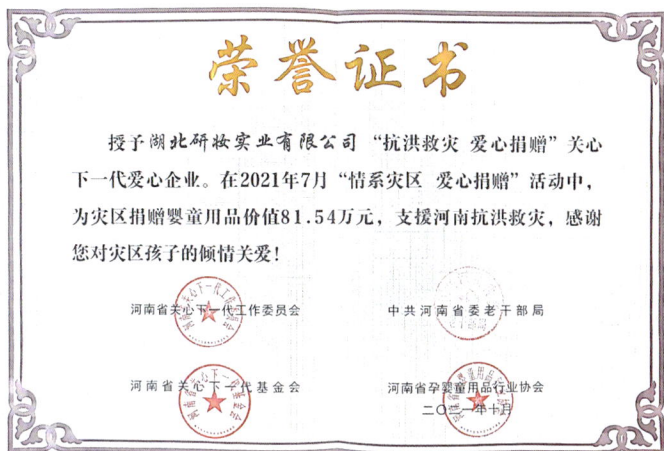

荣誉证书

授予湖北研妆实业有限公司 "抗洪救灾 爱心捐赠" 关心下一代爱心企业。在2021年7月 "情系灾区 爱心捐赠" 活动中，为灾区捐赠婴童用品价值81.54万元，支援河南抗洪救灾，感谢您对灾区孩子的倾情关爱！

河南省关心下一代工作委员会　　中共河南省委老干部局

河南省关心下一代基金会　　河南省孕婴童用品行业协会

二〇二一年十月

● 抗洪救灾，爱心捐赠

● 研妆实业捐助灾区

● 采访永隆镇卫生院当年殷医生的同事刘素珍护士长

● 陈出新、陈攻两兄弟在永隆镇卫生院家属院合影

●　陈出新、陈攻与堂哥陈希清（中）在红林卫生合作医疗点旧址合影

●　陈出新和陈攻兄弟俩在永隆镇卫生院家属院自己家当年住的房子前合影

● 陈出新和陈攻在父母当"赤脚医生"的红林合作医疗点后院合影

● 陈出新在研妆工业园门口给来访客人讲解

● 陈出新、沈晓婴夫妇考察幼教机构

● 陈出新在研妆工业园展厅接待到访客人

● 陈出新在永隆镇小学寻访自己当年就读的教室

● 枯水季节已近干涸的永隆河

● 陈攻在当年的红林合作医疗点讲小时候的故事

● 现在的杨丰医院

● 作者采访向云亭的大徒弟（左一）

● 作者采访殷医生

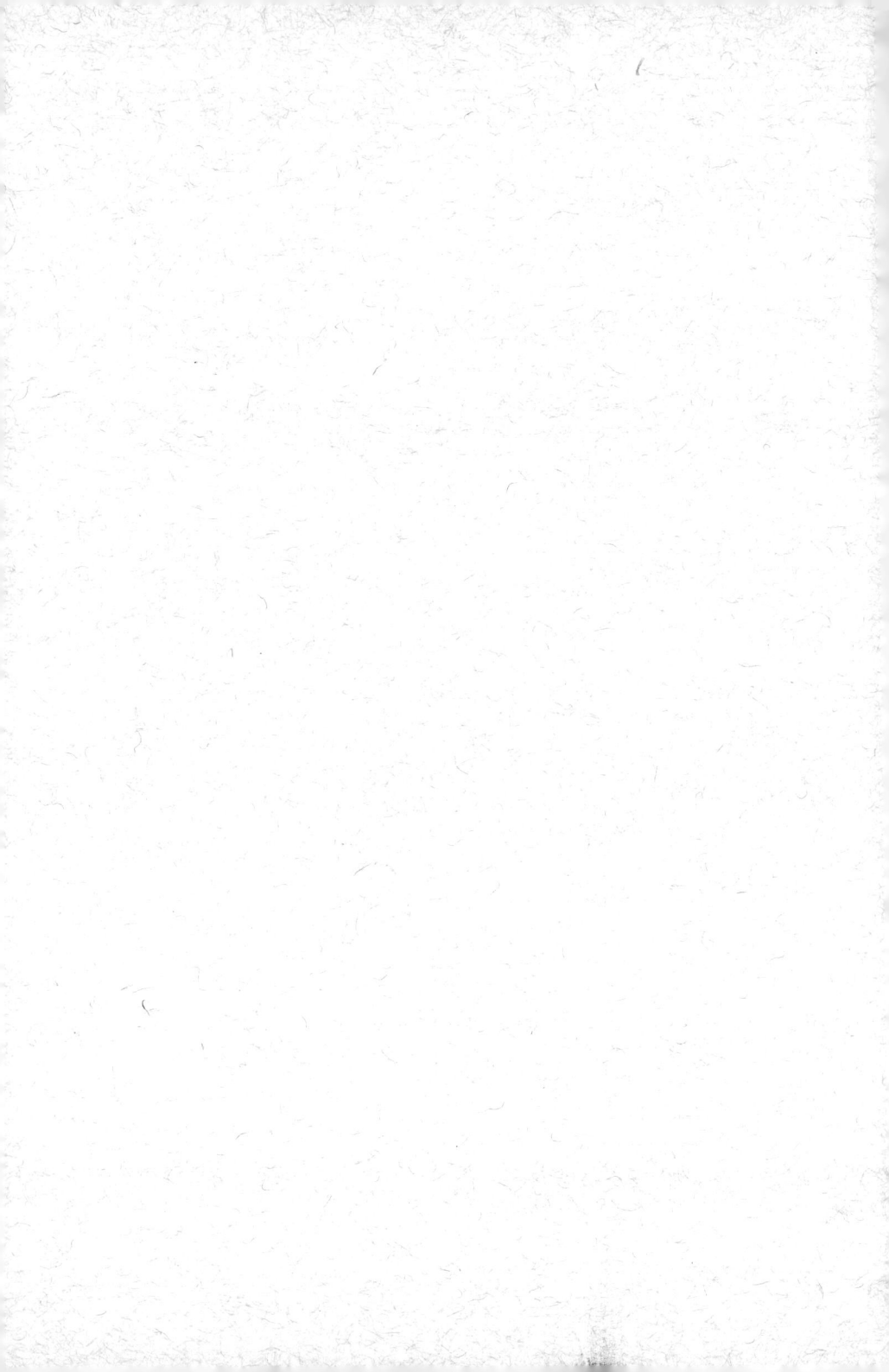